轮回情缘

LUNHUI QINGYUAN

千喻 ○ 著

中国华侨出版社

图书在版编目(CIP)数据

轮回情缘/千喻著.—北京:中国华侨出版社,2011.11
ISBN 978-7-5113-1859-6

Ⅰ.①轮… Ⅱ.①千… Ⅲ.①长篇小说—中国—当代
Ⅳ.①I247.5

中国版本图书馆 CIP 数据核字(2011)第 226776 号

● 轮回情缘

著　　者/千　喻
策　　划/周耿茜
责任编辑/宋　玉
责任校对/孙　丽
装帧设计/无设计
经　　销/全国新华书店
开　　本/710×1000 毫米　1/16　印张 18　字数 350 千字
印　　刷/北京紫瑞利印刷有限公司
版　　次/2012 年 3 月第 1 版　2012 年 3 月第 1 次印刷
书　　号/ISBN 978-7-5113-1859-6
定　　价/30.00 元

中国华侨出版社　北京市朝阳区静安里 26 号通成达大厦 3 层　邮编:100028
法律顾问:陈鹰律师事务所
编辑部:(010)64443056　64443979
发行部:(010)64443051　传真:(010)64439708
网　　址:www.oveaschin.com
E-mail:oveaschin@sina.com

目 录

第一章 未来与过去 / 001

神秘人降临冉霂儿窗前,要冉霂儿回到清朝完成一个任务。为了见爷爷最后一面,冉霂儿相信了她。这一刻,穿越发生了……

第二章 走出迷梦,来到 1738 / 011

穿越到乾隆年间的冉霂儿意外中被当成了新娘要嫁给一个痴呆公子,冉霂儿打晕了丫鬟,躲入了一顶神秘而华丽的轿子。

第三章 巧遇 / 022

为了救俄国使臣,要找怡亲王,想不到,眼前搭救自己的恩人竟然就是他……

第四章 拯救古魂 / 035

俄国使臣在妓院花天酒地,霂儿就在酒楼做丝绸公子的暂代翻译,到底今夜要发生什么事?霂儿急切地跟时间赛跑着……

第五章 天子脚下 / 049

色字头上一把刀,要从大清皇帝手里救下他的头颅,要有十足的说服力。更何况,还有更纠结的事实摆在眼前……

第六章 纤纤涟漪起 / 062

想回现代,却发现杀害爷爷的凶手也穿越到了 1738 年。

第七章　缘来缘去终相逢 / 074

沿途跟宝四爷赌气又赛车，不过最终却相逢在生死关头，原来有人密谋要杀死这位大人物，被霂儿撞见……

第八章　爱恨如风 / 087

救了人却受了伤寒，霂儿悉心照料，不想劫难未完，还有个令人闻风丧胆的江湖杀手在后面等着拿宝四爷尊贵的人头……

第九章　迷梦初醒 / 100

生死关头，他护着霂儿，两人患难与共，真情相恋……

第十章　殷殷少女情 / 113

司马世恒将那穿越来清的张毅找到，于是霂儿决定立即去北京城带他回2007年接受法律的制裁。

第十一章　怀表落，棋子偏 / 127

狡猾的张毅摇身成了兵部尚书的侄儿。霂儿低估了他，最终人没抓到，怀表却被抢走。

第十二章　真情牵，两相恋 / 140

一直惦记着霂儿的宝四爷得知她回了京城，于是令人邀请她去圆明园。

第十三章　见君庐山真面目 / 153

一瞬间，知道宝四爷真实身份，他还言辞凿凿地说，他替霂儿找到了亲生父亲。这接二连三的是惊喜，还是噩梦……

第十四章　难为怀中表 / 166

人生好似棋子，走错一步，便难以回头。霖儿穿着太监服进了宫，原因只是为了拿回怀表，聪明的皇帝怎么会就这样让她离开自己？

第十五章　月亮代表爱的心 / 180

两个人缠缠绵绵，虽甜蜜，却辛酸。霖儿知道此地不宜久留，为了能出宫离开这鸟笼般的紫禁城，想尽办法，终于，机会来了……

第十六章　战地谋略 / 192

不久前线捷报，而好不容易逃出紫禁城的霖儿，却要再次，为了离开清朝，进宫选秀……

第十七章　梦想成真 / 205

一直缠绕着霖儿的身世之谜被解开，霖儿竟然在这里寻得亲人。

第十八章　命运之轮 / 217

命运之轮不停地旋转着。现代女子尤曼做了秀女入宫，而霖儿却阴差阳错被一阵龙卷风刮到了当初差些拜堂的痴呆儿左少爷旁边。

第十九章　执子之手，与子偕老 / 229

爱着霖儿的司马世恒希望与她共此一生，但最终霖儿选择了再次入宫，谁料入宫前被人刺杀。

第二十章　为爱痴狂 / 241

爱情是最神秘莫测的使者，它足以使得高高在上的皇帝柔情满怀，也足以将柔情似水的佳人变成自私残忍的秃鹫……

第二十一章　爱的囚徒 / 254

　　皇帝近来与某太监亲密却不临幸后宫嫔妃。这让皇太后愠怒异常，而聪慧跋扈的娴妃终于找到了罪恶源头……

第二十二章　泪别紫禁 / 266

　　为了大清盛世，为了黎明百姓，为了苍生，要烧死迷惑帝王的女子。而司马世恒能救到紫禁城里心爱的人吗……

尾声　轮回情，梦别离 / 276

　　真相，就在一念之间，谁在导演这场戏，谁为谁悲伤，谁将离别。历史的轨道依然在轮回，该怎样，就怎样，历史，无人能改。一切会消失，爱，却会承继下来，一代一代，永不磨灭。

第一章　未来与过去

神秘人降临冉霖儿窗前，要冉霖儿回到清朝完成一个任务。为了见爷爷最后一面，冉霖儿相信了她。这一刻，穿越发生了……

一

2200年，承接了研究数百年穿梭时空数据的科学家们终于得以突破最后难题，找到了可以任意穿梭时空的完美数据组合与规律信息，历经数年实践完成了这项伟大的科技飞跃成果。

2208年，由世界科学协会与LX星球协议建立的时空控制署正式在亚洲、欧洲、美洲成立。LX星球运用它们的高端科学技术协助地球建立了三个保密式时空穿梭基地并选拔了数百名优秀的各国精英进行集训。

时空控制署在亚洲的控制中心神秘地驻扎在中国的几座深山之间。

宽大的直升机草坪上，修理得十分整齐的茶树穿插其间，历经蜿蜒的公路、隧道，然后是神秘的大坝深处，停驻着三艘巨大的帽形飞船。飞船东南方300里之处有一个牢固的岗哨，上面插着中国国旗，那随风飘扬的五星红旗在大自然的怀抱里尽情舒展着，威武而庄严。

五星红旗旁的巨大操场外，耸立着如金字塔似的三座地下建筑物，它们就是时空控制署行动中心的亚洲基地。

2210年，时空控制署（以下简称SKS）亚洲基地发现了首例历史性错误……故事就从这里展开。

2210年，时空控制署亚洲控制中心A组长办公室里，通信器音乐紧急响起，秘书通知他立即到控制中心最高指挥官处开会。他站起来，拿起桌上的文件盘（一个特制的精巧的掌上电脑），将手里的七色工作卡熟练地往办公门口的识别器里划了一下，左手五指放进凹槽，只听见嘀嘀的机器声音回荡在空中。

"紧急会议请使用021号时空通道。随机密码：BB091。"于是组长在凹槽的键盘内迅速按了密码，跟着他双脚往下陷，他闭上眼睛，身体一阵旋涡似的游动，数十秒以后，他出现在一栋宽阔的金属空间内，与他同时出现的还有五男一女。

几个人互相对望，微笑打招呼、就座，有的在低声议论某个话题。

这时候听见刺刺两声，一个高大的光头外星人与一位中国人出现了。

"请诸位安静。"行政主任拿起手上的微控按钮朝会议中心立体三维电视一按，屏幕上立即出现了最新报告。

"这次的行动来自SKS最高机密头号档案。"行政主任介绍道，"在过去的72小时内，一些数据像多米诺骨牌效应一样正在发生着某些改变。"

外星人抬起手，指着一位高挑美丽的女子："给你们介绍一下，SKS最高直隶行政组员SKA1001M。她是我从LX星球带回来的优秀战士。本来有关她的家族历史按规定要请人代替修复，但是鉴于这个历史可能影响到SKS的根本存在，因此国际时空控制协会要求立即展开行动。"

听完这些，大家都感到事态的严重性。

"请署长继续介绍本次事件的缘由。"

"2007年，首个发现时空隧道相关数据规律的科学家冉博士神秘死亡，而在他手上的数据都不翼而飞。很快，跟这个研究相关的人物也一并消失，导致更多严重的情况目前还在研究。我们还没查到破坏一切历史的组织究竟来自何方，而这一切似乎没有出现刻意改变历史的源头人物。"外星人用很流利的普通话讲述完又看向身旁的中国教授。

"然而，根据各方监控和数据核实报告显示，一个历史上不该死的人死了，300年以后，不该活的人活着，该有的科技产品却没出现，中国科技发展为此将倒退50年。"中国教授发言道，"我们绝对不允许这样的情况发生。"

"天啊！这还得了！"大家都为此愤慨起来。

"侦破组已经连续工作了48小时，目前掌握的数据十分有限。所以，SKA1001M会亲自回去寻找线索，在这里要求各位组长及相关部门负责人全部亮绿灯配合她。"行政主任要求道。

大家都认同地点头。

"关系到国家，我们当然义不容辞！"

"谢谢。那么接下来，我会灵活安排行动，暂时没有方案报告给各位，但我也为此签署了重大安全责任协议。因为如果这次行动出错，不只是时空控制署可能不存在这个世界，可能更难以置信的未来会摆在眼前。LX星球的球长认为，还会影响到LX星球与地球接轨的命运。"

SKA1001M说完起身与大家握手言谢。

公元1720年，康熙五十九年，端午节。

川蜀。

下午，数匹良驹驭着一辆宽敞马车到达城里。几个骑马随行的佩刀男子翻身威武地站在原地，警觉地注视四周，随后驾车的一名男子躬身到门口，放好小凳，低声对着轿门里道："爷，咱们到地儿了。请。"

里面应了一声，接着宽敞的车门帘掀开，一老一小被男子与随从扶下了马车。小男孩约九岁，长得英气逼人，俊俏机灵，他连蹦带跳，精气神儿十足，一下车就四处张望着。他身旁着锦衣戴公子帽的老者看了看热闹的街道，低声道："先吃点东西吧，想必弘儿也饿了。"

一旁的小男孩立即点头："饿了，饿了。爷爷，弘儿肚子都咕咕直叫了！"

老者呵呵一笑，摆手下去。佩刀的人连忙进客栈安排食宿。

"爷爷，为什么我们要来这里？"在房里吃饭间，弘儿好奇地问，"不是下江南吗？"

老人摇头："这次爷爷来，是要见一位老伙计的！他啊，曾经在危难之时救过爷爷。历经数年，才查到这个背后差点牺牲自己性命的，竟然就是眼皮子底下的臣子。如今提出辞官还乡，爷爷是要来看一看才好。"老者说完，感触颇深，岁月留在他脸颊和眼角的痕迹虽然很深，却依然掩盖不了他的气宇轩昂。

二

禹府。

一听来者低声报上姓名，正在哄着年仅三岁的小女儿吃饭的禹德良立即放下了碗筷。

一见爹爹要走，小女孩也跟着起身。哄了她几句，便叫丫鬟抱了回屋。没过多久，那一老一少连带马夫、仆人、随从都被禹德良请进了府内。

见到老者，禹德良立即跪下施礼："吾皇万福！下臣叩见皇上！"

老者连忙扶他起来，打量道："这些年来，你就在这里做个小小知府，宅子又如此贫瘠，朕实在汗颜。"

"主子多虑了。下臣不求荣华富贵，但愿一家老小平安康健而已。"

"哈哈，果然是十年前的这话。朕爱听。"说着他挽起了禹德良的左袖，只见那胳膊弯处，一道很深的刀疤丑陋地显示在那儿。

"这胳膊……"

"没事，下臣还有右手帮忙呢。这十年下臣做地方小官也不敢怠慢。皇上……"

"你那胸口……"他记得当初他为他挨了两刀，一刀在胳膊上，几乎斩断；一刀在胸口前，血流如注。

"还好，下臣这些年来不曾犯过什么毛病。皇上请勿挂心。"

"朕看了你的折子，为何就要辞官返乡？朕不太明白。"

"皇上，朝廷人才济济，下官是想让出位置给能人居之。如今下官有了小女，儿女齐全，便答应妻儿远离官场。还请皇上准予。"说罢他又要跪地，被康熙一把拉住，"好了，这事容后再议。"

庭院里，3岁的女孩儿正追逐着花卉间的蝴蝶玩耍，弘儿走过来时，她一不小心跌下去，他连忙扶起来。身后的护卫则远远地看着他们。

"你是谁？"小女孩奶声奶气地问。

"我？我是你的弘儿哥哥。"他说，捏捏她小巧可爱的鼻子，抱起她。

"弘儿哥哥，不是那个宇哥哥啊。"她歪着脑袋看着他，嘀嘀咕咕地冒了一句话，稚嫩而乖巧的模样让人越看越喜欢。

"来，哥哥抱你玩转圈儿……"

庭院里响起小女孩清脆如银铃般的笑声，弘儿开心地抱着她转着圈，一圈一圈，直到她有些晕眩，他立马放下来，两个人都东倒西歪，呵呵直笑。

"哥哥，你能带我上街吗？"她期待地眨着黑亮的眼睛。

"你上街做什么？"

"买粽子呀！"她说，"粽子好吃……"

"哦，今儿是端午节呢。爷爷刚才也请我吃粽子了。"他点点头，不过转眼看了一下护卫，他们是不会单独让他出去的。可是，他惦记着上街玩玩，看看街上的新鲜玩意儿。

"你叫什么名儿啊？"

"铭儿。"

"好，铭儿。"他悄悄伏在她耳边道，"一会儿哥哥带你出去玩。好吗？不过，现在不要出声。"他做了个保密的动作，铭儿乖乖地点头。他一把抱起她，又开始转着圈，转得铭儿咯咯直乐。这时候丫鬟跑了过来，想阻止也不敢开口，知道这是贵胄公子爷。

晚间，灯火燃起，街道上有夜市摆开。弘儿着急地在稀松的陌生街道间呼喊着铭儿、铭儿。没有见到她娇小的身影，他奔跑出街道，穿过一条路，恍惚间看见一个男人抱着铭儿往山间小路上走，铭儿正在他肩上哭啼着喊娘亲、爹爹。

弘儿不顾一切地追了出去……一眨眼，他已经追到了山间处，前方传来沙沙的脚步声，弘儿大声呵斥道："究竟是何人，竟敢拐带幼女！给我出来！！"霸气的喝声依然没能把来人唬住，这时候前方传来一阵啼哭，他往前走了过去。

男子抱着铭儿出现了，见到是个小孩子，他冷哼一声："臭小子，要不我连你一起带走吧。也省得你挂心！"说着放下铭儿就冲了过来。

学过一些功夫的小男孩连忙闪避，微弱的星空下，他没多久就要抓住他，这时候铭儿哭着要走过来，弘儿趁机朝她喊："铭儿别哭，快、快往前跑……快逃……"

听到这句话铭儿转身就往黝黑的方向奔跑,倏忽间只听见一声呜咽,随后天边一阵火光燃起,仿佛闪电的过路招呼,一声轰隆响,男子和弘儿都愣住了。恰在此时,大队人马打着火把找来,男子一见大事不妙,转身便溜走了……

被火把照得通亮的前方,一些树丛柔柔地长在那儿,禹德良悲痛地看着树丛旁光秃秃的崖洞……

弘儿内疚地看着禹德良和夫人悲痛哭泣的样子,这里没有人责怪他,可是只有他自己知道,这件事做得有多错。

"不会的,铭儿不会就这么死的。夫君,她一定是被人救走了。你不是搜遍了山下的那些地方吗?没有铭儿的尸体,没见到铭儿,我不相信这是真的!!"

"对不起,大人!"弘儿走过去,十分歉意地躬身。

禹德良拍拍他的肩膀:"没事的,这件事会过去的。"

"夫君,我还要去找铭儿……我的铭儿啊,还那么小……"

"好。我答应你,张贴告示寻找铭儿,好吗?"

2007年8月。

在某个靠山的私人公寓楼里,柔和的灯光正照射在偌大的客厅内。夜雨纷纷,滴落得院坝外的花花草草战战兢兢。不知道是否因为今夜的闪电雷鸣尤其夸张的原因,室内的灯光几度闪闪烁烁……

几个陌生人正在里面胡乱翻腾着。在偌大的地下研究室里,一位年逾花甲的老人被反绑在椅子上。他花白了的头发乱糟糟地散布在半个脑袋后,像极了爱因斯坦的感觉。不过此时此刻,他的眼睛却很安详地闭着,仿佛屋里被这帮人侵犯跟他一点儿关系都没有。

在他身边,还有两名五十岁左右的科学家被反绑着,封了口。他们此时无力地张大眼睛看着眼前这帮到处攻击科学家的大胆妄为的现代贼。这些人个个带着手枪,奔波于他们苦心经营的时空隧道器具和文件、书柜、保险柜之间。

市区,冉霂儿刚洗了澡,准备拉窗帘的时候,一阵惊雷和滂沱雨声惊动了她。看着闪电和无休止的雷鸣,突然眼睛花了几秒钟,她呆愣了一下,跟着穿过卧房跑向露台。

露台的落地窗前正站着一个长发女子。

三

霂儿翻身扑到床头柜上拿电棍,那女子慢慢地转过身来。霂儿将两只手臂挡在胸前："你是什么人？想干什么？"

女子微微卷曲的秀发柔媚地贴在她洁白光滑的面颊上，蓝色的眼珠，红润的唇，霖儿怯怯地抬起眼睛，这一看，她觉得好面熟。

她朝霖儿微微笑起来，她的手掌内一个闪着蓝色光斑的微型超速量子计算机正在组合最新的资料。"你好！"她带着尊敬，用标准的中国话向霖儿问候。

霖儿看着她："你是外星人？"

她摇头："不是。你叫冉霖儿吗？"

"你是谁？再不说我报警了！"霖儿一手拿着手机，随时准备拨打110。

"我不是坏人。"

霖儿皱眉冷笑："通常坏人都这么说。"

她浅浅一笑，低头迅速在手心的宽屏机器上画了什么，接着屏幕上出现了以下详细即时查询信息：

冉霖儿（当前照片收入），收养日期：××；DNA来源：未知记录；确认身份：未知记录。身份相关人士：冉博士……她抬头确认。

霖儿看着她挺拔的身姿，比自己整整高出一个脑袋。高贵的气质呼之欲出，美丽的脸庞，窈窕的身段，仿佛是人工雕琢的维纳斯。

"我是来自未来的人，你可以叫我念然。"她说着举起手心里的微型计算机，"时间不多了，我只能在这里待几分钟。冉霖儿，我需要你的帮助。"

"什么？我听不懂！"

"你爷爷是研究量子态隐形传输技术的科学家，对吗？"

霖儿恍惚地点头："是啊。他和几个科学家在研究'时空隧道'。"霖儿嘟着嘴巴，"都研究了几十年了，也没有什么结果。你怎么知道啊？"

"今天晚上，就会有结果。"她看着霖儿，"而且，现在他已经出事了！"

霖儿大吃一惊："你胡说！"

"有人将要夺走他的研究成果。冉霖儿，如果你答应帮我的忙，我马上带你去见他最后一面。"

"我要报警！"冉霖儿惊恐地拨打号码。

"没用的。现在时空静止了，不会流动。冉霖儿，我只是想请你帮忙。"

"好吧，你快说！"霖儿不耐烦地看着她，疑惑、担忧、未知，让她快失去理智了。

她低头看着计算机："凌晨0点58分，你会见到冉爷爷最后一面。他会交给你一只银色的怀表。凌晨1点整，这只表会带你穿梭时空去到公元1738年。在中国北京紫禁城，你要想办法阻止任何人处置或者伤害俄国使臣副将呼克阿斯·乌兹别鲁。只要他不死在清朝国土，这个任务就完成了。"

"什么啊？"

"我再重复一次,你要在凌晨1点穿越时空回到公元1738年阻止任何人伤害俄国使臣副将呼克阿斯。他不能死在清朝国土。你可以去那儿寻找怡亲王,他会帮你完成任务的。"

"为什么找我?"

"因为,只有你才有权回去参与相关历史。"

"什么?!"冉霂儿听得一头雾水,"你太夸张了吧?穿越时空去改变历史?这又不是拍电视。"

"我知道你无法接受。但是,事情关系到你爷爷的一切,而根据我们的调查显示,只有你,跟这件事有着千丝万缕的关系,至于为什么,我们在寻找答案。"

"我……"

"时间不多了,没时间解释了。现在是0点45分了,还有13分钟,如果你不答应,那么你就错过了见到你爷爷最后一面的机会。"

"你到底是什么人?胡说什么啊!我爷爷很健康,他会长命百岁的!"

"但是冉家的历史记录就是:他会在今晚,发现非常重要的量子态隐形传输数据规律。这个规律,让他在短时间内连接了21世纪第一个真正的时空隧道。这个发明也在未来20年以后成为真正有用的数据,你爷爷也因此被追溯为时空隧道的始祖……"

在霂儿根本就一片迷茫之时,她已经慢慢走过来,伸出手,友好地等待她的回应:"走吧。"

霂儿摇头:"我是不是在做梦?"

她摇头:"不是!"

"你到底是谁?"

"你将来会知道的。"

"什么将来啊?……"

霂儿看着她那坚毅明亮的眼睛,似曾相识。不知道为什么,真的就懵懵懂懂地伸出了手指去。突然她感到一阵白光划过,脑子一刹那模糊,一转眼,凉爽的风雨夹杂着雷鸣闪电包围在原始的山林之间。霂儿抬起眼睛,眼前的不远处正是爷爷的秘密研究基地。

念然转开脸,微笑着把一条小小的黑色手链戴上霂儿手腕,"这是陨石手链,里面有一个信号源,如果你将来遇到生命危险,它会反馈给我们。但是,你要记住,除了阻止杀俄国使臣官员例外,不可以更改别的历史。记住一句话:历史铸就今天,它不能被改变,只能被修复。"

"既然这样,为什么又要我去救人?"

"因为,如果呼克伯爵死了,他的后世子孙就少了非常重要的马里蒙教授,这位教授将同一名中国女孩结婚,他们的儿子,是未来最权威的科学家之一。有

第一章 未来与过去

他的发明，中国才会在国际科研大赛中避免巨大的阴谋伤亡。总之，这件事情很重要，非常重要！"

"我……"

"你进去吧，去找爷爷。进去吧，注意安全……"

她说着就拿起右手掌上的高速量子计算机，轻轻抬起食指在上面画了什么，然后她转头留给霖儿最后一个纯真的微笑："祝你幸福！"

眨眼间，霖儿眼前的人神秘消失了，霖儿朝四周张望着……

研究室内，一名穿着皮衣的男人正生气地踩碎了地板上跌落的各种怀表或掌型机器零件。他迈着铿锵的步伐走过来，提手抓住冉博士的衣领："老博士！你这是在跟我们玩捉迷藏吗？"

老博士看了他一眼："你们到底在找什么？"

"你少装糊涂！"他拉过一把椅子在老博士对面坐下来，研究着他处变不惊的表情。

大厅里的无绳电话突然响起来，惊动了里面的几个陌生人。

男人站起来往客厅走去。

老博士疑惑地抬起脸，认真地听着。

男人站在久久响不停的电话机旁，最后伸手拿起话筒。

电话里传来一个年轻女孩子好听的声音："爷爷，是你吗？"

他捂住听筒。

"爷爷，我是霖儿啊。你说句话啊？你是不是身体不舒服？是不是啊……"

他突然挂断了电话，快步走进内厅。

四

霖儿呆呆地看着手机，几秒钟以后，她带上微型节能电筒，踩着梯子快步冲往公寓后门地下室入口……

老博士接连咳嗽了两声。地下室另一个入口处，霖儿心惊胆战地拿出一把钥匙，门里传出男人愤怒的咆哮："我不管！今天不交给我研究成果，你们都没有好日子过！"说话间，又一个三十来岁的年轻人进门来，老博士睁大了惊奇的眼睛盯着他："张毅！……是你！"

老博士算是明白过来，另外两位教授也都愤恨地瞪着他。

张毅毫无耐心地推掉桌子上一沓资料，坐到他面前："你说你是不是迂腐？说什么研究公诸于众会有巨大的危害。人家愿意给钱买你的专利嘛，要多少你开口嘛。你为什么就不说呢？十亿？二十亿？！你倒是说个价呀！痛痛快快把那个真正的穿梭机器拿出来，大家就不用这么浪费时间了啊！"

"张毅，原来一直是你在出卖我的研究数据！你真是地道的伪君子！亏我……还这么信任你！"另外两个教授也直点头。

霖儿小心地拿出钥匙，缓缓地转动防盗门……

突然一阵椅子倒地的声音从一个通道传出来，打开门的霖儿不管三七二十一地抬腿冲进来大喊着爷爷！由于他们事先没有防备，霖儿从侧面的通道正好跑到爷爷被绑的位置。抬头看到几个陌生的男人，霖儿吃惊地抓着爷爷的胳膊。

"你们想干什么?！快放了我爷爷！"她看到了张毅被欲望扭曲的脸孔，"张毅，你可是我爷爷的助手！为什么要跟这些人同流合污……"

穿皮衣的男人不耐烦地鼓着腮帮子："从哪儿冒出个丫头，啊?！"

霖儿惊恐地抱住爷爷，突然感觉爷爷的手指在动弹。

"我要报警！"霖儿一面发出惊恐的呼喊，一面假装害怕地收了一只手去，爷爷将一只银色的怀表从衣袖里弄出来交给了她，霖儿以惊人的速度将怀表抓在手心然后趁机滑入大衣口袋里。

其实刚才在进来之前已经给哥哥的手机留了短信。这个时候，她需要拖延时间等哥哥带队赶来……

一支黑洞洞的枪咔嚓一声上了膛对准了霖儿。

"过来！小妹妹！"皮衣男人惨白的脸僵硬地抖动着。冉博士激动了起来："你们这些贼，有本事就冲着我来，她只是个什么都不懂的小女孩而已！"

"什么都不懂？不会啊，我看她至少懂得孝敬你这个爷爷呀！"皮衣人一把扯住霖儿的胳膊，直接将枪口对准了她的脑门。

冉博士战栗着摇头："不要，不要伤害她。张毅，你是知道的。这些研究霖儿什么都不知道。她是无辜的。你让他们放了她，放过她……"

"爷爷……爷爷……"霖儿惊恐地站在原地，感觉那子弹似乎随时都会结束自己的生命。

爷爷的眼睛潮湿起来了："我可怜的霖儿，爷爷答应过要帮你完成心愿找到亲生父母的。你们这些混蛋，竟然为了钱，良心都出卖了！"

一声恐怖的枪响，霖儿张大了嘴巴，现场只听到霖儿的阿呜声，跟着，一位教授已经倒地身亡了。

张毅走来走去，苦口婆心地继续劝道："冉博士，为了你可怜的孙女，希望你合作。"他比画着，"再给你们3分钟。"

"你们……"冉博士突然一阵猛烈咳嗽，跟着他的喉咙仿佛被什么东西堵住了，霖儿激动地呼喊爷爷。张毅意识到什么不妥，大步冲过去给冉博士顺气，冉博士艰难地喘息了一声："不能给……"

一阵咕噜的水响，霖儿尖叫着，冉博士已经喷出一口鲜血来，僵硬地张着眼睛歪倒在椅子上。

霖儿推开身边的带枪男人，不顾一切地扑上去抱住爷爷："爷爷！爷爷……不要啊！你怎么啦……快醒醒，爷爷！别吓我啊。"霖儿的眼泪毫不设防地滴落下来，俨然已经忘记了刚才念然说过的话。

张毅伸手抓住了霖儿。

霖儿无意中抬起眼睛看到了墙壁上的时钟，不知道为什么，她特别害怕秒表走这最后一圈。还有 30 秒，时钟将指向凌晨 1 点。霖儿想起了神秘女孩的话，猛地挣扎起来："放开我，放开我！我要看看爷爷，张毅……求你让我看看爷爷。求求你了……"

张毅看着身后的皮衣人，旁边的科学家眼泪瞬间流了出来，张毅放开了霖儿，霖儿扑到爷爷身边，哭喊着："爷爷不要离开我，不要死，你不能死啊！爷爷，你说过要给我过生日的！你说过还有礼物送给我的……爷爷，你张开眼睛，不要……"

皮衣人的枪口指着最后一个活口。

"你还有 20 秒。"

"不！不要杀我……我知道，我知道，冉博士今天晚上在调一只银色的怀表……那只怀表……可以在适当的时间地点连接时空隧道，带人穿越时空……不过，目前还没有做过试验……"另一名教授快言快语说了出口。

"怀表在什么地方？"听到这个消息，他们都精神一振。

"在……刚才还在他身上……"

霖儿抬起了惊恐的眼睛，那支枪随后开始转移过来，霖儿抬起脑袋，秒表缓缓地行走着……

5、4、3、2、1……

随着公寓外的又一阵闪电、雷鸣的同时启动，张毅在最后那一秒钟时伸手抓向霖儿的胳膊。皮衣人的子弹还没有发射出来，眼前的霖儿和张毅瞬间消失了。

第二章　走出迷梦，来到 1738

穿越到乾隆年间的冉霂儿意外中被当成了新娘要嫁给一个痴呆公子，冉霂儿打晕了丫鬟，躲入了一顶神秘而华丽的轿子。

一

像刚刚穿过了无数湍急的旋涡，霂儿抬起有些晕眩的脑袋看着眼前依旧漆黑的一片景象。耳边传来两声清脆的更鼓声，接着一个嘹亮的嗓子大声喊道："天干物燥，小心火烛！"

"这……这是……"她张开迷糊的眼睛，适应了黑暗的光线，才看到自己正躺在一条石板街上。霂儿想起了爷爷，立刻扶着石壁站起来，转身过去，身后却是同样的午夜街道。

"爷爷！爷爷……"霂儿抬腿跑起来，夜莺婉转清脆地叫了两声，微风柔和地吹拂着散落在街道间的叶子。霂儿突然看到了无数砖瓦房顶和古色古香的房屋："难道我来到了古装街?！"她转头四面打量着，一面漫无目的地走动一面思考，"怎么可能啊？"愣了半天，她突然低头拿出怀表来，怀表里有光微弱地闪了下，然后彻底消失了。

照射着两边的木头房屋，经过了酒楼、米铺、银号之类的门面后，霂儿看到一个大一些的交易市场，市场的周围都是两三层高的古代建筑。

"不可能！……不是真的吧？"霂儿苦着脸，伸手往口袋里寻找着手机，或者电筒，然而大衣里什么都没用。霂儿哀愁地跌坐下去，靠在墙角默默低声祈祷："我肯定来到的是古装街。爷爷，你真的……就这么离开我了吗？"她抽泣起来，头有些痛，她用手指揉了揉太阳穴，这时候远处传来一些脚步的声响，接着还有刀尖划过石壁的声音。霂儿大惊，心想是不是刚才那些可怕的人。于是，她转身躲到一根柱头的凹处。

两个穿着夜行服包着头巾的男人挥着刀剑路过。

"小黑，是不是在这边？"其中一个男人问。

"大哥说了，就在第四个胡同左边的宅院里。"旁边的人说。

"这样，一会儿我们从侧门进去，你带路找到曲小姐的卧房，我准备绳索。"

"好！"另外一个人点头，"不过，要先让她昏迷了才好绑走。老大说了，不许惊动任何曲家的人。"

"嗯!"

霈儿惊讶地张大嘴巴,鬼使神差地跟着跑了过去。跟着两个男人往左边胡同穿进去,霈儿突然意识到,这不像是古装街,午夜十分,空中星辰寥寥,也没见有导演和摄像啊。

后门开了,霈儿一眨眼就看不见刚才那两个贼了。她抬脚跟了过去……由于她穿的黑色风衣和软底靴子,在夜色中自然也不容易被发现。

迎面是一条穿过花园的小路,霈儿小心地前进着。穿过了小路,过了回廊,眼前出现了一排屋子,霈儿仔细听着,没有声响。于是继续沿着屋檐悄声往前走,有声音从附近传来。霈儿侧耳听了几秒,朝发出声音的地方走去。还没走近,霈儿就见到一个穿布衣的男子提着灯笼打着呵欠朝马厩旁的草堆走,她一怔,立刻悄悄退开……

一阵凉风吹来,霈儿颤了一下,倦意袭来,她便抱着胳膊挨墙坐下。

"我怎么管人家闲事啊?这里又没有警察,我都自身难保了……"她拍了一下自己的脑袋,"傻瓜啊,当初哥哥教我散打的时候,怎么不认真点儿啊。"霈儿想起古装片里头那些功夫卓越的大侠,"哎哟,我那点儿女子自卫术,恐怕连三脚猫功夫也比不上。"

她打了个呵欠,自言自语:"刚才见到的那个女孩子,还有爷爷……爷爷的死,也许一切,都是我的梦吧。"她恍惚地看着四周,脑袋昏沉沉、一片朦胧的感觉,她点头,"对,一定是个奇怪的梦。因为总对着那个想穿越时空的花痴尤曼,才会……"她仔细地回想,刚才爷爷的死,和枪声仿佛都来自另一个世界,瞬间变得毫无震撼的感觉了。霈儿摇着脑袋,自我催眠道,睡吧,明早起来,就什么都没了。明早起来,我一定第一时间去看爷爷……想着想着,霈儿很快陷入了沉沉的梦乡里……

凌晨,天空才刚发出一些亮度来,霈儿就被吵闹声惊醒了。张开眼睛,慢慢适应了光线之后,才发现自己正被反绑着双手,眼前站着年迈的夫妇、府里的管家和丫鬟。这些人都充满了好奇心打量着穿着怪异、妖娆服装的霈儿。

老太太害臊地蒙住自己的眼睛:"哎哟!这是什么人啊。穿得这样,真是丢人啊!"

老爷子转脸过去,一男仆从外面小跑进来:"回老爷、老夫人,小的找遍了整个园子也没找到小姐!"

两夫妇都心凉了半截:"这……这可怎么好啊!"

"夫人,您看是不是这个怪人绑走了小姐?昨天晚上小姐还好好的啊。"一个丫鬟埋着脑袋回话。

霖儿连忙开口:"不是,不是我啊。"她的声音惊动了现场所有人的目光。

"哦!"霖儿认真地解释,"其实,是这样的!我昨天晚上在街上听到两个黑衣人商量说要绑走曲家小姐,我就……跟了进来。谁知道迷路了……后来就睡着了。我发誓,真的跟我没关系啊。我是好人……"

霖儿的解释似乎让大家开始思考。

"你说的黑衣人是什么人?为什么要绑我的女儿?"曲老爷疑惑地问。

"我也不知道。也许,是你们女儿长得漂亮,被谁看上了。老人家,放了我吧。我现在也很害怕啊!"

"不管怎么样,这个怪人始终有问题!"丫鬟依然很反感霖儿,"老爷、夫人,奴婢觉得,这个人,是不是哪里来的妖精?是她吃了小姐啊?!"

"啊?!"所有人大声惊呼,包括霖儿在内。

霖儿哭笑不得:"拜托!小妹妹,我哪里长得像妖精啊?我只是……"她低头看了看自己穿着肉色丝袜的细细双腿和露出胸脯的肌肤,"我只是……总之我不是妖精,我……我百口莫辩啊。"她苦着脸。

此时,又一个家丁焦急地跑来:"老爷,不好了,不好了,左家的花轿到门口了。媒婆要进来接小姐了!"

"什么?!"

"这下怎么办?小姐没了,怎么办?"丫鬟着急地跺着脚,俩夫妇也十分惶恐不安。

"我们可得罪不起左大人啊!"老爷战栗着道,"真是造孽啊!"

霖儿无奈地看着他们凌乱的一家子,这时马厩的男仆进来回话:"老爷,后门不知道何时被撬开了。刚才我去后院的时候,还发现落在花园里的簪子。"

老爷和夫人两个激动地接过来一看,一时都傻眼了。

"这是伶儿的簪子。是啊!"老夫人一激动,身体就要倒下去。

接着他们听到了外面闹腾腾的锣鼓唢呐声。

"这……"

"这可怎么办啊!"老夫人说着就双眼潮湿,"我苦命的伶儿,好不容易有个官家看上她,又不知道被谁带走了……"

"老爷,小的有个主意,可解燃眉之急。"管家道。

"快说!"老爷子立刻跟他走了出去。

二

管家低声道:"依小的看,眼下只有交个新娘上花轿能化解这灭顶之灾了。他们抬人进城也要赶一两天的路。奴才的意思,就是把我们捉到的这名女子当成小姐放进花轿。"

"但是，对方要是看了……"

"老爷，您不是说早有回乡念头吗？这省城难待，咱们今日就收拾细软赶回安徽。"

"那伶儿怎么办？"

"您放心，小的还有亲戚在衙门当差，小的帮您落个案。有了消息就送信通知您……"

不一会儿，管家招呼了丫鬟，在她耳边吩咐了几句话。

正在霂儿闭上眼睛组织这纷乱回忆之时，丫鬟端着茶水进来道："这位小姐，刚才都是我不好，误会你了。"她放下茶水过来又给霂儿松绑。

"哦，弄清楚了？"霂儿迷糊地问，脑袋还处于半混沌状态。

"嗯！"她讨好地笑着点头。

霂儿摆了摆酸软的胳膊："谢天谢地啊！不然我就冤枉死了。"

丫鬟将茶水递上来："您喝点水吧！我们老爷说了，要好好招待您。"

"那你们小姐怎么办？对了，你们去报警啊！"

"啊？"丫鬟没听懂。

霂儿立刻改口道："是，是报官！对，就是这么说的吧。"

丫鬟期待地看着她埋头喝水，支吾着："嗯，我们已经去了人了。"

霂儿长长地缓了口气："谢谢！这水真甜啊！"霂儿微微笑了起来，丫鬟也跟着笑，而且一直用奇怪的眼神注视着霂儿，霂儿不大理解地打量着这古色古香的房屋，还在心底嘀咕，难道那个女孩子说的是真的？我……穿越时空成功了？爷爷的发明成功了？天啊，那这里难道就是……1738年？

霂儿摇晃着脑袋，走了几步，突然觉得一股什么东西窜上脑门，她身子晃了晃，眼前丫鬟的脸越来越模糊，她伸出手，想开口说话，人却失去了知觉倒了下去。

门开了，又一丫鬟捧着凤冠快步进来，接着她们从管家手里接过喜服和盖头。

"快点儿，时辰不多了。老爷夫人正在外头应付他们呢！"管家叮嘱完毕就关门出去了。

两人把霂儿的大衣脱掉，由于喜服宽松，霂儿近身的衣服也没脱就直接给套里面了。

随着曲府门口的唢呐和锣鼓声越来越响亮，两个丫鬟扶着新娘缓缓踩着台阶入了轿门。媒婆高兴地扬起手绢跳起来："新娘起轿喽！"

十几个看热闹的人停留了一会儿，老夫人用手绢掩着脸伤心地看着轿子出发。

"这曲府的大人以前是县太爷,三年前辞官以后就落魄了。听说曲小姐这一出嫁才得以让他们晚年有些依靠……"过路的人低声议论着。

随着花轿的摇晃颠簸,伴着日出日落,四个轿夫和一个媒婆在落日前到达了紫禁城外的西城左府门口。

媒婆高声叫着:"新娘子到,请新郎官踢轿门背新娘……"

依然昏迷的霂儿在毫无知觉下被一个陌生的男人背了起来颠簸着迈上台阶,在吹拉声、鞭炮声、欢呼声等喜庆声中进入了左家正殿。这名五官端正的男子眼神痴呆,力气却大得很。

霂儿被放下来的时候,突然之间睁开了眼睛,有些苏醒的迹象,新郎好奇地埋低脑袋透过喜帕偷看她的模样,不一会儿就傻乎乎地笑了起来。

接着,冉霂儿耳边灌满了众来宾的恭喜声、主婚人的喊叫声和里里外外没停过的喜乐声、宾客的言语声等。她朦朦胧胧还在半苏醒之中,媒婆走过来牵起了她的手,在她耳边道:"新娘子,拜天地了!"

霂儿木然地看着眼前的一片红。

门外,一位身材高大的富家公子正拿着个玉笛好奇地看着那孱弱瘦削的新郎左少爷傻笑着匍匐拜天地的样子。

他身后站着四个挎刀挺胸的高大随从。身边一个年近四十的老仆人恭敬地站在那儿迎合着他:"听说左大人的这位少爷折腾死了好几个姑娘了,这次不知道能安生多久。爷,奴才看咱们还是走吧。这场面没多大喜头。"

这位公子面无表情地注视着娇小身材的新娘,微微有些感叹道:"有子如此,也无可奈何。"

"爷,您看他那傻呵呵的样儿……"老仆人指着新郎忍不住乐,新郎老是偷偷地掀开盖头一角去打量新娘。

"对了,新娘是哪里人?"玉笛公子随口问。

"听说是焦元县曲府的千金。"

他摇头叹了口气,随即挥挥手:"走吧,该出发了。""嘛。"仆人躬身应和。四个随从跟着他缓缓往院落外走去。

霂儿猛地抬起了脑袋,耳边那声"夫妻对拜"喊得她呆在原地,一时间大家都安静了下来,对面的少爷还在不停地朝她拜礼。

突然,新娘仰头倒地了。

场面一阵慌乱,媒婆震惊地上去:"小姐怎么了?"透过喜帕,媒婆看到了一张完全陌生的面孔,她惊讶地捂着嘴巴,一股脑儿呆坐下去。

"她怎么了?"那位左大人噌地起身指着丫鬟仆人,"快看看,怎么了?"

第二章 走出迷梦,来到1738

顿时，议论的声音纷纷冒了出来。

"是不是克死了？""哎哟，怎么这样?!"有人低声探讨。

霖儿一动不动地任由旁人来掐人中、拍胸、提肩膀……

"快，扶进去，叫大夫！叫大夫！"

左家少爷爬起来去抓霖儿的胳膊："不要走啊，我们还没有拜完天地呢！"

霖儿被搀扶着进了新房，两个丫鬟担惊受怕地将她弄到床上，然后就有一夫人吩咐："你们在这里小心看着，大夫很快就来了。"

"是！"两个丫鬟面面相觑着，不敢多做个动作，直到老夫人匆忙出去了，两个人立刻把房门拉上。

良久，霖儿才悄悄张开了一只眼睛，然后甩了甩头发，伸手把凤冠取了，龇牙咧嘴地活动着肩膀，她一边起身穿靴子，一边想办法。几秒钟以后，霖儿果断而快速地解扣子脱喜服。

一名大夫随着仆人穿过热闹的内厅往东院过来。

霖儿踮着脚尖走到门口，手里紧紧握着根棍子。

门缓缓开了，两个丫鬟还在议论说上个少奶奶可是气死的，突然一个陌生的女子穿着奇怪的装束站在她们眼前，她们愣了，尖叫声都没发出来，霖儿已经打昏了她们。

3分钟以后，左府的主仆都发出了惊慌而凌乱的声音。

"新娘子跑了！"

吃喜宴的人们都乱作了一团，老太太受不住打击，眼前一黑，瘫软了下去。

侧门外，一顶宽大的马车正安静地停放着，霖儿拉开小门冒出脑袋，看到车夫的脸注视着后方，霖儿一压身小跑着钻了进去。

很快，四个随从恭敬地伴随着刚才那英俊高大的公子走出来。

一个老仆人挥了下手，躬身低声道："恭请宝四爷上轿。"说着已经有奴才将身子弓着趴在地上，任由这公子踩着上马车。霖儿紧紧抓着胸口的怀表，那公子掀开轿门……

三

巷子那边传来左府护卫和管家的高声呼叫："抓住新娘子，你往这边，你往那边……"

正诧异间，公子吃惊地愣住，霖儿已经迅速伸出手捂住他的嘴巴，一边拉他坐下一边做了个嘘的动作，眼珠灵动地转着，眉宇间闪烁起求救的神色："他们要、要……"她一边喘息一边找合适的词语，公子镇定地看着她，她俯在他耳边,"强抢民女……"刚说完,就听到管家喝道:"那是谁的马车?给我停住!"

霖儿轻轻从窗帘一角看出去,立刻回头,十万火急地哀求着面前的大帅哥:"拜托,救救我!救救我……"

公子抓开她的手指,一眨眼就看到了她胸前跳动的银色怀表和……她那隐约展现的胸前轮廓,他惊异地掉开脑袋。

"想干什么呢!"老仆人发出尖细的嗓音生气地盯着管家和他身后的护卫打手。

"干什么?我们怀疑新娘子跑进你这马车里了!"管家喝道。

霖儿立刻捂住自己的嘴巴,闭上眼低着脑袋合十祈祷。

眼前的富家公子调整过了心跳之后才看到霖儿那让人一见生怜的漂亮娃娃脸。她的白里透红的细嫩肌肤,柔软的肩膀,细细的腰肢,还有这身奇异的服装和如丝般亮滑的馨香发丝都让他眼前一亮。

眼看管家带的人就要过来搜轿子,然而还没靠近,就听见哎哟几声闷响,几个随从刀未出鞘已经出招摆平了他们,他们都痛叫着躺在地上。

管家不服输地翘起胡子:"好哇,你们是哪儿来的?竟然敢出手打左大人的手下!"他卷起袖子似乎要回去搬救兵。

富家公子缓缓地发出中气十足的威严声调:"外面怎么了?"

"宝四爷,没事。"老仆人恭敬地回语。

"那就起轿吧。"这个宝公子一说完,四个随从立刻就挥手示意轿夫起轿,只见那管家转身就往回跑。

良久,霖儿低着脑袋合十的手终于松开了,她抬起脸,长长地吐了一口气,转脸看着这位公子爷,微微笑着低声道:"你真是……我的救命恩人哪!太谢谢你了,先生……"她立刻改口,"哦,公子。"

"你刚才说,他们强抢民女?"他缓缓地开口道。

霖儿使劲点头:"是啊,我根本不认识他们啊。他们迷晕了我,然后给我穿上新娘的衣服……"霖儿无奈地解释着,"刚才真是太险了,我迷迷糊糊地……差点拜了天地!"

"是吗?真有此事?!"

霖儿认真地看着他的眼睛:"你看我像骗子吗?"

他研究着她的眼神和清纯脱俗的脸,有些似曾相识的感觉,不过他还是很平静地问:"那究竟是怎么回事?"

"说来话长了……那个曲府的千金,好像昨天午夜被两个蒙面人带走了。而我运气不好,正好撞在了那儿……我想,一定是那位老爷为了交差就把我迷晕然后扮成他女儿。"

"那你是哪里人？又为何这般打扮？"他有些不悦地看着她露在外面的肌肤和纤细的双腿。霖儿立刻想起这是古代啊。她将双腿并拢了，拉了下衣服，抱歉地微笑，调皮而单纯地吐了个舌头："Sorry呀……我不是……"

"你知不知道，你这身打扮会浸猪笼的！"

"啊！"

霖儿不知道怎么解释，只好不断地对着他发出微笑，"公子，我不是什么怪人，我……从一个……哦，是从另外一个很遥远的地方来这里的。……我们那儿都这么穿的啊。"还好没穿更短的裙子或者吊带……不然……

他的脸一阵泛红："真是太奇怪了。你们那儿，怎么可以这么穿？"

"公子。我很感谢你帮了我。将来有机会我会报答你的。呃……不过我还想问问，这，是什么地方？什么朝代啊？"

富家公子惊异地盯着她，难以理解地研究着她这些无知的问题，她有如另外一个世界来的妖精。

不过最后他还是缓缓回答道："这里是京城，乾隆年间。"

"是不是1738年啊？"

"什么？"

霖儿低头，换算了一番，抬头又问："那你告诉我，乾隆几年啊？"

公子本来不想回答她，不过最后还是缓缓地吐了几个字："三年。"

霖儿呆了。

半天才喃喃自语："居然真的跑到乾隆年间来了。真是太……不可思议了！上帝啊，佛主啊，我的爷爷啊。"她拍打着手掌，兴奋又无助，担忧而迷茫地靠在窗边，想了下，又道："怎么不去康熙年间啊。我的偶像是康熙嘛……真是的，居然跑来乾隆年间了……对了，是那个女的，她……"

"你说什么？"他皱着眉头靠近了她的脸。

她抿嘴一笑："没什么啊。那……"她无助地看着怀表，怀表居然还在走，而且显示的时间是上午9点15分。

"你这是……"宝公子道，"这是打哪儿来的？"他好奇地看着她手心的怀表，想起似乎在哪儿见过这玩意儿。

"这个叫怀表。"

"怀表？"他愣了下，"似曾见过。这是做什么用的？"

"时间啊，有它，我们就知道现在是什么时间了……是什么时辰了，对，你们这边都叫时辰哈，看天气什么的，我们那边就看表，很精准的哦！"

"这是哪里来的！"

"外国、西洋人，知道吗？"

他想起来了，曾经陪同世祖爷爷见过传教士身上戴这个洋玩意儿。

"这个……是我爷爷的。唉，也是它，让我……"霂儿摇头，掀开帘子，"我是不是在做梦？是不是啊？"她有些抓狂，回头又看着他，他们四目对视着，公子的心跳难以遏制地加快了。他第一次被一个陌生女子大胆直视，而且对方竟然毫不畏惧。

霂儿突然抓起他温暖的手："你打我一下，打重一点。拜托了！让我知道我来到这里不是做梦，是真的。"

"什么？"他迷惑起来。两只手的电流交汇，让他难以名状此刻的感觉。

"打我啊！"霂儿看他跟傻了似的，干脆一狠心，伸手掐向他的胳膊……

一声哀号，马车即刻停了，老仆人和随从警惕地靠近。

"宝四爷！"

霂儿听到这惨叫，再一次证实了自己不是在梦里的事实。她不断地揉着他被捏得生痛的胳膊，一个劲儿地道歉："对不起，对不起了……"她微笑着，直到他清醒过来。

"放肆！"他生气地吼道，甩开她的胳膊，横眉冷对。

霂儿嘟着嘴巴歉意地低下脑袋。

"爷！您怎么了?!"

随从手把着刀柄，准备随时出击。

他摆了下手："没事。"看着霂儿，霂儿吐了下舌头，可爱地挽起袖子，低声道："你拧我吧，就当是我还你的！"

他转开脸："把衣服整理好！"

霂儿哦了一声。

几秒钟以后，他还是忍不住好奇地看了过来。霂儿看回去，对着他温柔地笑。

他的心仿佛被什么东西牵动了，缓缓地开始发酵着。

霂儿转头撩开窗帘，看着人声鼎沸的街头，随着一声喝令，一个骑着马的年轻男子从她旁边一闪而过。霂儿一愣，那是张毅吗？

她几乎要钻了脑袋出去看，宝四爷伸手把她抓进来。

"你在看什么？放心吧，那些人追不上来。"

霂儿点头。

"那你只身来到京城，是投奔亲戚吗？"

"嗯……不是啊。我没有亲戚在这里啊。"

"哦。想起来了，你是被抢到这里来的。"他拍了下额头，"你是哪里人？"

霂儿被问住了。半天找不到可以编的故事来。

宝四爷不耐烦地道："那你叫什么名字总可以说吧？"

"这个简单了。我姓冉，叫冉霂儿。冉冉升起的冉，霂嘛，就是上面雨字头，下面沐浴的沐。"

他重复念叨着："冉霂儿？名字倒是挺特别的。"

"是啊，大家都叫我霂儿，你也可以这么叫我。"

"嗯。"他看着她，"你还是得告诉我，你从哪里来？"

霂儿开始想答案了，突然她眼珠子一转，就开口道："我来自一个……遥远的，世外桃源。在那个地方，我们的一切，都非常特别。"

他皱眉："世外桃源？！哼，你学陶渊明啊？"

霂儿看着他一副深藏不露的聪慧样，立刻就一本正经地开始解释起来："你说对了，我们的祖先就是希望我们的生活能在世外桃源般的世界展开。所以，在我们那里，没有专制、没有战争、没有世俗、也没有……没有……男女不平等的法律。"

他根本没听进去她说的是什么，只是好奇地欣赏着她眉飞色舞的表情，十分动人。

霂儿见他如坠入云里雾里的模样，便俯身靠过去打量。他忽然转过脸来，嘴唇与霂儿的额头一触而过，跟着他的心又乱了起来。

霂儿也心里一阵颤悠，半晌道："你不相信我啊？"

他低头思考了一下，看着她："我不知道。不过，我……"他摇头，"我实在不知道怎么形容你。"

霂儿点头："是啊。我自己，也不知道怎么形容自己了。"她叹了口气，"这次，真的，真的是……一头雾水啊！"

他抿嘴一笑。

"对了，我该下去了，公子。"随后她想着将来要感谢这个男人，于是又问，"还没有请教，公子尊姓大名？"

他似乎在想该不该说。

"你只要记住宝四爷就行了。"

霂儿皱眉："你这么年轻，最多二十来岁，怎么就叫宝四爷啊？"她忽然想起了什么，开心地笑起来，"好像我来到了红楼梦，你呢，就是那位宝二爷。"

他惊异地听着她的胡言乱语，真是又好气又好笑："满嘴胡话。"

霂儿呵呵笑起来，露出整齐的洁白牙齿："好吧，宝少爷。"霂儿拱手抱拳，学电视剧里头，"多谢你今日相救，小女子来日定当重谢！"

霂儿说完又被他拉住了胳膊："你就这样出去？"

霂儿理所当然地点头："是啊。怎么啦？"

"莫非，你现在是要回你那世外桃源？"

霂儿想了下，摇头："不，我还有任务没完成呢。"

"任务？"

"啊，这是个秘密！"霖儿将食指竖立在唇边，神秘地笑道，"总之呢，我完成了任务，就会回到我的世外桃源去了。"

他带着不可思议的眼神看着她："你不过是一名年轻女子，能做什么？"

霖儿搪塞道："找个人而已。"

"找什么人？"

霖儿不耐烦起来："宝四爷啊，你怎么问题那么多啊？我现在真的没有时间回答你了。我告诉你吧，你知道得越少，那就越好。OK？"

趁着他还在发笑的时候，霖儿立刻又道："请你叫你的人停车吧，好吗？"

他看着她："你以为我这马车是可以随便上的？"

霖儿犯难了："那你要怎么样啊？"

"在没弄清楚你是什么人之前，我不会放你走的。"

"什么？！"霖儿苦着脸，"哎哟，我现在必须要出去救人啊！你知道吗？这是非常情况，一条人命！人命关天！帅哥，大帅哥，宝四爷，你行行好，让我下去吧？"

他咧嘴想笑，克制住了，依然无动于衷地看着帘子。

霖儿抓着他的胳膊："我不是坏人哪！你放心，我真的不是坏人。你看我，手无缚鸡之力，我会伤害别人吗？我刚才不是解释了吗？我也不是曲家小姐，我家在非常遥远的地方。我……我……我必须要去紫禁城找一个人。"

他仿佛捉到了她的把柄，转过脑袋，近距离看着她："你说什么？要去紫禁城找人？！"

霖儿点头："是啊！"

他冷笑起来："哼，真是笑话！紫禁城是你想去就去的吗？"

霖儿不明所以，过一会儿才恍然道："哦，不是，我说错了。我不是去紫禁城，我是去北京城……"

"那你要找什么人？"

"我一定要说吗？"

"你说了，或许我就放你下去。"

不知道为什么，面前这位四爷说话专制得很，霖儿无可奈何地点头。

"我告诉你。我去找那个叫做……叫什么王、什么亲王来着……"霖儿咬着嘴唇费力回想着，宝四爷这次非常认真地等着她的回答。

第三章 巧　遇

为了救俄国使臣，要找怡亲王，想不到，眼前搭救自己的恩人竟然就是他……

一

霖儿用力一敲脑袋，想起了念然说的重点名字："哦。怡亲王！"

"什么！怡亲王？"他差点就站起来了，"停轿！"

霖儿看着他凝重的表情，心想不会就是他吧。

"你找怡亲王做什么？"他这回的剑眉星目完全没了刚才的柔和。

霖儿看他这副审讯犯人的架势，随口问："你不会就是怡亲王吧？"

他将脑袋偏了下，回过头，高高在上地看着她："对。"

"啊！"霖儿惊讶之后，又合十，"真是菩萨保佑，我怎么一来就遇到你了啊！"霖儿欣喜地笑起来，双手又拜了拜。可是眼前的男人却脸部僵硬，表情严峻。

随着老仆人躬身请宝四爷的声音响起，宝四爷先一步下去，霖儿跟着跳出来，刚掀开帘门，就听见面前的他背着手冷冷地喝令随从："来呀，给我绑了！"霖儿来不及说一个字，已经有两个随从的刀横在她脖子上了。

老仆人小心地走到宝四爷身边，躬着腰道："爷，这是？"他抬起脸，看着客栈："带她进去。"

"嗻！"

霖儿莫名其妙地在众人的眼皮底下被两个随从抓着胳膊进了客栈厢房。

老仆人忙着给宝四爷抬椅子，又一随从拿起银针试探刚倒的茶水。跟着宝四爷大摇大摆地坐下，房门关上，另外一个随从押着霖儿上来了。

"跪下！"那随从喝令霖儿。

宝四爷看着霖儿不服气的表情："你们都下去！"随从立刻松了霖儿，跟老仆人一道出了门去。

霖儿总算放松了下来，她的胳膊还有些酸痛，她伸手捏着肩膀："天啊，真是莫名其妙，先生，请问你又怎么了？"

"你叫我什么?"

"先生……不是,我错了,我还没适应你们这里的语言系统。公子,请问,小女子做错了何事?汝要做甚?"霖儿遣词造句地问他,他想笑又不敢笑出来,这个奇怪的女子,越来越让他好奇。

"你说呢?"

霖儿看着他:"莫非你真的是怡亲王吗?"

"你看呢?"

霖儿看着他一副高深莫测的模样,本来想生气的,还是压抑道:"天啊,你老是反问我,我要晕倒了。公子,我刚才说了,我没有恶意啊,你为什么还要抓我?"

"你可知道什么叫坦白从宽?"

"当然知道了,我哥哥就经常对那些犯人……"霖儿打住话,"哦,原来你是想审问我啊?"

"那你就老实点,都招了吧。到底有什么企图?"

霖儿笑起来,不过一看他的脸跟雕塑似的,霖儿也跟着严肃下来。

"我是……来……"霖儿一边踱步一边清理思路,"对了,最近是不是有俄国使臣来京面圣啊?"

他抬起眉头:"你打哪儿听来的?"

"宝四爷。是这样的,那个,我现在真的不知道该怎么解释。不过,看你严肃起来,怪可怕的。看来她说得对,要是那个人犯了错,你还真的不会饶他……"

"你说什么!"他发怒了,"说话不要嘀嘀咕咕的!"

霖儿哦了一声,乖乖地说对不起。然后思考着怎么跟他说那么复杂的事情。

"说话啊!你到底是怎么知道俄国使臣要来大清的?"

霖儿点头:"我说。因为,我遇到了一个……未卜先知的高人。这个人说,就在最近,俄国使臣会来到京城拜见乾隆。"

"大胆!"屋里传出宝四爷的吼声,把门口的仆人和随从都吓了一跳,直接就有带刀随从推门冲了进来。

"怎么了?"霖儿吓得一阵颤抖,然后又不解地看着他,"你怎么老是这样啊?"

"当今皇上的名讳你也敢直呼,你以为你是谁?!"

"哦,对不起嘛。我刚来这里,这里的规矩啊,法律啊,我都不懂。不过我没有恶意的。"

他哼了一下:"一会儿再收拾你,接着说!"

"我说完了啊。"

"是吗？那你找怡亲王做什么？"

"原来你不是怡亲王啊?!"

"不！我是！"他回答。

"我……是来帮你的。"

"哼，笑话！这是国家大事，要你一个小女子来做什么？"

"你怎么门缝里看人啊？"霂儿蹙起眉头，不满地道，"虽然你是王爷，可是也不是全能的嘛。我问你，你懂俄语吗？"

"俄语？"

"就是那些俄国使臣说的话啊！"

"这有什么关系，大清有的是人才。"

"是吗？"霂儿皱眉，心想，这么说，我还真的没有什么用处了。

"你到底什么时候说完?!"他有些不耐烦了。

霂儿点头："是这样的。那位高人说，俄国使臣可能会在这里……遇到刺客。"霂儿一下子想到了，"你想啊，中俄两国不是已经签署了《尼布楚条约》吗？俄国使臣抱着友好的态度来拜见当今皇上，如果出了意外，那肯定会影响非常大的。王爷，你说，我这么讲对不对？"

他思忖着她的话，第一次刮目相看眼前的小女子。

正在他揣度这种震惊的事情的时候，外面老仆人尖着嗓子道："宝四爷，有急件。"

宝四爷看着霂儿："递进来！"

"这是军机处中堂大人令快骑送来的。"他躬身递交到宝四爷手上。

宝四爷打开军机处的漆印，展开卷轴。

霂儿好奇地盯着他手上的官方文书，正觉得新鲜呢，宝四爷突然收起了折子，跟着表情难看起来。

"李肆！"老仆人低头："嗻。""这是刚到的？""是。"

"传口谕。"他抬眼看了一下霂儿，冷笑，"起驾怡亲王府！"

李肆吃惊地抬起眼睛来，跟着他在李肆耳边吩咐："你就告诉那边的人，都给我准备妥当了，理藩院的尚书大人，傅中堂，还有弘晓……按我说的办。不必管我。"

"嗻！"李肆后退着无限恭敬地出去了。

霂儿欣赏着他这副官样，还真有王爷风范。

"冉霂儿，你刚才说的那些事情，果然发生了。"

霂儿吃惊地看着他："发生了？"不会吧，这么快。

"你的那位世外高人现在何处？我想见他！"

霂儿摇头："她在十万八千里外，你是见不到的。因为，连我都见不到了。"

宝四爷站起来，重新打量着霂儿："好啊，看来，你真的不是个平常女子。"

"宝四爷，你能不能告诉我，发生什么事了？是不是出大事了？"

"那位高人没告诉你吗？"

霂儿摇头。

"一会儿就知道了。"他说，走到门口，又转头若有所思地看着霂儿，"你刚才是不是说过你懂得他们的语言？"

霂儿点头："我会俄语啊。"

他点头："来人！"

一个随从拱手上前。

"去叫人给她拾掇拾掇，换上男装。"

霂儿张开嘴巴。

那个随从低头一句"嗻"就小跑着走了。

霂儿傻愣愣地等着看面前的怡亲王到底葫芦里卖的什么药。

二

当霂儿一身公子服，头戴小圆帽出现在宝四爷面前的时候，宝四爷内心着实有些惊喜。面前的女子扮成男装却更有个性了。霂儿看着他研究的眼神："王爷，我们是不是可以出发了？你刚才说事情发生了啊。我好担心！"

宝四爷嗤然一笑："本王都不担心，你担心什么！"说罢挥手对李肆吩咐，"走吧。"

上轿前，霂儿还是忍不住担心地低声道："你能不能告诉我，俄国使臣发生了什么事情？"

宝四爷慢悠悠地看着她那双清澈却纯真的眼神，抿嘴道："你以为呢？"

霂儿不耐烦地支着下巴靠在窗沿上："哎！我在这里快着急死了。你还慢悠悠的，每句话都跟猜谜语似的反问我。"

他乐了，却掩饰着："那你要听什么？"

"我要听事情的真相啊。你告诉我吧，拜托了！很重要的，告诉我……"她忍不住抓起他的胳膊撒娇，看到他严厉的眼神，立刻放开。

"俄国使臣刚到京城，眼下理藩院的官员正安排他们休息。还没有发生大事。只是，却带来了不好的消息。"

"啊！还好……还好……"

"好什么？"

霂儿见他似是有苦恼，连忙道："是什么消息啊？"

"这是机密，本王不能告诉你！"

霂儿发出一声"切"，扭头又开始好奇地掀开帘子，他皱着眉头将她的胳膊拉下来："不许看！"

霂儿回头："谁规定的啊？我又没有伸出脑袋去看！"

"你还顶嘴！"

"那又怎么啦？你真怪，自己不想看，也不许别人看。你看到没，我刚发现有可怜的老小在街上要饭哪！还有，才不到五岁的小男孩在那么危险的刀剑下卖艺赚钱……"

"是吗？"他跟着将脑袋凑过来，正把霂儿整个人压在胸口下，霂儿哎哟低声叫着把他推开，扶正帽子道："你怎么跟小孩子一样啊。"

他乐了，直直地盯着霂儿，突然之间心生许多爱怜之情，霂儿立刻不自然地一边笑，一边用手把他的脸扶正面对轿门，哪知他捉住了霂儿的手。霂儿吃惊地抽落，他跟着一片惆怅，闷闷不语。

霂儿连忙道："男女授受不亲的，王爷。"

他白了她一眼："是你先动的手。"

霂儿跟着回他："我在调整你的视线。"

"什么？"

"你应该看着前方！"

他不再言语，两只胳膊习惯地支在膝盖上，看着轿门开始思量……

大约二十分钟以后，随着几声喝令响起，霂儿看见了怡亲王府四个大字正挂在眼前高大的门楣上，两只石狮子威严地蹲伏在门前台阶两旁。大门在李肆举起的令牌后被推开。

很快霂儿跟着宝四爷在一干人的保护下进了门穿过院子到了正殿侧房。

眼前，十几名带刀侍卫正分左右两排站立在正殿门外守卫着。霂儿跟着宝四爷在李肆的带领下穿过侧门进了偏厅。此刻，隔壁的正殿内已坐了五六个穿大清官服和俄国官服的人。他们有的手持茶杯在品茶，有的拿着扇子掩着嘴巴跟旁边的人低声商讨着。霂儿透过门帘往正殿前方打量，那边的上位还没有人入座。正好奇着呢，随着侍卫的通报，一群人在官兵的呼引下缓缓穿过走道往正殿来，正殿下坐的官员都起身了。

霂儿掀开侧门帘子的一角眼花缭乱地看着进来的人。一时间也没看明白那些是什么人，直到她见到了一身俄国军官服装的人，这才恍然道："俄国使臣来了。"

俄国人的佩刀和枪都分别在入内前交到大清侍卫手里。

领头的是一名三十来岁的朝廷官员，这个人五官端正，两撇地道的八字胡须，个儿比宝四爷略逊一筹，但也是剑眉星目。跟他一同入内的还有三个官员，一个是四十来岁的理藩院尚书，另外一个是穿着大清服饰的外国人。霂儿想这个就是翻译吧？果然如此，他走在他们之间，不停地用俄语和不太娴熟的官话跟俄国将军、副将和大清长官们沟通。

随着大家的拱手迎接，一路人已经走了上位，年轻的男子坐在左边，俄国将军坐在右边。其他人也入座了圈椅内。

霂儿正好就离俄国副将不远，能听到他低声嘀咕着，"上帝，快点开始吧。"

宝四爷冷冷地看着外面，很快，随着一声低唤，一名大约十七八岁的年轻公子突然出现在霂儿后方，跟宝四爷作揖之后，低声道："您怎么来了？不是安排了下江南吗？"

"以后再说。收到傅中堂的折子，说是这次似乎来者不善。我就好奇来看看。"

"爷，您不用担心，有中堂大人和理藩院的一干人在，什么事情都能摆平的。"

宝四爷缓缓在一张大圈椅内坐下，公子发现了霂儿。

"他是？"

霂儿转过脸来，年轻的公子一下子惊讶地呆住了。宝四爷看了看他，道："怎么？"

"这位……公子，好像……"他的眼睛突然流露出惊诧的喜悦和哀伤的矛盾神色。

"像什么？"

"您忘记了？他……好像秀亭几年前离世的姐姐和惠公主。"

霂儿一愣，疑惑地看着他："你说什么？"

他立刻转开头，眼睛却已经有了些泪光："姐姐嫁去喀尔喀博的时候，秀亭年方9岁。小时候，总是姐姐带着秀亭，照顾秀亭，教秀亭习文作诗……"

宝四爷叹了一口气："是啊，和惠公主的确是个温柔贤惠的人。只是，你看清楚了，眼前这个，可没有你姐姐那么知书达理。"

他一愣，打量着霂儿。霂儿防范地看着他："我不是你姐姐，绝对不是哦。我叫冉霂儿，是刚……从外地来的。"

"你……不是男人？!"

"啊?!"霂儿看着宝四爷，宝四爷抿着嘴角偷乐了一下，掉开头去。

霂儿微微一笑，指着宝四爷道："是他让人给我弄来的衣服。"

"皇……"年轻公子改口，"爷，那她……"

"她可不是个一般人啊。刚才我接到折子之前，就听她说了使臣的事情。而且她还宣称，能听懂洋话。你说，这么稀罕的人，我怎么能放过？"他一字一句地说着，说得年轻公子（秀亭）吃惊之外更是有些疑惑。

此时外面的人正在商谈。

第三章 巧遇

霖儿皱眉，秀亭不停地打量她，好奇、好感都一一展现了出来。

"你又是哪位啊？"

秀亭昂首挺胸地道："本……呃……我叫秀亭，号冰玉主人。"

霖儿发愣，耸肩又摇头："我听不懂。"

"好了，既然如此，你去听听那些俄国人都说了什么。翻译给本王听。"

霖儿点头，微笑着转身走到那边去。

秀亭微笑着观察她的认真模样。

三

这个时候，霖儿听到了傅中堂的声音："他说什么？"他在问传教士。传教士弯腰回答："俄国将军说，前不久，在尼布楚关卡的哨楼里，有大清的匪徒袭击并且杀死了三名士兵，还打伤了数名军人。抢劫了他们身上的枪和库房的两箱弹药，这件事使得陛下非常生气。所以，这次特派他们来要求大清皇帝对此事做出公平合理的调查回应，以及……赔偿！"

霖儿跟傅中堂和理藩院尚书都震惊了，下头的臣子和文书者都为此交头接耳。宝四爷看着霖儿："他们在吵什么？"

霖儿做了个嘘的动作，继续认真看。

宝四爷起身往她那边走。

"这件事本官已及时向圣上禀明了。你告诉将军，目前正在调查之中。"

霖儿看着那俄国将军不满的表情："这件事不单单是违反了协议，还让我们损失惨重。希望你们的皇帝陛下尽快给我个满意答复。赔偿是必须要有的，我答应过陛下这次回去会将结果呈上。"

"他们到底说什么？"他扳过霖儿的肩膀，质问。

霖儿将他拉到一旁："他们对于尼布楚关卡卫兵的死和枪支的丢失非常看重，那位将军的意思是，如果大清不给予相应的赔偿和结果，他们回去不好给他们的皇帝陛下交差！"

宝四爷冷静了下来。秀亭却沉重了起来，"看来他们的确是来者不善。"

"再去听！"

霖儿转身走去，正听见副官和下属在说悄悄话。

"听说大清皇帝后宫三千美人，那么京城也肯定有不少妓女吧？"他的下属嘿嘿笑道，"今天晚上我们正好可以找人带去妓院玩玩。"

"嗯！"

霖儿皱着眉头愤恨地看了一眼副官，"可别告诉我，你就是乌兹别鲁将军！"正说着呢，就听那边的将军在喊乌兹别鲁。乌兹别鲁立刻起身，将一本小册子呈递给一个侍从。

"这是我国的法律。一旦查到凶手，必须处以极刑。我们的枪支弹药也必须得到赔偿。"

霖儿叹了口气。

傅中堂镇定地点头："这件事本官一定会禀明圣上。将军，你们可否先回去休息，理藩院尚书大人会负责接待你们。待明日卯时，本官会将圣上的意思转告。"

接着他又同尚书商议了几句，尚书大人也连连点头。

这边的副将已经喜出望外了。

跟着那边开始交谈其他的事宜。

霖儿一掉头，见秀亭匆忙退出了房间，往那边去了。

宝四爷拿着盖碗茶冷静地品尝着，看得霖儿都口渴了。

"他们还说什么了？"

霖儿在他旁边坐下，自己翻开杯子拿壶喝茶，一着急，滚烫的茶水烫了舌头，她连忙吐出来，李肆哎呀一声过来，却是照看宝四爷有没有被吓着。

宝四爷想发怒的样子，不过看霖儿吐舌头的样子，却忍不住想笑。

李肆退开了。

"他们说……要等到皇上的圣裁。"霖儿点头，"呃，对了，他们今晚会住在什么地方啊？"

宝四爷道："理藩院尚书会安排的。"

"我不知道啊，在哪里呢？"

"你问这些做什么？"

"哦……我……好奇而已。"

"他们是不是还说了什么话？"

霖儿连忙摇头："没有啊。"

"可是，我总觉得你好像有所隐瞒，你的世外高人到底叫你来做什么？"

"就是……就是……帮个小忙而已。"霖儿一边低头慢慢喝茶，一边想可能今晚会出事。刚才听那副将说要去妓院，对啊……我也去！去阻止他们！

霖儿听到那边的脚步声渐渐少了。跟着坐正殿中间的傅中堂跟着秀亭绕门进来，还没到厅堂中间，他就抱拳行礼道："臣叩见宝四爷。"

宝四爷老成地点头，抬手。霖儿才注意到他大拇指上还戴着个巨大的玉扳指。

"刚才秀亭已经跟你说了本王的意思吧？"

傅中堂浅浅地看了一眼霖儿，跟着应道："是。"

"你的意思呢？"

"这件事可大可小。依臣愚见，两国相交，以和为贵。既然他们的皇帝想要黄金白银的赔偿，也未尝不可。只是，要在短时间内找出那些匪首，恐怕并不容易。"

"嗯。"

"所以，可请圣上御笔下诏，在规定时间内，捉拿匪首并处以重刑，昭告天下，以儆效尤。另抄拟副本送与俄国皇帝……"

……

霂儿也听不大明白他的意思，突然恨自己学古代历史的时候怎么不记得牢一点儿。不过看他们两个商量得挺满意的。

"好，就照你的意思办。"他看着霂儿，然后又吩咐了秀亭，"秀亭，这位世外桃源来的冉公子，就暂时由你款待吧。可要给我好好招呼，或许明日还有事要她出面呢。"

秀亭极有默契地拱手道："是。秀亭一定好好招呼冉公子。"

两个人的眼神仿佛都夹杂着其他意思，看得霂儿的心都悬了起来。

宝四爷起身要走了，霂儿也跟着站起来，傻愣愣地跟他四目相对，看着他高大的背影消失在门口才自言自语地问："这就完了？可是……"霂儿怎么也想不通，"哦，对，事情还没发生，我要去阻止啊！"说完就往外跑，两个侍卫迅速拦住她，跟着秀亭微笑着道："冉公子，你现在可不能乱跑哦。"

"为什么啊？"

他笑起来："因为我要好好招待你啊。"

"不用了，我要出去。"

他摇头："你真的不能走，这是命令！"

"可是，我还没有办完事啊。你让我出去吧。"

"不行。"他铁定地摇头，"我看在你像公主姐姐的分上就不为难你了，你需要什么就告诉他们吧。"说完他也扬长而去了。

京城西南街区，此时此刻正有一位锦衣公子带剑骑马与两个随从穿过大道奔往东城的一座"香榭阁"酒楼。

酒楼的三楼厢房外已经站了两个男仆。上菜的小二和丫鬟来来回回地跑着，阳光流泻进窗口，不一会儿，楼下响起了马匹的鸣叫和蹄子的旋踏声。

秀亭在四个随从的陪同下上楼，老板笑着躬身迎接他。

"王爷，您好久没来这里啦。"

秀亭点点头："对了，我义兄来了吗？"

"哦，您说司马公子啊，他还没到。"刚说着，锦衣公子已经翻身下马，随着他的微笑，一个女扮男装的小二掀开里屋的布帘子跑出来接过他的宝剑，一面仰慕地道："公子您来啦。"

司马世恒微微点头："王爷到了？"

"到了。刚上去呢。"女孩子爱慕地看着相貌堂堂的司马世恒，跟着他跑上楼去。

太阳就要下山了。霖儿肚子饿了，正想办法离开这里，一个四十岁上下的女仆人带着丫鬟端了饭菜进来。

"我们王爷吩咐给您的晚膳，请公子慢用！"

"啊……哦，谢谢！"霖儿正饿呢，也不客气地捋起袖子，拿起筷子坐下就吃起来。

酒楼里，当司马世恒的随从捧着两本书籍恭敬地递给秀亭的时候，秀亭立刻就惊喜地站起来，接过书抚摸着上面雕刻的字，叹息道："这就是本王找了半年都没找到的《圣元子集》啊！义兄，你对我实在是太了解了。多谢多谢！"

"呵呵！我就知道你别的不爱好，喜欢藏书。"

"对了，跟你说件今天刚发生的奇事。"

"哦？"司马世恒认真地听着。

四

霖儿开心地喝了一大口乌鸡汤，畅快地抹了一下嘴唇："古代的饭菜真是太香了！"

酒楼里，司马世恒听完了秀亭说的怪事，也觉得有趣起来："这么说，你府上的那个懂俄语的姑娘还在？"

"在啊！"秀亭道，"皇上吩咐没有他的意思，不许放她！"

司马世恒开心地笑起来："这个人才倒不错啊。秀亭，我正好有个忙要你帮的。"

"义兄请说。"

"我有笔买卖今日申时要在这里签协议。我来找你，原来是想请你引荐懂英语的传教士帮忙。现在看来，就借你府上这位冉公子一用吧？"

秀亭思忖了一下："不过，你今晚一定要送回来。不然如果明天皇上真的要找她，秀亭就交不了差了。"

"放心，今天下午就可以了。"

"好吧，我们听会儿戏就回府。"

司马世恒点头。这个时候，随着乐队的上台，一名穿着朴实却五官精致的美貌女子缓缓上台了，司马世恒愣了下，回忆起刚才接过他宝剑的小二。

第三章 巧遇

"世恒哥，你知道吗？她可是我上个月发现的金嗓子。她唱的戏声线婉转优美曲折，情感动人，词汇绝妙。"

"嗯。而且还是美貌并存，是吗？"

女孩子屈膝作礼以后，微微抬起胳膊手指，《霸王别姬》的乐声立刻出来了……

"秀亭是不是喜欢她呀？"成熟的司马世恒这么低声一问，少年王爷反而脸红了。他含笑不语，专注地盯着台上的女孩。

"她叫依依，年方十六。"

司马世恒点头："你跟她认识了？"

秀亭不好意思地点头："聊过几句。不过，她个性爽朗，我反而不好意思。"

"哈哈……你可是王爷。想必她父亲十分乐意吧？"

"唉！皇上说了，明年开春趁秀女进宫给本王赐婚。你也知道，这是大清规矩。哪里像你这么自由。对了，这几个月，世恒哥可遇到心仪的人？"

司马世恒端起酒杯浅浅抿了一口道："还没有。"

"莫非还想着香蓉姑娘？"

司马世恒叹了口气："自从她离开之后，我再也无心看其他女子。"

"唉，真是英雄难过美人关哪。"

而这个时间的霂儿已经倒在内堂的小间软榻内睡着了。不时有丫鬟进来将毯子轻轻给她盖上，看着这么俊俏的小哥，丫鬟羞红了脸。

很快，霂儿睡得香沉沉的，梦里开始反复出现奇怪的情形。爷爷、陌生女孩、张牙舞爪的张毅，还有关切的哥哥……跟着是那个宝四爷横眉冷对的笑……

突然之间她一脚踏空了，身子跟着从一个黑洞洞的地方往下掉，霂儿扯开嗓子尖叫起来，这叫声把正端详她的两个公子都吓得直起了腰。霂儿全身冷汗地坐起来："爷爷！救命啊……"

汗水冒出额头、鼻尖，霂儿这才发现是梦，伸手擦了擦，眼泪顺着脸颊悄悄流落了一滴，看得司马世恒一愣。

秀亭背着手："看样子，是做了噩梦了？"

霂儿吃惊地抬起脑袋："谁啊！"说罢掀开毛毯下床榻："你回来了？"

"嗯。"秀亭看着世恒道，"给你介绍一下，这位是我的义兄，叫司马世恒。听说你会俄文，想必也懂西洋人的话吧？"

霂儿点点头："英语吗？是啊，我会！"

"那就好。世恒哥，我把她交给你了。可要记着送回来。"

司马世恒点头，又看着霂儿："你真的会说？"

霂儿理所当然地点头："我还考了四级的呢。"

"什么？"

"哦……我会。没问题！"霂儿自信满满地竖起拇指朝着自己。

司马世恒吸了口气，满意地点头。

霂儿不解地看着他们两个："你们什么意思啊？"

"哦，你跟着世恒哥去了就知道了。他让你做什么，你就做什么。"

"为什么？"

"因为……这是我的命令！"

"那个……怡亲王呢？我要找他！"

"你找他？"秀亭笑起来，"你怕是没什么机会再见到他了。"

"为什么？"

"你只不过是个百姓，怎么可能见到他？"

霂儿仰头："可是我还有事情啊。"

"时间不早了，你跟着世恒哥去吧。回来再说。"

霂儿想了想："去哪儿？"

"去就是了。你这丫头话怎么这么多?!"秀亭忍不住一语道破，弄得霂儿不好意思起来。

"好，去就去了！对了，你能不能帮我传个话？"

"什么话？"

"你告诉他，无论俄国使臣做了什么事情和举动，千万不要……不要一时冲动，要他们的命。好吗？"

"什么？"秀亭吃惊地问。

霂儿强调道："非常重要，非常非常重要的！就是以和为贵，希望他能够……理解！"

霂儿说着跟司马世恒出去了，秀亭觉得有些莫名其妙，也没有放在心上。他现在正想要看司马世恒送来的书呢。

很快，霂儿跟司马世恒坐轿子去了香榭阁。

两人坐在楼上看着夕阳渐渐西下。霂儿支着脑袋听他说道，"一会儿西洋人会带他的翻译。所以你不必作声，只需要站在我旁边听好我们协商的合同内容，再按照内容的要求一字一句地对比那位翻译拟下的洋文合同。如果准确无误就朝我点头，如果有些地方有纰漏，就悄悄告诉我。"

霂儿把玩着桌子上的杯子，点点头："你真聪明啊。司马……"

"你也可以叫我世恒哥。刚才听秀亭提到你的模样跟他去世的姐姐很相似，这也是缘分。"

第三章 巧遇

"你是做什么生意的呢？世恒哥。"霖儿抬起好奇的眼睛看着他。

他微笑："丝绸、纺织，还有江南特色的刺绣。只要是穿着上的，大大小小，头饰鞋袜，都是司马家的。你听说过司马绸庄吗？"

霖儿直起腰来，摇头道："在我们那儿怎么知道你们这里的闻名商品哪。"

"你们那儿？那是哪里？"

霖儿神秘地笑："这个，说出来怕你不相信。跟刚才怡亲王一样，说了他就说我撒谎。"

"你说来听听，大江南北，我虽然没有全数走过，但好歹，我的人脉广阔，稀罕的地方也大致知道些。"

"哦，我家在遥远的世外桃源。"

他愣住："是吗？听说……那是个神秘的地方，别人是进不去的！"

好家伙，真的有啊。

"是啊，你真厉害。果然是走江湖的，比怡亲王见多识广。"霖儿偷笑。

"唉！话可不能这么说的。怡亲王是个书迷，喜欢阅览天下名书。他知道的，更多是我不知道的。"两人说的怡亲王，都不是同一个人。

"世恒哥真是年轻有为啊。打理那么大的丝绸庄，很厉害噢！"

"此乃祖上留下的产业。其实，谁人不想逍遥自在？唉，有些事情真是身不由己。"

霖儿点头："是啊。不过，做生意也没什么不好啊。有钱又不用受皇帝的气。"

"哈哈……你说话真直接。"

第四章　拯救古魂

俄国使臣在妓院花天酒地，霂儿就在酒楼做丝绸公子的暂代翻译，到底今夜要发生什么事？霂儿急切地跟时间赛跑着……

一

霂儿笑了一声，端起杯子喝了一大口，看了看泛红的天际："快6点了吧？你的合伙人怎么还不来啊？"

他看着外头："快了。他是乘船来的，酉时应该会到京城的。"

"酉时是几点啊？"霂儿刚问了就立刻后悔了。

他看着她，笑道："真有意思，你还不知道吗？"

霂儿低下脑袋从胸口拿出怀表，司马世恒吃惊地注视道："你也有西洋怀表？"

霂儿抬起脑袋呃了一声："是我爷爷送的。"

"这表可是很稀罕的，看来你爷爷也不是常人。"

"我们世外桃源的人好多都不是常人呢。"霂儿呵呵笑。

他点头。

"西洋人说过几点吗？"

"用他们的话说，是8点整。按我们的时辰就是戌时。"

"啊！现在才7点哪。"

"所以先出来喝茶吃点东西，慢慢地等他们来。"

霂儿点头："你真是太准时了。对了，你对京城熟悉吗？"

"当然熟悉。"

"那，你应该知道，京城最大、最有名的……青楼在什么地方吧？"

他差点吐出满嘴的茶水。

霂儿笑道："是这样的，我今晚要去青楼找一个人，是帮一个朋友找的。"

"可你是姑娘家啊。你的朋友为什么不自己去？"

"你还没回答我哪。"

他点头："怜香楼和怡红院在京城都很出名。一个城南，一个城西。"

霂儿继续发问："从这里出发的话，怎么样能尽快到啊？"

"冉姑娘……"

"你叫我霂儿吧。我听着要自然一点儿。"

"呃，霂儿。等合同签好了，我要遵守承诺送你回怡亲王府。你不能乱跑。"

霂儿皱着眉头嘀咕道："今晚我不去，就麻烦大了。"

"你从遥远的地方来，就是为了寻人？"

霂儿点头："是的，不过不止一个，是两个。唉！那个混蛋张毅不知道现在在哪里。我怎么找他啊！"

"也许我可以帮你找找。"

"这太麻烦你了吧？我们非亲非故的。"

"你今晚帮了我的忙，我应该感谢你。刚才还想问，你想要什么酬劳。"

霂儿微笑起来："不必了。如果你真的能帮我找到那个人，我就感激万分了。"

"好，说来听听。"

"他是跟我一起来的。但是，来这里之前，他害死了我爷爷。"

想到爷爷，霂儿的眼圈就红了，虽然天已经黑了，但烛光下却能看到她的哀伤。

"我的好爷爷……就这么走了。也没有参加他的葬礼……我应该早点去救爷爷的。可是，谁想到张毅竟然是个唯利是图的小人！"

他叹了一口气："你一个姑娘家，却要背负家仇远离家园，真让在下佩服！"

"你不用佩服我，我也是——无可奈何的。"

"你放心，我一定会帮你打听的，稍后我请画匠为你要找的人画个样子吧。"

"嗯！"

"对了，你能否告诉我，你是……怎么遇到怡亲王和秀亭的？"

"他没有告诉你吗？"

"他只说你是怡亲王带进王府的。说你会俄语，还是个女才子。"

霂儿笑起来："这又是我刚刚来这里的一小段故事了……"

此时此刻，俄国使臣正在一名官员的陪同下进入怜香楼。刚进去，就听那翻译人员对老鸨吩咐道："准备好你们上等的酒菜，叫出所有漂亮的姑娘。今天包下你这里了。不许任何外人进来！"

"哎哟！欢迎各位呀！各位大爷尽管吩咐，好酒好菜立刻就上来。请各位上楼入座吧。"

"嗯，还有，将军要听你们这里的王牌姑娘弹琴唱曲，去安排好喽！其他的姑娘好好伺候我们的人。"

六个俄国士兵一进来就像馋嘴的猫见到了鱼，分别就跟着前来招呼他们的姑娘走了。

怜香楼外围，四个穿便衣的带刀侍从分别驻守在门口。

霖儿再次看了一眼怀表："世恒哥，已经到8点了。他们该来了吧？"

司马世恒站起来背着手走到阳台看着楼下的街道，三个穿着西洋服装的男人簇拥着一个四十岁出头的英国商人刚刚抬腿进入酒楼。

"他们来了！"

霖儿点头："还算准时。"

门口的仆人进来道："老板问现在上酒菜吗？"

司马世恒点头："可以。"

随着一声吆喝，酒楼里的男女排队上菜……

双方握手，寒暄过后入座。

一名抚琴的女子在隐约的纱幔帘子后方坐下，开始弹奏起舒缓流畅而优美的调子来。

霖儿不声不响地站在司马世恒背后。对面的翻译是个三十来岁的大清男子。穿着绸缎衣服，说起英语来也挺流畅。

霖儿安静地等待着这场饭桌上的商议。谁知道双方还在畅谈过去的生意来往情况，霖儿有些着急地看着已经黑尽了的天空。

怜香楼里，俄国将军和副将两人在美女的陪伴下大口吃肉，大口喝酒，畅快淋漓。随着一声声琵琶的优美音乐伴奏，他们便得意忘形起来。

此刻楼上的东厢房回廊旁，一名温婉的古代美女正打开她住的房门。她身边的丫鬟低声道："看看那些洋人，长得好高的鼻子。"

"哼！难看死了！"

"还好妈妈没有叫你去弹琴。"

"哼。"

"对了，今日不是弘昌贝勒要来听姑娘弹琴吗？"

她冷冷地看着楼道里追逐打闹的洋人士兵，掉头进去了。而正在她刚迈腿的时候，一双眼睛盯住了她。

正说话间，怜香楼大门外一辆高贵的王家马车辘辘而至，随着帘子揭开，一名青年公子笑眯眯地下得轿来。

一见门口多了四个守卫，他眉头一皱，没理会，径直要往里闯。

带刀随从拦住了他的去路。

"让开！什么东西，你们想干吗？"他背着手，摇着辫子，高姿态地俯视着

第四章　拯救古魂

守卫。

"抱歉,今日怜香楼已被包下,请公子另觅他处。"

弘昌发出一声大笑:"什么!"他对随从做了个眼神,随从立即就挥刀杀了过去。

"知道咱们是哪位爷吗?"

护卫没回答。

"这位可是弘昌贝勒爷。你们是什么人派来的?吃了豹子胆,敢在天子脚下撒野?!"

护卫依然不回答。他们的任务只是确保里面的洋人安全,外人一律不得入内。

接下来弘昌贝勒的手下便恶狠狠地刀刃相见了。不过不打不知道,一打才发现他们四五个根本不是对方的对手。

弘昌恼了,捋起袖子就往里闯,谁知被那护卫拦腰一推,跌出好远。他愤怒地站起来,这时候,门里的老鸨听到打斗声音,连忙出来劝解。

一名看见东厢房美女的士兵正歪歪扭扭地进来埋在副将耳边嘀咕着。

副将跟着对将军嘀咕道:"听说这里还有美人没出来呢,将军。"

刚刚把弘昌贝勒劝住的老鸨又被洋人翻译叫了上去,弘昌咬牙切齿地上车,令手下再带人来。

一下属低声劝解道:"贝勒爷,如今这里头是洋人在吃喝玩乐,咱们何必跟他们争,等明儿洋人一走,这里依然是贝勒爷的天下了。"

"哼,本贝勒就是不信了,这些该死的,连我也敢打!这还有王法吗?!跑到大清来撒野!"

"今日应了莲香要听她弹曲。本王可不能食言!"

"可是……"

"对了,万一被那洋人……"

"刚才老鸨不是说了吗,她把莲香姑娘秘密安置了,不会让洋人见着的。"

"哼,爷这口气还是不服!"

二

老鸨被翻译带到了将军跟前,只见将军酒足饭饱,还在不停打嗝,脸颊红红的,说话也酒气喷天。

"我的属下还看到了这里一位大美女。你让她出来……出来陪本将军跳舞!"

"哎哟,大人,劳烦您告诉洋大人,我那女儿莲香近来脸上出痘子,极其丑陋,所以不敢来打扰将军。"

将军听了还是不同意："让我看看……快点！要不然我不客气了啊！"

"我看你还是叫莲香姑娘出来吧。"翻译不想惹麻烦，心想只是一名红尘女子，何必要躲躲闪闪。

老鸨低声对他道："不瞒大爷，莲香是卖艺不卖身的。我只怕他们……"说完又补充道："大爷，莲香姑娘，可是连弘昌弘皎贝勒爷都极其喜欢的，两位贝勒爷的名号，大爷也比小民清楚，大爷……"

"弘昌贝勒？嗯，我知道了。我帮你说说。"

翻译对着将军一顿说话，将军坐在那里，抬手捏着一名女子的下巴，笑盈盈的。副将提着半壶酒，来到了弹曲姑娘的旁边，单手支在柱子上，闭上眼睛哼起来。

"老鸨，不如这样，你就让她蒙着脸出来远远地坐在那边弹曲好了。洋人答应，只听曲，放心，有我们看着他们几个呢。"

老鸨担忧地定定神。

洋人还在使劲儿挥手："去，去叫头牌姑娘，本将军很想欣赏欣赏。"

老鸨不得已离开了。

紫禁城养心殿。

宝四爷（皇上）正问着手下："俄国使臣没闹吧？"

"现在没有。他们酒足饭饱，怕是该休息了。"

"嗯！那就好。对了，多加派人手，要注意安全。"

"嚒！"

霂儿认真地听着，司马世恒终于开始转移话题谈到合约上了。双方也喝酒谈兴正浓，翻译立刻照英国人的要求说明了条件。

霂儿仔细地听着，有几条很有些揩油的意思。她低声跟司马世恒说了，司马世恒点头，睿智地把话带出来。也就在这个时候，霂儿发现了翻译的一个可怕的做法。那就是从中牟利，故意在合同中做了手脚，赚中间的差价。

她克制着疑惑的表情埋下脑袋对着司马世恒耳语，司马世恒微微地带着笑脸，表现得没有漏洞，翻译认真地看了一眼霂儿，霂儿低着脑袋面无表情地站立着。

司马世恒开始沉默。

他端起酒杯，抿了一口，跟着在思忖。

霂儿听翻译向洋人解释对方正在考虑最后的价格。

司马世恒抬起眼睛，看了一眼翻译，然后微笑着举起酒杯对洋人敬酒。

第四章 拯救古魂

"你告诉他，我同意了。"

霖儿吃惊地看着司马世恒。

"现在请签订合同吧。"

于是翻译皆大欢喜地起身接过毛笔，坐在一边的书桌前开始用英语写合同。司马世恒也在另外一边的书桌前提笔写中文合同。

霖儿走过去，低声道："你为什么……"

"不用担心，我知道怎么处置他。"

此时，穿着飘逸服饰，带着面纱的莲香姑娘缓缓地施礼而后坐在琴台缥缈的帘子后，食指纤纤地抬起，黑亮的眼睛专注地盯着前方开始抚琴。

琴音美妙地流淌在楼里，引得正抱着美女的将军大力叫好，莲香不想看到对面两个男人淫亵着抚摸青楼的姐妹，便低头闭上眼睛。但耳边的笑声、娇声、喘息声还是不断传过来，她皱着眉头，只盼今晚早点过去。

在房门外，一个男仆人也正担忧地站在那儿。只要一听到里面传出女人的尖叫声他便要透过窗门看一眼莲香姑娘所在的位置。只要莲香姑娘安然无恙，他也就放心了。

见楼下的人都拉士兵进屋了，传出阵阵尖叫嬉笑，男仆摇头道："真是一群淫贼！"

席间，副将军端着酒杯走向莲香道："弹点儿高兴的！知道吗？我们将军喜欢欢快的曲子。"

翻译进去吩咐，莲香微微欠身，换成雄劲欢悦的曲调。

副将军高兴地抬起胳膊打着拍子，醉醺醺地隔着纱帘看着里头的美人，越看越想掀开她的面纱，他想起蒙娜丽莎，那是多么神秘的美人，多么大的诱惑。他端起酒杯，摇晃着掀开了帘子，一不小心啪地摔倒在莲香跟前，莲香立刻紧张起来。

男仆提着水壶推门冲进来，假装扶副将军，实际上是要将他带离莲香面前。没想到力道极大的副将军一把推开了他，嘀嘀咕咕地说着要跟美人喝酒，绕道往莲香背后醉醺醺地走去。

霖儿点头，看了一眼时间，呀！10点半了！

她有些急躁地看着翻译写英文合同，希望一切顺利。

霖儿接过英文合同看起来，翻译疑惑地盯着她。霖儿递交给司马世恒，低声道："最后一条多了附加条件，是他自己加的。"

司马世恒走到翻译面前，指着最后条款道："我的随从说，你这句话翻译得不合适，请另外写一份吧。"

"什么？你竟然不信我！"翻译恼怒了。

霖儿走过去，用熟练的英语道："先生，您应该知道，做生意要诚恳相待，更何况你们跟司马先生的生意是长远来往的。格兰陵先生明明和司马先生谈好了，请即刻免去这条吧。"

一旁的英国商人突然站了起来："你会说英语?!"

霖儿微笑着点头："对不起。我只会一点而已。"

"但你的英语说得非常好。"

"谢谢。先生，我知道英国伦敦是个非常让人向往的地方，所以学英语希望将来去那儿看看。"

"哈哈！非常好，到时候我可以做你的导游。"

"谢谢，先生。"

这个时候司马世恒正认真地看着翻译道："写吧。时候不早了，签完大家也该回去休息了。"

翻译压抑着担心，立刻点头："不好意思，刚才是我写错了。"

不一会儿，合同终于完成了。

霖儿期待地看着他们双方签字按手印。

最后是满满一杯酒的对碰。

霖儿松了口气，司马世恒起身送格兰陵回客房休息。

三

到了楼下，霖儿突然抓住司马世恒的胳膊："走，快带我去找人！已经11点了。快来不及了！"

他认真地看着她："我该送你回王府了！"

"你答应过帮我的。"霖儿嘟着嘴巴，"现在真的非常重要，拜托了！"

"好吧。"看霖儿十万火急的样子，他也不忍心拒绝。于是立即命人牵马出来，霖儿着急地跺着脚："快呀！"

"上马吧。"他说。

霖儿看着马："可是我……不会骑马啊！"

"什么？"

"你上去，带我！"

霖儿果断地推他，他便翻身上马，然后霖儿主动抓住他的手掌，在他的帮助下终于骑上去了，霖儿抱住他的腰："快走吧，哪儿近先去哪儿找。"

他回过神来，顾不上其他，立刻夹紧了马肚往前奔。

怜香楼里，副将军正一拳砸在那男仆身上，扑向莲香，莲香立刻躲闪开去，他笑着大喊美人，然后追了上去。男仆翻身爬起来，去追副将军。

怡红院门口，司马世恒下马了。
"你要找什么人？"
"俄国将军！"霖儿道，说完就要往里面冲。司马世恒拉住她："你说什么？"
"我说，我要找俄国将军！我要阻止他做坏事。"
"这是什么意思？"
"我现在没办法给你解释。总之，如果不去阻止，就会出人命的！你让我进去吧。"
"慢着！我不会让你进去的。"
"为什么啊？"霖儿着急地跺脚。
"我帮你问问。"
霖儿看着他走进去。
几分钟过去了，他快步出来："这里没有！"
"你确定吗？"
"上马！"

在马儿奔跑的时候，司马世恒好奇地问道："霖儿，你究竟是怎么知道会出事的？"
"我……反正，现在不知道怎么解释。找到了人再说吧！"

莲香被副将军捉住了，揭开面纱之后，副将军仿佛看到了下凡的仙女，愣了。此时那男仆冲上前来，趁机拉了莲香："莲香姑娘，我带你走！"
莲香带着恐慌的神色跟着他起身往外跑。副将翻身爬起来："不许走……站住！给我站住……"他说着伸手从腰里摸出火枪跌跌撞撞地冲出去。
里面的人都笑了起来。
莲香气喘吁吁地跟着男仆冲上阁楼，进了一间卧房。
男仆小心地贴在门口听声音。

马儿飞速地奔跑着，终于在灯火通明的怜香楼外停住了。
霖儿合十祈求着，上帝保佑他们在这里啊！
门外站着四个男人。
司马世恒扶了霖儿下马，过去打听："请问俄国使臣是不是在里面？"
门口的人手握刀柄，冷冷地互相看了一眼，不回答他。
霖儿听到里面的笑声，感觉不对："我听到了，他们一定在里面！"

"你们什么人？想干什么?!"他们说着就抽出刀来。

"是这样的……我是怡亲王派来找将军的。有非常重要的事情告诉他。"霖儿说。

"凭什么证明？"

"我是翻译。"霖儿说完用俄语随意地讲了一串单词，两个士兵面面相觑。

"很紧急，如果不进去，会出大事的！让我进去吧！"

"不行，我们奉命保护使臣大人。任何人不得接近！"

房门外，两个俄国士兵陪副将军追来了。见到紧闭的房门，他们哈哈大笑，然后开始大力踹门，不久门开了，副将军的枪口直直地对准了男仆："为什么跟我抢女人？这个女人是我的！"

男仆既愤怒又害怕："不要！不要……洋大人，莲香姑娘是卖艺不卖身的。你不能伤害她！"

"你这个讨厌的家伙！让我很不爽啊！我要的女人你也敢抢！混蛋！"

很快身后的士兵衣衫不整地冲了上去抓住男仆。

正在霖儿着急地来回走的时候，里面传出一声枪响。霖儿震惊地抬起脸："天啊！出事了！他开枪了！"

司马世恒似乎这才觉得事情不简单。

门口的护卫也呆了："快，去看看大人！"

四人飞快提刀入内，霖儿便跟着冲了进去。

"有刺客！"一阵乱糟糟的呼喝声惊动了老鸨等人，楼里的人立即惊慌失措，躲的躲，跑的跑。

霖儿飞快地跑上楼，老鸨和手下也焦急地往楼上冲。

只听见一声救命，跟着是一阵桌椅的响动。司马世恒抬眼看着走廊上的那些房间。

"怎么了？"

"他们在哪里？"霖儿自言自语地说了一句，然后不管三七二十一就推门寻找。

这时楼上某间房里又传来了救命的喊声。

当老鸨看到站在厢房门外呆若木鸡的霖儿时，意识到大事不妙了，她立刻冲了过去。

突然之间，怜香楼安静了，彻底安静了。

老鸨扑通一声栽倒在地。

四名大清护卫赶到时，只见房门口躺着已经断了气的男仆。房间里的地板

第四章 拯救古魂

043

上，鲜血从衣衫不整的莲香脖子上汩汩地冒出来。

霖儿完全吓呆了。眼前的副将军正趴在地板上打鼾，而那两个士兵一个趴在莲香身体上，另外一个光着身子眯着眼睛打酒嗝。莲香姑娘的衣服被撕破了，她张大着泪眼，痛苦地盯着天花板。那死不瞑目的样子让所有人看得心寒……

霖儿的眼泪突然夺眶而出，司马世恒拉住她。

"为什么……为什么会这样……"她摇着头，抓着司马世恒的胳膊，"我们来晚了！来晚了！……为什么这样残忍！"霖儿的眼泪刷刷地滴落眼眶，司马世恒只得安慰地拍着她的肩："霖儿……"他长叹无语，"这不是你的错。"

"我应该早点来救他们的，世恒哥……"

两名护卫慢慢地走过去用手探门口男仆的鼻息。"他死了！"跟着他们不忍心地将一件衣服拿来，推开趴在莲香身上昏睡的士兵，为其盖上。

莲香的下身也鲜血汩汩直流。

"快，去报告大人！快！"他们已经无心管霖儿，穿过走廊一间一间寻找翻译。

霖儿哭得成了半个泪人儿，司马世恒关切地给她擦去眼泪，安慰道："不要难过了，事已至此……"

"他们真是混蛋！……混蛋！他们……"霖儿哭着，司马世恒握着她的手，"我们先走吧，去怡亲王府。"霖儿突然停止了抽泣，看着他，"对！要去找他……"她跟着他迅速离开这里。

马背上，霖儿只是趴在他背上伤心哭泣，喃喃自语，他放慢了速度，默默地听着霖儿唠叨着。

"你为什么要让我来？为什么不自己来救人？……让我来……居然是要救这些畜生不如的混蛋！……他真的该死！他们都该死……"她的胳膊紧紧抱着他，头靠在他背上，"对不起……"

司马世恒长长地叹气，抬眼看着灯罩下的怡亲王府四个大字。良久他才松开霖儿的手道："下马吧，我们到了。"

霖儿无神地跟着他进入王府，他关切地拉着她穿过院子随着管家往东厢房去。

四

"我们王爷等了好长时间了，现在还在书房呢。司马少爷，您去书房找他吧。"

司马世恒点头。

霖儿抬起头："我要见王爷！"

"时辰不早了，霖儿，听话，回房先歇着吧。"

"不……"

"你放心，我会跟王爷说清楚的。"

"我要见他！"霖儿还在念叨。

他硬将她送入房内道："明天一早再商量今天的事情，好不好？"

霖儿看着他："你能不能告诉王爷，让他听了不要冲动，不要杀俄国人。"

他看着她，点点头："我会说的。放心吧，王爷不会这么冲动的。"

霖儿点头："好吧。只是那位姑娘好可怜、好无辜。"

"唉。"他掉头吩咐端着热水进来的丫鬟道，"你好好照顾她，别让她乱跑。"

"是，公子放心。"

理藩院。

出动了无数的士兵前往怜香楼，接着理藩院尚书大人也接到了通知，立刻起床穿衣服。

"通知中堂大人。"

"嗻！"属下骑马离去。

怡亲王府书房内，年轻的秀亭拍案而起："大胆！"

他背着手，来回走着："这祸可闯大了。"

"是啊。"

"怎么会发生这样的事情！"

"这点我也觉得奇怪。"

"对了，那冉姑娘怎么像个未卜先知的神仙似的。"

"可惜我们晚了一步。"

"世恒哥，你刚才在现场，没看到别的刺客吧？"

"根本就没有什么刺客，人都是俄国使臣杀的。"

"这些洋人真是借酒发疯！他们是不是故意的？！"

"我看都醉趴下了，不像故意的。"

"是啊……酒能害死人的。"他担忧地拍着脑袋，"你知道吗，这件事如果放在平常百姓身上，只需抓去官府审问落案就是了。可是，这事是发生在外国使臣头上，皇上的性子我清楚得很。他要是知道了，非要气得斩人不可。"

"对啊。看来霖儿担心的不是怡亲王，是皇上。"

"她根本不知道今天遇到的是皇上，还以为那是我。"

"可是，听霖儿的口气，要是杀了俄国使臣，也会出大事的。"

"唉！这个霖儿到底是什么来头啊……"

"我看她说话直爽，纯真诚实，不会有什么坏心眼的。"

第四章 拯救古魂

"总之，这次事情闹大了……"

贝勒府。

弘昌一把掀翻了眼前的桌子，大吼一声："我要杀了他们！"然后便急匆匆地往外跑。刚要出门，他的下属跟上来。

下属在后边大声说着，贝勒在前边策马狂奔着……

在巷口转弯处，火爆的贝勒爷终于勒住了马儿。

"贝勒爷这是要去哪儿？"

"我要去杀了那些洋人！敢动我的莲香。"他疯癫地捋起袖子骑上马背。

"贝勒爷，您息怒啊！"

"这口气要我怎么咽下！"

"贝勒爷，您听奴才说两句话再决定好吗。"

"我什么都不想听！"

"对方可不是普通百姓，那是俄国使臣。此刻怕是已经被带到理藩院了。这事儿您是管不了的，为了一个青楼女子，贝勒爷要是让皇上和太后娘娘知道，您这……"

"太后……对，太后，我要去找太后。不处死那王八孙子，老子睡不着！"

皇上刚准备掩卷休息，太监李肆进来报告道："皇上，理藩院索大人和军机处傅中堂有要事求见！"

皇上愣道："传。"他端端地坐下，心里却有不祥之感。

刚拿着碗盖，拨开茶叶听着两个官员拜见。

"平身。"

"皇上……"理藩院尚书看着他，一副战战兢兢的样子，几次欲言又止。

皇上埋头喝了口茶水，抬眼盯着他们："怎么不说话！"

"还是请中堂大人说吧！"理藩院索大人道。

傅中堂点头："回圣上，刚才……发生了一件事。"

"说！"他盯着他，睿智的眼神发散着光芒。

"回皇上，俄国使臣一位副将军开枪打死了一名怜香楼男仆。还同他两个下属……轮流奸污了怜香楼的头牌艺女。那名女子当场不堪重辱，举刀自刎了。"

"什么！"皇上噌地起身，杯子也摔了。两个人立刻跪下请皇上息怒。

霖儿从噩梦里起身，听见鸟儿在树枝上的清脆啼叫，她立刻飞速地穿衣服下床。

打开门她一把拉住丫鬟："你们王爷呢？"

"公子，王爷一早进宫去了。"

"什么？那……司马少爷呢？"

"他在后院。说您要是醒了，就过去一起用膳。"

溧儿立刻道："那走吧。"

"可是，您还没梳洗呢。"

溧儿哦了一声："能快点吗？"

皇上安静地思考着。

傅中堂还在劝解："两国相交不斩来使，请皇上息怒！"

"哼，先前发生了关卡匪徒的事情，朕还有些歉意。如今才知道这些鞑子原来竟如此不堪！简直辱没了他的国家。"

"皇上。事已至此，还请皇上息怒。"

"这件案子朕就交由你们全权办理！"

"嘛！"

两个人刚退走，李肆又来报告说怡亲王求见。

"他来做什么？"

他坐下来，点头说"宣"。

秀亭拱手拜见了他，他道："怡亲王一大早为何事见朕啊？"

"皇上，不为别的，正是昨晚在怜香楼发生的事情。"

"哦，你怎么也知道了？"

"是……那是冉姑娘……"

"冉溧儿？"他吃惊地看着他，"怎么回事？"

"请皇上容秀亭慢慢道来……"

溧儿跟着丫鬟来到后院，只听见嗖嗖的呼声，仔细一看，才发现是司马世恒在练剑哪。溧儿从来没真正见过侠客练剑，此时，伴随着树叶飘零，司马世恒的每个动作都刚劲无比，剑之所到，一片呼呼声划过，翻转、腾跃、直刺，那柄宝剑到了他手里仿佛是跟普通的木棍，他毫不费力地挥舞着，溧儿看得入神了。直到一声呵斥，剑随风舞过来，溧儿尖叫起来，司马世恒立刻收剑掉转方向。

"吓死我了！"

他浅笑起来："你不知道观剑时候要离得远才合适吗？"

溧儿点头："以前不知道，现在知道了。世恒哥……"

他走过来："看样子你昨晚没休息好？"

溧儿点头："做噩梦了。"溧儿担忧道："他们说王爷进宫了，是吗？"

"嗯。"

第四章　拯救古魂

"那……"

"放心，当今皇上乃圣明的人，这件案子不会这么快定下来的。何况凶手并非大清子民，大清法律上也没有相应的规定。"

"这么说，那个俄国副将不会被处死了？"

"杀人偿命本是法律规定了的，更何况他还伙同他人奸污了一名女子。"

"可是，他们会不会狡辩说，那是意外，或者青楼女子本来就该……"

"对啊，这就是其中的要点了。当时没有证人……"

此时。

怜香楼的老鸨和一名三十来岁的男子正在衙门击鼓鸣冤。

几十个围观的群众议论纷纷地看着官兵将苏醒了的俄国副将等人带入大理寺。觉得非常无辜的副将一直在跟旁边的将军解释，他的面孔因急切地争辩而显得愤怒无奈。

有的群众开始呼喝杀人偿命。

三个原告被官差带了进去。

傅中堂、理藩院尚书索大人，还有刑部侍郎、大理寺尚书都在里面议论着。

很快，大理寺的大门缓缓合上了。

第五章　天子脚下

色字头上一把刀，要从大清皇帝手里救下他的头颅，要有十足的说服力。更何况，还有更纠结的事实摆在眼前……

一

俄国将军沉闷地看着大清的士兵和官员们，低头对翻译说了几句话。翻译点头，朝傅中堂走去。

傅中堂背着手走来走去的，索大人捋着胡须缓慢地道："现在老鸨和那名青楼女子的兄长就在外面，说是定要告到他们血债血偿，这边又坚持不认罪。中堂大人，您看这如何是好？"

"据说当时老鸨赶到的时候两人都断气了，三个洋人也都醉倒了，这的确是死无对证啊！"刑部侍郎分析。

大理寺尚书突然开口道："非也！……各位都忘记了当时还有人比老鸨先到厢房门外的！"

傅中堂定神看着他："什么人？"

"一男一女。"

索大人突然想起来了："对，对，他们说过当时有两个怀疑是刺客的人闯入其中。"

傅中堂仿佛掌握了一线生机，抬起脸道："立刻去寻找那两个人！"

霖儿正喝着碗里的粥，外面院子里马儿鸣叫着，跟着司马世恒起身迎了出去。

"回来了！"

"世恒兄，"秀亭下马便道，"那丫头呢？"

"在里面。"

霖儿跟着跑了出来，见到了他就失望了。

"怎么回事啊？你们王爷还不回来？"

秀亭忍住想笑的感觉，咳嗽一声道："你长了脸了，承蒙我们王爷的青睐。他让我带你去见他。"

"啊？他为什么不回自己的家来？"

"他忙着为大清、为百姓批阅奏章啊。冉霂儿，你立刻收拾收拾，我带你去见他。"

"哦！我……不需要收拾了。走吧。"

司马世恒看着秀亭，轻声问道："他见霂儿做什么？"

"唉，事情我是说不明白的。反正主子要见她。"说完从马鞍上拿出一个装衣服的包袱，叫了声小柳，那名丫鬟立刻小跑过来接着。

"给冉霂儿换上这身衣服，对了，一定要辫好辫子，戴上帽子！"

"是。"

霂儿看着青色的衣服，不解地问道："这是什么衣服？"

"你不穿这衣服是进不了宫门的！"

丫鬟跟着霂儿进了里屋，司马世恒开始不安了："秀亭，霂儿是个单纯的女孩子。皇上不会把她真当作什么巫婆吧？"

"哈哈，皇上就这么说的。说这个女子竟然能预测即将发生的事情，而且穿着打扮说话行走都异于常人。如若她不是别国派来的探子，就是高山里的奇人之后。嗨！我也不信哪，可她硬是说对了。"

"那有什么用，终归还是没有救下那两条人命。"

"你别管了。"

"秀亭，按皇上的意思怎么处置俄国人？"

"皇上可是非常不满。他说国有国法，就算是使臣又如何，害死了两条人命就是罪过，何况这是天子脚下。他把这案子交给傅中堂主审了。"

此刻，皇上正在给皇太后请安。

太后今日似乎早起了，在院落里看着笼子里的金丝雀。

宫女们给皇上请了安，都悉数退下了。太后从贴身宫女手里接过一些燕麦，轻轻地撒进笼子，金丝雀欢悦地叫着飞扑下来吃食，小小的明亮眼睛极其可爱。

"皇额娘今日早膳可用了？"

"用了。"

见太后今日有些沉闷的气色，皇上也不知道如何开口。倒是太后缓缓地出声了："近来内务府把一些稀奇古怪的玩意儿送到了这里，听说那是洋人的玩意儿。"

"是，邻国的使臣来访大清，带了些礼物。"

"我刚才已经命人把这些东西拾掇好了，你拿去退了吧。"

太后难得说出这样的言语来，皇上有些吃惊："额娘，儿臣不明。"

"收了人家的东西，怎么好意思呢，一码归一码。他们到这里来，只要守规矩，都好办事。"

"皇额娘的意思？"

"这可是在大清，还以为在自己的地方，撒泼胡闹，可不是置大清于无人之地吗？"

"皇额娘可是听到了什么？"

"朝廷的事，我向来是不过问的。"她缓缓地在柔软的椅子里坐下，接过宫女递来的银耳燕窝汤。

"请皇额娘赐教！"皇上机灵地应声。

"儿啊，听说这些洋人昨晚犯了错。你是怎么想的呢？"

"皇额娘，儿臣也不知道该如此处理。此次事件，发生得太突然，何况其中还有些纠葛。"

"我知道，你可是个秉公办理的天子。"她拍拍他的胳膊，"你就去做吧，大清的国威容不得轻视。事情该怎么处理，就怎么处理。别累着了。"

"是，儿臣明白了。孩儿告退。"

霖儿跟着秀亭辗转着沿东华门进宫，又行走了大约二十分钟，在乾清宫的东面后殿外停下来。此时，两个太监，其中一个，就是霖儿见过的李肆，正守候在门外，一见秀亭就立刻拿着拂尘往里头去了。

不一会儿，他低声道："请姑娘觐见。"

霖儿愣了下，看向秀亭，秀亭轻声道："你进去吧，他在里头。"

霖儿点点头，不知道怎么的有些紧张。迈过高高的门槛，霖儿见到了气势磅礴的金片裹出的腾龙神采奕奕地跃于宫殿内的柱子上。在那巨大的案儿旁，她见过的怡亲王（宝四爷）正端着茶杯喝茶。

"宝四爷！"霖儿由衷地发出一声亲切的叫唤，叫得宝四爷心里一颤一颤的。他抬起眼睛，直直地盯着霖儿，又是那特有的声音和缓慢威严的调子，让霖儿感觉这个年轻的王爷仿佛平时都不说话，所以说起话来总是一字一句的。

"来了？"

霖儿点头，走上去："王爷你昨天都没回家吗？"

"回家？哈哈……"他乐了，"朕……我回家你也不知道。"

"哦。对了，你找我什么事情啊？"

宝四爷放下茶杯，走下龙椅，前前后后地围着霖儿转了两圈，转得霖儿晕晕的。李肆还低着脑袋偷偷乐。

他的脸也渐渐地露出笑容："嗯，不错不错！"

"什么？"霖儿看着他这身龙腾刺绣的衣服和帽子，炯炯有神的双眼威慑其中。

第五章 天子脚下

"你穿这身太监服真是别致又新鲜。"他点头道。

"嗨！是吗？我也这么觉得。"霂儿笑起来，憨憨的。

他看着她，若有所思地道："喜欢这身衣服吗？"

霂儿自己感觉了一下道："新鲜啊，还好。"

他跟着她笑起来，伸手拖住霂儿的手，两手相握犹如接通了正负两极电流似地窜得她的心怦怦乱跳。两个人相对着，一时没了声音。直到霂儿使劲抽出了手："宝四爷，你别……"

他掩饰地转开脸，过了一会儿又回过头来，正色道："谈正事吧，说说你昨天晚上是怎么知道洋人会出事的？"

霂儿啊了一声，愣了下来。

"怎么啦？说话啊！"

"我不是说了吗，是我……家那边的一位高人说的。"

"这位高人还说什么了？"

"还说，这次事件……一定要妥善处理，否则后患无穷……"霂儿巧妙地回答。

二

他看着霂儿："可是，杀人偿命。你可知道这件事非同小可？"

"我知道。无论杀了谁，都是一条人命。但是，王爷，你想过吗？他们是俄国人，换句话说，就算犯了死罪也不该由大清定罪吧？"

"哦？你的意思是杀人也不必偿命了？"宝四爷挑起眉毛，忍耐着继续发问，"你可知大清律法？"

"不知道。"霂儿乖乖地摇头，"可是，我知道除此以外还有更要紧的事情。"

"哦？"他大剌剌地坐回龙椅，远远地看着她。

"宝四爷。我明白你现在的心情，外国人在中国，呃，大清，犯法、杀人。不管杀的是什么人，国有国法，总不能就这样放过，这也关系着大清的国威，皇上的颜面。可是我们转过头来再看，如果皇上为此问罪，就地处罚了使臣，那么，两国的和平就此打破，这位使臣好歹也是对方派来的交流者。这还不是重点！"

霂儿流利地分析着："重点是，他们这次来大清，原本就是因为大清有人在边界犯了事，还杀了人，不是一个，是三个。这件事也是一大隐患。如此一来，两国为此摩擦更大，有可能导致战争，战争最后的结果就是死伤、死亡。王爷，您是好人，也不能看着无辜百姓为了这些事就遭受危难啊！为了这件事，引发的可能是更多的无辜人命，何苦来哉？"霂儿越说越有劲，越说越有道理，听得皇上几乎忘记了自己的身份。

"虽然大清国盛民强,不用畏惧任何人。但是,俄国人也不是吃草长大的,也有一定的杀伤力。两国相交,重要的是和平,和平才能带来更多福祉。王爷,您说,鉴于这些情况,是不是该为大局着想?"

皇上禁不住微微点头,托着下巴的手放下来,思忖了半响,掉过头来重新打量了一番眼前娇小俏丽的女孩:"你究竟意欲何为?为何要参与这等事情?"

"王爷,您这又来了。我不是说了吗,等到安全送返俄国使臣,我就告诉您一切事实。"

"你现在就告诉朕!我很想知道,你葫芦里卖的什么药?"

"王爷,您太冤枉我了,我葫芦里没卖药,什么都没卖呢,我是一个来协调纷争的使者。没有其他用意,因为我也是大清的子民,我也盼望这盛世太平能永久存在。"

"照你这么分析,当今皇上该怎么做才更合适呢?"

"按照国际公约,哦,一般最合适的办法,就是遣送他们回俄国,把这个案子以文书交到俄国陛下的手里,由他们对犯人进行审判惩罚。"

"可是我又怎么跟大清子民交代呢?"

霂儿想了想,认真地道:"这就要派大清的官员亲自押送,然后在俄国参加审判,等到他们的审判结果出来并确实执行了,便以文书的形式,由他们的官员亲自画押签字作为证据带回大清。这样的话,你也可以跟皇上交代,又能向百姓说明,还有,鉴于这次俄国使臣犯了错,杀了人,大清正好有理由为侵犯边关的事情做个回复。让俄国陛下接受并给大清时间寻找匪徒,绳之于法。这样或许在赔偿等相关方面,能达成更合理的协议。"

他抿嘴,思忖了那么一会儿便抬起睿智的眼睛来,跟刚才一样愣愣地看着霂儿能说会道的嘴巴。

霂儿的脸突然红了。

"你别这么看着我。我知道,在你们这里,女子无才便是德。还有什么男尊女卑的……哦,你可以把我当成男孩子。反正我打算以后都女扮男装了。"

他咧嘴笑了起来,拍了下龙案道:"好!"

"什么好?"

他沉吟道:"本来我现在应该到江南了,谁知道临时发生这件恼人的案子耽搁了时间。现在好了,这件事尽快了结了,也让我松快松快。霂儿,你算是给了我一个公正的处置方式。朕也得到了很大的启发。真想不到,你一个小女子,竟然能把事情想得如此周全,处理得如此妥当。不错,国有国法,凡事应以大局为重,大清国人才济济,没什么可怕的,只是,皇上爱民如子,也该为黎明百姓打算。好吧,你随秀亭先回去吧。皇上自有定夺!"

霂儿听他这么说,想一定没问题了,于是开心地点头:"好啊。"

他点点头，传令李肆。李肆会意地带霂儿出门。他即刻招呼小太监研墨，提起御笔，思考下旨。

没多久，正在傅中堂跟俄国使臣交谈的时间，李肆来传口谕。

"中堂大人，皇上要召见这位将军。请您护送他进宫面圣吧。"

"是。"

霂儿本来想高兴的，可是不知道为什么，还悬着心。回到王府，见到司马世恒在那儿等他们。秀亭上前道："她什么都不说。"

"其实没什么了，王爷已经答应我的建议了。"

"什么建议？"

"总之，不会在这里处决俄国人。"

"有这么容易？"两个人都不太相信。

霂儿点点头："怡亲王看起来真是年轻有为啊，我想是他开明大义，也知道顾全大局。所以，他听完我的建议，就采纳了呀！"

"这也太容易了吧！"秀亭嘀咕着，"你到底……跟他讲了什么？"

"反正就几句话。"

"他说什么了？"

"他同意我说的了。"

"是吗？"疑窦顿生，两个男人面面相觑。

"遣送来使回国，让俄国法律对他们进行定罪，然后给百姓交代。"霂儿简洁地总结，不过说话却依然低沉忧郁。

"那你怎么还不开心？"司马世恒看出来了。

"我也不知道。一想起那天的场景，就寒心。我想我这一辈子都忘不了。大老远来这里，没想到自己要帮的居然是个……"霂儿叹了口气坐下来，"真不明白，他的后人怎么会那么伟大……"

"霂儿，我听不明白。"司马世恒一愣一愣地摇头。

"你说话真奇怪啊！"秀亭摇头晃脑，"好像是另一个天地来的。"

"哦，没什么。我的意思是，心有不甘嘛。"霂儿连忙让自己清醒过来。

"既然如此，你为什么苦口婆心地劝皇……四爷不杀那个洋人？"

唉！问来问去又绕了进去，霂儿站了起来："你们也知道，现在好不容易天下太平了。如果为了这件事斩杀了使臣，肯定引起不必要的纷争嘛。加上这次使臣来大清，本来就因为大清有匪徒骚扰边关，还杀了他们的人来讨好处的。将心比心，两国都有了损失，如此稍有不慎，就可能出现矛盾。那样，遭殃的，还是无辜百姓。"

"霂儿说得对。死了几个人，却可能连累更多人丧命，这笔账怎么算都不好。"

秀亭似乎明白了什么。

三

"世恒哥，多谢你帮我。"霖儿认真地道。

"不，我还要感谢你帮我呢。要不是你，我现在都不知道那个翻译居然一直在欺骗我们两方。"

"对了，你怎么处理他呢？"

"过去的就算了。这件事对我来说是个极大的教训，往后一定会谨慎洽谈。对了，霖儿，我有一个想法，不知道你能否同意？"

霖儿点头："你说吧。"

秀亭独自坐下，拿起桌上的糕点吃了起来。

"我想……请你做我的助手，你看行吗？"

秀亭扑哧一声呛住了，丫鬟立即端水来给他喝，霖儿和司马世恒都不约而同地回头看他。他缓过了气来，睁大了有些潮湿的眼睛道："世恒兄，你刚才说什么？"

"我说，我要霖儿以后在我左右，做我的助手。"

他指着霖儿，笑也不是哭也不是："她，她可是个女孩子，她能做什么啊？"

"对啊。我不懂做生意，也不懂那些规矩。反正，我不喜欢跟那些商人打交道。"

世恒摇头："我怎么会让你抛头露面呢。"

"那我能做什么啊？"

"总之，你只要跟在我身边就行了。其实，我还想跟你学洋文。"

秀亭哈哈笑了起来。

"笑什么？"霖儿吃惊地看着他。

"太好了，世恒哥，你以后可真要学贯中西了。"

"你不是也要学吗？现在可好，半途而废。"

"我还是收集古今名典来得优哉乐哉。"

世恒看向霖儿。

霖儿想接下来该找张毅了。找到他，再用手里的时空怀表带他回去认罪，便完成这次使命了。太想念2007年的一切了，她迫不及待想回去，离开这个不属于自己的世界。

于是她说道："这样吧好不好？我可以跟着你。但是，主要是找张毅。只要把这个坏蛋抓到了，我就要离开这里回家的。行吗？"

司马世恒几乎毫不犹豫地点头："我答应你，我会帮你找他。"

"好吧，成交。我也会尽我所能教你英文的。"

"谢谢！"

"多谢！"两个人谢来谢去的，看得秀亭一头雾水。

下午。

状告使臣的怜香楼老鸨和莲香的哥哥去了理藩院见索大人和中堂大人，他们因上午秉承了皇帝的旨意，特地找他们说明事由。之后也达成了协定，他们自然接受皇帝的安排。

很快，消息传出来，百姓皆知，通告张贴，提到即日遣送使臣回国接受审判。

看了通告的弘昌却气愤到了极点。

"这些王八羔子，竟然还想活着回国！皇上真是天真，放走了他们，还能有回头？那些人还能惩罚自己人吗！"

在一旁冷眼看戏的弘皎把玩着手心里的钢珠，年纪轻轻却比他大哥沉着老练。

"你怎么不出声？"

"我能说什么呢？哥哥，事已至此，你我也不过观望。"

"那莲香姑娘可是弘皎你极其欣赏的女子呀！"

"哥哥，国事家事，私事公事，是要分开的。如今这档子事，却不是你想要怎样了事就怎样。"

"你的意思，就是什么都不管不问了？眼睁睁地看着鞑子走？"

弘皎猛地站了起来，微笑道："哥哥，下午理亲王弘晳在戏园子里请了刚来京师的阮家班子，要不要去听呀？"

"理亲王！"弘昌眯起眼睛，掉头看着弘皎，闷哼着，从刚才的激动变为安静。

宫里传出可靠消息，俄国使臣已经接受了皇上的要求。双方达成了协议，大清将尽快调查攻击边关哨岗的匪徒，且严惩不贷。次日，俄国使臣一干人等将在理藩院官员陪同下亲自送返俄国。

皇帝眼见事情基本有了定数，才放下心来。

门外的李肆安排了事宜过来回旨，皇帝一面静心批阅奏折，一面听他唠叨。

"皇上，一切按照您的意思安排妥当，今夜过去，送走使臣，便好了。不知皇上还有何吩咐？"

"嗯，事情虽然告一段落，也不容疏忽大意，李肆，朕始终对冉霖儿有所疑惑。"

"奴才知道怎么办了。"

"别让她发现了，还有，查清她的家世背景，别动手，先过过目。"

"嗻！奴才明白！"

正在后院跟司马世恒学骑马的霖儿已经第N次摔下来了，司马世恒的耐心让霖儿都不好意思接受了。这个时候，秀亭从宫里回来了。一找到他们，就拉了司马世恒单独去一边说话。

霖儿抚摸着马儿的脑袋："骑马而已啊，我怎么这么笨呢。唉，你知道吗？我今天屁股都摔疼了。比以前学滑冰还辛苦。"她摇头叹息着，突然看到那边的两个人神色有些可疑地一边谈话一边盯住自己，于是放下缰绳走过去。

"说什么啊？不能让我听吗？"

秀亭摇头。

司马世恒转过身来笑道："是这样的，我朋友托秀亭给我传话呢。"

"哦？"

"秀亭，看来我们明天一早就要告辞了。"他下定了决心道。

秀亭点头："好啊。我会让乔管家一早起来给你们备马车的。"

霖儿道："世恒哥，我们第一站去哪里啊？"

他道："山东。"

"山东？"霖儿点头，"嗯，好啊，你……还教我骑马吗？"

"趁天没黑，我出去办点事，把该打点的都打点好了。放心吧，以后有的是机会教你。"

"哦。你要出去办事啊？我能跟你一起出去吗？"

他想了想，点头道："也好！"

秀亭支着下巴注视他们两个亲近离开的背影，转头对乔管家道："你说我这位世恒兄是不是变化忒快了点？来之前还一副孤独样，现在却时刻都在笑。"

乔管家低声道："王爷，这是因为，司马公子找到寄托了。"

"寄托？"

"估摸着明年开春您就明白他这变化了。"

"为什么啊？"

"您还小呢。男女之事……恐怕要等到皇上赐婚了。"

"啊？！"他看着乔管家高深的样子，愣在原地。

霖儿开心地逛着街，见到什么都好奇得很。

很快绕了大半个集市，霖儿眼前出现了"司马丝绸庄"的大门户。这里头至少有三个掌柜的，四个年轻男女在为十来个客人挑选他们想要的丝绸布料。因为

第五章 天子脚下

这是出名的上等丝织品，前来光顾的也都是王公贵族们。

正当司马世恒受到一位四十来岁老人的迎接的时候，左府那位管家带着个手下陪着两名年轻的夫人正在选新到的杭州丝绸布匹。

"少爷，咱们进去吧，这个月的账都已经做好了。"

"嗯。"霖儿跟着他要入柜台往后院走，他拦住她："外人不得入内！"

霖儿愣了一下，司马世恒捉住她的胳膊道："这是我新请的下属，叫冉霖儿。鲁掌柜，不用担心，以后把她当自己人吧。"

"哦，这样啊。"

霖儿点头微笑。左府夫人身后的一名奴婢突然看到了霖儿的脸，觉得似曾相识的样子，但她一时间也没想起来。

鲁掌柜打开了门请他们进后院。

四

后边的天井四周都是四合院似的三层住房。鲁掌柜一边走一边问道："少爷近来忙着，其实这账本本该小的叫人送去的。"

"没关系。对了，这个月生意如何？"

"嗯，还不错。您上次从西洋选的那批手绢啊，太抢手了。不仅手工精细而且质地好，最重要是轻如羽毛。那些个鲜艳夺目又各有特色的式样啊，真让城里的夫人小姐们赞不绝口。咱们翻了几个数也都被抢购一空了。"

"放心吧，最多还有几天，新货就会送来了。跟她们宣传一下。"

霖儿在天井欣赏那些漂亮的花草，司马世恒道："霖儿，跟过来！"

霖儿哦了一声，跟上他穿过回廊沿着过道穿了厅堂又离开了前头的天井院子，此时此地，一片五彩斑斓的丝绸天地让霖儿目瞪口呆了。

"哇噻！这是……"

鲁掌柜看着眼前晾晒的各色布匹道："就快立秋了，目前也正是布绒、皮毛的旺势。少爷，这些是夏末最后一批染布。"

"嗯，这些可以留着明年开春用。来年开春皇帝要选秀，宫里需要的布匹锦缎也就上了万倍，可别跟前年那样到时候原材料不够。"

"是啊，明年开春的料子要多备些才好。"

霖儿伸手好奇地捏眼前草绿色的一块布料，鲁掌柜立刻道："这可摸不得！"

可是霖儿已经摸了，她立刻缩了手，吐了个舌头，看着两个人道："不好意思，我只是好奇而已。"

"没关系。"司马世恒微笑起来。

鲁掌柜一阵诧异，突然发现眼前的公子爷没有往日的沉闷和忧郁了。他观察着霖儿，虽然一身男装，戴个帽子，但面孔娇美清纯，身段娇小苗条，声音清脆动人，绝不是个公子样的。他偷偷一乐。

司马世恒正给霖儿解释染布所需要的步骤呢。

霖儿听着听着就往那边跑，跑了几十上百米也没到尽头，只听见广阔的坝子那边隐约有男女吆喝声或者唱歌的声调传来。

"还有很多人？"

"大约百十来个吧，这段时间不怎么忙。"

"啊？！你请的染布工人吗？"

他点头，看着霖儿好奇的眼睛："霖儿喜欢什么颜色？"

霖儿四处寻觅着："所有的颜色，都这么艳丽自然，这么好看。哈哈，我第一次找不到方向了。世恒哥，我眼睛都看花了。你呢？"

"我……喜欢素净的颜色。我可是男儿啊，能选太艳丽的吗？"

霖儿呵呵笑起来，点头道："也是哦。"

"你喜欢什么颜色，我让鲁掌柜给你定做几套衣服。"

"啊？！不，不用了。我穿男装啊，就定做跟你一样素净的男装吧。其实我也喜欢素的。"

他点头："好！"

"刚才听你们说，开春皇上要选秀女？难道皇宫里头需要的都是你提供的衣服料子？"

他点头："是啊，这都多亏了秀亭的帮忙。"

"秀亭？"

"嗯，对。有他，我们生意才这么红火。不瞒你说，'天下第一丝'四成的收入都来自皇宫。"

霖儿明白了："这就叫做……独家代理权，是吧？"

"独家代理权？"他重复着这个现代词，忍不住笑道，"形容得真是贴切，妙啊！"

霖儿点头笑起来。

"你在这里四处走走，可不要迷路了。我要跟鲁掌柜进去谈事情。"

霖儿点头："OK！"她又做手势又眨眼睛，看得司马世恒心动得很。有些不舍地回头看了霖儿一眼，他连嘴角都带着微笑地跟鲁管家往阁楼上去了。

左府的丫鬟在为夫人捶背的时候突然念叨起来："我想起来了，夫人，今天在丝绸庄看到的公子，长得跟前几天落跑的新娘子一个样子。"

"什么？"

"是真的，奴婢真的能记得曲小姐的样子。"

"你到底在说什么？"

第五章　天子脚下

"回夫人，奴婢今天陪您去选布匹的时候，亲眼瞅见了一个长得跟落跑新娘子一模一样的人。"

"这怎么可能？她既然跑了，难不成还待在京城里头？"

"说得是啊，或许天下真有长得一样的。"

"唉！这常儿真是生得命苦。找了几个死的死，跑的跑……"

"夫人不必担心，老爷不是说了吗，祈求明年开春的时候，皇上赐婚给公子爷。"

"那就祈福吧。"夫人叹了口气，"其实我的常儿啊，虽然人呆呆的，可是却有过目不忘的本领。想以前先生教他背诵三字经，他可是没用半个时辰就背出来了。老天捉弄，7岁那年被修葺亭子用的枕木砸坏了脑袋，从此便痴痴癫癫起来。"

晚上，霖儿第一次坐在原始的浴桶里，兴高采烈地泡着花瓣澡。她开心地捧着花瓣打着水。

新月初升，饶有兴致的秀亭正同司马世恒在亭子里品酒闲聊，突然传来一阵歌声让两个人都诧异地停止了话音。

霖儿高声哼唱着现代歌曲《八十块环游世界》："摊开手掌八十个铜板，头上忽然射出强光，商场切换恒河岸，我是无壳的蛋黄，自由地游荡……"

"……快给我波斯飞毯，不着地的幸福感。我困在三年二班，课文只认得一半，爱是否天方夜谭，你永远高不可攀。……"

两个人对视一眼，皆无声息地听着，虽然听不懂歌词，但这轻快悠扬的声调，活泼中带着俏皮感，那无忧无虑的清幽感穿透空气，仿佛一贴醉人的风景包围身心，让他们如同置身于另外一个令人遐想的奇妙世界里。

霖儿畅快地一边跳现代舞一边哼唱，唱得外头的虫子都停止了叫声。她不知道的是，外面司马世恒的魂都被她唱走了。

翌日凌晨，霖儿还在舒服的美梦里，突然木门外头小柳大力敲起门来，霖儿好半天才嗯呀地应了，只听见外头道："姑娘起来梳妆了，司马公子的车都备好了。王爷可等着给您送行呢。"

霖儿翻身坐起来："什么？"她伸手摸出怀表，"我的妈呀！才5点啊，要我的小命啊。别吵，让我再睡会儿。"说完就倒了下去。

小柳等了半天也没听到响声，立刻又敲门道："冉姑娘，您快起来吧……"

里头寂静无声，小柳嘟着嘴巴，见一老妈子拿着一套新的衣服过来，立刻苦着脸道："冉姑娘还没醒呢，奴婢怎么叫都没回应。刘妈妈，王爷问起来怎么好？"

"唉,她恐怕是不习惯早起。你拿着,我来。"

霂儿跟着再次听到了敲门声,这回是位慈祥的声音:"霂儿姑娘,您先起来吧。一会儿要赶路呢,司马公子说了,路上您在马车里头想怎么睡都成。霂儿姑娘,快起身吧!"

霂儿翻身坐起来,喃喃地回了她:"好了,我起来了,起来了。"

霂儿呜咽一声倒下去,大概几秒钟以后她直起了腰:"对啊,在车上睡吧。"她迷迷糊糊地揉着眼睛掀开被子……

第五章 天子脚下

第六章　纤纤涟漪起

想回现代，却发现杀害爷爷的凶手也穿越到了1738年。

一

当霖儿穿着公子服跟着刘妈和丫鬟去前院见到司马世恒和秀亭的时候，却没找到宝四爷。

秀亭看着霖儿有些浮肿的眼皮，"看样子你真的还没睡醒吧？"

霖儿打了个呵欠，张望道："对了，那位宝四爷呢？"

两个人又一次对望。秀亭偷乐着不说话。司马世恒道："进宫了。"

霖儿一愣："这么快啊？"她叹了口气："唉，本来还想当面谢谢他的。"

秀亭道："我代你跟他道谢吧。"

"嗯。他帮了我两次啊！"霖儿认真地道，"最重要的是第一次了。如果不是他救我，我都莫名其妙成了……别人的什么什么了……"

司马世恒有些不自在地道："好了，秀亭会代你道谢的。我们出发吧。"

霖儿一愣："我连水都没喝呢。"

司马世恒立刻道："好，我们进屋里吃点东西再走。"

紫禁城里，太监伺候完皇上着衣冠。他接过水漱完口，又对着李肆道："先去给太后请安吧，朕这次出宫一定要跟她老人家交代一声。"

"嚓！"

"对了，其他的都准备好了吗？"

"回皇上，都备妥了。"

"嗯，这皇宫里也只有几个人知道朕要下江南，所以千万不可张扬。"

"嚓！"

正当霖儿跟司马世恒同秀亭道别离开怡亲王府的时刻，皇上也换上便服坐入轿子出宫。

日出东方，朝霞满天。霖儿迷迷糊糊地枕着马车里头的软垫子，舒舒服服地很快又进入了梦乡，旁边的司马世恒不时透过风吹起的窗帘子看进去，听里面没任何动静，他微微含笑，知道霂儿肯定睡了。

皇城外，当六名大内高手、四名奴才还有随行左右的李肆小心地保护着八台大轿缓缓出宫转上豪华马车时，骑在马背上的秀亭立刻翻身下来弹马蹄袖跟着跪拜请安。

皇上掀开轿门道："免了。"他发现只他一人，于是问："那丫头呢？"

秀亭低头回答道："皇上，冉姑娘……昨日称要去寻人，提前离开了。她走前还再三要我向您致谢！"

"什么？"他看着他，"她胆子倒不小，一个弱女子去寻人？寻什么人？"

"据说她的爷爷被一男子害死了。这次来，就是要捉那名凶手回去的。"

"唔……她没说要去什么地方？"

"秀亭不知道。只是天大地大，恐怕不容易找到此人。唉。"

"好吧，出发吧。理藩院的事情你就跟着中堂好好打点。"

"嘛！恭送皇上！"

秀亭退出轿门，直到听李公公喊了起轿才直起腰来。

轿子里头的皇上有些郁闷地掀开帘子看了看街道，跟着又不舒坦地放下来。想起霂儿，他竟有些怅然。

李公公张望着皇城外的探子，不一会儿，透过帘子，皇帝看见一名男子下马跟李肆交代了什么。

李肆躬身到轿门口回话："皇上，奴才刚刚知道，冉霂儿跟着那司马丝绸庄的司马公子离开了京城。关于这名女子的身世，还没打听出来。"

皇帝点点头，抚摸着玉扳指，道："她什么时候跟司马家的走到一起的？"

"据说是怡亲王引荐的，司马世恒要找能说西洋话的人，就想到了她。那天在怜香楼，也是他陪着冉姑娘。"

皇上没再问话，只是挥挥手起轿。

2007年。

一行警察还在山里寻找着失踪者的尸体，最焦急的当属穿便服的警官冉衡。

"冉警官，我们已经找了几天了。"一个下属拿着帽子扇着脸上的汗，"说不定，霂儿根本没有出事，跟朋友出去旅游了呢？她们现在是实习阶段，学校也不管。"

冉衡叹了口气："我这个妹妹不会这么不负责任的。她平时去哪儿都会留纸条在家里……何况，那天晚上，她还给我留了短信，若不是当时我们在执行任务，我已经去了爷爷的公寓。想不到……那不是玩笑话……"

第六章　纤纤涟漪起

"不过，现场还有其他人的指纹。"

"大海捞针啊！"

电话来了，冉衡激动地接听着，然而他最终还是失望地耷拉下脸来："他们查到了留在爷爷身上的指纹，是张毅的。"

"冉博士虽然是脑溢血发作离世。但是现场另外两位教授为什么也突然失踪了呢？会不会发生了什么意外？"

"不知道。"电话又响起来了，"喂！你好。邱总？……您是？……"

"哦，我7月份出款资助过冉老的一些科研设备。我们公司近期搞了一个秋季科研专题，想请冉老出席。唉，我来迟了。可惜冉老……"

"邱总是不是还有什么事情呢？"

"是，其实没什么。科研队的一些教授想搜集有关冉老的研究资料，您看方便吗？"

"你的意思是要去我爷爷家里找资料？那是他的半生心血，恐怕不能随便给你。"

"但是，他曾经跟我签署过一份合约。这样吧，我们约个时间谈谈？"

电话刚结束，一个警察带着一个背包的高个子美女来到了这里。

"怎么样？霖儿有消息了吗？"

冉衡摇头："尤曼，你说那天下午你在图书室见过霖儿？"

"是啊，我还她MP4啊。她说，前几天，冉爷爷很高兴地告诉她，可能会发现什么量子形态的什么运作规律了，还可能帮她找到亲生父母之类的。我还开玩笑说，冉爷爷什么时候研究出了时空隧道的机器，我一定要做第一批试验者。唉！谁知道……"她安慰地看着他，"吉人自有天相。衡哥，你不要太担心了，霖儿那么聪明，一定不会有事的！"

"已经这么多天了，叫我怎么可能不担心。"

"我这两天去问过霖儿其他朋友，不过她们都没见过她。"

他展望着树林和山路："这件事太奇怪了，什么痕迹都没留下。但是，爷爷身上却有霖儿的指纹和衣服纤维……"

"什么？"

"唉，说不清楚。"他又叹了口气，英俊的面孔紧紧皱在一起。

二

公元1738年。

当艳阳高照的时候，霖儿终于被颠簸的山路惊醒了过来。她刚要支起身子，却不小心撞到了后脑勺，她习惯地发出尖叫，马背上的司马世恒立即就招呼车夫停下。

"霖儿！"他翻身下马，跳上车掀开门帘，霖儿皱着眉头揉着脑袋："哎哟。快撞傻了。"

"霖儿没事吧？我们现在走的是山路，有些崎岖。"

霖儿掀开门帘，看到外头的青山绿水，一瞬间心情好得犹如这万里晴空。

"世恒哥，外面的风景好美啊！"

世恒笑道："是啊，万里晴空，青山绿水。"

霖儿看着蓝天白云和绿色苍苍的风景："我想骑马！"霖儿盯着那匹千里驹，司马世恒看出她的想法："你要是愿意，我载你？"

霖儿拍手点头。很快他一把将她扶上马，霖儿笑起来，学着用双腿使劲夹马肚子，手指紧紧勒马缰绳。他在后头轻轻一笑，跟着喝驾，霖儿飘飘摇摇地在他胸前乐开了："骑马欣赏旅途风景，真是别提多美了。"

司马世恒轻轻点头。

现代，冉衡正在爷爷的公寓里。不难看出，客厅、卧室及地下室都有被人仔细搜查过的痕迹。资料凌乱地被塞进箱子里，那些样表大都不见了，还有几只坏掉的放在玻璃架子上。这在之前他已经有所记录。

不知不觉进入了妹妹的卧房，他坐下来，思考着：一群贼，因为某些原因闯入这里，妹妹为此发出求助信号，然而正在执勤的他没有及时收到。爷爷死了，手腕和脖子处均有勒痕。两位教授却失踪了……

眼角余光看着一家三口的照片，他缓缓地拿起来，上面已经布满了灰尘。才几天就已经有了灰尘。他苦笑着喃喃自语："小妹，告诉我，你现在在哪儿？你过得好吗？你一定还活着的，是不是？"

这时候相框背后一把钥匙进入他的视线。他拿出钥匙，抬眼寻找着没有被侵犯的角落。

寻找过所有带锁的地方，被撬开的抽屉里空空如也，他不甘心地坐下，想起了什么，蹲下身子埋头用劲推开了床……

果然，一个有着木头盖子的酒窖出现在眼前，这让他想起幼年时爷爷曾将酒藏在这间屋子里，后来霖儿放假时期便住了进来。

打开门板，他举起电筒下去了。地下酒窖几乎能容纳三个人站起来。

可是当看到眼前的一切时，他还是傻眼了。

几十张研究怀表的图纸赫然铺陈着，他站起来，眼前复杂的齿轮机器，怪异而让人难以置信。一张低矮的古色古香的柜子吸引了他，打开一看，数百页资料齐齐整整地出现在眼前。

他凝视着那些关于时空隧道的资料，难以置信道："不可能吧？"

怪才爷爷多年来一直闭门研究他认为行得通的项目，还倾尽所有招纳贤才协助他。

记得去年，三个人在这里吃饭时，看了一部电影，主角穿梭时空，霖儿吃惊地说，好现代啊！爷爷却毫不稀奇地说，那是有奇迹可循的。霖儿，你想没想过，也许你也是穿越来到爷爷身边的呢？霖儿哈哈大笑了起来，他们只当是玩笑话。

正想得出神，接到了尤曼的电话，冉衡告诉她在山间公寓。

不久尤曼过来了。一进门，尤曼就开门见山道："衡哥，我总觉得霖儿没有出事，所以来找你谈谈。"

冉衡疑惑地看着她："你的意思是？"

"我觉得……可能跟冉爷爷的研究有关。"

冉衡将大门关好："进去吧，我给你看些东西。"

当尤曼第一次见到科研家的秘密研究室，当陈列在玻璃柜里的各种怀表、试管、神奇的制造机还有一摞又一摞的资料、图纸进入她的视野……

犹如进了一个奇幻的梦境，尤曼深沉地掩藏着惊震和窃喜。

古代。

载着冉霖儿的马车缓缓驶入山东济南城内时，已是近黄昏。回到丝绸庄里，霖儿终于可以坐下来痛快地吃东西了。她饿极了，顾不上什么淑女风范，管家和丫鬟端来的好吃的，都过了她的嘴，都点头说好吃。

司马世恒吩咐了准备饭后的果品，又交代了一番给霖儿准备好的客房，然后才进来陪霖儿用晚餐。霖儿喝着稠稠的燕窝，抬眼看到司马世恒发呆的模样道："我的吃样吓着你了？"

司马世恒微微颔首。

"那你别吃了，我一个人吃光。"

司马世恒露出笑脸："你能吃光这么多菜，才真要吓着我呢！我只是在想，你赶了一天的路，一定很累。我让丫鬟给你烧水沐浴，我一会儿去丝绸店办事，你早点休息好吗？"

"嗯！谢谢！"霖儿感激地看着司马世恒，动情地道，"你真像我哥哥。不知道为什么，跟你在一起感觉好像一家人似的。"

他点头："这就好。"

"那我就拜你为义兄吧？"

他摇头："这可不能说拜就拜，以后再说吧。"他似乎另有所指。

霖儿点头："反正都叫你哥哥了呀，拜不拜都一样的。你知道吗，我也是跟哥哥相依为命的。爷爷是个科学怪人，单独住深山老林里头，除非我们去看他，否则他也不进城来的。"

他不解地道："什么叫'科学怪人'？"

"就是发明家的意思。好比鲁班，发明了锯子，或者还有张衡，我爷爷虽然性格孤僻但却是非常好非常聪明的人！"

他笑起来："你爷爷真了不起。"突然之间想起了昨晚在怡亲王府上霂儿哼唱的歌曲。于是道："霂儿，你喜欢唱曲儿吗？"

"唱曲儿？……哦，你问的是唱歌吧？我们那儿的人大多都喜欢听歌、唱歌。"

"这也太有趣了。"

"是啊。唱歌是一种享受，也是一种情感的抒发。有时候吧，还能够缓和悲伤。"

他点头："这也对，霂儿你唱歌真好听。"

霂儿不好意思道："其实是随便唱唱的。"

"这两天我很开心。"他认真地说道，"很久没有这么实实在在的开心了。霂儿，或许这就是上天赐予我的一份缘。"

霂儿愣了下。

他认真地注视着霂儿的眼睛："一年前，我爱的人因为一场意外去世了，那时我很痛苦。一直以来，都无法走出有关她的一切。她是个善解人意又聪明的女子，我们曾经约定相伴终身。"说到这里，他的眼睛潮湿起来，"可是我食言了。"

"你刚才也说了，是天灾人祸嘛。世恒哥，天下无不散之筵席，有时候，痛苦也难以避免，别想那么多了。人活着要快乐啊！"霂儿温柔地拍着他的肩膀安慰道。

他若有所思地看着霂儿："你说得对啊。但是，这件事却让我很失落。我和她相识了几年，她一直默默无闻地帮我打点生意。如果几年前爹不反对我们在一起，就不会发生……"他拿起酒杯，喝了一小口，叹气道："我现在才知道，人要懂得珍惜眼前的一切。失去了再后悔，却于事无补。"

霂儿也不知道怎么开口安慰他，只是点头赞同他的意思，然后埋头嚼着菜不言语。

他的眼神再次汇集到霂儿脸上，霂儿感觉到了，于是立刻抬头笑起来："世恒哥，你一定会再遇到自己喜欢的人的。"

他微微一笑："曾经听人说过，缘分可遇不可求。现在终于明白了这个意思。"

"是吗？"霂儿紧张了起来，立刻放下筷子，不自在地笑道，"我……吃饱了。世恒哥，我想到后面走走，散散步。"

他点头："去吧。"

霖儿点头："那你慢用。"说完就跑出了饭堂。

司马世恒看着她的背影，自言自语道："莫非刚才吓着你了？"

三

一口气不知道穿了多久的走廊，终于在一个满是花草的院子里停下了。霖儿喘着气在走廊栏杆上坐下来，抚着胸口想着这几天发生的种种。

不能吧！开玩笑吧！

她摇头晃脑，提醒自己道，不可以参与任何历史，更加不能喜欢上里头的人啊。霖儿警告自己，快找到张毅，然后就回到2007年去。

想着家，想到哥哥，想到爷爷，霖儿的眼睛不由自主地攒满了眼泪。她咬着嘴唇，拿出怀表自言自语道："你到底怎么控制才对呢？你真的可以带我回去吗？唉！爷爷啊，你为什么要……"她突然合十道："多谢爷爷，如果您把我送到什么沙漠啊，什么中日战争年代啊，什么世界大战现场啊，那我就毫无生存机会了。"

唉！能怎么办呢？

她旋转着怀表，仔细地看了半天，只有两个按钮，其中一个是调整时间的，另外一个……是……没用的。她左转右转，往外拉，又往里推，跟着干脆把两个按钮一起拉……不知道是怎么调节的，突然怀表下边一个不起眼的圆盖松开了。她一愣……翻开来……这是怀表的底盖，是用防水材料制作的。她又继续转动按钮，胡乱地转动，耳朵仔细听着，一声细微的咔嚓声引起了她的注意，她看着后盖，没变化啊？可是感觉不对。看来看去，看到天色黑尽了，丫鬟提着灯笼来找她回房才放弃了研究。

理亲王府。

弘昌贝勒与弘晈各自由几名艳丽的绝色娘子陪伴着。理亲王满意地举起杯子道："弘昌、弘晈，既然你们满意这几位娘子，那就忘记过去的那些吧。来，咱们痛快地把这杯酒喝了！"

"多谢理亲王，干杯！"

这个时间，皇帝的马车也进城里了。李肆领着马车往丝绸府上跑，开门的家丁一眼认出了他手里秀亭的书信，立刻躬身请宝四爷入内。

霖儿看着时针，才8点啊！

此时此刻，霖儿迎着月光在丫鬟的带领下往外头院子走。

听见一些犬吠声过后，又是一阵人声，霖儿掉过脑袋看过去："什么人啊？

是世恒哥回来了吗？"

"回姑娘，少爷这会儿恐怕还在绸庄议事呢。想必是哪位贵客光临了，奴婢去看看就来。"

好奇的丫鬟走了，霂儿将灯接过来。想着干脆回去泡花瓣澡好了，于是折身往里头走。正走呢，背后就有几个提灯笼的人穿过走廊也往东厢房方向去。

"爷，您小心点儿。"李肆处处谨慎地道。后边的宝四爷手里摇着翡翠笛子，欣赏着庭院道："想不到这里还有如此清雅的花香味道。"

"是啊。"管家跟着回道，"过世的少夫人可喜欢摆弄花花草草了。"

霂儿突然站定，然后猛地转身，举起手里的灯笼照过去，这一照，立刻响起了两声惊叫，跟着李肆拍着胸脯，有些女性气质地直说哎哟。霂儿也拍着胸口："吓死我了！"

宝四爷呆了，想不到……

"冉姑娘……"李肆第一个惊叫起来，"你怎么也在这里？"

"宝四爷。"霂儿围着宝四爷转圈，"您也喜欢游山玩水呀？"

宝四爷一怔，回头看了一眼李肆："谁说本王是在游山玩水了？"看来他装怡亲王已经上瘾了。

霂儿哼了一声："真搞不明白。"之后又叹了一口气，掉头离开。

宝四爷想叫她，却碍于面子没出声，这时丫鬟小跑着追上来对霂儿道："冉姑娘，您等等……"摸不着方向的霂儿正四面寻找呢，丫鬟匆忙给宝四爷行礼然后跑过去怯声道："姑娘，奴婢带您回房吧。"说毕带着霂儿穿过庭院推开了一扇门，霂儿哦了一声，便抬腿进了屋。

宝四爷也不走了，他指着她隔壁的房间道："我就住这间吧。"

李肆看出了他的意图，管家却不了解，立刻道："宝四爷，您的房间在东大园，那里雅静着呢！"

"不必了！"

"哦，那奴才立即找人打扫！"管家跑出去了。

众人抬头见到几位家丁正抬着热水往霂儿住的房间里送，跟着有丫鬟又拿浴巾又捧梳洗用品的像伺候宫里妃子似地轮流进去出来，最后端了几盘时令水果的丫鬟来了。李肆难以置信地嘀咕道："她们是不是送错地了？！"

正说着，府上的一老妇人从屋里出来，手里捧着睡衣，一面小跑一面叮嘱出去的丫鬟道："你们再拿些花瓣来！"

宝四爷忍耐着这番热闹的侍寝景象，最后总算来了几个男仆，一溜烟地往他指定的房间打扫铺陈……

李肆连忙道："爷，您去厅堂里坐着吧。"

管家回来了，见到宝四爷，躬身问："爷，晚膳已经备好了，按您的要求清

第六章 纤纤涟漪起

淡些的。是现在上菜吗？上什么地方？"

宝四爷指着旁边的厅堂道："就在这里吧。"

"是，您请上座。"

霂儿将房门闩上，丫头规矩地站在门外听候吩咐。不久房里传来霂儿优雅的歌声。

宝四爷侧起耳朵听她正懒洋洋地唱着《但愿人长久》，凄婉动人，柔肠百转，听得他几乎忘记了吃东西。

霂儿闭着眼睛闻着花香，慢慢地她的声音静止了，跟着长长吸了口气，又哼起了《挥着翅膀的女孩》……

这个时间，依依也到了丝绸店，在等司马世恒。

司马世恒在后屋的房间里跟三位大掌柜谈着近期的事件。

"咱们在江南的绸庄本来一直相安无事的，说到底还是和盛达丝绸处于良性竞争环节。可想不到，几天前来了个'锦香丝绸'……他们的手法非常低劣。少爷，您还是同意了吧，对付这等下三滥的人，咱不需要用正当手段！"

"是啊，就因为他们的恶意捣乱，昨儿一夜损失了上千匹布料……"

司马世恒喝着竹叶青，冷静地跟三个人分析："既然他们违法，那我们就该懂法。锦三叔，一会儿你就飞鸽传书，让侯玉明早去衙门报官。我把这边的事情处理了，明天就赶去江南。这件事我们暂时不要行动，静观其变。"

霂儿洗完了澡，跟着心情很好地出来呼吸新鲜空气。不知何时李肆冒出来，走过来招呼："冉姑娘。"

"哦，您晚上好啊！"她客气地朝他招呼，让李肆心头一暖，还没见过主子跟奴才的问好呢。

"姑娘，宝四爷请您去坐坐。"

霂儿点头应着，然后往宝四爷房间去了。

四

在房里，宝四爷定定地看着霂儿，霂儿也不甘示弱地回看他，她咬着牙齿，突然笑了出来。

"笑什么啊？小丫头片子！"

"干吗骂我？"霂儿走过去，坐在他对面，拿起一瓣橘子就吃。

他道："朕……还记得在皇宫本王说过要你等我吗？"

霂儿懵懂地摇头："不记得了，你说过吗？"掉过头想起了什么，对了，好似李肆送她出宫前低声嘀咕了几句，说是王爷隔日要下江南，到时候候着，王爷要她伺候云云，她当时没听懂。所以没在意。

"你！"

"宝四爷，你虽然是王爷，救过我。但是一事归一事啊，我又不是你手下的奴才丫鬟。还有，你要我陪你下江南，也没亲自跟我说啊！"

"什么？！"他愣了起来，这无法无天没规矩的女子，怎么……

"难道我错了？你都没诚意。"

"你……"他被她回得没话了。

霖儿转脸又笑起来："我刚才和你开玩笑啦。恩人，这次，我要非常认真地给你道谢！"

他冷冷地注视她："你要怎么谢本王？"

"我……"霖儿想了想，"我陪你下棋吧？！"

"哈哈……这样就可以吗？"他忍俊不禁，"救你过火海，就值这一盘棋吗？"

"是啊，我的五子棋下得还不错哦！"

"什么？五子棋？"他吃惊道，好笑又好气，"你不会下围棋吗？"

"啊？那个太复杂了，小女子头脑不够用，没兴趣学。五子棋就好玩了呀。"

他把玩着笛子，突然道："还是不下棋了，你给本王……唱首曲儿吧？"

霖儿这下来了精神："这个最容易了。本姑娘连唱带演的，好不好啊？"

"好！"

"你想听什么呢？"

"你刚才唱的苏轼的《水调歌头》挺新鲜的，就唱那个吧。"

霖儿起身来，学电视里古代女子的兰花指，妩媚地比好了姿势，清清嗓子，微笑着一面慢舞一面开唱：

"明月几时有？把酒问青天。不知天上宫阙，今夕是何年。我欲乘风归去，又恐琼楼玉宇，高处不胜寒。起舞弄清影，何似在人间？"霖儿挥手转起圈来，看得宝四爷如醉如痴。霖儿的声音实在太清雅婉转了。他的眼睛随着她的纤纤身影转圈，很快他抬起手臂，开始吹玉笛……

"转朱阁，低绮户，照无眠。不应有恨，何事长向别时圆？人有悲欢离合，月有阴晴圆缺，此事古难全。但愿人长久，千里共婵娟。"

唱完曲，笛声也悠扬止住，宝四爷打量着霖儿的身段，惊奇地问道："你怎么如此会唱？莫非，你是歌姬？"

"你胡说什么啊！歌姬？！"她生气地将脸凑过去，"你看我像吗？嗯？"

看出她的愤怒，他却故意点头："说不定。"

"哇！"霖儿吸了口气，鼓着腮帮，"这就叫做、叫做、哑巴吃黄连，有苦说不出！"

宝四爷看她每次想表达的时候总是很可爱地皱眉甩头，有趣极了，于是故意

第六章 纤纤涟漪起

道:"歌姬又怎么了?莫非你看不起歌姬?"

"啊?"霖儿摇头,"我没有那个意思。我的意思就是说,我……不是歌姬。我会唱歌、会跳舞,那都是自学的。哦,我们那儿的女孩子都会。不过,你说得对,歌姬嘛,卖艺不卖身,换成现代话,意思就是歌星喽!"

宝四爷抬起眉毛:"现代话?歌星?什么意思?"

"真是越解释越迷糊,还是不说了。"

"你怎么每次都说一半?你究竟打哪儿来的?"

霖儿来到窗口,遥望着星辰,今夜月亮快要满月,十分明亮,宝四爷也走过来,与她一同欣赏着迷人的夜色。

不一会儿,霖儿轻声神往地说道:"我不是说过了吗?我啊,是从一个远隔万里的世外桃源而来,只为寻找一个叛逆者而行……所以、所以,你明白吗?"

"那世外桃源究竟在什么地方?"

霖儿压低声音:"这是秘密。我再说,会受到惩罚的。总之,这是秘密。你千万千万不要告诉别人哦,宝四爷。"

"这似乎太难以置信了,对了,你找到要找的人了吗?"

"没有……"霖儿的手指在木窗沿边画着圈,有些忧郁的感觉,月色下的脸可人、可爱而可亲。

"你不妨给本王说说,或许本王可以帮你。"

霖儿摇头:"谢谢你,不过世恒哥答应帮我的。"

宝四爷郁闷起来:"你以为我帮不了你吗?"

"不是啊!"见他脸拉下来,霖儿立刻调转话题,"对了,这次下江南,王爷是想体察民情吗?"

"谁说的?"

"猜的。"

"本王听说下拨给灾民的捐款和粮食被克扣了,所以就亲自来看看。"

"哦,这样的事情是不是常发生啊?"

"你怎么知道?"

"电视里……哦,我是听百姓说的啊。"

"百姓这么说?"

"受了苦的,都会说啊,这就叫一传十,十传百。好事不出门,坏事传千里。"

"江南常年水灾,皇上已经拨款修了几次水堤了。听地方官员反映,今年没有大灾,本王也宽慰了很多啊。"

"可是,还有很多地方官员中饱私囊啊!"霖儿回想起所记得的寥寥历史,"这乾隆皇帝嘛……都说他非常圣明。还说这是康乾盛世的年代……可是,我怎么路经那么多地方,仍然看到要饭的、流浪的、穷得每天只吃一顿的,那么多啊!"

宝四爷提高了声音:"你说的是什么意思?"

"说到底,还是最崇拜康熙。他啊,杀鳌拜,平三藩,收复台湾……真是功劳显赫。"

"是吗?你胆子不小啊,竟直呼世祖爷的名讳。听口气,对当今皇上,你很有意见了?"

霂儿立刻摇头:"不敢不敢……我……我不懂你们这里的礼仪、称谓,没有亵渎的意思。你是王爷嘛,我怎么敢当着你的面说当今皇上的事?"

"这有什么,你以为我会告诉他?"他冷静了下来,继续不动声色地道,"不如说给我听听。"

霂儿笑道:"我只是听人家说,乾隆好大喜功,喜欢臣子的甜言蜜语,而且宠幸奸臣,让贪官逍遥法外,尤其……"

"大胆!"一阵怒喝连着拍案声惊动了门口的李肆。随即他快步入内来,正见宝四爷怒气冲冲地瞪着被惊吓得疑惑不解的霂儿。

"大胆!不可对宝四爷不恭!"李肆也对着霂儿训话。

霂儿咦了一声,自在地道:"我没骂他,又没说他。什么地方不恭了?真奇怪!"

哼!宝四爷不满地背过身去,一时间气得话都说不出来了。在他一生当中,从来都是对他俯首帖耳的奴才和下臣,有谁敢如此赤裸裸地批评他,但是,这句批评如此刺痛了他,因为他自从登基以来,不仅没有宠幸奸臣,还为冤屈的臣子翻案,下旨查办贪污案……

他愤恨地背着手,李肆知道冉霂儿这次说话真的惹怒了主子,连忙挥手让她离开。

第七章　缘来缘去终相逢

沿途跟宝四爷赌气又赛车，不过最终却相逢在生死关头，原来有人密谋要杀死这位大人物，被霂儿撞见……

一

霂儿嘟着嘴巴要走，他突然又转过身来："你刚才那些话，究竟从哪里听来的?！说！"

他严厉地瞪着霂儿，仿佛要吃了她似的。

"不说！"霂儿也学他昂首挺胸起来。他抬起手命令霂儿："说！"

"就不说！"霂儿一点都不害怕地朝他顽皮地眨了一只眼睛。

李肆小心地看着宝四爷，着急地朝霂儿使眼色："你快说吧。"

"真奇怪。"霂儿道，"我又不是他的仆人，为什么要看他的脸色？老伯，您这位四爷可真难伺候，唉！现在本姑娘要回房休息了。"说着抬腿大大咧咧地要走，两个随从拦住了她。

"干什么啊？"她转过身，"怎么变脸比变天还快啊？刚才还兴致勃勃的，突然就……"霂儿看着两个带刀随从，想起这可是世恒哥的府上，于是用命令的口吻道，"请让开！"

两个随从看着宝四爷气得铁青的脸，依然不动。

霂儿大步走过去，绕开他们两个，郁闷地回房了。

李肆擦了一把汗，要是霂儿姑娘不走，指不定这里要出人命了。

霂儿嘀咕着躺下："这个人太奇怪了，说翻脸就翻脸……"

李肆还在宝四爷跟前说好话，宝四爷气愤地道："这丫头，满口胡话，竟然说朕……"他握拳砸在茶座上："简直大逆不道！"

"皇上息怒啊！不知者无罪。奴才看这姑娘性子豪爽，心眼儿也倒不坏呀。"

"哼！"想起她刚才的模样，他无奈地冷笑，"这世道上，竟然有人比朕还横，说了就走！你说，哪家的丫头这么不懂规矩？简直毫无大家闺秀之样！"

"是，是，主子说得对，这丫头啊，不知好歹，不懂规矩，毫无大家闺秀之样。"

"世外桃源？我看她是胡编乱造的。"

"主子，您还别说，这天地广阔，指不定还真有那世外桃源可寻呢。"

乾隆瞪了他一眼，他立即改口："那丫头片子胡编乱造，无聊之极。真是该骂！"

"算了算了，不说了。吩咐下去，明儿一大早就起程。"

"嘛，那您早点歇息吧。"

李肆为他铺设好了床铺，放好衣服帽子，他一躺下脑子里就回旋起霖儿刚才大方唱古词的韵律。那曲谱得真妙啊。想起她的话，他就气恼得很，可是想起霖儿调皮地眨眼睛，他闷头地道："跟个小妖精似的，简直不知矜持为何物。"

李肆悄悄退出房门，秀亭跑来低声问主子可气消了，李肆道："这可是主子近来话最多的时候了，连睡前还嘀咕着呢。看来那位还真是一贴猛药，主子对她是又气又怜的。"

"李公公，要是这位姑娘真能让主子忘记那找不着的，也是一件好事啊。"一旁的侍卫说。

李肆思忖了一会儿，点点头："是啊。对了，你那位朋友打听的事可是真的？"

他认真点头。

李肆叹气："红颜薄命啊！"

跟着听里头问说什么呢？他们便再无言语了。

正在霖儿还没熄灯躺下的时间，司马世恒跟依依回府了。一回来管家便上前低声在他耳边报告说怡亲王来了，还带了客人。他一愣，心想莫非是皇上。

"那霖儿呢？睡了吗？"

"估计睡下了。"

"吩咐下去，备好马，明天一早我必须快马加鞭去江南。对了，好好招待尧姑娘。"

"是！那明早还备马车吗？"

他思考了一下："先不必了，我得赶去办事情。"

"哦！世恒哥，你也累了，早点歇息吧。"

"对了，你就不要跟我去了。"

"不行！我要去。"她笑起来，两个酒窝更添几分美丽。

司马世恒认真地摇头："我说了，你不要跟着我，就在这里玩几天吧。你对这里比较熟悉，明天也可以带霖儿到处走走。"

"霖儿……是什么人啊？是男是女？"她有些好奇地问。

"哦，你还记得那天我跟洋人谈生意的时候，身边跟了个小个子的公子吗？"

第七章　缘来缘去终相逢

"记得，我听他说起洋文来可顺口了。"

"呵呵，是啊。我啊，以后还要抽时间跟她学习。她就是冉霖儿，以后是我的左右手了。"

"哦……是冉公子？"

"也可以这么说。"他神秘一笑，然后脱下帽子，管家立刻接过去。

"管家，带依依小姐去厢房吧。"

"是！"

司马世恒问了丫鬟过后，先到了霖儿房门外，见里面亮着烛光，于是低声问道："霖儿，睡了吗？"

霖儿翻身起来，大声道："世恒哥回来了？"

门开了，霖儿看到世恒哥，她亲切道："你怎么谈了这么久的事情？怎么样？现在忙完了吧？"

"嗯。我有事情跟你说说。"

"什么事？"

"明天一早我要赶路南下，那边绸庄出了事情。所以，不能叫马车一起去。霖儿，你暂时就在这里住下好吗？"

"哦，好啊！"

"还有，今天正好来了个女客人，我让她给你做伴，陪你在济南城里好好逛逛。"

"谁啊？我见过吗？"

"她是香榭阁老板的侄女儿，叫尧依依。"说着往后看，尧依依也正好过来了。他转身介绍道："依依，这就是冉霖儿。你叫她霖儿吧。"

"依依妹妹你好！"霖儿微笑招呼，依依的脸色突然就冷淡下来了，霖儿因为洗完头，没戴帽子，所以让人一眼看出她是女儿身了。依依仿佛打翻了五味瓶，心里头很不是滋味。

"怎么了？"

尧依依回过神来，淡淡地笑："原来不是公子，是姑娘啊。"

霖儿点头："那天在香榭阁里，依依的琴弹得太棒了！"

尧依依不解地盯着司马世恒，司马世恒立刻解释："她来自另外一个世界，说话总是怪怪的。你要是没听懂，就问她。"

霖儿不好意思一笑："我的意思就是你的琴非常好，美妙动听，让人……浮想联翩的。"

依依回她："霖儿姑娘的洋文也非常好。"

"这个……马马虎虎吧。"霖儿爽朗一笑。

"你们两个聊吧,我去找京城的宝四爷了。"他看了看霖儿,"你啊,夜里风凉,别穿得太单薄了。"说毕又吩咐丫鬟给霖儿和依依的房间多加条棉被。

"再加个香炉吧。"

"是,少爷!"

霖儿大方地说谢谢世恒哥。世恒盯着她微笑:"我走了。"

"晚安!"霖儿朝他挥手。

等他走了,霖儿想开口留她进屋聊天,谁知依依转身便离开了这里。

现代。

尤曼坐在一间雅致的餐厅包间里,抬手看着表。不一会儿,听外面服务员的敲门声,她等的人来了。

这个男人正是那天穿皮衣的杀害教授的凶手。

"你好,是唐先生吗?"

他点头微笑道:"你就是李教授介绍的爱好考古的尤曼同学。"

"是啊!"两个人握手,唐代鼎欣赏地看着漂亮的尤曼。尤曼抬手请他入座,然后道:"听说您在美国德尔研究所里工作,我真是非常佩服。"

"是吗?"

"是啊。研究时空隧道,而且已经攻入了量子态隐形传输数据规律部分……"

"嗯。不过听说你手里有一位过世的科学家得到的最新计算资料……"

尤曼点头:"我这位爷爷其实也在你们向全世界公布重要发现之前发现了更多的研究数据资料。不过可惜的是,他老人家出了意外。出于尊重他的权威,我建议在给你资料之前我们签个书面协议。"

"哈哈!尤小姐真会开玩笑,你在质疑我们的权威?"

"怎么?你不同意?"

他想了想,点头:"好吧。你有什么要求?"

"如果你们按照这资料上记录的方法,做出了能够穿越时空的机器,我要做第一个试验者。而且,还要第一个无条件得到产品……"

二

一大清早,马儿仰头鸣叫着,马蹄声渐渐地远去。霖儿翻身坐起来,闭着眼睛抓怀表。揉开眼,她喃喃地念了句才5点啊,谁在弄马叫啊?说完就倒下身去。然而不到几秒钟,霖儿惊魂地支起来,世恒哥走了吧?!

对啊!昨晚上就说了。

她继续蒙头舒舒服服地睡过去。

此时此刻,起床更衣的宝四爷正在李肆的伺候下用盐水漱口。

马车备好了，宝四爷用了早点，路过霂儿房间的时候，看了一眼，然后背着手大步离去。

尧依依拉开门追出院子问管家司马世恒呢，管家说已经走了好一会儿了。尧依依闷闷地坐下去，呆呆地喝着水。

张开双臂，霂儿畅快地伸了个懒腰，打开门看着外头晴朗的天空，舒畅地道："今天天气好晴朗！"正说着，丫鬟已经端了热水，拿上妆奁进来了。

一位老嬷嬷将一些胭脂水粉都捧了进来。

"姑娘，让我们给您好好梳妆吧。您今天可不用穿公子服了。"

霂儿一愣："谁说的啊？"

"少爷说你是姑娘家啊，姑娘家自当打扮成姑娘样子啊。"

霂儿摇头："不要不要，那多麻烦啊。阿姨……哦，大妈，我一会儿啊，要跟依依小姐出去逛街，她呢是姑娘，我就是公子。呵呵。"

"可是……"

"谢谢你们的好意了。我还是穿公子服，戴公子帽吧。"霂儿笑道。

恰在这个时候，一个家丁匆忙跑了进来："冉姑娘，尧姑娘让小的转告您，她要下江南去。所以不留下陪您了。"

霂儿吃惊地张开嘴巴："不会吧？"

"这会儿都上路了。"

霂儿想了想，道："她走了，我就不好玩了啊！我也要去！"

"可是，少爷吩咐让小的们好好保护您啊！"

"霂儿姑娘，你就在这里多住几天吧，这里也有好玩的呢。"

霂儿想了想："不了，我也去吧。你们能帮我叫车吗？我还是去找世恒哥吧。万一他在江南碰到洋人怎么办？我可是他的随行翻译。"

"江南倒是真有洋人的。"家丁低声道。

"那小的去通知管家，再派马车，护送您去。"

"谢谢！"

简单吃了早餐，霂儿便起身跟管家告辞了。管家细心地吩咐了家丁好好照顾霂儿，还特地安排了个带宝剑的下属骑马保护。另外又说要丫鬟跟着，霂儿觉得这样不好意思，于是再三推却了。最后终于还是拗不过她，一个车夫一个随身保护的就吆喝着上路了。

等霂儿一走，老嬷嬷、丫头就围着管家说道起来。

"我看咱们少爷把这位霂儿姑娘当成香蓉姑娘了。"丫鬟道，"他从前可没这么让我们招待过一位姑娘，跟伺候主子似的。"

"是啊，昨晚来的尧姑娘都没这么仔细伺候过。"老嬷嬷道，"看少爷跟霂儿姑娘说话口气温和,看那眼神。估计,是真的有意思了。"

老管家笑起来:"只要少爷人清爽了,心情好,就什么都好啊。这总算让我们好跟老爷交代啊,老爷在天之灵是保佑着少爷的。"

"对啊。"这边在七嘴八舌地猜测、议论。

那边路上,霖儿的马车风也似地飞奔着。霖儿无聊地坐在里头,透过窗口看着飞快后退的房屋城镇。突然想起了每天都背在身上的小袋子。这袋子两头是由细细的丝带连接,下边仿佛一个两手深的布袋。可还有拉链把里头的东西封好了。她翻开衣襟,将袋子扯开,伸手进去,居然摸到了两指宽的小 MP4。

"哇!"霖儿吃惊地拿出来,上头还有细细的耳机呢。

"这是我的啊,我怎么都忘记了随身带上的?"

她尝试着打开,MP4 显示还有最后一格电,想听音乐,却意外地听到了一个熟悉的口音。她诧异地注视着屏幕。上头是几个字符:"资料录音"。

"哦!是尤曼在图书馆查的资料吧?这个人啊,做梦都想穿越时空。"

霖儿一边伸手抓紧了窗口,一边听着尤曼的声音。

"公元 1738 年秋,乾隆私下江南遭遇刺客,几乎命丧于此。同年 11 月,西北战事诱发,边关守将利用敌军内乱趁机派人打入其内部,一名姓戴的佐领深入敌军,勇擒敌首,与将军里应外合打退敌军,我军捷报。

"公元 1739 年春,选秀时节,乾隆为怡亲王弘晓赐婚,然事发蹊跷,宫中盛传有妖女偷入宫中迷惑天子。此后,太后着娴妃率人侦查,发现一不明身份之人乔装太监神秘出入紫禁城并左右天子神智……太后误以为天子竟有断袖之癖,软硬兼施,于次月找出此人,秘密处决,焚烧祭天……

"以上资料来自无名氏《高宗野史》,资料无原件,为后世者断断续续摘录。不过……"尤曼突然转了一下口音,神秘地道,"野史还记录说这位迷惑乾隆的神秘人其实乃是一年轻女子,来历不明且神秘兮兮,口音奇异,还能说多国语言,此女曾在刺杀事件中救过天子,还协助弘晓解决中俄边哨冲突。多方百姓也受过恩惠云云。根据我的分析,这非常非常有科学价值。如果这个女子是清朝人,根本不可能会说多国语言,但如果是外国人,也不可能让别人认不出来。所以,我认为这个人,可能是……穿越过时空的过客……只是不幸命丧紫禁城啊。而且才去了不到两年,就这么被秘密处决了,也不留下什么纪念品让我们好有线索调查……唉!本次资料暂时记录完毕。Over!"

霖儿完全听呆了,随着天空突然落下滂沱大雨,霖儿的脑子似乎一瞬间清晰了。她立刻再次回放了尤曼的录音。

……

1738 年?现在是秋天?对,是的。乾隆?遇到刺客?在江南?……切!江南那么大,在哪里都不知道啊!而且,人家皇帝远在京城,哪有这么巧也下了

第七章 缘来缘去终相逢

江南？

她关了MP4，无聊地听着雨声。看着车夫和随从不知道什么时候早已经戴了斗笠穿了蓑衣。

路途有些崎岖起来，赶车的喊道："姑娘请抓紧了，咱们现在赶山路呢。有些陡！"

约莫黄昏，马车行至江苏境内。赶车的和随行的都下来给霖儿找客栈入住，随后霖儿伸展着四肢从马车上下来，进了"如意客栈"。

霖儿让他们叫吃的，三个人一桌坐下来一起用晚餐。

看着越来越多的客人入座吃饭，霖儿感觉到真切地存在。她没注意，阁楼转角的富贵大厢房里头，宝四爷正推开窗户看着阴雨绵绵的天空吟诗。

"细雨满天风满院，愁眉敛尽无人见。独倚阑干心绪乱，芳草芊绵，尚忆江南岸。风月无情人暗换，旧游如梦空肠断。……"

门口，躬身侍候的李肆叹了口气，道："主子……"

他没回头，只是继续道："两个奴才出去多久了？"

"回爷，已经半个时辰了。估计差不多回来了吧。"

"洪泽湖离这里不远吧？"

"是！"

正说着，两个穿青衣的配刀奴才已经一前一后快速上了楼到了厢房门外。一进屋子两人就弹马蹄袖请安，皇上转身抬手说免了。两个人立即起身："回主子，奴才已经打听到了有关'泉泽宫'等人的下落了。"

"说！"

"爷，自从8月发过大水过后，他们已经换地方了。目前那洪泽湖上下没有他们的人在。"

"什么？！"皇上失望地盯着他，"你们没找到人，还有脸回来见朕？！"

"皇上息怒！小的打听到了他们的下落。"那人顿了下，回答，"据说他们如今就在淮安城外的成子湖附近。"

听到这儿，皇上才满意了。踱了几个方步，他吩咐道："明日一早就赶过去！"

"嗻！"

霖儿吃饱了便上楼去。推开房内的窗户，正看到庭院植物一番茂盛景象。她端着热茶，呵着气。一抬眼，与对面窗户的宝四爷四目相撞。这一撞，撞得两个人都傻愣了半天。宝四爷率先哼了一声，转头进屋去了。霖儿这才知道宝四爷对自己还十分不满。

"小气!"

她低头喝着茶水,依然欣赏着纷纷细雨落下的情景。双手有些冰凉,霖儿揉搓了一会儿。

宝四爷吩咐李肆关窗,然后坐下来,不满地道:"怎么走到哪里都遇到那丫头!"

"皇上,您在说谁啊?"李肆低声问。

"还能有谁?!只有这个没家教的丫头敢直呼世祖爷的名讳,敢在朕面前说朕的不是!"他哼了一声,刚刚平静的心又被搅得一塌糊涂了。

"皇上可不要跟那丫头计较啊,以后有机会您教训她得了。"

"哼!朕以后都不想再看到她。"

"是,这丫头讨嫌得很啊!"

三

翌日早上。

今天天气有些阴沉,但似乎没有下雨的迹象,天边的乌云时而组成各种图案,飘忽而过,风吹又散,霖儿呼吸着沿途的清新空气,感叹 21 世纪的公路都已经找不到这大自然美好的味道了。

当太阳懒懒地拨开云层,打着呵欠的时候,车已经在路上奔驰良久了。细细一听,前方辘辘转的正是宝四爷的车驾和随从。霖儿掀开帘子欣赏一路的自然风光,心情大好。这时宝四爷也掀开了帘子,听到后方的驾马声音,两边的几个侍卫都小心地注意着。

霖儿认出了李肆的背影,于是道:"车赶上他们!超过他们去!"

"好嘞!"随从觉得挺好玩,大喝驾,马车飞快地奔跑起来,霖儿掉过脑袋,宝四爷又见了她。她朝他微笑。他却生气道:"她怎么跟影子似的,又冒出来了!"

霖儿朝他挥手做拜拜,马车就要超过了,宝四爷命令道:"不许他们超过去!"

李肆跟着挥手道:"快点儿。"

两辆马车渐渐呈现并驾齐驱之状,那边的宝四爷郁闷地冷着脸看着霖儿调皮的眼神,恨不得吃了她。霖儿拍着手掌大喊加油。一前一后,一左一右的,就是没分出高下来。

宝四爷别开脸不看她,霖儿也不生气。看着随车驰骋的风景大声唱道:"今天天气好晴朗,处处好风光……"

宝四爷掀开帘子瞪了她一眼,突然之间前面就是三岔路口了。两个驾车的都问走哪条。

"去找世恒哥的路啊。"霖儿回答。

"两条路都能去。"

霖儿看向右岔口,宝四爷看了她一眼,低声道:"等等。若他们走左边,咱们就走右边。"

霖儿也这么说。这下两边的人都原地待命了。李肆也不出声,只是很享受地眯着眼睛感觉风光无限。

此时霖儿朝那边喊道:"小气鬼王爷,你先走啊!"

宝四爷张了张嘴,咬牙切齿地恨着她。

不一会儿,太阳发出了耀眼的温暖光芒,霖儿干脆下车了。她走到李肆面前,歪着脑袋寻找宝四爷,宝四爷正生闷气,不理会她。

"宝四王爷……"霖儿伸手掀开帘子,"您先请吧。"

宝四爷闷闷地道:"还是你先行吧。"

霖儿研究着他这副样子,抿嘴道:"你真的,就那么讨厌我吗?"

他哼了一声,掉头不看她。她撇撇嘴,认真道:"昨天是我说话不经过大脑,你就当我胡说八道,大人不计小人过了。行吗?"

听这话,李肆偷偷掩嘴乐。

宝四爷冷冷地说:"你本来就是胡说八道!"

"是啊。所以,你接受我的道歉吧。"

"我以后都不想再看到你!没教养的丫头!"

霖儿放下了帘子,沉闷着脸回到自己的马车,愣了一会儿,对前面道:"小哥,我们走吧。"

"不等他们先走了?"

霖儿点头:"走吧,往右。"

只听见一声驾,随着鞭子扬起来,马儿迈开了蹄子……宝四爷轻轻撩开窗帘一角,再没见到霖儿的影子。霖儿倒在里头,拿出 MP4 来听歌。贾斯汀正在里面柔情地唱着:《Take It From Here》。

"I'm gonna take it from there girl, Don't you worry. I wanna be your lake, or your bay, And any problems that you have. I wanna wash'em away. ……"

下午 6 点左右,淮安城外成子湖附近。

此时,在美丽的湖畔,一座楼阁庭院屹立其中,湖面上满是盛满露珠的鲜绿莲叶清新脱俗,真乃出淤泥而不染。成子湖对面的一块大坝里,正有十几个外地来的杂技人士摆设道具,准备开演。宝四爷抬眼看着那亭子,要去那里似乎很简单,只需要沿着面前的木板桥前进数十米便到了。

李肆在旁低声道:"爷,听说她就住在湖中间的楼阁里。不过,打听来的未必可靠，为了您的安全着想，奴才以为……"

他抬起手道："这块台子做什么用的？"

"回爷，这是民间杂技团，估计正走到这里。今晚该有戏可看了。"

宝四爷微微颔首道："这也罢，那就等到这里开演了再去吧。"

"嘘。"

这时间霖儿刚吃了晚饭，闲来无事就到处逛逛。在一个摊子上挑选了一根挂在腰间的玉佩，身后的随从立刻掏钱买下来。霖儿挂在腰间，又看中了一个香囊，霖儿好喜欢闻里头的香味，随从立刻又买了下来。

正在霖儿想要去看擂台上戏子唱戏的时候，一群陌生人快速骑马穿过街道在一间客栈外停下。

"听说今晚在附近的成子湖上有杂技表演呢。"随从说道。

霖儿立刻就有了兴趣："你们怎么知道的？"

"嗨！这个简单了，当地人都知道，一问便知。"随从微笑道，"这里的杂技班子可厉害了，能耍大蟒蛇呢！"

霖儿吃惊地捂着张大的嘴巴："真的啊？"

"我阿复可是杂技迷啊。当初跟老爷、少爷走江湖，可看过不少新鲜的玩意儿。"

"太好了。那我们现在就去吧。"

"嗯，估计该开始了。"

随着人流前进着，只见那台子四周已经摆满了灯笼，点上了烛火。

霖儿好奇地注视着台上几个木头笼子里头的猴子、鹦鹉，还有蛇……

蛇快冬眠了吧？怎么也敢拿出来啊……霖儿感觉浑身起鸡皮疙瘩，很不舒服。

"害怕吗？"阿复在旁边问，"要不，咱们去别的地方玩？"

霖儿摇头："不怕。"说完还努力往人群里面挤。

这个时候，几个带刀带剑的男女也正在人群中，随着锣鼓唢呐洞箫的开场声，人们立刻安静了下来，先去的人都各自带了凳子坐下，后面的人就一圈一圈围着。

宝四爷站在湖畔的柳树丛下，遥遥地看着两三百米远的水中阁楼。

这个时候，一个奴才跑过来禀报道："主子，上灯了！"

李肆点头道："看来真有人。"

"看到人了？"

"阁楼的露台上，似乎有个白衣女子坐在那里。"

第七章 缘来缘去终相逢

宝四爷的心跳猝然加快了，看着夜幕下荷叶片片，一叶扁舟在那边岸头靠着。下了决心，他道："走吧！"

霁儿恍惚间看见李肆还有几个随从提起刚燃起的灯笼带着高大挺拔的宝四爷往那两人宽的木板桥走去。她不解地嘀咕道，奇怪，他们要去那儿干吗呢！

这时候阿复在旁边拍手道："开了开了。冉姑娘，快看台上！"

霁儿被这边吸引住了，掉头过来。只见台上一位上了年纪的老者小心地打开装有蟒蛇的笼子，随着台下一片惊叫，他缓缓地伸出手臂去，聚精会神的霁儿忍不住抬起手将眼睛蒙住。

一只手正伸过来扯下她腰间的玉佩。霁儿感觉到了什么，立刻就见到一个年轻人穿过人群往外跑……霁儿低呼小偷，跟着也挤出去寻找那小偷。

不远处，一个带武器的正跟一个身背柳剑的中年男子低声道："大哥，他果然上当了，以为湖面上有他要找的心上人。如今他们已经往湖上阁楼去了，咱们是不是可以动身了？"

霁儿埋下脑袋被越来越多的人挤压在人流里头，脑袋都抬不起来，只听到面前的声音杀气很重地道："不要慌，咱们埋伏的弓箭手随时可以听令射击。最要紧是不要失手了！"他随后又问身边的手下："箭头都涂上剧毒了没有？"

"都涂上了，只要沾上不死则废！这下咱们的大仇可以报了！"霁儿惊讶地张大嘴巴呆在原地。

终于，霁儿从人群里挤了出来。呆滞过后，她晃晃脑袋，四面张望而去，正见到背刀剑的几个人分别往对面的亭子轻快奔去。那远处，几个人手里提着灯笼刚刚消失在阁楼拐角的走廊处……

四

阿复目不转睛地一边盯着台上那老者将巨大的蟒蛇往瘦削的身上揽，一边问道："冉姑娘，吓坏了吧？"

没有人应声，他转头看，发现旁边哪有冉霁儿的身影，他呆了，接着便四处张望。

此时霁儿正指着对面亭子问看热闹的百姓："那里面住的什么人呢？"

"哦，成子湖没住人哪，那家主人一家去了京城，这里就留给人看管呢。"

"我看那边……好清静。"霁儿喃喃自语。看暮色越来越重，担心道："大哥，我刚才听到几个人说要在那儿用毒箭杀人，你帮我去报官吧？"

他眼睛看着台上，嘴里应付般地问道："要杀谁啊？"

"估计是个大人物吧，他们说要报仇呢！天哪，难道是冲着怡亲王来的？"

霁儿念叨着，心里一阵恐惧，但正义感让她又不顾一切，她从怀里掏出一锭银子："给你，去报官！救王爷啊！我得赶快去通知他们！"

接过银子的男子一怔，才缓过神来，只见霖儿已经往木板桥上跑了过去。
　　晚风吹拂着亭子里栽种的各种盆栽，宝四爷一行人终于穿过了走廊来到阁楼前院里。他正要迈步前行，缓缓入耳的是阁楼露台传来的轻扬而优美的抚琴声。
　　熟悉的音律令他精神倍增："是菱香的琴声……"他怡然舒畅地吐了口气，闭上眼睛倾心聆听着，六个侍卫非常警觉地守护在身边。
　　霖儿依旧飞快地奔跑着。
　　此时此刻，阁楼的露台上，埋头专心抚琴的女子身着粉色长袖裙褂，乳白色镶边裙袄上，兰花朵朵，她面朝着宁静湖面及夜灯下的清风杨柳，无比入神地弹奏着……
　　李肆提着灯笼找到了上阁楼的梯子，他小心地照了照路道："主子请。"
　　皇上点点头，收起浓浓的思念心情，大步往前行。
　　穿过阁楼的厅堂，皇上抬手缓缓掀开水晶帘子。
　　琴声近在咫尺，他的身影也在月光的映射下拉长了，缓步上前，他人已经在窗帘之内了。
　　"暮霭苍茫弥河塘，零星结伴仙乐赏。但闻幽幽梦飘摇，只愿此景如生长……"
　　乐声缓缓停住，对方的嘴角点亮丝丝微笑，依然跪坐在原地。宝四爷缓缓地迈开脚步走上去，那窈窕背影、长发飘飘的女子浅浅地移动了脸庞，提起的手指再次款款往下落……
　　霖儿喘着粗气冲到了楼下，侍卫立刻抽刀阻止她。
　　"你们不认得我了？我是冉霖儿啊！你们……你们快，让我上去！"
　　李肆下了梯子拉住霖儿道："哎哟！冉姑娘啊，你怎么跑来了？这里可不是你随便来的。"
　　"不是啊！我刚才听几个人说，安排了人要在这里放毒箭！宝四爷呢？你们快上去保护他！"
　　楼下突然发出一声尖利的口哨，跟着，楼台间响起了嗖嗖的声音，六个随从翻身往上冲。霖儿也跟着跑过去。
　　楼阁四面的窗户外，毒箭冷漠地穿过夜色，伴随夜风呼呼扑向宝四爷，露台上的女子也转身躲在犄角处。
　　宝四爷连连翻滚着躲开冷箭。霖儿正冲上来，十几个蒙面人已从四面翻越窗户栏杆往里冲，很快跟六个大内高手厮打起来。
　　霖儿惊吓地冲到宝四爷旁边，大叫小心啊。宝四爷翻身偏开脑袋，那陌生女子狠毒的宝剑擦肩而过，透过烛火，他看清这是个陌生人。
　　"她在何处？！"
　　"她早已阴魂远去，若你还对她一片痴心，本姑娘成全你去地府陪她！"说毕

第七章　缘来缘去终相逢

频频有致命招数使出，霖儿惊恐地站在他身边，不知怎么办，宝四爷一把推开她。霖儿跌倒在地板上，正疼得龇牙咧嘴，突然看见旁边窗棂处一张木凳子，霖儿不管三七二十一，抓起木凳往那女子身上砸，宝四爷看准时机一脚踢中她的肩胛骨，此刻赶到皇上身边的侍卫头领大喝主子小心，一剑刺入女子胸口，女子倒地身亡。

第八章　爱恨如风

　　救了人却受了伤寒，霖儿悉心照料，不想劫难未完，还有个令人闻风丧胆的江湖杀手在后面等着拿宝四爷尊贵的人头……

一

　　没来得及喘息，又有人杀到，那侍卫一面叫他们快走，一面迎敌而去。
　　此时，窗外，一名蒙面人拉开弓箭，对准宝四爷，被霖儿看见，来不及说话，她只管条件反射般拉开宝四爷，宝四爷机警转身，耳边呼呼毒箭声响，顺势抱住霖儿趴倒下去，霖儿哎哟痛叫着，宝四爷以为霖儿中箭了，立刻扶她起身问询："怎么样？！"
　　霖儿疼痛地看着他："我……"
　　"你中箭了？"他转动霖儿四处看着，此刻打斗的人越逼越近了，两个人被迫退到了露台低矮的栏杆处。下面就是墨绿色的湖水，宝四爷愤怒地看着眼前杀气重重的刺客。霖儿将整个人都埋到他的臂弯处，他正在纳闷时，霖儿看到一簇火光斜斜地往宝四爷身后窜过来，她情急之下伸出双臂狠狠地推了一把宝四爷。
　　随着一声扑通巨响，宝四爷倒身跌入了湖水里。
　　外面，一路火光伴着县城的官兵冲过来，十几个刺客有的被刺伤，有的死了，还有的被官兵的箭头射入了湖里。霖儿大声呼叫道："救命啊！有人会游泳吗？"
　　李肆独自趴在屏风后头，听霖儿喊快救王爷，立马就十万火急地冒出脑袋往霖儿这边跑。
　　跟着扑通几声，几个随从顾不上追刺客就纷纷跳入湖水之中。
　　霖儿转身不理会李肆的质问，往下面跑，跑到前院的时候，只听到有人大呼宝四爷！跟着几个随从齐齐抬起了浑身湿透了的、喝了不少湖水的半昏迷的宝四爷。
　　霖儿担忧地走过来，他们都束手无策，县令走过来："这……王爷怎么样了？啊！"
　　"宝四爷！"
　　"爷，您醒醒啊！"李肆急得不知如何是好，霖儿推开随从道，"让我来！"

说着开始实施心脏抢救方法，在他肺部用力挤压水，很快，他吐出一些水来，一阵咳嗽，帮助他呛了更多水出来。霂儿扯着他胳膊又接连喊了几声，宝四爷都没反应，她想了想，轻轻掰开他的嘴唇，吸了口气，在众人十分不解的眼神下给他做人工呼吸。

霂儿着急地拍打着他的脸，叫着他的名字。一分钟以后，他缓缓地睁开了眼睛。

城郊外的破庙里，逃亡的三个刺客带着伤匿藏于此，时至深夜，搜寻他们的清兵正在不远处的村子里挨家问话。

三人轮流喝了一大口白酒，往伤口上喷去，嗷嗷直叫过后，大汗淋漓地借着月光捆绑伤口。不久，其中一位男子站起来放了一枚信号弹。

"大哥，你伤口怎样？"

"还好，没死！"他咬牙把胸口的衣服撕开，旁边的弟兄过来帮他擦血迹。

"要不了多久他们就会来接我们离开。"

"不行！不能走！"

"大哥！"

"这么好的时机，我们怎能就此放过！此番付出数十名弟兄的热血，我等不可退却！待他们来了，我们便立即寻时机，趁乾隆没回宫，给他个回马枪！"

"但他身边的大内侍卫也是一等一的高手！"

说起高手，让他想起一个人来。他闭上眼睛运气，顿了一会儿，他睁开眼睛："我也有一名高手，只要有钱，什么天王老爷他也敢动！"

"是吗！"

另一个兄弟瞬时充满了期望："大哥，可是说的令江湖人闻风丧胆的祝不闻？"

"不错。这个祝不闻，听闻也隶属于朱家重孙，因祖上为明朝皇廷人，自幼全家被害，多年来在外流离却有幸遇到江湖闻名的四大高手收纳其为弟子。这数年来，他可谓是杀人无数，老弱妇孺，只要见过他的，都必定死于刀下，绝无情面可讲。"

"这是为何？"

"有人说他幼年逃亡时伤了脸，极其恐惧，人人嘲笑之，过街人群皆散。"

"哦，大哥，那我们怎么联络他？"

"陈老爷仙逝前曾告知我，联络四大杀手的方式为在闹市处贴出寻人启事。上月无意中听知情人说联络祝不闻的方式与其类似，只是告示上要沾上血色手印，以示诚意。"

众人听闻，皆点头称好，意志坚定要除掉皇帝。

阿复回了客栈寻找霂儿，依旧没听到消息，他着急地来回奔走，不知道如何是好。

县大人的宅院内。

大夫为宝四爷诊脉后，开了方子，李肆便同侍卫去抓药，霂儿担忧地跟着他们进进出出的，还跑到厨房去帮忙熬药。

深夜。霂儿端着药在李肆的陪同下进了房间，为保安全，到宝四爷床前时，李肆还拿出特质的宽宽的试毒银牌往碗里放，过后又小小地喝了一口，静静等了一会儿，药温降下去了，才轻声给宝四爷说："爷，喝药了。"

随从小心地扶起宝四爷坐着，又在他背后垫上很厚的垫子。

霂儿端起药道："宝四爷，吃药了。"

宝四爷微微张开了眼睛，看着她，她友好地将一勺药喂过去，谁知道他却转开脑袋，沙哑着嗓子道："走开，不喝！"

霂儿愣住了，随即好言道："要喝的，你刚才肯定着凉了。大夫说，如果不早点治好，身体恐怕受不住寒气，会更严重。"

他此时心情不好，脑子里完全是刚才抬起眼睛的那张陌生女子的面孔和她冷冷的话语，一切场景来得如此突然，他不是被寒气入侵了，而是被心寒占据了身心，为此而病倒。

他闭上眼睛，挥手道："都出去！"没有人动弹，他突然吼起来："都给我滚出去！"

李肆即刻躬身应着，然后又拉着不解的霂儿离开房间。

在外头，霂儿还是不甘心地念叨："他……干什么啊？是不是还在生气？可是，这药是必须喝的。这样吧，你去喂他行吗？他讨厌我，我不进去了就是。"

李肆叹了口气，低声道："主子这是为了其他人伤气呢。"

"为了其他人？为了谁啊？是那些刺客吧？"

李肆摇头，拉了霂儿走到一边道："不瞒姑娘说，咱主子，这次来江南，也是为了寻人的。"

"啊？跟我一样啊？"

"是啊。"

"那他找的人找到了吗？"

"此前奴才还以为真找到了，看来不是。哎！这是个陷阱啊。"

"哦，我猜到了。是……找一个姑娘吧？"

他叹气道："真是爱江山更爱美人，咱们主子，是英雄难过美人关啊！"

霂儿跟着叹息道："原来他还是那么多情的一个人啊。"

"所以，主子怕是受了打击了……"

第八章　爱恨如风

"失恋了？"

"冉姑娘说什么？"

"哦……我是说，失望了。"霖儿对着月亮叹起气来。

"时辰不早了，姑娘歇息吧，这里我们会照顾好主子的。"

"嗯，好。那你们也注意身体。"霖儿打了个呵欠，回卧房去了。

楼下县令吩咐着官兵要打起十二分精神守着这里。

约莫凌晨两点，有人在敲霖儿的门，霖儿从迷糊中跑出去，李肆非常着急地道："姑娘快去看看四爷吧，他不太对劲，一夜直说胡话。"

霖儿到了宝四爷旁边，只见宝四爷的手紧紧抓着床沿，闭着眼睛直喊："不要走！菱香，不要走……菱香！"

透过烛光，霖儿看他满头大汗、唇色苍白，便立刻拿丝巾为他擦汗。这一擦不要紧，却让霖儿的手碰到了他滚烫的额头。霖儿大吃一惊，用手量自己体温又量他额头温度。

"快去找医生来！他发高烧了！"

"姑娘你说什么？"

"哎呀！找大夫啊！宝四爷他额头好烫！高烧啦！"

"是、是，奴才这就去。"李肆转身疾跑，那侍卫见了也赶紧进来守候着，担忧之情溢于言表，霖儿见这些奴才如此忠心，真是一个服字在心头。

坐在他旁边，只听他声音沙哑，几乎快叫不出来了。霖儿能够体会，他现在肯定咽喉干涩肿痛。于是吩咐随从去热药，接着又让人打水进来。

宝四爷难受地用嘴巴呼吸着空气，很快他从噩梦里醒了过来。

霖儿喂他喝了点温开水，他很难受地闭着眼睛道："朕……头好痛！好难受！"

霖儿几乎用了全身力气让他的脑袋靠在自己胸前，伸手为他反复按摩头顶上的一些穴位，然后揉捏太阳穴。

"宝四爷别着急，忍耐一会儿啊，慢慢就好了，慢慢就不会痛了，相信我，你现在好好休息，一会儿把药吃了。"接着又趁他有些意识摸着他喉咙处问道，"告诉我，这里也痛吗？"

宝四爷点点头，眉头紧蹙，让人加倍心疼。

他迷迷糊糊地感觉着一双手和一个陌生又熟悉的声音不断在耳畔温柔响起。

药再次端来，李肆亲口尝了药才递给霖儿。霖儿好声好气地低声劝他喝药。

"喝了你就会好多了。宝四爷，你现在很严重知道吗。"

张嘴喝了一口，宝四爷就吐了出来，药太苦，他很难下咽，于是霖儿又耐心道:"你知道的,要是想早点好起来,就得喝药啊。来,宝四爷,张嘴……"

凌晨三点多,宝四爷终于沉沉睡着了。霂儿打盹到清晨5点,听到鸡鸣声,立马就抬起了脑袋,打了个大大的呵欠,想起什么,立即摸着宝四爷的额头,然后起身出去找侍卫了。

半个小时以后,霂儿捧着冰块飞快地奔跑上楼,李肆准备了毛巾和盆子之后,她将冰块包好小心地搭在宝四爷额头上。

"宝四爷刚才醒过吗?"

李肆摇头:"没有。"

"你好好看着,随时注意,要是冰块化了水立刻用毛巾擦掉。"

"姑娘要去哪里啊?"

"我看他一会儿醒了会饿的,生病了更要补充营养。我去厨房给他熬粥。"

霂儿说着已经抬腿往楼下厨房跑去。

李肆念叨道:"幸好有霂儿姑娘在啊。"他走进去,坐在宝四爷身边仔细地守候着。

"爷啊,那已经不在的,就别念着了,眼前这才是真实的可人儿,皇上啊,您看这小小女子,细心、勇敢、聪明,还为了您不顾自己的安危……"

辰时,宝四爷醒了。

"爷,您该用早膳了。"

他摆手。李肆看向一旁被烟尘熏得花脸的霂儿。霂儿冲他眨眨眼睛,亲自端上清香的八宝粥过来。

"宝四爷。"霂儿小心翼翼地坐到他旁边,"你现在生病了,必须要补充营养身体才会好得快。我知道生病了都不想吃油腻的。所以给你熬了粥,很清淡的,而且我没有加冰糖。宝四爷……"

宝四爷转过脸来,想张口说话,但发现竟然说不出来。他难受地皱眉头。

霂儿让李肆和其他人扶他起来坐好,一本正经地道:"我不管!今天我可是花了一个小时……呃,是一个时辰熬的这碗八宝粥哦。你不吃我不同意的啊!"

"再说了,你想骂我,等好了来骂我训我呗!宝四爷,你不吃,我就灌你吃喽!"

宝四爷病恹恹地看着她,两眼无神。

"哈哈,看你,没力气了吧?怎么?怕我下毒吗?"

僵持着,李肆又好话软施地道:"爷,您不知道,现在您退热了,还多亏了霂儿姑娘大清早去街上找冰块回来呢。您就吃点儿吧。"

他看了霂儿一眼,仍然不张嘴巴。

"你是不是还在讨厌我啊?对不起,对不起啦。这样吧,等你病好了,你让

第八章 爱恨如风

我做什么我都同意。好吗?"

他还是这么怔怔地望着霖儿。

"我知道,你正好又心情不好。……而且也是我把你推下湖的。所以是我的错,我又犯错了。当时我也是……吓慌了……"

"爷啊,那也是霖儿姑娘为了救您啊。那些刺客的箭头上都涂着剧毒呢。当时如果不是姑娘赶到,恐怕咱们都出事了。"

他脑子里还想着过去的种种。

霖儿将粥递给李肆道:"你来伺候吧,我走了。"霖儿说完起身,死要面子的宝四爷想要张口,她却郁闷地垂着脑袋离开了。

霖儿闷闷地躺在客房里,很快也疲倦地熟睡过去。

到中午太阳高照的时候,李肆又来敲门:"霖儿姑娘,咱们主子醒了,还想吃您熬的粥。姑娘,您看……"

霖儿呵呵笑起来:"好啊,我也很饿,再熬!"说罢就往厨房去了。

二

不一会儿,宝四爷隐约闻到了李肆端来的又臭又苦的中药。他别开脑袋,依然摇头不喝。

"爷,这药很及时啊。您这样喝上几贴好得快呢。"

"好臭!朕不喝!"

"爷,您喝吧……"

正劝着,霖儿端粥进来了,她来到宝四爷面前。

"你要先喝药,我才让你吃粥。"

他不满地盯着霖儿。霖儿反过来瞪他一眼道:"你是读圣贤书的,应该懂得什么叫'良药苦口'吧?我呢就是'忠言逆耳'。怎么样?你要不要喝啊?"

他假装不理会她。

她放下滚烫的粥,然后从李肆手里拿过药:"不如这样吧,我先喝一口,看看是不是你想象得那么难喝。"说完霖儿就咬着牙尝了一口,这味道差点让她吐出来,她忍耐着,然后微笑着看着好奇的宝四爷道:"这药啊,刚开始喝下去,真是有点苦。不过也真奇怪,这会儿感觉甜了呢。"

他惊讶地注视着她,她点头,将他的手抬起来:"乖啦,一口气喝光了。不然你就不是堂堂男子汉哦!"

听她这么说,他还真的一鼓作气地喝下去了,李肆早已经备好了痰盂,他将最后一点回味的苦和臭味往外吐,但什么都没吐出来,这个时候的霖儿也端起茶杯往外冲……

几分钟以后，霖儿回到房间来，他突然想笑，但忍住了，他指着粥。

霖儿于是坐过来喂他喝粥……

黄昏醒来的时候，宝四爷似乎全身轻了很多，头也不痛了，喉咙也能发出声音了。他招手叫李肆进来。

"朕觉得全身腻得慌，你去打些热水来。"

"嚓！"

李肆刚要走，他又叫住他问那野丫头呢？李肆神神秘秘地道："奴才刚才偷偷瞧过了，她一边熬粥一边给您准备清淡的小菜呢。霖儿姑娘可细心了，说您这回至少要拖三五七天的，所以都叫人把明天要准备的东西拿来了。"

宝四爷轻轻展开笑颜，李肆偷偷看在眼里，才放松了心情。

不一会儿，侍卫进入厢房，弹马蹄袖参见皇上。

看他神色严峻，宝四爷抬起睿智的眼睛："广融，查出些什么了？"

"回皇上，奴才几日来四下追踪，未能查到逆贼。不过，奴才有一事禀报！"

"说！"

"今日晌午，奴才在集市听闻一件事。"广融说着把中午听到的和亲自去查看的事实告知皇帝。

原来他在偶然间听茶馆小二对一侠士说有人在集市的墙上贴了寻祝不闻。还有五只带血的手印。接着那侠士的手握起了拳头，点的餐也不吃便往集市冲。广融给了小钱，小二才低声告诉他道："大爷，不瞒您说，这已是江湖上的公开秘密。只要谁有大买卖找祝不闻，便用此方法召集，江湖人便左右奔走相告，传进祝不闻耳里，他自然出现。"

"祝不闻是个什么人？"

"哎哟，大爷您是初入江湖吗？祝不闻，可是令人闻风丧胆的杀手魔鬼啊。听说他的样子极其丑陋，所以没人见过，不过要是谁不小心见了，非死不可。这个杀手功夫极高，而且还有可怕的杀人于无形的武器，这武器估摸只有他能制造……"

"后来奴才赶到闹市，果然看到了那则寻人启事，看情况，这也是今日张贴的。"

广融回忆到这里，脸色也有担忧："皇上，您要去查贪污案，奴才愿赴汤蹈火追随。不过，为皇上您的安危、为天下百姓、为国家，奴才斗胆恳请皇上回宫！"

广融这振振有词的恳求言语，让皇帝回到现实，自己不是什么怡亲王，也不是富家公子，容不得为儿女情长消耗时间精力。他站起来，背着手踱步思考着。

"朕去年下旨疏浚的运河、建造的河道，花去国库不少，想不到有密告说贪

第八章 爱恨如风

污，令朕十分痛心，朕虽然下派了钦差彻查，却没个下文。如今朕是极其想亲眼看看运河……"

"皇上，来日方长，您要看河道，可以等朝廷先缉拿了这帮无法无天的贼人。"

皇帝烦恼地透过窗户看过去，此刻李肆在外头敲门禀报："主子，冉姑娘的饭菜煮好了。"

宝四爷坐下，对广融道："好吧，明日起程回京！"

"嘘！皇上圣明！"广融起身，开门而去。

霖儿跟着仆人进了屋子，一道一道菜上到大餐桌上，然后微笑着抬手请宝四爷开饭。但是他似乎只是看着。霖儿还没适应，只见李肆双手递上金筷子、金碗，还用银色试毒牌往每道菜里放。放完了不止，李肆还亲自将菜先尝一口……

霖儿嘟起嘴来："又来这套！怎么，本姑娘亲自做的饭菜，还能有毒?！"

皇帝抬起眼睛，霖儿小脸的温柔微笑早已没了踪影，似乎受到了伤害，她愤愤地瞪了他一眼，转身离去。

李肆张口要叫住她，皇帝挥手让他别理会。

"主子，这位冉姑娘，可真是……"

"行了，你日夜念叨她的好，朕都听了不下十遍了。莫非收了她什么好处？"

这无心的话让李肆立即下跪："皇上英明，奴才可没有讨任何人好处，奴才该死，奴才话多！"说毕就自顾自掌嘴。

"罢了，你出去吧。"

月色渐浓，宝四爷在滚烫的浴桶里泡完澡过后，便觉全身筋骨舒畅，这才伸展了四肢，神采奕奕。

更衣间，他又习惯地问野丫头呢，李肆回道下午至黄昏，都未见着。这个时候，有人敲门，李肆跑出去开门，一个侍卫端着切好的柳橙进来了。

放下后，侍卫道："主子，刚才冉姑娘吩咐奴才端来的。说吃了这柳橙会更精神，帮助驱除病菌。奴才告退！"他说毕，皇帝着急地问："那她人呢？"

"回主子，冉姑娘说，有些犯困。想是回房歇息了。"

宝四爷端端坐下，看着橙子切得整整齐齐一瓣一瓣的，李肆又拿出试毒针，他抬手制止，从旁拿过叉子，往嘴里放了一瓣，酸酸甜甜的，他挤挤眉头却还是接连吃了几块，很快一盘橙子，都被他吃光了。

"宫里美味佳肴入千过万，朕也没回味无穷，如今至此，竟然别有一番滋味。"

李肆低声偷笑，他看在眼里："怎么？你这是在取笑朕？"

"奴才不敢！"

"去叫她来，朕有话问她。"

"嗻！"

想到几个时辰不见，他竟然内心如此欣喜地盼望见到她。哎，他闭上眼睛，嘴里还有那甜丝丝的，略带酸酸的味道。

霖儿没睡，只是很无聊地在庭院里走来走去。

李肆到了，着急地说："姑娘，主子不舒服。"

霖儿一愣："不会吧？"

"可不是，您还是再去给主子捏捏吧。"

霖儿想着王爷也挺可怜的，就点头了。

一路上李肆就低声解释着："冉姑娘别为刚才的事生气了，主子是贵人，咱奴才也是依照规矩行事，主子万金之躯，可不能吃错一点儿东西。所以奴才每次都必须试毒。"

"知道了。"

进了房里，霖儿就往他旁边一坐，他想说她大胆，但却发现心里十分喜欢她这股率性。

霖儿笑了起来："宝四爷，你是不是不生气了？"

"谁说的？"

"你吃了我切的橙子啊。"

"是你自己端来的。"

"可是你吃了啊！"

"扔了多可惜。"

"呵呵！"霖儿笑起来，轻松了不少，"对不起哦，我害得你感冒了。所以，我要负起照顾你的责任，直到你康复为止。"

"是吗？可是我现在还浑身酸痛。"

霖儿想了想，立刻道："那我再给你按摩一会儿吧。"

李肆见状便躬身往外退了，还顺带把房门关好。

宝四爷双眼柔和地注视着霖儿。

"你躺下……"她喝令，他乖乖地听她命令躺下去。

霖儿认真地坐到他身旁，搓了搓手指，然后从他的脑袋开始小心地刺激穴位。

"这些手法你从哪里学来的？"

"重不重？"

他闭着眼睛："轻了。"

"哦。"霖儿加重了点力度，又问，"这样可以吗？"

他嗯了一声，又道："你还没回答我的话呢！"

第八章 爱恨如风

"哦，我哥哥以前给爷爷按摩，我学会了，后来我也给爷爷按摩，哥哥说，刺激了相应的穴位就能让人慢慢轻松起来。怎么样？觉得好点了吗？"

他闭着眼睛享受着，霖儿见了也挺满足。

三

渐渐地，时间已不早了，宝四爷睡了一会儿，有些口渴，他抬起脑袋睁开眼睛找霖儿，霖儿正抚摸着怀表坐在窗边低声念着静夜思："窗前明月光，疑是地上霜，举头望明月，低头……想家乡。"（这里第一个字，改成了窗，霖儿刻意把词改了。）

他翻身起来："连个静夜思也能念错，看来你这是学不到位！"

霖儿掉过头来擦了眼泪看着他。

"怎么了？"他怔住。

霖儿念着，好想爷爷和哥哥，说罢眼泪突然间涌了出来，掉在怀表上，她抽泣道："爷爷，什么时候我才能回去……"

"霖儿……"他走过来，为她擦去眼泪，道，"霖儿如此想家，改日朕……呃，本王安排人送你吧。"

霖儿摇头："不，不能的。除非抓到那个罪犯，他害死了我爷爷，我一定要将他绳之于法。"

他点头安慰道："本王帮你，捉到那人一定严惩不贷！"

"哥哥现在找不到我，一定好担心啊。"霖儿将脑袋埋下去，"他以前说过，我是他回家的支柱，也是他生活的动力。我们相依为命好多年了。你知道吗，哥哥是我最亲最爱的人！"

听到这些，宝四爷感慨道："人生难免分分离离的，或许看得乐观些，你们总会团圆的。"

霖儿点头道："对，一定会的！对了，宝四爷，时间不早了，你早点休息吧。"

他不知道为什么抬起手臂拉住了她，将她紧紧拥住。霖儿的心立刻激动起来，有些紧张，却享受拥抱的这种感觉。她也抱着他，吸了口气。

"霖儿，本王要好好谢谢你！"

他闭上眼睛，她不知道说什么好，末了还是霖儿推开了他，默默地出了房门。

深夜。

霖儿熟睡间梦见爷爷来敲房门，她迷迷糊糊地打开窗，张毅竟然目露凶光、手持手枪站在窗口，霖儿吃惊地张大嘴，连忙对进来的爷爷说，不要进来，快跑，爷爷快跑。张毅狰狞地笑着翻窗户，爷爷仿佛看不见背后有坏人，还笑眯眯地过来说，生日快乐，霖儿……

霖儿满头大汗坐起来，深更半夜，房内十分静谧，发现是梦，这才松了一口气，口有些渴了，她把快燃尽的蜡烛换成新的，又引燃了灯笼，打开门去偏厅取水。

霖儿正取水，忽然听到有细微的脚步声传过来，她侧耳倾听，仿佛来自隔壁，于是便走到门口，低头闭上眼睛仔细听。那脚步声很轻快地踏着房顶的瓦片前行。霖儿连忙出了厅门，往庭院里的一株树下跑去，只见一个黑影正朝南苑的屋子扑去。

一个巡夜的奴才看见黑衣人，张嘴大叫："有刺客！快，南苑有刺客！"

刚小憩片刻的广融张开眼睛，紧紧握住剑柄，站在房屋外，纹丝不动。旁边的两名大内侍卫也紧张侍立。

听到南苑传来刀剑声，他的属下道："总领，属下要不要去增援南苑？"

"县令大人那边也有重兵……"正说着已有一个受伤的奴才半瘸着跑来："大人，大人救命……夫人被……"

"你们在这里守着，让我去看看！"

广融说毕快步离开，四个人便集中在房门外守候。此时的房顶，又一个黑衣人轻轻地揭开几片大的琉璃瓦……

宝四爷熟睡着，李肆看他安然无恙，便继续趴在他旁边睡。

月光流泻入内，噼啪两声，李肆诧异地抬起脑袋，恍惚一个黑影沿着绳子滑落，他张嘴要说话，人已经到他跟前，刀架在脖子上。

没一会儿，宝四爷听到异样声音，他张开眼睛，一双黑白分明的大眼睛正在眼前注视自己，他一怔，抬头欲起，来人便抬起手将锋利的刀子对准他的喉咙。旁边李肆被反绑着，嘴巴被塞住，他只顾呜呜担忧。

四个侍卫听到屋里传来什么声音，忙贴着房门听。

霖儿从那边跑过来："怎么样？刺客在哪里？"

"姑娘，刺客在南苑，广总领已经去查看了。"正说着，门开了，李肆道："主子令你等去南苑帮忙！"

"这？"

"你们四个赶紧去！"背后传来皇帝命令的声音，四个人立即躬身退下。霖儿始终觉得奇怪，李肆怎么眼睛不停往旁边歪。四个侍卫眨眼不见了，她定睛才看到他身后一个黑衣蒙面人。

"啊！你才是刺客！"说毕就指着他，转身要去通报。她抬手举起枪，就要射，皇帝张开嘴怒喝："住手！"

第八章 爱恨如风

霖儿掉头转身，她才收起手里的枪，霖儿惊呆了。手枪啊！不是火枪啊！而且还有个消音器啊！

她愣在原地，皇帝也被反绑着，他的声音听起来却很沉着。

"本王答应你的，一定做到。你不许杀她。即便要死，她也必须跟本王一起死！"

李肆被重新塞住嘴巴，呜呜半天，着急半死。

她抬手打晕了他，匕首对准宝四爷的脖子："走，立即离开！"

霖儿不明所以地看着镇定的宝四爷，跟着带他们去马厩。由于人都去了南苑，这里便非常清静。

霖儿被蒙面人捆住推上马背，坐在她身后，她能感觉到这是个女人。难道，她也是穿越来大清的吗？

那边的宝四爷愿意为了自己骑马在前，主动离开，她真是很感动。

两匹马穿过后门飞奔离开县令府，这边的几个蒙面人死的死，伤的伤，最后一个活口被广融捉住，刚要问话，他已经嚼破了舌头底下的毒药……

"总领，他们都死了！"

四个护卫过来，总领大吃一惊："谁叫你们离开主子房屋的！"

"是主子下令！"

"糟糕！"他说毕跳起来往东园冲。

除了李肆，他们再没看到皇上的身影。一股危机感席卷了广融，他转身往外跑。

"不可以，主子绝对不能出事！"

到达郊外树林深处，帐篷里走出来一个少年。

"姐姐！"

蒙面人下马，将霖儿拖过来绑在一棵树上，宝四爷下马，她的剑尖便直指他喉头，他乖乖地任由她绑住自己，跟霖儿一起拴在树上。

"本王知道，你不是他们口中的祝不闻。"

少女清秀的眼睛一瞪，少年好奇地道："姐姐，他好聪明！"

"本王答应跟你出来，就是想看看你究竟何许人也。"

"就如你刚才所说，如若我是那杀人不见血的祝不闻，你们还有生机吗？"

"所以，你是谁？"霖儿用英语问她。少女偏过头来皱眉问："你说什么？"

她听不懂吗？霖儿又用英语试探道："你刚才手里的东西我都看到了。"

"最好给我闭嘴，省得本姑娘找布！"她白了她一眼，低声又道，"不知道你嘀嘀咕咕说什么鸟语。"

"你是哪里来的？是这个时代的人吗？"霖儿继续发问。

她不理会她。

"你手里那个不是西洋人的火枪,而是很先进的21世纪的武器,谁给你的?"

"我叫你闭嘴!"她冷冷地将火堆里一根燃烧的树枝挥舞过来,差那么一丁点儿就打到霂儿脸颊,霂儿只得安静。宝四爷缓缓地握住她的手,"霂儿别怕,有本王在。她既然掳人不杀人,定是想要利用!"

"哼,你们别心存侥幸。今日本姑娘只是早祝不闻一步找你们弄些银子,祝不闻杀人,本姑娘掳人赚银子,井水不犯河水,他已经默许了。只要银两到手,你们也该去见阎王了。"

"是吗?祝不闻究竟所为何人?"

"哈哈,实话告诉你们,那是我师傅,不过我也没见着他的面。你们想见?也行,命悬一线时可以求他。"

宝四爷没有像过往一样激动,反而是沉着下来。每次霂儿想说话,他就捏捏她的手,闭上眼睛,霂儿感觉他在手心写字。

"勿惧,有我!"他反复写了三次,霂儿的手指便柔柔地与他十字紧扣。那少女见了,娇声笑笑:"还挺缠绵的嘛。"

霂儿脸颊一红,低头不语。

宝四爷喃喃靠着树干:"霂儿,你歇息吧。"

霂儿苦笑:"这么被绑着,怎么睡得着。"

少女将少年递过来的鸡腿吃完后,便将手枪递给少年:"去,信给县令。"

"是,姐姐等我。"少年说毕乖乖地骑马离去。

第八章 爱恨如风

第九章　迷梦初醒

生死关头，他护着霖儿，两人患难与共，真情相恋……

一

一阵悠扬的玉箫午夜飘飘而来，迷迷糊糊地张开眼睛，霖儿见到一匹黑马飞奔而至，一名戴面具的黑衣人翻身下马，透过火堆，只见帐篷里走出来刚才那名黑衣蒙面少女。

"师傅好！"

那被称作师傅的高大瘦削的人闷声应了，犹如男子，又有女子感觉。霖儿观察着他，尽管他难以分清，但霖儿感觉她也是名女子。

"三弟快回来了，师傅为何早到？"

"想看看要行将就木的人。"

"买主没告诉您吗？这个人是个王爷！"

"哼。"祝不闻走过来，宝四爷张开眼睛，她从那徒弟手里接过火把，细细看着他的脸，跟着，她愣了下，将火把扔了，一把抓过他的手臂，将绳子扯开，霖儿吃惊地跌倒在一旁，她徒弟跑过去点了霖儿的穴，霖儿便昏迷而去。

宝四爷的胳膊上，一条蚯蚓般的伤疤尚在，她再翻开他的手掌，一粒黑红的痣在纹路中，静静躺着。

"师傅！"

"你出去，我要单独跟他说话！"

"是！"

少女疑惑地转身离开。

祝不闻闭上眼睛，七年前的她，孤苦伶仃，家乡发洪水带走了所有的亲人，沦落街头要饭，蓬头恶臭的她，伤痕累累，只能住破庙。一次，几个过路人进庙避雨，见到她，便厌恶地出言谩骂，一名英俊少年和一个年轻仆人进来，正看到一个大汉将随身带的铁链子狠狠地向她打过来，他好心伸手过去，铁链子当即将他的胳膊砸出一道血痕，他愤怒起来，同随从将几个人打走。

之后少年将随身带的吃的都给了她，看到她的伤疤，又令随从带她去诊治。

她摔断的骨头重新被接起来，如果再迟，发炎出脓水的骨头定然难以愈合，她便永久残疾。

　　这个年轻的恩人，因为什么要事次日一早便离开了，什么都没留下，甚至也没看到她洗过头发、洗干净脸庞的模样。

　　不过，她记得随从为他上药时他摊开的掌心有一粒黑红的痣，当然还记得，这张脸越发成熟、俊逸了；硬朗的轮廓，高挺的鼻子，威武的眼神……

　　从出生到成长，她一生遇到过三个恩人，除此以外，她都遭遇的是灾难和痛苦，白眼和偏见。六年前她被四个以杀人为名的师傅发现，靠她的聪慧和毅力，他们决心教她成为最霸道的杀人工具。由于他们都年纪大了，便决心退隐江湖。之后便把一位世外高人留下的手枪传给她。

　　那年她遇到了流浪乞讨的姐弟。

　　四年前开始杀人，三年间她名声显赫，杀人无数，也从来不曾手软。岁月匆匆而过，从一个年仅15岁的少女变作今日的成熟女子，她已经生活了二十二个春夏秋冬。可是，七年里，她常常梦见这个恩人出现在旁边，冷了有他盖被子，饿了有他送吃的，孤单有他聊天……

　　无数次想念的人，竟然就在这树下，而且还是自己即将要杀死的人。

　　这最后一笔单子，她该怎么完成？莫非，这便是老天对她多年来造孽的惩罚？

　　宝四爷从她面具下看不到什么，想听她先开口，因此他就这样盯着她。她转开了脸。

　　想起了那帮人说："杀了这个画像里的人，他此刻就在县令府上，叫宝四爷。"

　　"他是什么人？"

　　"大清走狗！皇朝异类！请祝不闻出手！"

　　"十万两！"

　　"成交，次日我等在老地方将三成订金放下。"

　　"时间？"

　　"越快越好！别等他回了京师！"

　　"告诉我你的真实身份！"面具人终于开口了。

　　"你要杀本王，还不知道身份？"

　　"你是什么王爷？"

　　"这有什么关系？"他冷笑，"你收了对方多少银两？本王可以翻倍给你。"

　　"我向来一言九鼎。不管多少，答应了便不会耍滑！"

　　"如此的话，你可真是食古不化。本王做了什么坏事，要这帮人揪着不放？"

第九章　迷梦初醒

"这些事我无权过问，你若问心无愧，便不怕死了。"

"你看本王的样子，像是怕死之辈？"他反问，"倒是你，收一点钱财，便无论老少男女，无辜有罪，皆下手。你这样的冷血，才是罪大恶极！"

祝不闻哈哈大笑起来。宝四爷看着一旁还在昏睡的霂儿，心中担忧，便道："那些人是要你收了钱，只要我的命吧？"

祝不闻没应声。

"既然如此，还请你放了旁边的女子，她是无辜的。本王不想让她陪葬！"

"她是你什么人？"

"她，是本王的救命恩人。一命换一命。江湖也有规矩，不是吗？"

面具人思忖着。

"你可记得七年前的事？"

"七年前？"

……

迷迷糊糊里，霂儿好像听到哥哥叫自己，她缓缓睁开眼，明亮的火堆前，只见那黑衣人正蹲在宝四爷身前，缓缓地将面具取下……

长发飘飘而落，宝四爷惊讶地打量着这张举世无双的素颜。

霂儿也看清了她亮丽的容貌，不由得惊讶地喊出来："我就猜你是个女孩子！"

祝不闻一惊，柔情不在，立即掉头冲过来，抬手打晕了她，匕首滑出手掌，就要杀了她。宝四爷因为知道她的身份，刚才也被松绑，立即在此时揽过来，祝不闻被他拦腰抱住，她习惯性反手用胳膊肘对付他，他抓住她的香肩，将她推开，她本可以直接将匕首刺入他的胸口，可是在看到他的脸时，她急忙收回了手，宝四爷跑过去拦在霂儿身旁。

"本王说过不得伤害她！"

"她看到了我的容貌，必死无疑！"

"不行！"

"你别以为七年前救过我，我就会听命于你！"

"我知道，但是你还是欠我一命！"

"你们两个，必须死一人！"她挥舞着剑，冷漠地说。

"想不到我救人没有救出一个善人。"

"善人？"祝不闻冷笑起来，"你以为这天地间有多少是善人？这人世间，多少人都是披着面具做人的伪善者！你太天真了，只待在狭窄的王府，能看到多大的天？"

"大胆！"他怒喝，"你杀人如麻，不知悔改，还强词夺理。朕当年所救的小姑娘岂是你这样一个心如蛇蝎的恶魔？原以为，你是个无辜善良的女孩，到如今却让我失望至极。即便你身处险境，即便你被恶人伤害，你自己的良心可在，有良知，才算活着，若你良知没了，还有什么脸面存活于人世？朕救你这样的人，悔不当初！"

"你……你说什么？你刚才自称什么？！"

"不错，朕，就是朕。"他冷冷地瞪着她。

她颤抖起来："你居然是大清的乾隆皇帝？！"她后退几步："他们要杀的，竟然……"

"怎么，可以手刃当今皇帝，是不是很得意？"

她冷冷地笑了，越笑越大声……

二

"姑娘，你年少芳华，只要你肯回头，便是亡羊补牢。朕知道你过去定然是本性纯良，只可惜被恶人带坏……"

"闭嘴！不得诋毁我几位师傅！如今我肯放过你，已经是前所未有的好事！"突然，她将内心唯一剩下的那点儿感情，生生地吞下肚子，"给你时间考虑，想好告诉我徒弟吧！"

说毕重新戴上面具。

看完勒索信，广融在房内来回踱步，很快提笔书写，令手下去城里调兵。

"总领，该如何是好？"

"他说要今夜子时在城郊外的河道边交涉，那我们就按他说的做。周县令，劳烦您准备银票！"

"是，下官立即去办！"

县令擦了一把汗，战战兢兢地跑了出去。

"师傅！"少女进入林子，祝不闻低声在她耳边言语了几句，便翻身骑马离开。

少女走过来，将他们推入帐篷内。

"便宜你们俩！别耍花样！"说毕将一个小瓶子拿出来，丹药倒在手心，往霖儿嘴巴里塞去，霖儿微微睁开眼，还没清醒过来，已经被人喂了吃的。那女徒弟嘿嘿冷笑："吃了，她就手脚酥软、浑身柔弱，这样想跑也跑不动。不过，公子爷，你也别想多了，一个服用了软骨散的人，即便有人背，也需要一个壮汉，她此时可是比平日要难背，而且重了一倍。"

少女听到外面马儿的盘旋声，起身掀开帘子往外去。

少年将一封信递给她。

第九章 迷梦初醒

看过信，她立即喜上眉梢："干得好！三弟，我们又有银子了。"

"嗯。咦，那两个人呢？"

"师傅说丢他们进帐篷，三弟，你在这里看着他们，我去弄点吃的回来。"

"好的，姐姐只管去。"

少年大模大样在外面坐下来，宝四爷蹲下去，低声将霖儿唤醒，又问霖儿怎么样，本以为那药丸只是吓唬人的，想不到真的全身无力，想抬头都难。

"我……我没力气了。宝四爷，怎么办……要不，你快走吧。趁他们现在只有一个人，你先走吧，去搬救兵来！"

"傻瓜，你以为这么容易吗？他们会这么笨让到手的肥羊消失吗？"

少年啃着骨头在外头应道："公子爷聪明，你们啊，别打主意了，省点力气吧。我姐姐说了，你们时间也不多了。"

"这样小声，他也能听见。"霖儿虚弱无力地嘀咕。

"忘记告诉你了，本小侠乃是天下第一百里传音子。"他得意地拍拍胸脯，"这百里内的马蹄声，本小侠无须遁地，也能听得清楚，何况你们数米外的动静。哈哈！"

宝四爷的眼神柔情关切："别害怕，有我在。"他说罢给她一抹放心的微笑，"相信我！"

"嗯。宝四爷，谢谢你！"

"霖儿……"

他动情地看着她，想起她喂自己吃药、用膳的那些细心、温柔、真诚、用心。不知何时自己的心动了，竟然愿意同她一起，身赴险境而不畏惧。

霖儿看着他的脸接近了自己，慢慢地，他的唇靠在了她额间。霖儿闭上眼睛，他们的心都为此发酵了。他的唇慢慢往鼻尖移动，霖儿感觉到心跳如雷，他的心跳亦如是。

外面的少年听到这些，连忙捂住耳朵起身往一旁走。

他们的唇慢慢地靠在一起，霖儿好累，加上药力，直接歪在他身旁睡着了。他微笑着抬起脸，也在她身畔躺下。

没多久树林外响起急促的马蹄，少年大喝一声姐姐，起身扔掉骨头往外跑。宝四爷睁开眼睛坐起来。

广融带了一干人已经冲进整座林子，此时在外与那少女厮打。

"三弟，我们上当了，你先骑马走！"

"他们怎么办？"

"不要管，师傅会解决的！"

她喝完，便扯出一枚烟雾弹，猛然朝广融眼前掷去，刹那间大家都恍惚一片,三弟便骑马同女徒弟逃离。

广融拉开帐篷冲进来为他解开绳子,扑通跪下去,正要说话,宝四爷低声道:"免礼,赶紧的!"

一看他身旁的霖儿睡得迷迷糊糊,便上前来,帮她解开绳子,宝四爷亲自将她抱起来往外走。

此时,天刚亮起,为免祝不闻出现,广融安排随行马车即刻起程返京。霖儿吃了些药,接着又睡过去。宝四爷将她抱在怀里,一路上静静地陪着她。

马车在县令无数下属和前来接应他们的知府官兵的重重保护下离开镇子……

骑在马背上,带着银色面具的祝不闻在矮矮的山头树林间,盯着马车里的人,凉风吹拂开来,坐在里面的那张脸隐约可见。她叹息着,一旁的徒弟跑过来:"师傅,莫非您要放过这个人?"

"没有这个人,何来如今的师傅。你记住,以后见到他,远远地躲开。但是,他旁边那名女子,我一定要她的首级!"

"这个好办,让徒儿去!但是,师傅怎么给那帮反清复明的人交代?"

"本人办事,不需要交代,想杀就杀,不想杀就不杀!天亮你就把银票退了。"

"嗯。"

"他说得是,我满手血污,的确罪大恶极。从今日起,我要制定新的杀人规则!"

"师傅……"

"四位师傅都相继仙逝,师傅打算建立一个门派,以承继他们的卓越功夫。但是,前生造孽太多,必定恶报连连。师傅祈求老天给我一次机会恕罪!有我在一天,就必定不再滥杀无辜!"

霖儿恍惚醒了,宝四爷喝令停下扎营,便着人煎药给霖儿服用,霖儿大汗淋漓,吃了药便使劲儿呕吐,难受至极。李肆在旁边叹了口气,霖儿擦了脸,又重新躺下。

不久趁天色早,他们继续赶路。

阿复来到霖儿停留过的小镇,拿出画像四处打听,有人认出了画像,说在县令大人府上见过。

次日,天色大亮,霖儿一觉醒过来,发觉身在厢房里,干净、舒爽,她伸展四肢,很快活地大叫一声。

那软骨散总算被化解了。

第九章　迷梦初醒

她觉得精神百倍，起身下床拉开房门，想不到有一名侍卫在这里守夜。

宝四爷正在院子里同随从练拳脚，听人来报，立马就收拳。

霖儿跑出来，宝四爷看着她，白里透红的面孔终于回来了。他微微一笑："野丫头总算回来了！"

"哎！我警告你，不准叫我野丫头！"

身后的广融抿嘴偷笑，皇帝这个从来不低头、不示弱的人如此转变，在他们看来，真是千百年的奇迹，只有这名奇女子能够左右他的性子。

李肆从院落那边走来："爷，姑娘醒了，咱们也该……"

"嗯，起程吧！"他走过去，"那你想本王叫你什么？"

"霖儿啊。"

"嗯……"

"还有，"霖儿竖起食指，"你在我面前老是自称什么本王，处处离不开你尊贵的身份，生怕让我忘记了你是个高高在上的王爷，我是民女。是不是啊？"

宝四爷正要发难呢，她就这样盯着自己，他竟然握起她的手："那么，你想怎样？"

"就自称我喽，我就是我喽，这样多简单，多简洁啊，不卑不亢，是不是？"

"好，朕……我……"他将脸凑过去，一低头，鼻尖便贴住她的额头。霖儿脸颊绯红，连忙抽出手。

几次他说漏了嘴，都没被她听进去。

"霖儿，你已经好了吗？"

"好了啊。"霖儿低声地回答。他重新牵起她的手："那我们走吧。"

学着她的言语，她乐了，乖乖地点头，跟着他走。

三

随着马车出了客栈穿过人行道，两人在车里靠在一起，牵着手，霖儿含情脉脉地问他，他们怎么脱身的。她被打晕了，什么都不记得了。

宝四爷淡淡地说，是广融设计跟踪了那个少年，找到他们所在的树林。

广融真聪明。

"那是啊，朕……这广融是出了名的聪慧，不然，我怎么会留他随行。"

"你到底得罪了什么人，他们要这样对付你？"

他摇头不语，只是紧紧握着她的手，将她揽入怀里："霖儿，让你受惊了。"

霖儿不好意思地看着飘动的帘子，车已出了镇子，飞速前行。她就这样靠在他胸口。

捏着霖儿的手腕，宝四爷注意到她左手的黑色链子，又抬起她的右手手腕指着那银镯子："这镯子？"

"爷爷说,当年捡到我时,就有的。还有这个!"霂儿说毕指着胸口的碧玉佛像。

宝四爷被什么吸引了,取下她的手镯,注意到手镯内刻着几个字:辛酉 九二九 铭(这里为繁体字:銘)

这一幕似曾发生过,宝四爷凝视着银镯子坑内的字迹,但是怎么都想不起来。

"我想这是我的家传之宝吧!"

她猜测着说,又忆起爷爷的话了。

"霂儿,你的手镯是证明你身份的重要物品,爷爷一定要帮你找回你的亲生父母!"

宝四爷念叨着年份:"辛酉,这怎么会是你的家传物品呢?"

"为什么不是啊?"

"算来算去,辛酉年不过是二十年前,霂儿,如果我没猜错,这是你出生时,爹娘为你定做的辟邪物品。"

"什么啊,我怎么可能……等等,辛酉年是哪一年?"

宝四爷哈哈大笑,敲敲她的脑袋:"瞧你真是个木鱼脑袋。"

"哦,你刚才说20年前?就是说,1738减去20等于1718,哇噻!宝四爷,这么算……"她愣愣地发起呆来,"这么算好像真的,好像我真的是20岁了……可是,爷爷说是1991年初秋捡到我的呢,这样的话,那时候我3岁吗?哦,天啊!这是什么情况……"

"傻丫头又在嘀咕什么?"他为她戴上手镯,紧紧握住她的手指,脸就往她的脸庞靠过去,霂儿呆呆地想着这么巧合的一切,突然脸被人啄了一口,她立即回过神来,他得意地微笑,霂儿羞赧地推开。

经过连夜的赶路,次日车队已经安全抵达京城郊外。霂儿听到车外的广融回禀说就要进京,一切安好。

"爷,前面是一片树林子。穿过林子,便是盛京南郊县……"

眼前一片宽阔的草地连接着树木土地,霂儿欢喜地掀开窗帘:"哇,天气这么好,风景这么美,在这里骑马飞奔多惬意啊!哎,如果我会骑马就好了。"

"既然这样,那你就拜我为师吧。"

霂儿翘起嘴巴,抿嘴笑道:"你保证不摔坏了我?"

"哼,我们大清子弟,没有人不会骑马的。"

"对哦,你们应该是高手了。"霂儿拍拍手,"好啊,宝师傅,快教我吧。"

她这么一说,宝四爷也来了兴致,吩咐随从牵马。

宝四爷牵着马缰绳,教霂儿上马,霂儿刚跨上马儿便呼叫起来,霂儿害怕地尖叫,跟着往前不由自主地想抱住马脖子,谁知道她这样反而更惊动了马,眼看

第九章 迷梦初醒

马儿蹬腿撒泼了，宝四爷突然跨脚上去，稳稳地骑在马背上，抱住了险些跌倒的霂儿，随着一声喝，马儿迈开腿奔跑起来，宝四爷护着霂儿，开心地将脑袋抵在霂儿脖子上道："真是个好笨的丫头！"

身后，奴才们都远远地跟着，不敢往前太近。

霂儿呆呆的，怎么跟世恒哥带他骑马的感觉这么不同。

"开心吗？"他埋下了脑袋，热气都喷进了她的脖子里。

感觉着他的呼吸和体温，他紧紧靠着她，看看天际，心窝却十分甜蜜地发颤……这是他很久前曾有过的，只是这次似乎尤其猛烈。霂儿的脸颊不知何时飞上一阵红霞，他看得入迷了，低头一面说话一面趁机将脸靠在她脸颊处，两个人方寸都大乱，说话也语无伦次起来。

"我要……下马。"

"再跑会儿吧。你刚才不是说，这里很美吗？"

"那……那个……你的病还没好，这样吹风不可以的。"

"我哪里不好了？"他的胳膊拥紧了她，嘴唇几乎要亲吻到霂儿的额头，"我不是还能带你骑马吗？"

霂儿转脸看着他，他的唇就这么亲在她脸上了。霂儿整个人傻了。她低下脑袋，他勒住马儿停下，伸手将她的脸带过来，霂儿吃惊地张开嘴巴想说什么，他却亲了下来……

两片嘴唇的接触由战栗到渴望，霂儿仿佛进入了梦境，他的唇和呼吸跟自己的混合在一起。很久很久，他们下了马，迎着阳光进入了树林。霂儿随意地拾起一块石子选了一棵正在成长的小树，刻下了霂字。他靠过来，道："还要加上我的呢！"

"你叫什么啊？宝四爷还是王爷？还是宝四王爷啊？"

他圈住她整个人，伸手握住她的手指开始一笔一笔用力地刻下了一个繁体的"寶"字。

霂儿快受不了了，一写完就转身推开他想要离开树林，可是他更快地捉住她的手，拉进怀里，他抬起她下巴，埋下脑袋……

霂儿迷迷糊糊地跟他激烈地亲吻了起来，两个人都忘我地拥抱着、喘息着……

"霂儿……"他紧紧抱住她，霂儿喘息着靠在他宽阔的胸膛上，他闭上眼睛靠在树干上，道，"我好开心啊！"他长长地舒了口气，手指轻柔着霂儿的背，霂儿受不了这样的触摸，一把推开他往外跑……

仿佛突然之间听到某个声音在耳边说话，霂儿一口气跑了出去，外面远远跟着他们的随从诧异地看着宝四爷追出来。霂儿大步往回走，宝四爷跟上来，拉住霂儿的手："好好的怎么啦？"

霂儿闷闷地不说话，接着挣脱了他的手掌，往马车里坐。

车队缓缓进入郊区，连夜赶路追来的阿复总算截住了霂儿。

霂儿从车里下来，见到阿复，才想起自己竟然一直为了宝四爷，忽略了他的担心。

"对不起，阿复，是我不好……"

"沿途发生的事太多，这位兄弟，你放心，我家主子一直都照顾得很好。"

阿复缓缓地点头。

"冉姑娘，公子叫我来接您去江南。"

霂儿回头看了一眼马车，想想也好，不然陷进去了，可不得了。于是点头，叫广融转告宝四爷，便上了阿复备好的马车。

宝四爷听到马蹄声远去，掀开帘子，失落地叹息。

"就这么走了吗，为何？"

四

皇宫，军机处。

"皇上，六百里加急。"

他拆开信，阅览完便发了火："西北开战，首战便被围困！这个格尔泰怎么带兵的？"

回了养心殿，李肆举着下午茶点在他身旁，他看着奏折，随意地问："霂儿呢？"

"皇上，奴才派人接她，她却回话说，请皇上忘了她。"

他生气地拍着桌子，将杯子、果点扔了下去："朕有整个天下，难道就不能得个喜欢的女人吗？！还想要做下一个菱香！"

李肆连忙跪地："奴才办事不力，皇上息怒，奴才该死。奴才……立即吩咐人去追！"

发泄了心中闷气，他放松下来，抬手道："罢了，朕先处理眼前的事。"

两天以后。

霂儿来到了司马世恒丝绸庄的江宁店。

霂儿刚回宅院，司马世恒就骑马回来了，见到她，他十分着急地道："听阿复说在路上遇到了刺客，霂儿，当时发生了什么事？什么人竟敢刺杀……王爷？"

"说起来真是好凑巧……"霂儿眉飞色舞地开始给他讲述发生的经过，后面跟进来的尧依依醋意顿生。

"这么说还没有捉到刺客了?"

"没有啊。"

"嗯,那王爷他没事吧?"

"就是受了寒,躺了几天。"

"听阿复说你一直在照顾他,你对他真好。"

"因为……是我推他下去的啊。"霖儿找了个理由搪塞,可是现在心里却底气不足。

他微笑:"霖儿太善良了。你知道吗?你这一推,可是救了个举足轻重的大人物啊!"

"我管他呢……反正……不要再提他了。对了,世恒哥,你的事情处理得怎么样了?"

"入冬了,天气越来越寒冷。这段时间,暂时没什么大事。我前几天也跟他们协商了规矩。以后只要他们违反了,就不要怪我不客气。"

"对啊,商人也有规则的嘛。对了,沿途经过好多地方,发现那些靠河边的人怎么……那么多乞丐?还有些人带着孩子到处找吃的,好可怜啊!"

"嗯,那些都是受苦的贫民百姓。夏季的时候大水淹了不少乡镇,许多人都被迫流浪。听说今年朝廷下拨的救灾款子也没有落实,唉,只可叹那些贪官污吏冷血无情。"

"那……他们真的好可怜啊。对了,我记得宝四爷说,他就是来调查这件事的啊?他还没有查到吗?"

"恐怕很多内幕不是旁人能查到的。"

"官场真黑暗啊!"

"霖儿说对了,所以我宁愿做生意也不涉足朝廷的任何事情。"

"那世恒哥以前也做过官?"

世恒笑笑:"父亲去世后,便向朝廷请辞,如今虽也为朝廷办点事,但好歹不涉及官场。父亲说得对,如果要为百姓做事,即使卖菜也可以。只是看你选择的方式。"

"嗯,对啊。"

"我已经叫人准备好,过几天我们去镇江施粥给那些穷苦的人吧。霖儿,就由你亲自发好吗?"

霖儿十分乐意地点头道:"嗯,好!我来熬粥也可以,只要能帮他们,让我做什么都可以!"

"还有我呢!"依依从那边走过来道。

"依依妹妹,你也在啊?"

"嗯,我现在也是绸庄的一分子啊!"

司马世恒点头。

"对了，他们很多人都穿得那么少，我们也捐些衣服吧。"

司马世恒点头："这些也没问题的。"说完他还是叹了口气。

"怎么了？"

"我一个人的力量毕竟很微弱啊。"

霖儿点头。这个时候尧依依开口道："要是那些达官贵人肯把家里头穿过的旧衣服，用过的破棉被施舍出来的话就好了。"

霖儿思考起来："是啊。朝廷上千个官员，一家捐一件也了不得了。"

"还有紫禁城里那些主子啊。听说她们每个主子的衣服都是成百上千件的，好多都是穿了一次就不要了。"

霖儿惊讶地道："太浪费了啊！"

"算了，我们只是平民百姓，没权利去要求任何当官的人啊。"阿复道。

霖儿想到了宝四爷。

不过还是没有提出来。

她自己告诫自己，忘记他吧，以后不再跟他见面了。

紫禁城养心殿。

皇上焦躁地坐在养心殿翻阅着奏折，不一会儿，他提手将奏折扔到了地上，李肆立即跑进来："皇上息怒！"

"已经多少天了？为何近来没她的消息？"

正发火呢，一名侍卫小跑着上来递牌子请求面见圣上。

"皇上息怒，他们回来了！"

两人跪拜请了安，皇上这才坐下来，接过李肆的茶水喝。

"人呢？"

"回禀皇上，小的……刚找到冉姑娘，她目前正随着司马世恒沿江为难民施粥呢。奴才想还是先回来禀告主子。"

"给难民施粥？"他念叨了一下，渐渐地心气顺了，"那她……跟司马世恒走得很近了？"

"主子，看样子是亲如一家人。"

他思忖着。

"主子，是不是把她带回来？"

他缓缓地摇头："暂时不必了，下去吧。"

人退下之后，他叫了李肆吩咐道："传朕旨意，限京城各八旗子弟连同皇宫大内所有人等，三日之内将所有用过的旧衣服、棉被等捐出来！着令户部负责运送给灾民！此事不得耽搁，立即着手！"

第九章 迷梦初醒

"嗻！皇上英明！"

此时，理藩院索大人和傅中堂递牌子给李肆等候觐见。

皇上令他们入内。

理藩院索大人齐奏道："由于俄国皇帝要求尽快捉拿偷袭尼布楚的匪徒，微臣请求皇上下圣御捉拿匪首。"

皇上点头："这件事，朕也在头疼呢。两位爱卿可有办法能尽快捉到匪首？"

"先前廷寄各地方官员捉拿匪徒一直毫无音信，各地官员皆言无处着手，只因那些匪徒的身份、面目都一无所获。……"傅中堂上前回禀道，"臣以为，与其漫无目地举国搜查匪徒，倒不如重拳出击主动引出他们来。"

"哦？"皇上立刻有了精神，"说说你的想法吧。"

"臣愚见，皇上可通告天下各地，悬赏缉拿要犯，如若能提供线索捉拿匪首的话，还可以官职奖之。"

皇上点头："好！为了尽快缉拿要犯，朕就昭告天下，凡举报属实者，缉拿住匪首则悬赏黄金千两；其他从犯均赏银五百两。此案就由索卿家连同大理寺尚书负责审理。"

"嗻！"

皇上御笔亲提下了圣旨后由李肆交给索大人。索大人躬身道："微臣即刻查办，微臣告退！"

第十章　殷殷少女情

司马世恒将那穿越来清的张毅找到，于是霖儿决定立即去北京城带他回2007年接受法律的制裁。

一

星月明净，秋蝉呜呜，丫鬟掌灯放在花坛间的石桌内，霖儿吃了几粒葡萄，繁星满天，今夜依然静谧，霖儿在灯下翻开《聊斋志异》，别有一番感觉。花坛间摇曳的花枝，花坛边沙沙轻响的树叶，小草黑暗中瑟瑟舞蹈，令人浮想联翩。霖儿合上书本，打了个呵欠，准备沐浴休息。司马庄园里里外外的仆人此刻也已收工了。而司马世恒正在书房里写账，尧依依则点着蜡烛在灯下绣香荷包。

不久司马世恒起身来看霖儿，霖儿呆呆地望着庭院发怔，司马世恒刻意咳嗽了两声，霖儿还在发怔，他看着半弯月牙，脱下自己的厚厚褂子给霖儿披上，霖儿吃惊地回过神来。

"霖儿，夜里天凉，你却独自在这里发呆。是不是想家了？"

霖儿微微点头。

他轻轻地拍拍她的胳膊："他们会吉人天相的。"

"世恒哥，你说，我在这里已经不知不觉度过一两个月了，那家里，是不是也该过这么久了？"

"呵呵。难道会不同吗？如果都是同一片天，为何会不同呢？"

"哎，这个，真的不好解释的。"

"好吧，那不如我们先回屋吧？你看你的鼻子都冻红了。"

霖儿笑笑，司马世恒握起她的手，她的手很冰凉，他牵着她往屋里去，仆人丫鬟添了暖炉，还有丫鬟问霖儿什么时候沐浴，霖儿说再等一会儿。

她不好意思地抽回手，司马世恒有些尴尬地笑了笑："霖儿的手好凉。"

"是哦。不过我听人说了，手凉的人，是很热心的人哦！"

"是吗？"他将一壶刚烫好的热水给霖儿倒了一杯递给她。

"世恒哥，有你在身边，我觉得真是好幸运。"

"是吗？遇到你，我也觉得很幸运。"

霂儿的脸微微一红，心里暖暖的，但是，说不出来的感觉包围了她。司马世恒想起什么，道："霂儿，天不早了，你早点歇息。我还要去绸庄一趟。"

"你也知道天不早了，为什么还要出去？"

"交代一些事就回来。别担心，没事的。"他温柔地看着她，理了理她的发丝，"早点歇息！"

"嗯，世恒哥也早点回来。"

次日，艳阳高照，温暖地包裹了花草树木，一些积雪开始融化，霂儿眼见房檐边挂着的冰条渐渐消失，好舍不得。

她慨叹地道："要是能上山去玩堆雪人多好啊！"

"堆雪人？"坐在对面喝早茶的依依不解地挑起眉头。

这时候司马世恒进了屋子，搓着手道："霂儿，想去山上看雪吗？"

霂儿整个人兴奋地站起来，水泼了一地："好啊，我要去。"

"你呀，不能小心点！差点烫着依依！"世恒走过来，依依连忙笑着摇头。

"对不起，依依，我不是故意的。"霂儿道，"不过，就我们穿的这些，上山以后会不会冻成冰条啊？"

司马世恒呵呵笑道："你们吃好了，我先带你们去绸庄取衣服。"

两个人都带着开心的笑脸立马就不吃了，收拾了一下便上了马车往丝绸庄去。

丝绸庄。

"裘皮大衣、紧身的保暖毛领子、暖皮绒帽子……全部都是上等的皮毛。姑娘们穿了，就是进了雪山也不会怕冷的。"丝绸庄里的掌柜一一给她们说。

正说着，已经有伙计进来。跟着一个老裁缝令男仆丫鬟将做好的衣服都捧进来。霂儿吃惊地看着几件套的全新保暖衣衫裙袜。鲜艳的色彩，简单却舒展的样式，坠边儿绒毛，还有江南最好的刺绣图案，一样一样展开来都让霂儿不忍心穿上去了。

霂儿笑了起来："太漂亮了！真想不到……"

"姑娘，这可是本地最有名的刺绣工艺了。还有这些领子功夫，细针细线的，里里外外的料子都是咱们少爷精挑细选定做好的。您穿上一定会更满意的。"

"好，我去穿。不满意就找你们少爷试问！"说完故作刁蛮地看了司马世恒一眼，司马世恒笑着点头，吩咐丫鬟进去帮霂儿试穿衣服去了。

走在后面的尧依依看到这一切几乎咬破了嘴唇，她黯然神伤地站在走廊里，裁缝出来的时候恰好看到了。

司马世恒从里头出来找到她，尧依依转身就走，司马世恒叫住她："依依，来,既然来了,叫容师傅给你把新做好的衣服拿来穿上吧。一会儿霖儿要去看雪景,你想去吗?"

本来含着眼泪的她想一口拒绝的,可听到里屋霖儿开心的笑声立刻就点头道:"好啊,一定要去的。谢谢世恒哥哥!"

辰时,霖儿跟依依两人乘着马车跟着世恒穿过小道出了城区,到郊外的山径处,霖儿掀开轿帘发现外面厚厚的雪铺盖着树林,兴奋得拍掌大叫好美。

"这山上的雪至少有两尺厚。"司马世恒道。

"我想骑马看雪景。世恒哥,行吗?"

司马世恒看了看依依,依依也笑道:"我也要骑马。"

司马世恒立即令随从把另外一匹马牵过来,依依在他的搀扶下上了马,跟着霖儿也抓着绳子要自己上马,司马世恒笑道:"笨丫头,看你今天穿这么厚,怎么上马啊?"

随着霖儿的低声叫唤,司马世恒将霖儿抱上马,坐在前面,看得依依立刻控制不住气恼了。

"驾!"两匹马一前一后顺着山道小跑起来,霖儿开心地欣赏着那些被雪点缀的棵棵青松。光树枝上的一抹白色,犹如一件雪白的罩衫附在上面。

"这些景色,比电视里还漂亮。"

"什么是电视?"

"我们家乡的一种发明啊。可以把这些美丽的景色,拍下来,让全国的人都看得见哦!"

"是吗?如此神奇?"

"是啊,更神奇的都有哎。呵呵,有相机就好了。骑在千里马背上,身后有高大英俊的帅公子,身前有高挑的古代美少女,不化妆,素颜,犹如这雪一样的素颜,自然的美,比什么都真实!"

听她一番古怪的言辞,他不再追问,只是慢慢地让马儿前行。

尧依依回头看着他们俩亲密地聊天,完全当自己透明。她愤怒地双腿用力一夹,马儿突然仰头嘶叫起来,在司马世恒震惊抬头之时,只见依依大喊救命,跟着马儿不要命地狂奔起来……

"怎么了?"霖儿伸长脖子,只听见司马世恒低呼不好,马儿受惊了。然后策马飞奔着追上去。

依依不断惶恐地发出喊叫:"救命啊!世恒哥,救命啊!"

司马世恒眼看马儿疯了似的,他翻身下马,一提劲施展了轻功飞奔上去,踩了树干很快落在马儿前方,在马儿抬起双蹄的时间,屏息凝气飞身一腿狠狠地踢在马脖子上,马儿随即歪身栽倒,司马世恒及时接住落马的依依,两人双双滚落在雪地上，马儿则躺在一旁哀叫呻吟，浑身战栗个不停。

霂儿吓得手拉缰绳不敢乱动。她小心地拍着马儿的脖子，翻身慢慢下马去……

二

司马世恒着急地抱起了依依："你怎么样？依依！"

"世恒哥……好疼……疼……"

司马世恒这才发现她的手臂骨折了……随后赶来的阿复连忙往马匹旁走去。

几个人回到院里，司马世恒顾不上从外地赶来汇报事情的手下，亲自在屋里给依依处理伤口。

盼咐了老妈子煎汤药之后又叫丫鬟贴身伺候，跟着还叮嘱了依依半天。霂儿在旁边插不上手也插不上嘴。依依心里终于有些欣慰了。眼前的司马世恒如此紧张自己，她总算没有白摔。

霂儿着急了半天发现没帮上忙，于是出去，阿复却面色惊异地进屋来，手里拿着一只玉簪子。霂儿一眼认出了是依依今天带的。

"是给依依的吧？我拿去！"

"不是……"随从摇头，面色凝重，霂儿发现簪子上带着鲜血，她吃惊地看着他，拉开他问怎么回事。

"我在马背上发现的，这簪子可插了好几寸进去，你说马儿怎么能不受惊呢？这件事我得告诉少爷……"

"不，不……阿复！你没看他现在很忙吗？这点小事就别提了好吗？"

"不瞒冉姑娘，我觉得，这可能是那位……"

"你闭嘴啦！"她着急地喊起来，阿复吃惊地收声。

看司马世恒终于松了口气出来了，霂儿立刻抢了簪子然后背着手走过去问依依怎么样了。

"休养一段日子就好了。"他叹了口气，"对了，霂儿你多陪陪她。"

"好的，我知道了。"

司马世恒回头问管家："苏谏回来了？在哪里？"

"在您的书房。"

"走吧。"

阿复想要说什么，霂儿拉了他道："你帮我做点事情去！"

"冉姑娘，我……"

霂儿拉他走到没人的地方，低声道："这件事不要说了，好不好？"

"可是……"

"唉，也许是意外呢。你看依依妹妹一个人大老远来跟着世恒哥也不容易啊。

她现在伤了筋骨,你想火上浇油啊?"

"可是这奇怪得很……"

"以后再说了,就这样了啊!"

书房内,留着胡须的三十五六岁的苏谏拱手道:"小弟已经打听到您找的那个人的消息了。"

"是吗?"

"是!不过,此人面相虽然同画像相似。但名字却不是张毅。"

他想了一下,然后道:"你等下。来人,去请霂儿姑娘!"

听到苏谏这么一说,霂儿振奋起来:"说说这个人现在在哪里?"

"哦,此人名戴知豪,是戴绩的远房侄儿。据说刚刚加入兵部,做了戴绩的随行。至于是否真来自戴绩本家,恐怕还不能完全肯定。小弟曾经多方打听,这个戴知豪的过去却是一个空白。具体的事情,外人都难以打听明白。"

"你肯定他长得跟画像上的男人一模一样?"霂儿问。

他点头:"肯定。"

"那你有没有……跟他接触过?"

"有。那日在酒馆,在下刻意误认了人,他当时的确有些慌乱,不过随后任凭在下如何询问,他都不露声色了。"

"你误认他是?"

"张毅。"

"他说话的口音呢?"

"这个,口音怪得很,属下听了半天也分析不出他究竟打哪儿来。"

司马世恒皱眉道:"阿谏可是江湖老道了,什么人什么地方口音一听就知道了。这次居然都没听出来?"

霂儿点头:"可能就是他了,他说话当然不是地方口音了。而且,跟我的一些言语很像吧?"

"他,还说些我听不懂的话。有点像……对了,像跟少爷做交易的那西洋人说的一句……什么……"他的嘴巴做个O状。

"是OK吗?"霂儿一字一顿地问。

"好像是吧,对!姑娘,无意间掌柜的问他上菜时,他说出的。"

霂儿使劲拍了下桌子,然后忍着疼痛道:"没错,就是这个人了!"两个人都忍不住笑了下。霂儿愤怒道:"挺能混的啊,居然找了个靠山。好,我明天就出发去找他!对了,苏大哥,他人在哪里?"

"京城。"

司马世恒立刻道："霖儿，不要着急，这件事还是从长计议的好！"

霖儿离开了书房，独自一面走一面思考着，想来想去，她还是觉得应该马上去京城。张毅这么做有什么目的，恐怕不是三言两语能说得完的。

司马世恒叫苏谏去休息，跟着离开房间，叫住管家："备马，我要去趟绸庄。"丫鬟拿起一件长毛披风递给他，他吩咐了几句就快步上马。这个时候，捏着缰绳，看到阿复，他想起了什么。

"对了，刚才让你看马儿，它伤到哪里了？"

"少爷……"

"阿复，有什么情况，如实说来！"

"是。旋风流血过多，伤口细又深，恐怕需要一段日子才能痊愈。"

"是什么伤口？"

"这个……"

"你吞吞吐吐做什么？"他逼视着他。

"少爷，冉姑娘不让阿复说。"

霖儿敲开依依的房门，让丫鬟出去。依依正坐在暖炉旁边的软躺椅内休息。见了她，她浅浅一笑，但总有所保留似的。

"依依，你要喝点水吗？"

依依摇头："我不渴。"

"对了，今天你一定吓坏了。"霖儿说着又把簪子拿出来递到她眼前，她的神色微微有些震惊，但还是及时收起表情。

"这簪子好狠，正好刺中旋风的动脉，鲜血汩汩流了不少，几乎命悬一线，加上世恒哥为了救你，马儿如今几乎快支持不住了。"

"是吗？"

"依依，我好像见你头上有过相同的簪子。"

"我不知道。"她倔犟地偏开脑袋，过后又柔柔地抬起受伤般的眼睛，"难道，霖儿姐姐怀疑……是我？"

看到她如此伤心，霖儿也不忍心再说，于是道："我没这么说。不过，依依你还是先养好伤吧。哎，可怜了这马儿，未必犹如依依这么幸运，我想去看看它。依依，下次骑马一定要小心了。伤了骨头，不是短时间可以好的。"

"我也不想啊。"

霖儿点头："好吧，你安心养伤吧。世恒哥照顾人好细心的，以后我可能不能陪你了。"

"是吗？"她不太相信地盯着她。

"哦，世恒哥的朋友帮我找到了害死爷爷的凶手。我打算明天就起程去抓这个人。"

"你？你一个人怎么抓别人？"

"你放心，我总有办法的。"霖儿微笑，"我今天下午就陪着你吧，因为，以后说不定，我们再也不会见面了。"霖儿的话仿佛是一种永远的别离，听得依依莫名其妙。

"不一定啊。对了，你去京城，可以找我爹。他这个人很好客的。你也知道位置的吧？"

"谢谢！如有需要，我会的。"霖儿点头，然后又道，"有句话我想问你，希望你可以诚实回答我，好吗？"

依依猜测着她想说什么。

三

"你是不是喜欢世恒哥？"

依依立刻别开脸，红霞飞了上去。霖儿握着她温暖的手指道："不用不好意思，我……其实早就看出来了。"

"你不要胡说。"

"我不会告诉任何人的。不过，幸福也要去争取。世恒哥这个人真是好得没话说。风度翩翩而且功夫卓越，真的很有安全感。是女孩子都会动心的。"

"那你……"

"我？"霖儿指着自己鼻子笑起来，"我告诉你，我第一眼见到他的时候，就觉得很亲切。后来发现他一点都没有架子，而且又正直，重感情。他真是个非常让人敬佩的人。我当时就想，他的身上，真有我哥哥的影子。"

"你哥哥？你还有哥哥吗？"

"哦，在我的家乡。离这里很远很远，我有一个正义勇敢的好哥哥。其实我到这里来都没来得及跟他说。真不敢想象，这几个月，哥哥多难过！"

"你的意思是？"

"我把世恒哥当作我的哥哥啊。"

"可是……世恒哥，却似乎没有把你当妹妹……"

"傻瓜，你懂什么叫两相情愿吗？"

"我……当然听过。不过，对这些我也不太懂。"

"反正，我不会跟他有什么发展的。我刚才不是跟你说过吗，离开这里，去京城以后，我可能不会再跟你们见面了。因为只要找到张毅，我就该回家了。"

"可是……路途遥远，如今天气又这么寒冷，世恒哥不会同意的。"

"他什么时候能拧得过我了？"霖儿低头低声道，"你放心吧，我会说服他的。"

总之呢，我希望你们所有的人，最后都可以幸福。"霖儿祈祷道："不管是世恒哥，依依妹妹，还是……那个宝四爷，还有秀亭，甚至是那些不熟悉的人，我都会为他们祈祷的。我不会忘记你们。"霖儿说着一脸的伤感，她吸了吸鼻子，"我觉得，这其实不是祸。是我人生当中最宝贵的经历。"

她嘀咕着依依不太明白的话，依依倒没有什么特别留恋的，只是想着以后不会有人跟她争世恒哥了，她心里多少开朗了起来。

京城里，张毅正跟兵部侍郎下象棋。
"对了，二叔，您说当今圣上，最喜欢的是收藏瓷器了？"
"可不是吗。皇上的寝宫里全都是上等瓷器，有的还是北宋时期的珍品。那前朝几百年的都有数十件呢。"
"哦，真是好品味啊。"
"你问这个做什么呢？"
"哦，小侄好不容易有机会来到京城，现在为二叔左右，也算是给皇上当差了。多少也要知道些他的爱好才行呢。"
"嗯。你说得是。放心吧，只要有机会，二叔我会让你亲眼见见圣上的庐山真面目。"
"多谢二叔。"

下午依依一直等着司马世恒回来，却到黄昏时刻用晚膳了还不见他。
"你们少爷呢？怎么这么晚了还不回来？"
"少爷跟苏管家去办事了呢，恐怕要迟些才能回来。他吩咐了，您要什么尽管说。"
"嗯，那个……冉霖儿呢？"
"冉姑娘无聊，在房里练字玩呢。"
"哦。"
"您要找她吗？"
"不了。"

霖儿正提笔练习着李商隐的《锦瑟》："锦瑟无端五十弦，一弦一柱思华年。庄生晓梦迷蝴蝶，望帝春心托杜鹃。沧海月明珠有泪，蓝田日暖玉生烟。此情可待成追忆，只是当时已惘然。"

门开了，司马世恒带着一袭冷风进来。见到她专心拿笔的模样，便轻声走过来，见霖儿好不容易写完了，正要翻书，便突然咳嗽起来。霖儿惊了一跳，哎呀一声差点扔了笔。

"世恒哥,你什么时候回来的?"

"我可回来好一阵了,你没看到?"他逗她道。

霖儿笑起来:"怎么可能啊,我刚写的时候根本没有见人。"

"你不怕冷啊?"

"有暖炉啊。"

"吃了晚饭没有?"

"吃了。你呢?"

"吃过了。霖儿,我有事想跟你谈。"

"好,我也有事要跟你谈。"霖儿将笔放下。

两个人换了个暖和的房间,坐下来,丫鬟端来了热暖的茶水和酒、糕点。

"世恒哥先说吧。"

"有两件事。第一就是你要找张毅,对吧?"

"对啊,这件事就是我要说的。"

"现在不行。"

"为什么?"

"张毅住在戴绩的家里,普通人根本接近不了他。何况他现在的身份是戴绩的侄子,戴绩可是兵部侍郎。你知道这个官位多大吗?"

"不知道啊。"

"正二品的官职。"

霖儿似乎懂了点什么:"那跟我找张毅有关系吗?我找的就是他,他不可能不出门不上街吧?"

"你说得是。可是,戴绩在京城人脉很广,又都是武夫。你要是一个不小心打草惊蛇,那后果不堪设想。"

"你放心吧,张毅……有把柄在我手里,我有办法的。而且,要是他再这样下去,我担心会出更大的事情。世恒哥,我知道你是关心我,是为我着想。但无论如何,明天一早我就会出发。你对我的恩德,也许今生都还不了了。可是你要相信,我永远不会忘记你!"

"霖儿,你……"他喝了一盅酒,叹了口气,"我也明白,要拦你,是不可能的。可是我还是……不愿意,不愿意你就这么走了。我刚刚说,得到上天的恩赐有了一个亲人,它却这么残忍要带你离开。"这话说得霖儿鼻子一酸,两眼就潮湿了。

"霖儿。"他忍不住握着她的手,"我真的很舍不得你。你以后,还会再来吗?"

霖儿吸了吸鼻子,挣脱双手,端起水喝了一口:"我……不能再来了。你不知道，我本来就不该来的。"

"可是这也是冥冥之中注定的缘分，难道你要否认吗？"

"世恒哥，你不要这么说啊。我也是很无奈的。很多事情，不是我说了算的。"

"霖儿。"他凝视着她，恒久，时间停在这个点上，霖儿低头不言语，最后他终于吸了口气，点点头，"好吧，我送你！"

"不要了。世恒哥，你的绸庄每天都有事情要打理，怎么可以再耽搁时间去送我。"

"反正这趟也是要拉货进京的，我就当是押镖吧。霖儿，我要亲自送你进京城，帮你找到张毅，就算你要离开，我也要亲自送你！"

霖儿这回被他彻底感动了，她避开他的眼神，心里酸酸的，矛盾之极。

"好了，就这么定了。"他说。

"可是，你还要留下来照顾依依啊！"

"依依？"他摇摇头，"我以前不熟悉她，之所以容许她跟着我，是受她父亲之托。可没想到，她竟然为了一己私欲，忍心拿簪子刺伤我的宝马。"

"啊！不是的，世恒哥，你不要误会她，我们都没亲眼见到，不可以这样说的！"

"我刚才去查看过了，马背上那个伤口，不是意外，是刻意造成的。何况阿复也认得那根簪子，霖儿，你不必替她隐瞒。"

"哎呀，世恒哥，你知不知道她为什么宁愿让自己跌伤也冒险这么做呢？"

"不管什么理由，都不是一个善良女子应该拿来做借口的方式。"

"总之，只是一件小事，你不要生气了。还有，也不要去问起这件事啊。就当你什么都不知道吧，世恒哥，她才15岁啊。如果我现在是她这个年龄，说不定也会做很多荒唐的错事呢。"

"你啊，就是这么单纯。你比她长几岁，却为人如此善良、纯真，她年纪轻轻已经懂得运用心计了……"

"不要说了啊！"霖儿制止了他，"你该知道，她为什么这么做？"

"我不想知道。"

"她是为了你嘛，她非常喜欢你啊。"

"她还小，会懂这些吗？"

"已经青春期的女孩子了，怎么会不懂呀。我那个时候也开始懂了一点点呢。"说着她抓着他的胳膊，"她本身并不坏，只是用错了方式。世恒哥，你是那么宽容的人，我知道你不会因为她做错了一件事，就对她有芥蒂的，对吗。"

"霖儿。"他点点头，"好吧。我们不说她了好不好？"

"还有啊，如果你陪我去了京城，她一个人在这里肯定不会开心的。"

"她的胳膊伤得重,是不可以赶路的。"

"但她是为了你才伤的。"

"我……"他简直不知道怎么跟霖儿辩驳了,过了一会儿,霖儿破例给自己倒酒,"来,我敬你一杯吧。喝完这个,你去看看依依啊。"

他点头,跟她轻轻碰杯。

"霖儿,依依伤一好,我就赶去京师!"

四

山西境内某乡镇。一个穿着棉袄的男人手里拿着一张告示直直地奔入了一间还算较好的私人宅子。

屋子里,正在热炕上陪大肚妻子的朗显贵听到外面的声音,有些生气地张开眉头:"什么事?"

"大哥,小黑来有要事跟您说。"

朗显贵点点头,然后拍着妻子的手道:"玉儿,为夫出去看看。你要记得叫丫鬟做吃的。"

曲伶玉微笑着点头,看着他大步离去,抚摸着肚子道:"孩子,听到了吗?你爹时刻都惦记咱们呢。"她抬眼看着窗棂上飘荡的布幔,突然想起了亲生爹娘。她控制着自己的伤痛,双手合十道:"爹、娘,女儿不孝,无法侍奉膝下,可是,如今女儿过得很好,很幸福。曲家列位祖宗先辈请保佑我家显贵,只要他平安回来,我便携初子回乡探望爹娘……"

厅里,小黑正展开了缉拿要犯的告示念给朗显贵听。

朗显贵一拍桌子道:"一千两黄金!"

"是啊,大哥,这一千两可是送上门的黄金啊!"小黑道,"大哥不会忘记了,数月前,您在黄金山道亲眼见到有人带了西洋人才有的武器!"

"哼!那就是死都不怕的冷血田森。想当日,因为那奇怪的西洋玩意儿,死伤了我们数名弟兄!"

"对,此仇不报非兄弟!"

"但是,那群疯子如今已经投靠了蒙古人。要找到他们,还真不容易!"

"这好办,那蒙古的噶尔丹曾经欠您一个人情呢。跟他要个人总不是问题吧?"

"哼,说得容易啊。田森是何等狡猾之人,他这个人,老虎胆子做的。既然都投靠了敌人,看来我们要智取了。"

"是啊,大哥有没有什么主意呢?"

朗显贵捻着下巴的胡须叉腰踱步,想来想去,想起了重要人物:"小黑,还记得我曾经提过的半个师傅吗?"

"驻守边关的关延将军?"

"六年前爹与他同朝为官,他正直清廉,与爹甚为要好,爹病逝后的两年,都是他在照顾我,还教我识字习武。"

"是哦!如今大哥去投奔他,或许可以!只是,大哥要跟嫂子好好说说才成。咱们这一走,怕是要耽搁些日子。"

"嗯,我的儿子就要出生了,我得好好安排安排。对了,这样吧,你尽快找咱们'十八同仁'的结拜兄弟,准备好路上的必需品。咱们商定便择日出发!"

"是!"

江南。霖儿同司马世恒等人道别。尧依依跟在身后,两车物品已经装好了,两个车夫也已经坐上去了。后面跟着一队护卫的弟兄们。霖儿站在马车前跟司马世恒默默对视了一会儿。尧依依打破了沉寂走过来握住霖儿的手道:"一路顺风啊,霖儿姐姐。"这是她第一次开口喊。霖儿点头。

看了看欲言又止的司马世恒,霖儿微笑道:"我听说绸庄里最近有很多事情要你忙。世恒哥,你可要注意身体。你放心吧,有阿复他们陪着,我会一路平安到达京城的。"

司马世恒点头:"这个我不担心。只是……"他单独走过来,跟霖儿走到一边去,"担心那个张毅不是那么容易对付的。"

"放心吧。我说了,我有办法的。"霖儿有些依依不舍地看着司马世恒那双情深意重的眼神,"我来到这里,最大收获就是遇到了你。世恒哥。"

"我也是,霖儿……"

"世恒哥,天下无不散之筵席,霖儿走了。依依,你也保重自己!"

"知道了。……"

司马世恒扶她上了马车,又从怀里拿出一块刻有"恒"字的金牌给了霖儿,"沿途遇到困难找丝绸庄的人帮忙。你收好它。"

"哦。"霖儿端详着金牌背后,刻有"司马之丝"四个小字,周边上雕刻了一半的丝绸花样,下坠着金色的流苏和丝线编织的穗子。

"霖儿,你能再答应我一件事吗?"

"好,世恒哥你说。"

"你到了京城,即使遇到任何情况,都不要去怡亲王府找王爷。你能做到吗?"

霖儿不解地看着司马世恒的眼睛:"为什么啊?你们不是朋友吗?"

"总之,你答应我便是。不然我更不放心,答应我!"他担忧地说。

霖儿点头："好！我答应你。无论遇到什么事情，都不会去找他。就当，我从来没认识过他。"这样也好啊，就不用再牵挂了。

"好。"他握着她的手，神情黯然地将她的毛披风系紧了过后，霖儿的眼泪这个时候已经悄悄跑了出来。他疼惜地道："要保重身体。"

"你也是啊！"霖儿终于还是控制不了哽咽起来。

他关好轿门，低头又盼咐交代了阿复、苏谏等人才拍拍马脖子叫他们出发。

路上，霖儿独自坐在马车内，擦干了眼泪，这段时间发生的事情都纷至沓来。回想起宝四爷的时候，她的心情矛盾又酸楚。不知道为什么，她偶尔会很想见他。然而她又记得，刚才答应了世恒哥不能再见他。

世恒哥这么说一定是有什么特殊的理由吧。

唉，缘尽于此，又何必留恋呢？

几天后。

京城。

大约黄昏时候，阿复飞马回来。喝了几杯水，他一边坐下一边道："打听到了。冉姑娘，据说那戴知豪几乎天天去怜香楼听那里新来的红牌姑娘唱戏。今天晚上也是如此。小的已经安排了人手，一到时间便去绑了那家伙来见您。"

"好！辛苦你们了。不过，我不能连累丝绸庄。换个地方见他吧。"

苏谏上来道："这个好办，去城郊客栈。"

"对，那里人来人往，各地宿客都有。苏大哥，那就有劳你领冉姑娘去客栈等候。我带人找机会下手！"

"好。"

"阿复，你要小心！如果他们人多，就不要轻举妄动。安全第一！"

"姑娘放心，他随身带的不过一两人。"

"嗯，这就好。"

霖儿握着怀表，起身跟苏谏出门去了。

夜幕十分。

霖儿坐在烛火前，浅浅地品着茶水，看时间已经晚上8点多了。霖儿突然感觉有些紧张。她立即将怀表贴身放好。

怜香楼里，张毅（戴知豪）正品着好酒吃着花生米、牛肉干摇头晃脑观赏着眼前边舞边唱的少女。门外站着一个随从。

不一会儿，两个男仆端着菜肴进来了，随从随意看了他们一眼便放他们进去。

轮回情缘

　　阿复将菜放在餐桌上,又低声说请他品尝。他点点头,伸手出来,另一个兄弟突然往他后脑勺一掌砍去,只听一声哐啷的酒杯子响,青楼女子不动声色地继续着,跟着见阿复两个扶着他往外走,门外一个随从已经被接应的人打晕。

第十一章 怀表落，棋子偏

狡猾的张毅摇身成了兵部尚书的侄儿。霂儿低估了他，最终人没抓到，怀表却被抢走。

一

张毅刚被扶下楼，走廊深处一位认识张毅的男子见此奇怪状，便跟了上去。

客栈里，听到外面的敲门暗号，霂儿激动得站了起来。苏谏打开门，阿复便将张毅扔到了地板上。

"姑娘，您仔细瞧瞧，是不是这个人？"

霂儿拿着蜡烛仔细地照着，接着又揭开他的帽子，用力抓住他发尾扯去，发现他的鞭子是粘在头皮上的。她点头："就是他了。谢谢你们了！"

"看来这家伙不会功夫。"阿复道，说着伸手啪啪打在他的脸上，又掐了一会儿人中，他才渐渐苏醒。

当张毅透过亮光恍惚见到眼前面熟的人时，还有些迷迷瞪瞪的。

"你们……什么人？竟敢……绑架我？"

霂儿掉头对两位道："你们能不能到门外去？我要单独跟他谈！"

"可是，姑娘您单独一个人，我们担心……"

"我不怕，有什么事情我叫你们好了。"

"你给我听着，不要想伤害冉姑娘，否则我们手下不留情！"阿复举着手里的刀威胁道。

此刻，跟着他们来的男人正鬼鬼祟祟地进了客栈张望着，发现楼上一间门外站着阿复等人，立刻就往外跑去。

房间里，霂儿冷冷地盯着张毅："张毅，还记得我吧？"

张毅仔细打量着她，半晌摇头道："姑娘是谁？为何绑架我？我可从未见过姑娘啊。"

"哼！不要演戏了。你该知道我是谁的。"

"什么？……姑娘恐怕弄错了吧？在下本姓戴，字知豪。"

"戴知豪是吧？"

他认真地点头。

霂儿冷笑:"你怎么为了混饭吃把自己的祖宗都卖了?"

"你!你不要血口喷人!"

霂儿不想跟他啰唆,走过去伸手用力去扯他的发辫,他哀号,伸手护住发辫,眼神燃起了怒火:"你究竟想怎么样?"

"你不承认你是张毅,就是说,你打算让自己的命就这么埋在大清朝喽?是不是?"

张毅的脸立刻沉了下来。

"现在你该想起来了吧?"

"哼。你走你的,我混我的,咱们井水不犯河水,这不是挺好吗?"

"哼!是吗?那你的意思是,想继续做你的戴知豪是吧?"

"怎么?你找我有什么事?"

"什么事?"霂儿眉毛一挑,"你害死爷爷,我要带你回去接受法律的制裁!"

张毅哈哈大笑了起来:"我说冉霂儿啊,你怎么跟你爷爷一个脑筋啊?古板得要死!你是不是忘记了?你爷爷不是我害死的,他是发病了,吐血身亡的!"

"可是你还害死其他两位教授!"

"他们也不关我的事。"他狡辩道,"即便我不带人找来,那些人迟早也会找到你爷爷!我也是为了自保!"

"哼,冠冕堂皇!反正我绝不会放过你的!"

"是吗?那你有本事抓我啊!"

"你以为我没有?"

"对了,我忘记了,刚才那两个武夫竟然趁我大意把我抓来了。不过这是侥幸。我告诉你,要是我二叔知道我被你们绑架威胁,你们就遭殃了!"

"二叔?哟,你叫得好亲切啊。这么快认了个二叔。我也告诉你,别想打歪主意!有我在,你张毅就是张毅,永远变不了戴知豪。"

张毅不屑一顾地冷笑,完全不把霂儿的警告放在眼里。

戴府内,戴绩亲自带着属下往客栈急速赶来。

"立刻包围了那间客栈!"

"是。"

霂儿坐下来:"看来你还有什么目的?"

"你不是说要带我走吗?现在就带啊?你的……时空隧道呢?你的那只怀表呢?"张毅干脆借机行事。

霂儿没说话。

张毅得意了起来:"是不是丢了?要我重新想办法制造一个?"

"才没有呢。"

"那你拿出来当着我的面引动开关啊!"

"我……"霂儿端着茶杯,瞪住他,"我不知道怎么启动。"

"哈哈……"

"你别得意,我会想到办法的。"

"那你现在就想吧。迟了,就没机会了。"他看这女孩子始终是小女孩,做事都这么单纯,忍不住笑得更开心。

"你说什么?……"

客栈的伙计慌慌张张地跑进来跟老板说有官兵包围了这里,老板大吃一惊,正说着,门开了,戴绩跟一个下属威风凛凛地进入客栈。

阿复一眼就看见了他,立刻转身推门进去:"不好了!"

霂儿吃惊地抬起眼睛:"着火了吗?"

"不是……是……那戴绩带兵来了!"他后悔道,"早知道就多带些人。冉姑娘,走,我们先带你离开……"

"可是……"

张毅摊开手掌:"我说了,迟了就来不及了嘛。不如你把怀表给我吧,让我研究透了,到时候来找你一起回家啊!"

"你想得美!"霂儿跟两人转身要离开,官兵已经拿着刀进来了。张毅突然大呼救命呀,一瞬间,所有的目光都齐集到了这里,霂儿和两个人立刻就被一干人发现了。

"快捉住他们!"

"啊!糟了!"

阿复一边挥刀迎战他们,一边回头道:"苏大哥,我挡着,你带冉姑娘从后院离开!"

"可是你一个人……"

"不行,我不走!我走了他们会伤害你的!"

"快走!快走啊……"

张毅转身出来,指着他们道:"二叔,帮我抓住他们!"

霂儿怒道:"你刚才不是说井水不犯河水吗?放我们走!"

"可以,把怀表交出来!"他摊开手掌狡猾地道,"快哦,不然你那两个朋友就白白牺牲了哦!"

霂儿犹豫了起来,两个人看起来已经寡不敌众了。霂儿一咬牙,从脖子上取下怀表握在手心:"先让他们住手!"

张毅一把抢了过去,霂儿来不及抓紧,怀表已经不在。这个时候阿复翻身跳回来，拉住霖儿的胳膊，跟着苏谏也跑回来，在张毅被他一掌打向上楼士兵的同时，两个人屏息凝气，带了霖儿进屋子关门然后开窗户往后院跳去……

正在此时，张毅抬手道："罢了！二叔，那三个人不过是认错了人，才劫持了侄儿。还好没事，暂且饶了他们吧。"

"你真的没事？"

"没事。"

"哼，岂有此理，他们究竟是些什么人？"

"不知道啊，他们肯定是误认了侄儿。"

"哼，下次再遇到这些人，老夫定当不饶！"

"多谢二叔！"

"你刚才被推了一掌，没事吧？"

"嗯……说起来，孩儿的背，还真有些疼痛……"

"快，扶进轿子……"

回到丝绸庄，忍不住叹气，阿复的背受了刀伤，苏谏的胳膊也受了伤，霖儿自责、焦急之情溢于言表："是我的错。太草率了，连累两位大哥受了伤……"

"不，姑娘无须自责！你的事情就是我们的事情，反而是我们没有提高警惕才导致这样的事情发生。姑娘，你怎么样？"

"我没事。可是……"霖儿的心几乎沉了底，"我的怀表被他抢走了。"

"什么？"

"那块表，非常重要。如果不拿回来，我哪里也去不了啊！"

二

次日一早，有快马送了信给鲁掌柜，鲁掌柜看完信，立即进了后院厢房找霖儿。

"姑娘，司马少爷来信问您如今事情办得怎样了。姑娘，您看据实回还是？"

霖儿连忙摇头，道："不能为了我的私事耽搁世恒哥做生意。鲁掌柜，您就回他，我如今人在京城一切安好，正有阿复等人替我想了办法接近张毅。千万别提受伤的事情，您看行吗？"

阿复他们也跟着点头："是啊，暂时不提这个。过几天看看再想法子。"

于是鲁掌柜立刻去了书房写回信。

霖儿跟着阿复到柜台外头看了看，恰巧这个时候怡亲王府的刘妈和小柳丫鬟来选料子。她们一眼认出了霖儿，刘妈惊讶道："冉姑娘已经回来了啊？"

"冉姑娘好！"小柳问候。

"你们好。是啊，我刚回来呢。"霖儿有些不自然地笑。

"唉，咱们王爷说好久没见您了，可挂念着您呢。"刘妈走过来，低声道，"您回来了，怎么不去王府呢？"

"就是啊。"

霂儿掩饰道："我还是不方便打扰王爷了，请你们替我多谢他的好意。我在这里就好啦。"

"那好。要是姑娘愿意去的话，咱们王爷是很欢迎的。"

"哦。"

两个人挑选着布匹的颜色，鲁掌柜跑过来问是替谁挑，刘妈道："王爷啊。过段时间说是要陪皇上去打猎，咱们就来给他挑些耐磨的料子缝制些新装。"

"哦。那是，那是……"

霂儿立刻就绕身回了后院，吸了口气，定神下来。

待到日上三竿的时候，霂儿听说厨房的马婶去买菜，于是好奇地跟着她推着木板车从后院出去了。马婶在挑选新鲜的菜，霂儿也跟着学习学习。正在她说那些虫吃菜的时候，一辆高级马车突然横冲直撞地从那头飞过来，车里有个尖叫的民间女子正在呼救命，赶车的身后一个纨绔子弟和他的随从都在强迫地将她拉入车里。

霂儿震惊而义愤填膺地道："岂有此理！光天化日之下，居然还有人强抢民女！"

马婶立刻拉住激动的霂儿道："姑娘可别过去管闲事……"

听那女子的外套都被扯破的声音，霂儿气得浑身都不自在，她转脸看向附近，正看到一根扁担立在那儿，霂儿抓起扁担不顾马婶的担忧就朝飞奔转弯的车上那个随从的肩膀打上去，随着一声哀号，随从掉头双眼圆瞪着霂儿，霂儿大喝："你们是不是人啊？居然敢抢人？放了她！"

马儿随着那公子的喝声停住了，跟着他的眼睛邪邪地盯住了霂儿，霂儿也瞪着他们："我要上官府告你们！"

里面的姑娘挣扎着要跳下车，眼泪汪汪地求霂儿救救她，这个时候追上来的老头儿也扯住了随从的腿："贝勒爷饶命啊！求贝勒爷饶了我的女儿吧！小的愿意为您做牛做马……"

随从毫不犹豫地朝老人家蹬过去，蹬得老人家跌坐在地上，那公子满脸的厌烦："走！回头再收拾她！"他的眼睛不怀好意地盯着霂儿，霂儿提起扁担要冲过去打，被后面的人使劲抓住了胳膊。

随着声声叹息，混合着老人的捶胸顿足，霂儿被赶来的阿复拉走了。一边走一边苦口婆心道："您糊涂了！知道那人是谁吗？他是这京城里数一数二的恶霸，谁敢得罪，都没有好果子吃。"

"阿复，让我去救救那位老人啊。他好可怜！"

第十一章 怀表落，棋子偏

"不是不要您救,这京城多的是百姓受他这样的苦,有的还更惨,您都去救,能救得了那么多吗?"

霖儿愣住了,跟着才发现现实的悲哀。

"您刚才惹恼了那狗贝勒,幸好他没认出你,也不好打听你。可往后上街要注意着了,他可是有仇必报的。"

回到绸庄后院,霖儿立即追问道:"他是哪家的公子?这么目无王法?难道也没人去衙门告他?"

随后进来的马婶道:"告他也都是自找苦吃啊,谁敢去告?"

"为什么这么说?他凭什么这么张狂啊?"

"刚才不是说了吗,他是贝勒爷。"

"贝勒爷?有……王爷的官位大吗?"

"这自然没王爷大。可是,他是太后喜欢的人。"

"太后?皇上的妈妈?"

"这太后深居后宫,哪里知道百姓的疾苦啊。"

"是啊。听说那狗贝勒啊,常常是见到秀丽的女子就抓,糟蹋了又丢出门,有时候还扔进青楼呢。"

"什么!"霖儿的脸都青了,那做事的马婶也立刻闭嘴了,端着簸箕往厨房那边走。

阿复立刻道:"别管闲事了,咱们的事情还没法完成呢。霖儿姑娘,进屋歇歇吧。"

霖儿一边走一边深呼吸着,虽然双手都握着拳头,但慢慢地也就冷静了下来。回到暖和的屋子里,她突然好庆幸自己当初逃婚成功,好感谢怡亲王不是他们一伙的。否则她的命运恐怕比刚才的姑娘好不了多少。

想到这里,她真是什么心情都没了。

"要是我会武功就好了。至少也可以在必要的时候路见不平,拔刀相助了!"

一旁的丫鬟放下点心道:"这是咱们刚弄好的玉绸糕,您尝尝吧。"

"嗯,谢谢。对了,你叫小瑛,是吗?"

"姑娘好记性呢。奴婢正是小瑛。"

"来,坐下陪我聊聊天吧。"看小瑛坐下,她问,"小瑛,你来这里多久了?"

"奴婢来了五年多了。"

"嗯。那你一定知道他们刚才说的贝勒爷喽?"

"当然知道了。"小瑛低下了头,接着表情也哀伤起来,"这个坏蛋贝勒,几年前抢了我姐姐,她回来没两天就自刎了。我娘一时缓不过气儿来,也归天了。后来我上官府告状,谁知官府却不答理,没办法,我就卖身葬母……谁知道,被怜香楼的老鸨看到,要买了我去青楼……当时,幸好司马公子路过,抢在他们前面帮了我。"

"世恒哥真好!"

"对啊,少爷帮过好多人。有难民、孤儿,还有,您没注意到吧,染坊里好多人都有残疾的。可是他们都尽心尽力为绸庄做事。"

"我看到过……"霖儿感慨起来,"世恒哥真是太好了。我运气真好,遇到他这么正直的江湖好汉。"

"是啊,小瑛也是!"

霖儿点头:"对了,那个贝勒,到底是谁家的人啊?"

门开了,阿复走了进来,道:"贝勒爷是前朝十三爷的长子,名弘昌。"

"十三爷是谁啊?"

阿复笑道:"您该知道的啊,十三爷就是咱公子好友怡亲王爷的爹。是雍正爷的十三弟。"

"哦!原来是雍正的十三弟!"霖儿点头,"啊!那就是,怡亲王的家人了?我以前怎么不知道的!怡亲王……比他的权力大吧?"

三

"当然了。这怡亲王,又称'铁帽子王',他在世的时候,可是立下许多功勋,深得雍正爷的恩赐,就是归天了也赐了皇陵入葬呢。他有七个儿子,头一个就是弘昌。你认识的这位年轻的王爷排行第七,是铁帽子王最小的儿子,承袭了怡亲王封号。"

"哦,我大概明白了。不过,他知道不知道他的大哥那么坏啊?"

"人一成年,皇上就赐婚了,他们当然都另立门户了。"

"唉……"霖儿叹息着,"那女孩子好可怜……我看还不到18岁吧?"

阿复也跟着点头。

皇宫,皇上正跟秀亭下棋。秀亭皱着眉头,连连摆头:"不行啊,秀亭第一局恐怕输定了。"

"不过,朕发觉你棋艺也进步了些,要在往日,你恐怕挨不了这么长时间。"皇上高兴地吃了他的将,秀亭苦着脸。

"对了,朕想择日去圆明园看看修葺的进展,也正好在那儿泡泡温泉。秀亭,你陪朕吧。"

"嗯。对了,今天上午秀亭出门前知道了一件新鲜事儿。"

"什么事?"

"皇上惦记的那个人啊,她回京城了。"

"谁啊?"他装样子,心里却着实一阵窃喜。

"哦，既然皇上都忘记了，那秀亭也就不说了。"

"少给朕来这一套！那野丫头什么时候回来的？"

"这个野丫头啊，连我都瞒着呢。她也真能沉住气，要不是刘妈去绸庄买料子，恐怕不知道何年何月才知道她回京城了。"

"什么？你是说，她……没去王府找你？"

"找我？恐怕她知道的王爷，是宝四爷吧。"

皇上嗔怪了他一眼："好了好了。那你说，她为什么不去王府？"

"这个秀亭想恐怕是躲着您吧。"

"为什么躲我？"

"皇上，您可看好棋子啊，别乱跑了马。"

皇上没心思道："朕乱跑了也会赢过你的。"

"是、是，秀亭领教过了。皇上……要不要秀亭找她来见您？"

他思考着，举棋不定的样子。

"朕见她做什么？"

"她陪皇上玩玩啊。皇上不是说她让您喜欢吗？"

"玩？"他缓缓地将手里的卒落子，"朕这次不在紫禁城见她了。你就带她……去温泉山庄吧。对了，跟以前一样，别让她晓得了朕的身份。不然就不好玩了。"

"秀亭知道了。可是，万一哪个奴才叫漏了嘴，可不要说是秀亭的主意哦？"

"哈哈……"他道，"谁漏了嘴，朕就赶走他。"

"不过看霖儿的样子，也似乎对咱们这里的规矩、叫法一点儿都不上心。"

"那是她笨，笨于常人。"

"您说，她会不会……是装笨讨您喜欢的啊？"

秀亭话一出口，皇上即刻愣了一下，过一会儿，他哈哈笑道："如果这样，那她可就有好果子吃了。"

秀亭立即道："刚才是秀亭一时乱说，皇上，霖儿绝不是心计如此深的人。"

"行了。你以为朕没脑子啊。好吧，下完这盘棋，你就回王府打点。朕也不挑日子了，就明早出发去温泉山庄了。你到时间安排她进来……"

"那皇上狩猎……"怡亲王看到乾隆的眼神，立即不再多问，"嚓！秀亭明白。"

晌午，皇上阅览奏章有些疲乏，便叫小太监给他按摩了一会儿，想不到躺着躺着，人就睡熟了过去。

感觉自己来到了一个很久没去的地方，一条路，沿途有卖粽子的，那客栈上的字，都变成了端午节粽子，他正觉得怪异，前头有两个小孩，年长的约九岁，穿着上等，年纪小的女孩子大约才三岁，说话奶声奶气，男孩很疼女孩，喂她吃粽子。天要黑了，男孩买了一只细细竹条子做的小风车，女孩追着他，风车转呀转，两个人笑着跑呀跑，小女孩不停地叫弘哥哥，等等我，等等我呀……一转身，小女孩不见了……

"铭儿，铭儿你在哪儿，快出来，别玩儿了，我们要回去了。爷爷知道会罚我的！"

男孩扔了竹风车，看见一个陌生男子抓住铭儿往后山那条路跑。

耳边充盈着铭儿哭闹喊爹娘的声音，就在那高高的看不到底的悬崖边上，他朝铭儿喊，你快逃，快逃啊……

一转身，宝四爷感觉自己的身子狠狠地滑落下去……

他睁开眼，奴才连忙为他擦拭冷汗。

"爷，您怎么了？做噩梦了吗？"

他推开这奴才，坐直起来，半晌没开口。

脑子里渐渐有些凌乱，铭儿，手镯，牵着铭儿小手的时候，手镯掉了，他捡起来，看到了里面的字……辛酉 九二九 铭……

他捧着脸，十几年了，他记得10岁那年，皇祖母为自己过生日，皇爷爷陪着，他却高兴不起来，晚上老是梦见稚嫩的铭儿呼喊他的声音，总是夜深人静时将他唤醒，他哭了。

乾隆抬起清醒的双眼，此刻他似乎感觉冥冥中有老天爷给他机会再次弥补过去的遗憾。

"来呀！"他低沉地叫来广融，"给朕办一件事！要秘密地查办！"

"嗻！"广融仔细听着。

李肆在旁边十分好奇地听完，广融下去了，李肆快忍不住了。

"皇上！"

"你听到了，广融办他的事，你也要为朕办该办的事。"

"嗻！"

"如果她的爹娘还没仙逝，朕很想要他们一家团聚！这世间真有如此巧事！原来她就是朕多少年一直忘记不了的铭儿！"

"皇上，您说的到底是哪个人呀？"

"冉霂儿。"

"啊！"

霂儿吃过午饭，在屋子里教小瑛下五子棋玩儿。

没过多久，听见门开了，小瑛正聚精会神思考着，秀亭已经缓步来到她们桌前了。霂儿道："小瑛，你可要考虑清楚了啊。如果这一步走错了，那就出问题喽。"

小瑛皱眉道:"姑娘,我怎么还是没明白哪个棋子有危险啊?"

秀亭背着手笑着看过去,过了一会儿,他伸手把一颗白子棋放在了危险的线上,霖儿吃惊道:"哇,被你看出了!"

小瑛抬起脑袋:"阿复哥又来了……"却见到陌生的秀亭,她吃惊一叫,霖儿跟着抬头,也吃惊一叫,弄得外面的家丁即刻跑进来。

"秀亭!"

"哈哈!霖儿姐姐无聊得很啊?找个不懂下棋的丫鬟陪。"

"我……"霖儿看了看棋盘,"小瑛是刚学的,生疏很正常嘛。秀亭,你不要说她笨哦。其实她很聪明的,一学就会了。"

秀亭点头:"是啊,孺子可教也。"

"对了,你来……做什么啊?"

"看看霖儿姐啊!"

小瑛立即起身道:"小瑛该去后院帮忙了,霖儿姑娘,一会儿来陪您吧。"

"嗯。好!"

霖儿见她走了,立即道:"秀亭坐吧。"

秀亭在她对面坐下来,研究着霖儿不动声色的脸:"霖儿,你就不问别人最近安好?"

"别人我干吗问?"

"哈,你跟他一样,都假装面不改色,其实内心可都知道的。"

"小孩子,懂什么啊!"

"啊!霖儿姐姐,你这么说我要生气的!"

"来,陪我下几盘五子棋吧。"

"咱们家的那位四爷,可想死你了!"

"你……"霖儿脸一热,埋头将黑白棋子分别从棋盘上拣起来分开放进盒子里。

四

"霖儿姐姐,是真的。他一听你来了,连象棋都没心思下了。往日都是赢我,今天差些输给我。"秀亭嬉笑道,"这异常行为总该说明点什么吧?"

"行了,你别说了!"

"姐姐脸红了,证明害羞了。这还是头一次呢!"

"讨厌……"霖儿低声嘀咕着,抬眼道,"你别提你们家四爷了啊!不然我翻脸了。"

"怎么?你生他气了?"

"我……我没事生气做什么。他是王爷嘛,我是平民百姓。怎么敢?"

"不对,你一定是遇到了什么事情心气儿不顺了。"

这个时候小瑛端了茶水进来,躬身道:"请公子爷用茶。咱们鲁掌柜吩咐的,冲了上好的铁观音来。"

"嗯。"他接过茶杯,小瑛立即躬身退走了。

霂儿跟着也倒茶来喝:"没事吧。对了,秀亭,最近你忙什么呢?"

"呵呵……你都不知道吗?世恒哥刚差人给我带了白话名著来。"

"是《西厢记》还是《红楼梦》啊?"霂儿随口问道。

"哇!霂儿真是见多识广。这《西厢记》可是最热门的小说集了。"

"哇,我只是……正好知道而已。那,你现在看到哪里了呢?"

"初看了前两章,不多。"

"嗯,说得我也想看了。对,我也找些书来打发时间。"

"那就去王府吧,你住我那儿,想看什么书都有。"

"呃,谢谢秀亭了。我还是不去打扰你们了。"

"嘻嘻。对了,明天我带你去个好玩的地方,好吗?"

"什么地方?"

"那地方山清水秀,就好像世外桃源一般。你去了一定会非常喜欢的。"

"可是……这样不大好吧?"

"没事。反正你都来这里了,让我尽尽地主之谊吧。"

霂儿点头:"这几天我也正想不到办法找回怀表,也可以出去散散心想想办法。"

"什么?"

"哦……我前两天找到害死我爷爷的凶手了。"霂儿叹了口气,"谁知道被他跑了,还抢了我的怀表!"

"什么人这么大胆?"

"大胆的人可多着呢。"她不想继续说下去。

秀亭道:"明儿你去温泉见见宝四爷,指不定他一高兴就什么都准了你呢!你要找的真凶到他面前也是小鬼见阎王的命了。"

"什么?你们王爷……也去?"霂儿立即摇头,"那我不去了。"

"刚才咱说好的!"

"不行。我不……不能……再见他。"

"这样吧,秀亭陪你下棋,三局定输赢。怎么样?"

"你?"

"没信心赢我?"

"切,谁怕谁啊!我平时玩得最多的就是五子棋了。来吧!"

第十一章 怀表落,棋子偏

"你可要说话算话！"

"好！No problem！"秀亭愣了一下，看着她，"你说什么？"

"没问题！"霂儿笑起来，秀亭点头，"对呀，我怎么忘记了，你可是洋文通。"

两个人立即开始正襟危坐地下棋。

皇帝正陪着太后在畅音阁听戏。

皇后、嫔妃等个个安坐在自己的位置，随着锣鼓声阵阵响起，一曲《霸王别姬》的戏立即就开场了。太后微笑着对身边的儿子道："这出戏啊，我真是百看不厌。"

"皇额娘说得是，朕也很喜欢。"

"嗯。这几个名角也演得好。"太后看了一眼皇帝，露出微笑，"皇上啊，近来可有好事？"

"皇额娘怎么这样问呢？"他微微打着拍子。

"皇上脸色极佳，精神好，这次出宫，许是有了好事吧？"

"皇额娘，没有的事，近来西北小战胜利，不过新疆又有暴乱，儿子正为此事烦恼呢。"

"该休息的时候可要休息，哀家知道皇上勤政爱民。但也要注意身体。"

"是，儿子谨记皇额娘教诲！"皇上点头，太监在旁边躬身立着。后宫的佳丽们都将双手合着放在暖袖筒里，低声交谈着。大部分的兴奋眼光却随着皇帝而移动。

"这可是皇上难得恩准上下一起看戏的。"一个答应低声交谈道。

"是啊。几个月没见过皇上的影子了。"

"鬼丫头，你思春了啊？"她戳了她一把，她低声在她耳边耳语着，两个人窃窃地笑了起来，前边一位妃子不满地回转过头盯着她们，她们立刻收声了。

"嘘，给娴妃瞧见了！"

随着霂儿的一声叹气，眼前的秀亭高兴地拍掌叫好，密密麻麻的棋子眼看都要盖满了棋盘，最后却在霂儿的呜咽中断了子。

"哈哈！霂儿姐姐输了！你输了两盘，那咱们就已经分出胜负了！"

"秀亭，我们要不要再来三盘？刚才是我太大意了，思考得不太周全……"

"我不管啦。我要回府看《西厢记》去喽！"秀亭高兴地站起来，道，"明早姐姐要起早准备好哦，秀亭驾马车来接送。告辞！"

秀亭开心地迈步离去了，剩下霂儿有些迷茫地盯着棋盘，不明白刚才明明有胜算，怎么就输了呢。

翌日。

这是让霖儿心里忐忑不安的一个早晨，从梳洗打扮到步入宽大的马车，随着秀亭哼曲的声音，不知道转了多少的路，出了京城，至西北郊处，马车缓缓停了停，秀亭将一面金牌递给温泉山庄的护军统领，统领恭敬地请他们入内。

入了院子，改乘轿子，霖儿耳畔听到了鸟儿清脆的啼叫声，她掀开窗帘才看到这里面的世外桃源般的景致。修建得美观大方的茶树，流着泉水的假山，一排高耸的青松，各处花团锦簇的园艺，冬日里的菊花、梅花等相映成趣。霖儿呼吸到了大自然最纯净的空气，仿佛沙漠里得到的泉眼，让她惊喜不已。

"这里美吧？"秀亭问。

"嗯！真美啊！"轿子过了几处厢房别院，终于在一个蜿蜒的大院落前停住了。

只听见随从的停轿、落轿、压轿声，霖儿跟着秀亭出去，一抬眼，满院里的各种花卉包围着眼前宏伟华丽的古建筑。不知道究竟来自哪类花香，霖儿四下寻觅却也找不到源头。眼前的六个随从，霖儿曾十分熟悉的那几个功夫了得的人穿着黄马褂，手握兵器直直地站立在梯子两旁，上头的宽大门院里还站立着四个太监，秀亭抬手敲门，门开了，李肆躬身道："王爷您来了。"

秀亭在他耳边嘀咕了几句，李肆点头，跟着秀亭回身道："你进去吧，李肆给你带路。"

李肆微笑着道："姑娘可来了，里边儿请吧。"

霖儿看着秀亭："你呢？"

"霖儿，我昨晚迷上《西厢记》了，若不看便觉得索然无味。你陪宝四爷好好玩儿，我走了啊。"

秀亭说完笑着进了轿子。

霖儿无奈，于是跟着李肆进了堂屋。

第十一章 怀表落，棋子偏

第十二章 真情牵，两相恋

一直惦记着霖儿的宝四爷得知她回了京城，于是令人邀请她去圆明园。

一

外屋宽敞的大殿有着古色古香的宽阔案几和楠木椅子，绕弯儿进去，穿了一个走廊，热气开始迎面扑来，檀木香味立即就浓浓地铺开来了。

"哇，好香哦！"

李肆手指竖起来低声道："爷在里面，奴才就送您在这里了。您要嫌热，请更衣。"

说着从一台柜上将一套稍微宽松的白色绣花丝织衣裙送到霖儿手里，霖儿心想，这会不会就是清代的浴衣啊？李肆挥手撤退了奴才，跟做贼似的，他们一点声音都没发出来便退出去了。霖儿觉得这里跟桑拿差不多的温度，于是脱了外头厚厚的夹袄和两件镶毛衣裙。

踩着厚厚的波斯地毯，霖儿干脆将靴子也脱了，光着脚沿着黑色大理石台阶上去，眼前出现了四根巨大的金色柱子，水蒸气随着花瓣和香草的味道团团飘上来，霖儿睁大眼睛看去，眼前有一个巨大的人工制造的温泉池，烟雾缭绕，仿佛神仙境地，天宫玉池。

一个缓慢的声音从脚边传来："来了？"

多有穿透力的问候声啊。霖儿吓了一跳立刻嘀咕道："怎么只闻其声不见其人？宝四爷，你到底藏哪了？"

"笨丫头！这不就在你旁边吗。"

霖儿不解地蹲下来张望着，拨开迷雾，她哎呀一声发出惊叫，宝四爷正赤身坐在温泉池边，两只胳膊搭在两条厚厚的毛巾之上，享受着呢。

"来，给朕揉揉肩吧？"他也懒得睁开眼睛，迷瞪瞪地说话仿佛是呓语。

霖儿哼了一声："你让秀亭骗了我来，就为了服侍你啊？"

"什么？"他睁开了眼睛。

霖儿意识到用错了字眼："难道不是？"

"我是看你一个人没事做，要不然我给你捏捏？"

霂儿立马摆手:"我可享受不起……"

他慢慢地转过身来,胸部以下都浸泡在温泉之中,蒸气蒸得他的脸颊透着红晕,这个英俊的大男人此时的眼神有些愠怒,只不过见到霂儿就散开了,不由自主变得柔情起来。

"过来,我有话说!"他朝霂儿勾勾指头,霂儿狐疑地走过去,弯下腰低下脑袋。

他忽然伸手抓住霂儿的脚,咬牙切齿道:"看你还敢不敢顶嘴!"

霂儿尖叫着跌入水池里,她整个人都被吓糊涂了,使劲打水,摇头呛了好几口水,蜷着双腿叫道:"我不会游泳啊……救命……"

宝四爷看得哈哈大笑,在她附近若无其事道:"快给我讨饶,我就救你。"

霂儿扑打了半天,头发散了,衣服也湿透了。

"救命啊!……"但倔犟的她就是不讨饶,宝四爷眼看她要沉下去了,一个猛子进了水中,伸出胳膊很快将她带入怀里,霂儿突然觉得双脚似乎隐约着了地,但是脸却贴在了他的胸膛上。她想挣脱他的怀抱却发现正中了计。他得意地盯着她,伸手分开遮住她额头和脸的发丝。

"放开……"霂儿感觉他们距离如此之近,立即就要挣脱,她呛了口水出来,正喷到他下巴上,他便再也无法控制地埋头亲吻住她那倔犟却诱人的红唇……

一吻激情过后,宝四爷的手不老实地抚摸起她的背来,霂儿伸出手推开他的脸,偏开脑袋不看他,他便攻击她柔白的耳垂、脖子、肩肌……只听见几声衣衫破碎的响动,霂儿惶恐地发现衣服已经离开了身体……

他的力量真是太强悍了,霂儿的双腿已经在使劲地并拢了,他将她抵在池边,一面挑逗她的舌头一面尽情抚摸着她柔滑的身躯与浑圆的臀部……

"不要!"霂儿只能间歇发出这个声音,他松开她的唇,微笑道,"我今天非要不可。"

"你疯啦!"她的手掌使劲打他强健的胳膊,"不要冲动啊!宝四爷。求你了……"霂儿来了软的,双眼充满了恳求。

"可是我控制不了。我好想你,这些日子,没有一天能停止想你。"他喘息着不停亲吻着她,"一见到你,就控制不了自己。"

"可是你要控制……"她突然发现自己的胳膊没了力气,"宝四爷……你不要这么对我,不然你会后悔的。如果你今天冲动,以后,你永远都不会再见到我!我发誓!"

霂儿认真地说,他将她的下巴抬起来,两个人对视着:"为什么?"

霂儿掉开眼睛。他又亲她脸颊:"给我个充分的理由。"

"我是未婚女子,你这样对我,从某种意义上说就是,就是强迫,就是……在我不自愿的情况下……就是,犯罪行为!这样的话你跟外面强抢民女的那些人

第十二章 真情牵,两相恋

有多大区别?"

他的热情一下子被这话泼了下去:"你胡说什么!"

霖儿感觉他的胳膊松了,立即就推开他,抓着池子边沿往一边走。

"我……我只是打个比方而已,因为,你应该尊重我。"

他生气地转过身去:"我堂堂……哼!"

场面冷了下来,霖儿立即爬上去,走到纱幔后面立即脱下湿淋淋的内衬短裙。

正在她伸手拿干净衣服的时候,宝四爷从她身后抱住了她。她尖叫起来,宝四爷直接将她扔上了温泉池旁的大床,长长的纱幔轻轻飘荡着,霖儿此时只顾闭着眼睛推他,不小心抓伤了他的胳膊,跟着他的嘴巴亲了过来,霖儿心想完了。

他这次非常粗鲁,生气道:"我就是强抢你了!就是强迫你了!"

"不要……宝四爷,你听……听我说!"她用力咬住他的舌头,他惊呼抬起脑袋。

"对不起!"霖儿擦了一下嘴,发现他的下巴也被抓伤了,他的眼睛杀气腾腾地瞪着她。此刻李肆的声音从隔间传来:"主子,怎么了?"

"没事!"他坐起来,霖儿随手将毯子抓拉着盖在身上。眼睛红红地、委屈地望着一旁。

"你讨厌我吗?霖儿。"他低声问。

霖儿摇头。

"为什么不要我?"

"我刚才说了……我们……"

"你要名分?"他点头,"对了,我明白。"

"我不是想要那些名分……"

"那你是什么意思?"

"我们……还是做朋友……"霖儿低声道。他不明白她说什么,只是掀开毯子,故意使坏地歪起嘴角道,"我都看到了。"

霖儿生气地瞪着他:"你太过分了!王爷就可以这么做?"

几分钟以后,宝四爷主动起身去拿衣衫过来,温柔地给她披上,然后轻轻拥住她,低声道:"真是让我又爱又恨。你这个野丫头,要做烈女吗!罢了,那就等到你心甘情愿吧。"他亲亲她的发丝。

霖儿穿好衣服,他还坐在那边歪着脑袋看霖儿的表情:"今天可是来这里逍遥的,你不许走!"

霖儿松了口气,回头看着他。

"奇怪,我刚才那么比喻你,你怎么不生气?"

他笑了笑："我现在舌头好痛。"

霖儿忍不住低头笑了。

二

他握起霖儿的手，那手腕上的银手镯猛地提醒了他。

"霖儿，从小没有爹娘疼爱吗？"

霖儿慢慢地点头。

"那是谁照顾你的？"

"爷爷和哥哥，还有爷爷的女儿。"

"爷爷的女儿？"

"是啊，爷爷有个女儿，她最爱的人离开了她后收养了哥哥，然后爷爷捡到了我，我们就组成了一个家。不过……"霖儿把玩着手镯，"妈妈得了癌症，几年前，离开了我们……"

"癌症是什么意思？"

"在我们那儿，这是一种可怕的疾病，一旦人得了这种病，便是神仙也医治不好的。"

他点点头，捏捏她的鼻子，将她揽入怀里。

"刚才我只是跟你闹闹而已。可是我不明白，为什么那天你要离开我，不同我一起回京城？"

霖儿低着头，不回话。

他不满道："我不管！现在你来安排余下来的节目，不让我开心你今天休想回家！"

霖儿抬起眼睛看了看四周，有个矮茶几放在温泉池旁，她走过去："下棋？"

"下棋？象棋还是围棋？"

"当然……五子棋。"

"你输了我要重罚你的！"他走过去在她对面坐下。

"怎么罚啊？罚我喝水？"

他抿嘴："随我的意思。"

"不行。"

"放心，不会罚你伺候我的。"他低声道，"愿赌服输，怎么样？"

霖儿点头："好啊！"

听到吩咐，李肆匆忙送了棋子和棋盘进来。

"泡茶，上点心。"

"喳。"

两个人横眉冷对了几秒钟，霖儿抬手："第一局你先吧。"

他得意扬扬地点头。

一局完毕，霖儿输了。跟着他躺下来让霖儿按摩肩膀和背脊。

二局完毕，平局。他对霖儿刮目相看了。霖儿给自己加油，挑衅地看着他。

三局，霖儿输。他要求霖儿按摩脚指头。霖儿使劲给他乱捏，没给他捏痛反而把自己手指捏酸了。跟着霖儿开始轻手呵痒，把他笑得从床榻上滚了下去，霖儿还没来得及住手，他已经沿着斜坡滚下了水池，上来就追霖儿，霖儿吓得往柜子上爬，他个子高，一抬手把霖儿拖了下来，跟着就"以牙还牙"，霖儿比他还惨，东滚西跌，求爷爷告奶奶的话一大筐出来，最后宝四爷还不解气，她受不了了，笑得眼泪都出来了。

"我要笑……死了，死了……别……别来了……救命啊！"

"道歉。"

"对不起，对不起……"

"说哪里错了？"

"不该顶嘴，不该骂你，不该逗你，不该比喻你，不该……"

"不该什么？"

"不该呵你……"

"还有？"

"没了……"

"没有？"

"啊！不该……不该咬你！"

"好，再给你个机会……"他终于停了手，霖儿凌乱地坐起来，他拉她进怀抱，"亲亲。"

"呜？"

"不许咬了！"他说着就温柔地含住她的唇，霖儿的心被他融化了似的，一嘴的柔情。半晌分开了，他抱着她道："这才好……"

霖儿的心跳怦怦地乱撞着胸口，他抬头又要来了，霖儿立刻抢先亲亲他的下巴："宝四爷，我们玩'成语接龙'吧？"

"什么？"

霖儿起身跑出他的圈子："就是……我举个例子，你先说个成语？"

他抿嘴想道："卿卿我我……"

霖儿愣了下立刻道："换一个！"

"秀色可餐！"

她白了他一眼，他乐得直打呵呵。

"这个不行。"

"那窈窕淑女……"

"你……"

霖儿气得坐下来，不吭声了。

他走过去，拉拉霖儿的胳膊，脑袋埋到她肩膀上，她抖抖肩膀："好沉啊！"

"是吗？"他又要抱她，她伸手紧紧抓住他的胳膊。

"不好玩，我走了！"

"晚膳时间还没到。"他握着她的手指，"你走不了的。"

"那你又没正经的。"

"好，现在开始正经起来。你告诉我怎么个玩法？"

"叫几个人陪我们玩吧？输了就罚表演节目。"

"呵呵，这里只有太监。他们懂几个成语？"

"那算了。"

"好，好，我让李肆叫几个会的。"他亲亲她右脸，霖儿立即用手捂住，他又亲亲她左脸，霖儿又捂着，他朝她脖子狠狠咬下去，霖儿尖叫，仰起脑袋倒到他身上，他立即就不客气地将脑袋埋下去……

随着李肆高声召唤晚膳到。

宝四爷拉着她的手道："饿吗？"

霖儿点头："当然饿慌了。"

太监伺候宝四爷穿上外套，跟着霖儿也穿上，两个人光着脚踩着地毯往膳间去。桌子上已经陆续摆上了几十道各种好菜。霖儿瞪大了眼睛："还有很多客人吗？"

宝四爷环住她的腰："你说呢？"

"又来这句。"霖儿甩开他的手。

李肆拿着试毒牌道："爷，都试过了。"

宝四爷点头："坐吧。"

霖儿闻着各种香味儿，口水都快流出来了。她接过筷子，笑道："那我不客气了哦！"说罢每样都吃一筷子，有点儿尝菜的感觉。

宝四爷看她吃得欢畅的样子，不由得胃口大开。李肆端来了煮酒。

"这些碗……好像金子做的，比红楼梦里的还精致。"

"什么？红楼梦在哪里？"他惊讶起来。

"呃，我们那儿才有的。"霖儿及时更正。

他愣了下，跟着哈哈大笑："又是所谓的世外桃源对吗？改日我还真想去看看。"

用过晚膳，霖儿提议他吹笛子，自己跳舞。

他点头，伸手拉住她的手指，往温泉池走。

"不如我教你跳双人舞吧？"

第十二章 真情牵，两相恋

"什么舞?"

"西洋人流行的舞。"霖儿顺手拉住他的另外一只手,放在自己腰间,然后挺直腰靠近他,他立刻要抱紧,霖儿咦了一声,从他怀里挣扎出来,"别乱动!"

他哦了一声,看她怎么摆姿势。

"我出左脚,你出右脚……来,试试看你的跳舞天分。"

"乖乖……西洋人的舞蹈真怪。"

"其实我们心情不好的时候,静静地跟着音乐跳一支舞,就会好很多。"

"是吗?"

他有些摸不着头脑地出脚,霖儿惊异得连连后退,眼看要跌倒了,他一个马步将她拉回来。她惊险地倒在他怀里:"你真是笨啊,刚才吓死我了!"

"好了,不要跳了,改天教吧。"他拉她坐在暖榻上,"突然就想静静地躺一会儿。霖儿,咱们躺会了好吗?"

霖儿点头。他抱着她就齐齐地躺下去,霖儿挣开了他的怀抱坐起来:"不许……"

"霖儿……"他软软地牵着她的手,她躺下去,脸对着他的脸,保持一些距离,严肃道:"记得梁山伯和祝英台的约定吧?"

"哦?什么约定呢?"

"一碗水的距离。"她伸手从他们之间比画过去,然后安静地躺下来,望着金璧辉煌的天花板。他移过来,伸手揽住她的腰。霖儿要反对,他嘘了一声道:"别闹,我好困。乖,别闹了啊。朕就是想抱着你入眠。"

霖儿安静地枕着他的胳膊,听着他的呼吸,跟着也眯着眼睛睡过去了。过了一会儿,李肆悄声进来,将薄薄暖和的毯子给他们盖上然后出去了。

三

一觉醒来已经是黄昏。宫殿里已然掌灯,霖儿悄声要给他移开胳膊,他却揽紧了,这次霖儿使劲掰去,他虚眯了下眼睛,抿笑着使劲,霖儿细细的腰肢陷入了他的怀抱仿佛被他的胳膊焊住了。霖儿生气地掉过脑袋转移到他正面,他正闭着眼睛假装睡。霖儿抬起手指抚摸着他的剑眉星目,然后到他嘴唇间,霖儿愣了下,第一次主动亲上去,送上舌头,他跟着也激动了起来,霖儿终于引得他的舌头探过来,霖儿一狠心,再次咬下去。

殿里传出宝四爷朦胧的呻吟,李肆冲了过来,只见霖儿正假装伸手抚慰他的脸:"怎么了?宝四爷?你撞到脑袋了?"

宝四爷皱着眉头,李肆埋下脑袋:"爷,您没事吧?"

"他没事。"

宝四爷张开嘴巴吸了口气,对李肆喝道:"出去!"

李肆立刻退了。霖儿觉得不好，立即伸手推他，他张开眼睛，嘟着均匀的嘴唇："野丫头！你喜欢咬……"他说着就如狼似虎地咬过来，霖儿躬身躲闪着，他的手伸到她衣服里，一口咬住霖儿的嘴唇，霖儿觉得太危险了，立即抬手抱住他脖子跟他深吻，这样一来他还真松了牙齿，看着霖儿。霖儿道："宝……"

宝字没出口，他就道："你完了！"

霖儿啊了一声，立即道："我……你要怎么样？"

"总之，很快就知道了！"他忍住澎湃的激情，突然十分礼貌地给她整理衣衫，"霖儿，你可要准备伺候我一辈子了。"

"什么？"霖儿凝重起来，"你不要开玩笑！我是说，你是王爷，我是……我是一个形迹可疑的女子，我们不能在一起。"

"是吗？你怎么知道呢？"他得意起来，伸手捏了捏她的鼻梁，"冉霖儿，是你引诱的我。"

霖儿翻身坐起来，梦醒了似的，她回头看着周围，想起自己今天都做了什么，跟个妖精似的引诱了他？

总之是没控制住自己的感情，忘记了身份。

他转了转拇指上的扳指，缓缓道："来人！"

李肆立即出现了。

"送……"

"等等……我……我还有事情要说。"

"先下去，备轿。"

"喳！"

霖儿认真地来到他眼前蹲坐下。

"怎么了？害怕了？"

"我……还有事情，想请你帮我。"

"哦？"

她吸了口气："前天本来找到了害死爷爷的凶手。谁知道他改名换姓，还做了大官的侄儿。当时我的朋友帮我捉住了他，可想不到他……抢了我的怀表。"

"怀表？"

"解释一下，你见过西洋传教士挂在脖子上、垂在怀里、看时辰的圆圆的机器吗？"

皇帝明白了："接着说！"

"我们想了其他办法，但不敢再轻举妄动了。宝四爷，不管你怎么想，帮我拿回怀表吧，我只要那只怀表！"

"是吗？怀表比他的命还重要？"他看出来了似的。

第十二章　真情牵，两相恋

霂儿用力点头，解释道："它非常非常重要，没有它……我活不下去……"

"什么？"他愣住，"为什么这么说？"

"哦。那你……能帮我拿回来吗？"

"说说这个人的情况吧。"

十几分钟以后，他背着手走动起来，霂儿接着听到他应声："你放心。我会帮你的。"

霂儿点头："多谢你了！"

"还有事情吗？"

"有啊！"

"嗯，说！"

"你是不是……有个大哥，叫弘昌？！"

他一愣："弘昌贝勒？"

"对！听说他是你哥哥！"

"嗯，是啊……"他含糊地点头，"他怎么了？"

"昨天……在大街上见他强抢民女。"霂儿言辞谨慎道，"当时还听说他曾经逼死过良家妇女……"

"什么？"

"我……我知道你一定会不相信的，因为我手上没有证据。但我昨天亲眼见到的，街上的百姓也亲口说的。很多人家受过害。虽然他是你哥哥，但是国有国法，家有家规，你能不能……劝他收敛一点？"

他冷着脸盯着远方不开口。

"我是不是……在管闲事？可是……我觉得……"

"刚才你把我当作他了？"

"我……有那么一点……"

"岂有此理！我跟他？"

"……"

"算了，以后你就知道了！"他甩甩袖子，"这件事，你还真的是在管闲事。既然都说了无凭无据，又没有人递折子弹劾他，我也不好插手。何况这些事情，恐怕只有当今皇上有权力插手……"

"是啊。你说得对……如果有人给皇上告御状，那这个贝勒就……"

"别想得那么简单。"

"你是不是因为他是你的哥哥，就偏袒他了？"

"胡说！究竟事情是怎么样的，还有待调查。行了，这件事我心里有数。你先顾好自己吧。"

"哦，那我回去了。"

"等等……"

霂儿回身看着他。

他愣了一会儿,挥手:"来呀!送冉姑娘回去。"

等霂儿的轿子起了,宝四爷叫了两个御前侍卫进来:"你们两个立刻出去给我找到兵部侍郎戴绩,想办法尽快从他的侄儿戴知豪身上将怀表拿回来。但要记住,这件事不可公开,你们的身份必须保密,也不可强取。最好做到神不知鬼不觉!"

"喳!"

当霂儿终于回到绸庄的时候,阿复等人都在等她。

"姑娘可玩得开心?"

霂儿有些忐忑不安:"我把张毅的事情告诉王爷了,他答应帮我。"

阿复点头:"有王爷帮忙,一定可以的。对了,听说那温泉山庄可是精致无比的院子啊。"

"嗯,是啊,假山楼台,瀑布温泉,秋菊争艳真是赏之不尽。"霂儿嘴上应承着,突然却心慌起来,不知道为什么,她越来越担忧。

次日,卯时。

养心殿。

年迈六十来岁的老臣子禹德良参拜皇帝,皇帝令人抬椅子让他坐,见新皇帝对自己如此好,他十分感激。

接着李肆拿着一卷画像进门来。

"禹大人,朕一直都知道,这十七年来,你为了小女儿的事,万分心急。"

"哎,这孩子,恐怕早已不在人世,只可怜她娘亲,伤痛欲绝,身子骨每况愈下,先走了一步。"

"禹大人,朕对此有些愧疚。当年朕顽皮,带着铭儿上街……"

"皇上,当年旧事,不提为好。老臣已然将此放开。"

"李肆,展开画卷,让禹大人看看,这画像女子……"

"嗻!"李肆站在禹德良眼前,将画像抖落开去,禹德良定睛注视着成年的冉霂儿,惊呆了。

四

"前些日子,朕碰到一干人强行将一名女子嫁给当地有钱人。于是朕帮了她,后来得知,她叫冉霂儿。不过,却不知道自己的亲生父母是谁……"

禹德良的眼泪瞬间而下:"这真像她过世的娘亲啊!"

第十二章 真情牵,两相恋

"哦？"乾隆也有些微微激动，禹德良却是老泪纵横，即刻跪恩道："皇上大恩，求皇上告知臣这名女子如今在何处？微臣想……"

"朕知道你的意思，所以令人留了她在京城。这样吧，一会儿朕派李肆带你前去。不过你可要记着，一切不可操之过急，暂时也不要认她！"

"喳，微臣遵命，微臣万分感谢圣上的恩德！"

"你的辞乡折子，朕准了，另赏你良田二十亩、黄金百两、白银百两、绸缎数匹，详细的，朕会安排内务府给你打点送去。"

"嚛！臣，叩谢皇恩！皇上万福！"他趴在地上，感激涕零。

午饭过后，霖儿拿了《聊斋志异》，到亭台内坐着舒服地读起来。

没多久，小瑛小跑着穿过石桥呼唤道："冉姑娘，有客人来了。"

"什么客人？"霖儿不解地看着丫鬟。

然后便跟着他去厅堂里，正坐在那儿有些不安和激动的禹德良猛地站了起来，远远地注视着霖儿。

李肆躬身走来道："冉姑娘，这位是当朝四川省前任总督禹德良禹大人。"

"什么？"看到李肆，听介绍，她也是云里雾里，只觉得对面的老人家一直盯着自己，看得自己浑身不自在。

"孩子……"

霖儿一愣，只见他两眼模糊了起来，他擦了下眼角，嘴角战栗道："我的孩儿啊，爹对不起你！让你受了十七年的苦……"

霖儿吃惊地站在原地，只见他因为过于激动，双腿一软，她便立即冲过去扶他坐下："老人家，你怎么了？"

"孩子……"他端详着霖儿，似乎认定了霖儿是他女儿。

这时候李肆对大人道："大人还是回去休息一晚，接下来的事情由奴才跟姑娘说吧。"

禹德良点点头，李肆让随从扶了他出去，门外好奇的阿复等人都不解地盯着里头。

"这……究竟是怎么回事啊？"

李肆走过去，挥手叫随从关门。

"你们搞什么鬼呀？"

"刚才那位大人，可是你失散了十七年的生父啊，霖儿姑娘。"

"什么？我的生父？怎么可能？"

"禹大人说，你长得跟他的妻子有九分神似呢。你不承认都难了。"

霖儿摇脑袋，拒绝相信这些。

"咱们主子也非常清楚，霖儿姑娘，不如想想你3岁那年，发生了什么事吧？"

"我3岁？"

"我不记得了。"

"姑娘一定要好好想想，这一切，都跟你的手镯有莫大的关联呢！"

霖儿挥手打断他："我都听糊涂了。到底什么意思？"

"好吧，宝四爷吩咐了，明早有轿子来接您入宫。您准备着吧。"说完道，"来人！"

门开了，一个奴才捧着一套太监衣服上来了。

"宝四爷说了，您明儿个就穿这身衣服进去。他还要奴才转告姑娘，可别误了时辰。"

"为什么？我……我进宫做什么？"

"姑娘不是说有冤情要诉吗？当今圣上听怡亲王说起了你的事情，说冒名顶替顾命大臣之后可是犯了欺君之罪，根据大清律法是要问斩的！这不命奴才跑一趟，要姑娘明儿个亲自去金銮殿跟圣上说说。"

"啊……真的啊？皇上要见我？啊，不对，是乾隆皇帝要见我！"

"是啊，您说的那位可是兵部侍郎。正好前几日他替侄儿戴知豪请命去西北战场……"

"哇！他胆子不小啊！学人打仗？"

"是啊，所以这件事皇上得亲自问你了。"

"哦，好吧。"霖儿捏着拳头，"正好本姑娘要好好参他一下！哼！"

李肆离开以后，苏谏和阿复等人立即进来问东问西。

"这可是宫里的太监服啊！"阿复摸着案几上的衣服道。

"刚才那些不就是宫里的太监吗？"苏谏道，"我说，一个是宫里太监一个是前任四川总督。霖儿姑娘，他们来找你……"

"不知道，一个认我做女儿，还有一个要我明天进宫。"

"是什么？皇上召你？"阿复脱口猜测道。

"皇上？别逗了……"小瑛低声道，"皇上怎么会……"

"是的！这件事怡亲王告诉皇上了，说那戴知豪若真的冒充戴绩的侄儿，可大可小！所以，要召见我！"

几个人都愣了。

"可我们并无证据证明……"苏谏思考道。

"这也是啊……没证据。"霖儿想了想，"哼，只要他敢跟我对证，我就会让他露出狐狸尾巴来！"

"不过，有怡亲王，应该没事的。皇上一定站在你这边！"阿复想了想又道。

第十二章 真情牵，两相恋

小瑛点头:"姑娘是个好人,好人一定会有好报的。"

霂儿笑起来,抚摸着太监服:"太神奇了,我居然要去目睹乾隆风采了。"

次日。

此时皇上刚宣布退朝,起轿回养心殿。

霂儿老早就在养心殿里等皇上了。可是等了几乎半个小时,还没见人。她累了,于是偷偷地跑到右侧一个屏风后头坐下来。门外的两个太监老实巴交地站着,跟雕塑一样,根本不管霂儿在里头做什么。霂儿长叹一声,安抚着紧张的心脏。正在此时,只听到李肆大声喊道:"皇上回宫!"

霂儿一下子从椅子上弹起来,突然想找个地方躲起来,皇上背着一只手进来,见到大殿空空的,回身道:"人呢?"

"喳!在里头。"旁边的一个公公小声道。

"沏茶。"

"喳!"

霂儿听到了似乎是宝四爷的声音,立即探出脑袋,一件龙袍裹身,一身金色洋溢,霂儿一愣:"宝四爷吗?"

皇上转过身子,抿嘴道:"好大胆的丫头,敢躲在这里?"

"是你叫我来的吧?"霂儿松了口气,拍着胸脯,"幸好没见乾隆皇上,不然要紧张得我……"

"你害怕他?"

"是哦,好像是害怕了,人家说伴君如伴虎……"她突然愣住,"你为什么……穿的很像龙袍啊?"她上下左右,连他的帽子都开始仔细研究。

他握住她的手,牵她来到龙椅旁:"知道这是什么吗?"

"龙椅!"

"嚯!霂儿变聪明了!"

"啊!这肯定的……"话到半截,她打住了。一个想法突然窜上脑海,霂儿吓呆了。一时间仿佛掉了下巴站在原地。

只见宝四爷缓缓走上去坐下,看着发呆的她道:"昨天你提醒了朕,说要名分才跟朕。这句话说得很对,于情于理朕也该如此尊重你。说来也巧,那禹德良正好递上辞官折子。朕也正好听说了他的家事。于是让画师画了你的画像让他参考,不料他却认准了你是她丢失十七年的女儿……"

霂儿掉过头看着他得意的样子,一时语塞。

第十三章　见君庐山真面目

一瞬间，知道宝四爷真实身份，他还言辞凿凿地说，他替霖儿找到了亲生父亲。这接二连三的是惊喜，还是噩梦……

一

"朕想，既然如此，也方便了大家。所以，朕今日来告诉你，你要的名分马上就可以给你。初次进宫，太低了也不好，朕就给你个贵人吧。霖儿，你看怎样？"

霖儿傻傻地看着他，脑子里都是跟他这么多次的相处，听到他说朕，乃当今天子……

"怎么？嫌贵人位置低了？可祖上传下来的规矩，等到你为朕添个皇子，别说是妃，就是贵妃，朕也赐给你。"

霖儿的胸口剧烈地起伏着，她使劲摇头。

"你不是想要……做朕的中宫皇后吧？"他笑起来，"我就知道你这笨丫头不简单……"

"不要！"霖儿使劲甩了下脑袋，一口气终于冲破了喉咙，"我什么都不要！我不会进宫的，更不会做你的贵人妃子。我要马上离开这里！"霖儿说完转身往外跑，皇上气得站起来大喝，"站住！"

霖儿背对着他站定了，她有些害怕地低着头，感觉他已近在咫尺，他的声音听起来依旧如此专制："你反反复复的，当初也是你引诱的朕，现在却说什么要离开。要得朕团团转是不是？"

"什么……我引诱你？"霖儿本来想辩驳，可最后还是没说出口来。

"总之，你对朕若即若离，明知故犯。"

"什么？"

"当初有人说你跟朕耍心计，说你来历不明，形迹可疑。朕可一直都相信你是个单纯的女子。到如今朕为你找个身份，你却不识抬举。"

"宝……皇上，对啊！"霖儿抬起脑袋，一步一步逼近他，逼得他直直后退，"你说得对啊。我引诱你，我反反复复，还有，我要心计，就是想利用你的权力来帮我。我才不要做什么贵人，我胃口大得很，我想做中宫皇后呢。还有，我来历不明，你就不怕将来我冷不丁刺杀了你？我形迹可疑，你不担心我就是深山里的狐狸精，来故意迷惑你的……"宝四爷已经退到了案几旁了，他伸手扶住龙椅。

"你……"

"你看我？小心有一天晚上，忽然变回原形，吓你个半死……你最好听别人的话，要么现在就杀了我，要么，就放我走，以后也当我死了。"

他躺在龙椅上，第一次看她气势汹汹要吃人的模样，气得又想笑又不能笑，他喘过气来："看不出来，你还称自己是狐狸精？要刺杀朕？干吗不早点动手？路上有的是大把机会啊。你做狐狸精嘛，还不是特别像……"他恢复了理智，调侃道："你既不是苏妲己，朕也不是纣王！"

"哼。"霖儿怒视着他，他居然也不愤怒。

"还有……你这么专制，脾气也让人难以把握，我这个狐狸精都不想当了。我还是回我的深山老林去了！"

"怎么？不要你爷爷的怀表了？"

"那是我自己的事情，以后不用你操心！"

"可现在只有朕才能决定它能否回到你手里！"

"你……什么意思？"

"今天早晨兵部侍郎戴绩上了折子为他的侄儿戴知豪请命去新疆边塞……"

"你……准了？"霖儿吓呆了。

他坐直了，看着她傻乎乎的可爱样子："你说呢？"

"他……他不是他侄儿……"

"你有何凭证？"

"没有。可是，你凭什么肯定他是他的亲侄儿？还有，那你又凭什么相信我是那什么大人的女儿？"

"因为你也拿不出证据，证实他不是你爹，还有，你3岁那年发生的事，还记得吗？"

"我不记得！"

"所以，一切都是机缘巧合。你就是禹德良的女儿，因为，你那镯子里刻着你的出生年月，还有名字：铭。铭儿，你知道吗？"

"啊？你强词夺理！"霖儿完全不信这些巧合。

"朕说的一切，都是事实，或许你如今很难接受。"

霖儿扶着案几，想了想，又问道："这么说，你一定要我进宫喽？"

他点头："要！"

霖儿看看四周，金色的柱子，金色的横梁，栩栩如生的腾龙，摆设着价值连城的陶瓷古玩……再看回眼前这个气度不凡的年轻皇帝。

"能不能让我回去考虑一下？"她转了调子，声音弱弱地问。

他神秘地猜测道："你该不是想拖延时间好逃回深山老林吧？"

霖儿想笑又想哭："你不信我就算了！"

他拉了她坐在自己身旁，轻轻地靠着她的脸颊："好，朕信你。朕要你心甘情愿把自己的一生交给我。"

她看着他，亲亲他的鼻梁，含着几分酸楚微笑道："谢谢我的宝四爷。"

他心动了，凑上去就要吻她，她的手指盖在他的唇间："别，这里可是大殿。"说完就站起来下了阶梯。

门开了，霖儿被两个守门的侍卫举刀拦住，皇上发话道："李肆，送她回去。"

"喳！"

坐回轿子里，霖儿开始使劲深呼吸，闭着眼睛告诉自己冷静下来，冷静下来……事情还不算最糟糕啊。接下来怎么做？戴知豪要离开京城去边关？哼，这个混蛋到底打什么算盘了？还真是胆子越来越离谱了，敢去边关战地？

刚才那一切又是什么状况，为什么皇帝是宝四爷？为什么宝四爷又说自己有个爹？为什么自己一眨眼变成了大清的女子？那位老人家为什么要确认自己是他的女儿？

她看着手镯，脑袋里不停地回想，她清楚地想起来，爷爷说过的那些话：

"霖儿，你戴的玉佛和银手镯，都是爷爷捡到你的时候就有的，那时候你的脸受了伤，我想是吓坏了。不可思议的是，你穿着古代的衣服，爷爷查了你的这套衣服，证实这是大清朝富贵人家的样式、做工，还有你那发髻样式，爷爷也查到是当时小孩子的打扮。你别笑，爷爷花了很多时间，证明了以上结论。还有，你身上还有一枚缝在衣角的'康熙通宝'呢！"

"你的银镯子到时候找人鉴定一下……"

霖儿扑哧大笑起来，几乎笑得前仰后合，笑得眼泪直流。

"怎么可能呢！万一我是一个拍戏的小孩子，被人绑架了，然后逃了出来呢。万一我手上戴的，还有衣服里缝的，都只是祖宗留下来的呢？哪有爷爷你这么丰富的想象力，这么简单的事情，要想得那么复杂！"霖儿一口气回驳完，冉衡低声说，妹妹也学会排查法了。

"傻孩子，那你不知道，你见到我的时候，就吵着哭着闹着要找爹娘。"

"那现在的小孩子都很好玩啊，万一是某个外景场地，我那时候需要这样的台词呢。"

旁边的冉衡忍不住也笑了："我想如果霖儿的亲生父母出现，一定是国际大明星。"

第十三章　见君庐山真面目

"那时候，我就让他们捐个几千万资助爷爷搞研究。"

二

随着李肆的压轿吆喝声，她从那段回忆里走了出来，这才发现自己回到的不是司马丝绸庄。她转头看着熟悉的刘妈和管家。

"欢迎霂儿姑娘！"小柳上前扶住她，"咱们王爷进宫了，他回来看到你一定很高兴哦！"

这个时候李肆吩咐道："你们可要好好招待冉姑娘。冉姑娘，奴才回宫了！"

霂儿看他走下台阶，跟手下人往回走，才松了口气，起身对刘妈道："我还有点重要的事情要找一个朋友去。刘妈，我一会儿回来啊！"说着就快步奔跑着出了王府大门，弄得大家都愣了下，管家跟着吩咐一个男仆骑马跟出去了。

幸好这条路还算熟悉，霂儿回到丝绸庄，鲁掌柜话没出口她已经跑进屋子，对所有人都说道："记住，任何人来找我都别告诉他们我在这里！"说完以后就往房间跑。阿复跟上来："姑娘出事了？"

"出事了！我出大事了！我招惹上了惹不起的人了。阿复，能不能帮我准备马车，我要立刻离开这里，我们去江南好吗？"

"少爷今天来信说途中山崩了，本想来京城却耽搁了。说让我们暂时不要着急。"

"山崩！"霂儿停下所有收拾行李的动作，"还不到下大雪的时间，山就崩了吗？"

"山上早就开始大雪纷飞了，霂儿姑娘有所不知……"

"是吗？"霂儿发怔着，愣在原地。

"不过没事，只是挡了路，姑娘你说要下江南恐怕不能了！"

"啊！那怎么办呢？"

看霂儿今天神情不太对，阿复想起她刚才的话来："姑娘刚才说，得罪了什么人，到底得罪哪个人了？莫不是……那个狗贝勒知道你了？"

"要是他还好对付……可……"

"那是怡亲王？不会吧？"

"是他更好办，可要命的，是我们都惹不起的人。"

这个时候苏谏跟小瑛都来了，小瑛放下茶杯，苏谏问："姑娘何不说来听听，大家一起想办法。"

"哎！我真的不想连累你们。"她苦着脸，万千跟宝四爷闹出不愉快的场景冒出脑袋来，她想起他那张摸不透的笑脸，突然打了个寒战，"我怎么那么笨呢，一直以来都不知道仔细观察他，死到临头了，还出言不逊。"

"谁啊？"大家齐声问着，都着急了。

"我告诉你们可不要声张……"霖儿吸了口气，低声道，"皇上……"

所有人哦了一声，跟着啊了一声，霖儿看到他们立刻捂住了嘴巴，震惊地瞪大眼睛面面相觑。

苏谏第一个张开嘴："这，这到底怎么回事？"

"我……我……"她想了想，还是道，"我不知道他就是……那个皇上……我……张口说了乾隆的不是，然后……还骂了……贝勒爷，还……反正我死定了！"

"啊！"苏谏看着阿复，阿复看着小瑛，小瑛吓懵了，喃喃道："姑娘可是好人啊，不能死的！"

"胡说！"阿复道，"什么死不死的！霖儿姑娘不会出事的。有我们在。"

"可是……"霖儿站起来，"对了，我不能留在这里，不然会连累丝绸庄的。阿复，你们有没有什么远亲，帮我个忙啊？就是出京城也行。让我去做人家的丫鬟、打杂的，都行！"

"哎呀，姑娘不要这样子！"

"别着急！"苏谏打断她的话，冷静地思考起来，"这件事啊，我们来想办法。对了，姑娘是怎么回来的？"

"你没见我，穿的太监服吗？是怡亲王帮了我，不过他也正被皇上训斥呢。所以千万不要找他！"

"好！"阿复一拳头打在手心里，仿佛做了重大决定。"少爷不在，那就由我们保护姑娘。姑娘，我们立即送您出城。我有个一起在少林习武的师兄，被一狗官害得瘸腿，回乡务农了。他是个好人，痛恨朝廷的那些贪官，去他那边，一定安全。"

"好！"

"不过那儿条件不太好，我只担心姑娘适应不过来。"

"没关系，我不怕。总比在这里死了好。"

"嗯。就这么办。"

这边在忙着准备，那边怡亲王已经策马回府了，一进门就找霖儿，小柳立即说霖儿姑娘一来就着急地离开了。这个时候跟着霖儿的男仆回来报告。怡亲王立即吩咐他道："你带人接霖儿回这里来！"

"这行吗？"

"去吧，反正没有人知道她是女儿家。她不是打扮的男人样吗？"

"是！"

没多久，霖儿便收拾妥当穿了男装跟着阿复从后院出门，登上了马车。苏谏则将几个包袱绑在马背上，先一步骑马离开。

第十三章 见君庐山真面目

随着马蹄的奔跑声，霖儿的马车很快转出巷子上了街心。

江南镇江。

某无名府第内，一名青衣男子飞快翻身下马往院子里跑。

"老爷！"

正在喝茶闭目养神的尧臣举抬起眉头看了看进来的人："二子！"

"老爷！"二子一进来就合上了门，走到尧臣举身边耳语了几句，尧臣举的眼神立刻就来了神采，"哼！总算要露出狐狸尾巴了！"

"是啊！"二子跟着兴奋起来，"您真是高明，知道这个知府不是省油的灯。"

"这下有了点眉目了，咱们也就可以出马了。唉，打点好了一切，咱们先去借点儿'东风'。"

"是！"

随着午后的温暖阳光普照，尧臣举两只手缩在袖筒里颠颠地上了一辆拉草的马车，二子驾着马儿奔跑起来。后面两个侍从远远地骑马跟着。

镇江丝绸庄园外，当家的正恭送知府大人的官轿离开。不一会儿，尧臣举也来了。

"哟！尧大人！"

"嘘！老夫现在可什么大人都不是，还是带罪之身呢！"

"尧大人里面请了！"管家还是挺恭敬地迎了他进宅门，"您怎么大老远跑到江南来了？"

"这是回趟老家，顺便路过此地，想起司马先生的祠堂，想来拜拜我这位好大哥啊！"

"呵呵。您可是有心了。"

"对了，世恒近来还在苏州忙着吧？"

"嗨！可不是嘛，一个月前来了家对着干的丝绸庄，可没少让少爷费心哪。"

"哈哈。有竞争才有收益嘛，是不是？"

"这不，咱们管事儿的三少爷也遇到了。'盛大'绸庄昨儿个贴出告示又把价格压低了。把三少爷给气得一早就出门去想办法了！"

"世恒的这位三表兄也能干啊。对了，有他帮着司马世家，没问题的。这出去多久了？什么时候能见着？"

"估计您坐会儿就能见着他了。"

"这些后生啊，真是年轻有为！"

"呵呵，可不是嘛。多亏了老爷有如此能干的儿子顶着啊。"

"行，那就等他回来。"

"请用茶！"

三

霁儿斜靠在马车里，随着颠簸，马车已穿过城门，阿复说要出城了。霁儿开始组织着前后的事件，如今自己怎么仿佛一个逃犯？

3岁？3岁……

她闭上眼睛，努力回忆，敲破脑袋也想不起来3岁自己的真实记忆在哪里，一丁点儿，一丁点儿都回忆不起来啊！

不知道什么时候，更鼓的声音回荡起来，霁儿抬起眼睛，这声音听得如此悦耳、亲切，从她刚穿越过来便是如此感觉。

她突然想起，还有许多事，没有办，自己，就要因为害怕，逃避了……该来的，总归来了，能逃避多久？

阿复正大喝着要出城，轿子里传来霁儿的声音。

"停车！"

"怎么了，姑娘，有什么事吗？我们就要出城了。"

"我们回去吧！"她平静地说，阿复以为听错了，霁儿重复了刚才那句。

当司马世恒的三表哥唐吉芮骑马回住宅的时候，已经是晌午十分了。管家给唐吉芮说了有客人来，他立即往客厅去见尧臣举。

"尧伯伯来了！让您久等了！"

"呵呵，应该的应该的。三侄儿啊，事儿忙完了吧？"

他坐下喝了口茶水，点头："嗯。"

"那就好。对了，我这次来，可是无事不登三宝殿啊！"

"尧伯伯开玩笑吧。怎么？有什么事情请尽管开口！"

"好！那我就不客气了。其实，就是想借百匹上好的丝绸。"

"借百匹？"唐吉芮不解地笑起来，"伯伯这是干什么用呢？"

"唉！我这回……是为了那些乡亲父老啊。三侄子，你放心，我这银子是不会少你的，只是先支付一部分。这不是我手头有点儿紧吗？"

"您不是在京城开了个酒楼吗？听世恒说生意还不错啊！"

"嗨！那是他看到的啊。这生意嘛，有好有坏的。我这次来，也是因为想买些海货。可人家愣是出了高价。你说我不想些办法打发他们，他们怎么能给我开路呢？"

"嗯，也是啊。好，吉芮这就吩咐下人带您去绸庄选布。您看中什么就拿。"

"呵呵，真是谢谢三侄儿了！唉，年轻有为啊！"

"不用谢！"

京城，戴府。

戴知豪入夜出了府门，被两个便衣男子跟踪了。戴知豪叫手下直接赶车去了西城怜香楼。

一进门，老鸨、姑娘们个个都大声招呼着他。

"碧儿多日未见戴爷，可想您了。戴爷请！"

戴知豪微笑着提着褂摆上了梯子进了一间宽阔的房间。不一会儿，好菜好酒好果品都纷纷上来。随着一阵香风飘飘，戴知豪心仪的碧儿抱着琵琶躬身入内了。

"戴公子！"

"碧儿，你又忘记了我们的约定？"

"知豪……"碧儿微微含羞地抿嘴坐下。戴知豪叫其他人都出去，跟着坐到她面前，看着她犹抱琵琶半遮面的娇媚容颜，亲了一口低声柔柔道："碧儿，最近可好啊？"

碧儿用手指轻轻弹了几个愉快的音符："好是好，不过，为何知豪最近都不来找我了？碧儿还以为，您把我忘记了呢。"

"傻瓜，我怎么舍得忘记你。"他托着她的粉腮，道，"即使走到天涯海角，也不会忘记我这红颜知己啊。"说着就亲下去。碧儿抬起柔柔的手腕端了一杯酒道："来，知豪，碧儿先敬你一杯吧。"

门外，两个便衣男子走到戴知豪两个随从身后，冷不丁出手重重地击在他们的后脑勺，两个人应声倒地。跟着他们将其拖走。

听到房内的微微娇喘声，门开了又关上，不久，两人小心地上前，只听见碧儿还在低声喊知豪，知豪……

两人过去查看昏倒在床上的戴知豪，一旁的碧儿起身将解开的衣裳合上，又对两个陌生男人道："你们快点，他已经晕了。"

说完她走到屏风后头去。

两个男人开始搜查他的衣服内外，最后在他内衣口袋中摸到了怀表。两人拿出来查看了一下。

"爷说是银色的吧？"其中一个低声问。

另一个看了看点头："走！"

说完他们将一张银票放在桌子上，对屏风后头的女子道："赏你的！记住以后不许说漏了嘴，否则小命难保！"

"是，小娘子知道。"

等两人飞速离开，碧儿立即跑出来将银票展开看，随着一千两银子的唾手可得，她喜上眉梢，走到昏迷的戴知豪身前拍打他的胸脯道："你这个死鬼啊，只知道甜言蜜语哄我，却吝啬得很，要不是看你是兵部侍郎的侄儿，我碧儿才不会委身跟你，哼！"

入夜，皇帝更衣入睡前，两名随身侍从已回到皇宫。

李肆见了他们立即入内禀告，他脸上一喜，召见两人。两人拱手将银色怀表递给了李肆。

银色的。皇上端详着，回想曾见到霖儿几次拿在手里把玩，他点头确认："你们可有搜到其他物品？"

"回圣上，搜遍了，只有这只。"

"嗯，办得好。李肆，赏！都下去吧。"

"谢圣上！奴才告退。"

皇上点点头，拿着怀表回了寝宫。

天明鸡叫，李肆携圣旨进了戴府。

戴绩、戴知豪等跪拜听旨。

"戴知豪接旨！奉天承运，皇帝诏曰：兵部侍郎戴绩有聪慧内侄，朕封其为随军佐领，今令戴知豪速去西北协助关延抵制蒙军入侵。迫在眉睫，特此着令，即刻起程。钦此！"

"谢皇上恩典！皇上万福！"

"恭喜戴佐领了。戴大人，皇上说，你那侄儿的用兵之策是谈得非常精辟，这回皇上特地准了他去西北跟阿桂统领一同辅助关将军对付蒙古兵。他们一文一武，相信会做好关将军的左右手的！"

"是！皇上英明！多谢皇上给知豪一次机会效力朝廷！"

等李肆一走，戴知豪就激动地起身，戴绩也十分开心。

"二叔！"

"现在圣旨下了，皇上令你立即起程远赴边关啊！"

"这很好啊！二叔，那侄儿这就收拾行李去了。"

戴绩有些担忧地道："你真的肯定这次去能立下功劳？"

"肯定行。二叔只管放心。即将会发生的事情，侄儿已经掐准了。这次去不仅能立下功劳，还有意外之财呢！"

"好吧。来人，立即打点行李准备出发。"

午时，霖儿换上太监服跟着怡亲王进了宫，直接去了养心殿见皇上。

皇上见她来了，立即吩咐李肆道："今儿个让怡亲王陪朕用膳，传膳吧！"

"喳！"

李肆走到门口呼叫"传膳"，跟着外头的太监一个个呼喊出去，直接传到御

第十三章 见君庐山真面目

膳房内。

"霖儿,过来学学象棋,以后你可要陪朕下的。"

霖儿哦了一声,乖乖地走到他们身边去。

"我看不懂。"霖儿皱眉盯着棋盘道,"而且我很笨的,皇上。"

"秀亭,先教她摆棋子!"

"嗯。霖儿,你来摆。"

霖儿在皇上对面坐下,秀亭跟个军师似的坐在她旁边指着棋子道:"你选黑子还是红子?"

"有什么区别吗?"

他微笑道:"区别不大。"

"我选黑的!"霖儿看着笑眯眯的皇上道。

四

苏州。

尧依依在屋子里烤着暖炉刺绣。不久便听见司马世恒回来的声音,她立即放下针线迎了出去。

"世恒哥!"尧依依欢欣地迈步进入堂屋里,世恒刚坐下,丫鬟端了茶水进来。

"嗯!"世恒表情严肃地坐下来,似乎心有不悦。

"世恒哥怎么了?是不是又遇到烦心事了?"依依关切地坐下来,双眼紧紧注视着他。

他眉头深锁,不愿意舒展开来,看得依依心里不是滋味。

"哦,没事。"他端起盖碗茶,只顾喝茶思考。

"到底怎么了?你倒是说话啊!"尧依依嘟着樱桃小嘴,"是绸庄有什么麻烦了吗?"

世恒叹了口气,回想着刚才在绸庄收到的信。

他放下茶,洒了好些茶水出去,跟着他起身背起手道:"你自己玩吧,我还有事情。"说完他去了书房。

管家特地端着暖炉进入书房。世恒来回走着,直到管家进屋来把门合上了,才低声道:"看来我要跑一趟南京了!"他叹了口气:"真没想到出这样的事情!"

"少爷,您别太担心。这件事情或许是有人背后搞鬼!"

"这么大的事情,如果我们的人不犯错,谁能搞鬼?"

他坐下来,想了想道:"他是我敬重的叔父,父亲临终前交代我放手让他管理南京的绸庄和当铺。谁知道他……"

"唉,幸而那位知县大人提前给您通风报信了。不过你说这个告密者也真是不把知县大人放在眼里，竟然直接告到了织造厂……这……岂不是相当于间接告上京了？"

"如果事件属实，就会送呈到皇上手里。"他握着拳头。

"那可不得了！惊动了皇上，麻烦就大了！"管家立即道，"少爷，您得想个法子应对才好！或许拖延些时日……"

"拖延有什么用？据说叔父的篓子捅大了。上次怡亲王就私底下告诉过我了，皇上在彻查江南的贪污腐败案子，一旦捉了个角就当是捉了个榜样！"

"可咱们是商人，那皇上要捉的是贪官污吏啊！"

"你忘记了，三叔也是御赐的织造。这好比咱们的丝绸都是皇上钦点的御用品。"

"嗯！这倒是啊，司马丝绸一出问题，那就是整个儿的问题！"

司马世恒冷静下来，坐在椅子内，安静地看着眼前的纸张……

"我得跟鲁掌柜写封信！"

皇宫，养心殿。

霖儿发出惊讶的呜咽声，眼睁睁看着皇上毫不留情地吃了她的最后一匹马。

"现在你只剩一将一卒了。霖儿，认输吧。"

霖儿苦脸看着秀亭："为什么会这样呢？"

秀亭不好意思道："你这是刚刚起步，还在学怎么走呢。"

"这也太快了吧？"霖儿伸手摸了一下将，皇上立马就按住她的胳膊。

"怎么了？"

"你取了它，现在就得按规矩走它。怎么样？"

"啊！"霖儿正叹气呢，鼻子闻到了北京烤鸭的香味还有羊肉的香味，她扭转脑袋，李肆正上前躬身道："皇上，该用膳了！"

霖儿点头："好吧，我认输了！"

皇上微微一笑："你啊，输得太惨了。"

"这有什么啊，不是有句话叫做'胜败乃兵家常事'吗？更何况，失败乃成功之母。你不要小看我！"

他点头，起身道："好，那朕就等着你的奇迹发生吧。"

霖儿闷闷地跟在他旁边，秀亭扯扯她衣袖道："别放心上了，你没看皇上今儿个心里头很高兴吗？"

皇上端端坐着，霖儿看着眼前长长的楠木桌子上用金碗盛放的至少一百多样菜肴，她欷歔了一声，一时间忘记身在何处。这到底是多少人才吃得完的美味佳肴啊！只见中间一个金色御用盆子里盛着一只热腾腾香喷喷的烤全羊，周围鸡鸭

第十三章　见君庐山真面目

鱼肉山珍海味样样齐全。

秀亭规矩地站在一旁，听皇上赐坐，于是有太监搬了凳子过来请他入座，皇上看着霖儿，低声对秀亭道："野丫头馋了吧。"

秀亭微微笑起来。

霖儿看着他，他点头："李公公，就让这小霖子给朕试菜吧！"

李公公一愣，才明白说的是霖儿，立即双手递上筷子给霖儿。

霖儿一愣："什么？"

"皇上请点菜。"李公公道。

皇上指指烤全羊，李公公立即拿叉子和小刀从羊腿上撕下来一大片的肉放入一个金碗当中，然后用试毒牌试过后看着霖儿道："小霖子，皇上让你试膳呢！"

"什么？"

秀亭捂嘴道："是叫你先尝尝。"

霖儿点头："你让我一个人先吃啊？"她明白了，看了看大家的眼睛，硬着头皮夹起一块肉来。

浓浓的香味儿很快顺口入喉，霖儿惊讶地咂嘴："原来烤全羊这么好吃啊！"

皇帝笑起来："好，那就继续尝其他的！"

秀亭笑起来，看霖儿越尝越来了兴致，越吃越赞不绝口，最后霖儿都已经饱了，皇上才开始吃她尝过的那些菜品。

过了一会儿，皇上又要霖儿尝酒。霖儿摇头："我不会喝酒，会醉的。"

"朕要你尝就得尝！"

李肆倒了一小杯酒，霖儿皱着眉头看着他，他低声道："这是圣上对你的垂爱啊！"

"我真的不能喝！"霖儿看着金樽里的酒，猜测这酒精浓度肯定是啤酒的十倍。

"你就喝吧。这是滋补身子的好酒，不醉人的。"秀亭认真道。

"真的？"

皇上点头："朕每餐必饮。"

"好，只此一杯啊！"霖儿吸了口气，然后仰头喝下去，惊得皇上和王爷相视大笑。

"霖儿真是爽快！"怡亲王笑道。

霖儿立即觉得有些发热，于是喝了一口汤，道："不行，我吃太多了，你们慢用吧。"说着就四处寻找着可以坐的地方。看秀亭正敬皇上喝酒呢，两个人都仿佛没有理她的意思了。她走到屏风处坐下来。

这个时候皇上趁着酒性开始吟诗了，秀亭乐得跟他对句子。

霖儿也没理会他们说什么，总之是不知不觉睡着了。

大约一个钟头以后，皇上吩咐，就有几十个太监轮流进来撤膳。那只烤全羊啊，几乎只吃了一两块肉，皇上却对秀亭道："这是朕数月来吃得最多的一次了。"

李肆拱手送了漱口的水过来，皇上漱口完毕，令李肆送走王爷之后，吩咐人扶睡着的霖儿到养心殿的寝宫去。霖儿迷迷糊糊地挣脱他们："干什么！"

"小霖子，奴才等扶您去休息啊。"

"我自己走！"

霖儿正要睁开眼睛，有人一把抱起了她，然后她抓着这个人的肩膀要求下来。

几分钟以后，霖儿被放在了宽大的龙床上。

李肆跟着进来为皇上宽衣。

霖儿燥热地躺在床上，鼻尖上冒出汗来，她抓住枕头一端，很快适应了这里，翻个身继续睡。

皇上坐下来，看她仿佛婴儿似地蜷曲着躺在那儿，他抚摸着她粉嫩的脸颊，给她揩去鼻尖的细汗，躺下来，忍不住亲过去……

第十三章　见君庐山真面目

第十四章　难为怀中表

人生好似棋子，走错一步，便难以回头。霖儿穿着太监服进了宫，原因只是为了拿回怀表，聪明的皇帝怎么会就这样让她离开自己？

一

霖儿被他吻得几乎快窒息，她低声叫着下意识推开皇上，跟着说走开。皇上伸手抚着她的腰肢，道："霖儿，醒醒！"

"霖儿……再不醒朕不客气喽！"

霖儿猛地张开迷幻的眼睛，他笑了："霖儿。"

"是你……宝四爷？"

"霖儿，朕好想你！"

他俯下脑袋去，再次吻她的下巴、嘴角，然后是红唇……她不能控制地被他感染了，像梦境一样的感觉，像梦幻一样的情形。霖儿看到了他的脸，她笑道："我是不是又做梦了？"

他愣了下，点头："是啊，你在做梦，我也在做梦。霖儿，你喜欢这个梦吗？"

霖儿愣了下："如果是梦，我愿意做，如果不是，求你离开我。"

"为什么？"

"这是秘密……这是秘密。"

"什么秘密，在梦里告诉我好吗？"

她笑起来："我不告诉你。"

"那我惩罚你喽！"

"什么？"

"惩罚你跟朕畅游这场春梦。"

"不行的。梦也不行。"她软软地拒绝，然而他正解开她的扣子，柔情甜蜜道："你要记着，朕的小霖子，以后永远都属于朕了。"

霖儿迷糊地眯着眼睛，全身柔软得犹如一朵娇柔的花瓣展开在他眼前，他便毫不犹豫地汲取着花蜜……

李肆驻守在门外，一个太监匆忙赶来："李公公，娴妃娘娘要小的来请圣上去御花园呢。"
　　"哦，柴公公，请回娴妃娘娘，圣上今儿下午恐怕去不了了。他吩咐奴才任何人不可打扰。"
　　"可皇上前日亲口说今日下午在御花园品茗赏菊的啊！"
　　"你先回吧，这也是圣上旨意。"
　　"这……奴才怎么跟娘娘交代啊？"
　　他看着封闭的门，还是闷闷地离去了。

　　下午5点，又一位中宫太监端着燕窝汤来要李肆转给圣上。
　　"贵妃娘娘亲手熬的燕窝，特命小的呈与皇上。"
　　"嗯！"
　　"请问李公公，皇上此刻在忙什么呢？"
　　"哦，这个奴才不敢多问。"李肆说完接过燕窝进去了。走到寝宫前门帘外，他躬身道："皇上，贵妃娘娘令人端了燕窝来了。"
　　"搁那儿吧。"
　　"喳！"

　　等太监一走，清醒过来的霖儿呼哧坐起来，呆呆地抓着毯子，皇上伸手把她拉下去揽在怀里，极度满意地亲亲她脖子道："这燕窝就赐给朕的小霖子。"
　　霖儿气得一句话都说不出来，只得将脸狠狠地蒙着。
　　"想不到你梦里如此喜欢朕。"他道，"朕早就说了，你口是心非得很。"
　　"怎么会这样！"她呜咽着，小拳头握得紧紧的。
　　"怎么不会这样？"他将脸埋在她肩膀上头，霖儿心窝里颤悠悠的，想阻止却完全没力气。
　　"我……"她转过身去，分开他的胳膊，他还是要继续揽着他，霖儿不敢直视他的眼睛，低着脑袋道，"我是进宫来做你的小太监的，不是来……"
　　他抿嘴笑着看她白里透红的脸："朕真是太喜欢你了，知道吗。瞧你白里透红……"他说着亲亲她的脸蛋儿，她抵触地抬手推开他，他反而更来劲了："又怎么了？朕说要封你，你却不要。"
　　"不要，我什么都不要做！"
　　"好。你想做什么，朕都应允……"他不老实地抚摸起她来，她挣扎着，他的力道大得很。霖儿欲哭无泪。
　　"不要！我要回家……"
　　"你敢。"他翻身压着她，"朕不要你走。哪儿都不许去，乖乖留在朕身边。"

第十四章　难为怀中表

"我……"

"怎么，霖儿是害羞吗？"

霖儿叹了口气，认命地倒在他臂弯里，他还丝毫不疲惫地亲着她的唇："野丫头刚才可是坏得很。"

"我……我怎么了？"

"朕从前也没有如此畅快过的，是你让朕体会到了闺房之乐。你不是坏是什么？"

"我怎么了？"她有些头疼，感觉什么都记不起来。他不言语，只是意犹未尽地亲过来，"朕现在让你体会体会……"

霖儿立刻推开他："皇上，我口渴！"

"来人！"

霖儿即刻拉了毯子盖住脑袋，不敢动弹。李肆端燕窝进来躬身埋头跪着递给皇上，跟着皇上道："来，不是口渴吗？"

"不要……"

"喝了。"他柔和地命令道。

霖儿红着脸偷偷看看李肆，李肆埋着个脑袋跟鸵鸟似的。她这才接过碗来一口气喝下去。

一喝完霖儿就把自己藏起来了，皇上哈哈大笑着，李肆立马就躬身退了出去。皇上继续揽着她："朕的御用小霖子，燕窝好喝吗？"

霖儿掀开毯子，露出脸吐了口气："阴谋！"

"什么？"

"你的阴谋啊！"

"朕的阴谋？"他抚摸她的发丝道，"何来此说？"此刻他心里满是甜蜜，她说得再大逆不道也没放心上。

"你自己心里有数。"

他低声窃笑："朕在你眼里这么坏？"

"哼。"

"朕刚才说什么来着，你也坏着呢。咱们是一路的坏。霖儿，别撅着嘴了……"

霖儿看他一直挺开心的样子，又道："不行，我要……沐浴。"

"好，朕陪你！"他说完就要张嘴叫人了。霖儿捂住他的嘴巴："不要你陪！"

"这可不行。哪有小太监在朕的寝宫随便沐浴的规矩？"

"那我到哪里去啊？"

"太监院里该是你的去处。如若你不陪朕，那晚上就得跟太监们住一个院子，共用浴室。你可愿意？"

"不!"霖儿用力摇头。

"这就对了。谁要你选做朕的太监的?就是朕让李肆等人替你保密,你也要懂规矩,不可让外人见了你的生面孔才是。"

"……"她无语以对,这算是什么,剧情发展完全不是她想要的。

于是皇上开心地吩咐李肆伺候沐浴。

尧臣举在管家的恭迎下进了苏州的绸庄。尧依依老远跑出来迎接着他:"爹!"

"尧伯父!"司马世恒拜见他,他扶着他,"快别多礼了,咱们进屋去。依依,爹有事情跟世恒商量,你去别屋啊!"

依依不解地看着,又拉二子去问话,二子摆手跟老爷走了。

进了书房,二子把门关上。

"还好你没走,不然我这来了,你倒走了。迟了啊!"尧臣举道。

"尧伯父,您也知道了?"

"我当然知道了,这件事还好一个旧部下过来通知的我。"

"伯父的意思是?"

"这趟出差,不满你说,是皇上御赐我这老骨头下江南负责查案的。昨日正跟你三表兄借了点东西,刚送了出去就来了效应……"

"您的意思是?"

"哼,皇上曾经收到密奏,有人弹劾两江总督。你说我不去镇江怎么行?"

"伯父,这觉哈图大人小侄儿也是听过的。"

"你知道他背后有什么人撑腰吗?"

"什么人?"

"河道总督高秉高大人啊!"

"官官相护,可见一斑。"说完司马世恒又皱起眉头,"那高大人的女儿,听闻是皇帝身边的得宠贵妃啊!"

"嗨!最难缠的就是这一着啦,弹劾名单也有他老人家的名字呢!"

"嗯,我明白了。看来伯父肩上的包袱不轻啊。"

"所以我才头痛啊!"

"伯父一定能想到好办法的。不过,当下,小侄的这件事情,还真要问问伯父的意思了。"

"咱们都遇到闹心的事情了。"他操着手,凝思起来。

二

黄昏,紫禁城。

李肆请皇上翻绿头牌。他挥挥手说了声"去"。李肆自然明白此意，便又躬身道："皇上，宫里皇后、贤贵妃、娴妃几位娘娘都托人来话了。皇上……"

"你明明知道朕现在谁都不想见，还问？"

"可是，皇上，您真打算以后让霂儿姑娘这样待在宫里吗？奴才冒死请求皇上三思而行。"

"怎么？有什么话，但说无妨。"

"皇上啊，古往今来，宫里都有规定。霂儿姑娘身份未落实，皇上这样，怕会坏了祖宗规矩。"

"你要是敢忤逆朕，十个脑袋都抵不上……"

"奴才不敢！皇上息怒！"李肆跪倒下去，"只是请皇上以龙体为重！"

"你什么意思？朕龙体能怎么了？"

李肆这次却不敢言语了。

"你给我出去，朕今晚不想见到你们任何人！谁敢擅闯，格杀勿论！"

"喳！"

皇上假装气呼呼地回到寝宫后，见霂儿正自己拿着梳子梳理头发呢。他走过去，霂儿转过身。

"怎么了？你不高兴？"他看了看茶几上摆放的糕点，"你不是嚷着饿了吗？"

"哦，是啊。"霂儿坐过去。

"李肆真讨厌，朕想要个中意的女子在身边也不行！"他端起酒顾自喝了一口。

霂儿听他口气里有些火，立即道："皇上，李肆说得对啊。"

"你又来了！这可是你自愿进宫的！你要出尔反尔了？"

"我不敢！"

"你不敢吗？"

"皇上……好吧，那不说了。你不要生气。"

他握着霂儿的手："你知道朕容易急，这会儿可是为了你才窝气呢。"

"皇上，这样值得吗？"

"朕也不知道……"他吐了口气，"不知道如今这是怎么了。"

"要不，我还是走吧。"霂儿认真道，"你让他们送我出宫吧。"

"你也跟着欺哄朕了？"

"我没有。"

"你不愿意待在朕身边？"

"我可不想做千古罪人。"霂儿嘀咕道。

他微微一笑："你害怕自己做了狐狸精？"他想到那些话就好笑："你以为朕

是个昏庸的君王?"

"当然不是。"

"那你担心什么?"

"规矩就是规矩啊。"

"是你不要朕的赐封。朕还能选吗?"

"好吧。不过,皇上以后还是把我当成太监吧。"

"可你不是啊。"他抱着她,"朕的假太监,真红颜。"

霖儿无奈一笑,后悔自己进宫的选择。

"皇上,霖儿能不能自由出入这个宫门啊?跟秀亭一样?"

"又不老实了。"皇上软香在怀,闭着眼睛道,"你有什么主意啊?"

"我……还有些事情没办完。"

"是那只表?"

"对了,他人不知道现在在哪里逍遥?"

"朕准他去边关平乱,能活着回来就不错了,还怎么逍遥?"

"什么!不会吧。那我的怀表呢?"

"朕派人盯着他了,随时会给朕汇报他的行踪。霖儿,别担心!"

"唉!这个狡猾的张毅,害苦我了!"

入夜,得以独自打扫御书房,一名太监看看笔墨纸砚,一时兴起,提笔蘸墨开始写字:"高宗三年,帝侧有子霖也,机灵古怪,受宠帝之左右,常有扰乱纲常之举,与帝同食、同住、同乐,着宦服伺其左右……"

想了下,小太监摇摇头,又书道:"此女乃狐妖也?未知……且听下回分解。"

这天,霖儿醒来时已经艳阳高照了。她快速地穿上衣服,然后小心翼翼掀开帘子往外走,还没走出去,已经有小太监说话了。霖儿吃惊地掉头回去。小太监在锦绣屏风后道:"小霖子,奴才是小乐子,皇上吩咐,您醒了就用早膳。一会儿李公公要教您学习宫里的礼仪规矩呢。"

"哦。"霖儿走出去,"人呢?"

"皇上早朝了。"

"哦!"

"皇上说了,下午要去畅音阁看戏呢。到时候小霖子要是不懂规矩,会坏事儿的。"

霖儿吃着饽饽,一下子噎住:"他要……带我去?!"

第十四章 难为怀中表

"是啊,你是御前小太监啊。皇上去哪儿都得有你伺候呢。"

霂儿喝了口燕窝粥:"都有什么规矩啊?"

"走路、称谓,还有站姿,咱们都有一套规矩。你只要出了这门,就得像个合格的小太监。"

"这么复杂……"正说着呢,门开了,有人低声呼李公公回来了。霂儿吞下最后一口饽饽,起身看出去。李肆拿着拂尘面无表情地穿过走道过来了。

李公公挥手让其他人撤下去。

"小霂子!"霂儿没反应过来。

"小霂子啊。以后在任何地方,你可记住了,跟皇上回话要记得说'回皇上'。你到底是个奴才,所以不可妄称'我'。"

"啊,我……"

"皇上这会儿早朝完,又去了军机处。趁这个机会,奴才好好教教你。下午跟着皇上去听戏的时候可千万别露馅儿了。"

"露馅儿?"

"你这姿态要不对,被人发现假扮太监,奴才们都要被砍头的啊!"

"可是……这不关你们的事情啊。是他硬要我进宫的!"

"哎哟,我的小主呀!皇上封您做个贵人名正言顺多好,可您偏偏不要……"

"你放心吧,我只要拿回怀表就会离开皇宫的。"

"您想得可简单,进来了还能出去吗?"

"你的意思是我老死都离不开这里了?"

"可不是嘛。这里可是紫禁城啊!"李肆认真道,"您要是改了主意接受赐封,可要第一时间跟奴才说啊。咱们这宫里里里外外的奴才、侍卫,都是受了皇命的。自今日起,您的身份是第一要紧。要是一个不小心传了出去。咱们没一个人能安生的。"

"啊!我……那……怎么行?我不能连累你们的。不如这样,李公公,你今晚趁夜带我出去吧。我发誓不再进来了!"

"哎哟……您这是要奴才犯欺君之罪啊!这是抄家的!"

霂儿张着嘴巴,半天了还没找到方向。他立即道:"得了,咱们开始吧。奴才先教您跪礼,您身份特殊,然而也只限于私底下,但凡跟了皇上到外头,都得称谓、施礼、跪拜……"

霂儿正跟着李肆一样一样学呢,只听外头小太监高叫皇上回宫,跟着李肆立刻迎了出去。霂儿提着衣襟小跑出去,皇上穿过门槛一进来就有李肆跪着迎皇上,跟着冲出了霂儿。

一见了他,反而刹住车似的不开口了。李肆继续道:"奴才已经教了小霂子怎么行礼、上茶、回话……"

"是吗？"他审视着昂首挺胸的霂儿，想笑又忍住道，"怎么朕没看到效果呢？"

李肆立即朝霂儿使眼色。霂儿不解地歪着脑袋看他。

皇上他快要笑出来了，广融都跟着有些忍不住。

三

"奴才该死！"李肆扑通跪地。

"得了，出去吧。朕有空再收拾他。小霂子，上来给朕研墨。"

霂儿点头，他上了龙椅，霂儿看着眼前的砚台发呆，然后尝试着左手握着砚台开始研墨……

他笑起来，见太监出去了，便握起霂儿的手，柔情万般地看着她正要问话，只听门外李肆大声禀道："皇上……内务府总管察哈尔大人递牌子求见……"

霂儿红了脸。皇帝也坐直了，霂儿不想被人见着，就捂着脸顺势蹲下去，躲在他旁边。

"宣！"

察哈尔躬身进来，弹马蹄袖，跪拜："奴才叩见皇上！"

"平身。"

"谢皇上。"察哈尔站起来，启奏道，"奴才是为了冬至启奏陛下的。"

皇上点头："朕已经看了折子，正要批阅呢。今年太后依然恩赐了王室贵胄元宵可以入宫拜见。你就照老规矩办事儿吧！"

"喳！奴才遵旨。奴才还有一事启奏。"

"说。"

"据江南织造厂回报，说有人密告司马丝绸行月末供上的丝绸布料乃二等品，有以次充好的嫌疑。臣想请奏陛下彻查此事！"

"有这等事？"他皱眉，"好，此事就由你查办。"

"喳！"

察哈尔躬身退下去。

霂儿喘了口气，嗔怪了皇上一眼，皇上微笑："笨丫头。"

"皇上自重啊！奴才……要研墨了！"

他抬起眼睛，抿嘴一笑："好个野丫头……竟然……"

霂儿默默地研着，突然回想刚才的话。

"他说有人告司马丝绸行？这不就是世恒哥的丝绸行吗？"她嘀嘀咕咕。

皇上拿起奏折，正色道："不许打扰朕的思路！"

见他一脸严肃地逐个儿批阅着那边厚厚的一沓奏折，霂儿也不说话了，只是一门心思研墨。这个时候李肆又进来禀报道："皇上，传膳了。"

霖儿愣了："这么早，就吃午饭了啊！"

皇上看了她一眼，挥挥手，李肆会意地躬身："喳！"

霖儿看着高大的宫门发呆。

皇上低声咳嗽了一下，霖儿依然没动弹。他拿起毛笔，伸手往砚台里蘸墨，跟着霖儿觉得手背上一凉，一回神，见他正提着毛笔在那儿画呢。

"你干什么啊？"霖儿习惯性地皱眉问。

"大胆！你这是在做事吗？"

霖儿看着自己的手背："我……"

"瞧你研的，墨都没匀开。这叫朕怎么写？看来你要学的可多了。"

"对不起啊。我的确是第一次研墨……"

"啊？你刚才说什么？"

"什么？我说对不起啊……哦，是奴才……奴才该罚！皇上恕罪啊！"

"哼。你以为朕不知道你想什么。说吧，朕给你个坦白从宽的机会。"

霖儿点头："我想家。"

他愣住。

"皇上，你做做好事啊。我的怀表什么时候能拿到？"

皇上不解地盯着她："你这是人在心不在啊？"

霖儿低下头："可是，你不知道，我在这里很对不起被害的爷爷啊！"

"朕知道你想惩罚凶徒，朕会帮你的。"

"可是，要回家。我必须得到怀表，才能回家。"

"怀表没有，你就不能走，是不是？"

霖儿点头："那当然了。是它带我来这里的，它不带我走，我往哪儿去。"这喃喃自语让皇上皱起眉来。

"它又不是什么神仙，还能带你来带你走？莫非它是个宝贝？"

霖儿摇头："反正……没它我就完了。"

皇上不说话了，他站起来，端着茶水，缓缓地喝了一口，跟着道："那你进宫，只是为了拿怀表？"

她拉住他的胳膊："皇上，您能不能让我出宫一趟？"

"你刚来不到两天，就要走？"

"我只是……出去办事啊。"

"你要办什么事？朕叫人去办了就是。"

"不行，我要自己去办。"

"不行，朕不同意！"

"为什么啊？"

"你这小脑袋想什么呢?何况朕的女人跑出去抛头露面的,朕还能放心?"

"我女扮男装呀,你忘记了?在外头我是公子啊。"霖儿的手紧紧握着他的手,十指相扣着他,他的心一阵纠结。

霖儿晃着他胳膊,柔情百转地道:"求你了!"

"你刚才说什么来着?说只是为了拿回怀表?"

霖儿张了张嘴,不好意思地笑:"我承认,也还有……其他原因。"

"什么原因啊?"

"舍不得那个宝四王爷吧。"霖儿的声音越来越小,羞赧地低下头。

"那你还不情不愿的样子?"他抬起她下巴。

"事情太突然了啊,我的好皇上!"

他的心加快了,这句我的皇上,让他的心异常激动。

"你说什么?"

"我说事情太突然了。"

"后面那句。"

"啊?没啊?"

"你再说一次。"

"啊……我的好皇上……"

他哈哈笑起来,跟着拉她入怀,紧紧圈着:"朕心窝都酸透了。你的话怎么句句都让朕受不了啊!"

"皇上,你同意霖儿出宫了?"

"宫里下午可有精彩的川剧看。"

"哦,不如今天晚上吧。"

"什么?"

"晚上出宫吧。"

"不行!朕绝不让你晚上离开。"

"为什么不行啊?那样才好出去啊。"

"你晚上走了,谁给朕暖被窝呢。"他一脸甜蜜荡漾道。

"不是还有后宫三千……"

他横着眼睛看着她:"你敢再找借口?"

"我们还有的是时间啊……"霖儿撒娇道,"就今天吧,天黑我就出宫。"

"不行。"他专制地道,"朕跟你还刚开始呢,你走了,朕会睡不好的。"

"……"霖儿脸红了,一把推开他。

"俗话说新婚燕尔,咱们不是这样吗?"他说着忍不住笑意盎然。

"那……明天出宫?"

第十四章 难为怀中表

他拉下脸来:"你存心要气我是不是?"

霖儿闷闷地嘟着嘴:"不如咱们下盘棋吧,输了我听你的。"霖儿有了主意:"不过是五子棋!"

皇上听了,呵呵乐起来:"好啊。朕迎战!"

两个人很快就在摆棋盘。皇上很得意地说让霖儿先走一步。霖儿点头,随意地落下第一子。皇上也看着她随意地落下第一子。两个人都不看棋盘似的,看着对方的眼睛一连下落了三颗。霖儿微微笑道:"皇上,我唱首歌给你听啊。"

皇上点头,明知她是故意要扰乱思路也同意了。于是霖儿垂下眼睑一边看棋子一面清嗓子唱道:"你问我爱你有多深,我爱你有几分?我的情也深,我的爱也真,月亮代表我的心……你问我爱你有多深,我爱你有几分?我的情也深,我的爱也真,月亮代表我的心——轻轻的一个吻,已经打动我的心,深深的一段情,叫我思念到如今……"

皇上听得越来越有意思了,两个人一只手留着下棋,另一只手紧紧握着对方,手越握越紧,触电的感觉也越来越频繁。随着霖儿的刻意暗示,皇上没注意到她的一步阴谋正悄悄酝酿……

四

"我的情也深,我的爱也真,月亮代表我的心……"她调皮地将手指缓缓地在他手心画着圆圈,画得他心猿意马、心生荡漾。

他情不自禁地笑着,含情脉脉,恨不得要亲个够,霖儿柔柔笑道:"皇上,发什么愣啊,快走吧。"

还差一步,霖儿心想。

他盯着她,抿着嘴巴道:"野丫头的计划要泡汤喽……"说完直直地将黑子儿堵下去,霖儿大吃一惊:"你干吗走那儿?"

"霖儿,你要再不小心,朕要围攻喽?"他也开始在她手心里画圈,画得她心神不宁,心情忐忑。

霖儿突然发现眼前的棋子有至少两步是挽回不了的。原来不是自己给对方下圈套,是对方也给自己下了套中套了。霖儿叹了一口气……

"认输了吧?我的小霖儿……"他哈哈笑起来,霖儿嘟着嘴巴,突然之间她发现了一个意外中的意外布局……霖儿转忧为喜。

"亲爱的皇上……我的宝四王爷。对不起啦,你迟了我一步啦……"

皇上冷下脸,眼睁睁地看到霖儿将一粒白子落下,霖儿抬起手,得意地挑起眉头:"五子连心……皇上,你输喽!"

皇上愣在原地,霖儿哗地跳起来转圈喊道:"我赢了!我胜出了!耶……"

皇上站起来,哼了一声:"你使诈!"

"声东击西，还是调虎离山啊？"霖儿呵呵走过去，拉住他温暖的大手，"其实我知道，是皇上你故意放我走的。皇上你真是太仁厚了，你对我真是太好了。这证明你非常信任我，也非常包容我。皇上，你太好了……"霖儿趴在他胸膛上不停地好话连篇，他的气早消了。

"野丫头，还知道用好话讨我开心。好了别闹了……"

霖儿在他脸上用力亲了一下。他抱着她，重重地霸道地吻过来，霖儿把持不住他的攻击，整个人被他压到躺椅上，霖儿正担心着，外头李肆高声叫道："时辰已到，上膳！"

跟着排着长队的宫女、太监们缓缓上台阶在殿外捧着手里的金银菜碟等着宣旨入殿。

霖儿挣脱皇上，喘着气道："皇上……"

他意犹未尽地抱着她，脑袋埋在她肩膀上："霖儿，别走。"

霖儿打了个战，轻轻捧起他的脸："我明天回来补给你行吗？"

他甩头，跟个小孩子似的不开心。

"你要说话算话的。"

他还是不动弹。

"你好沉啊，我要扁了。"

"哪里扁了？"他伸手到处摸着，霖儿忍不住笑起来，"我扁了！"

"朕没摸到扁的，只有圆的……"他坏坏地说。

霖儿无奈："听啊，李公公在等你的话啊。"

"你答应了，朕再宣！"

"你……"

"嗯。"

"这样吧，我们一起出去吧？"

他猛地支起脑袋："什么？"

霖儿立即摇头："对不起，我又忘记了，你是一国之君，不能儿戏的，奴才该死……"

他松开霖儿站起来，霖儿给他正了正帽子，理了理衣服，他整理嗓子道："传膳吧。"

"传膳！"

旨意一道道传出宫门，跟着皇上背着手往膳房去了。

擦脸、洗手、漱口……工序完成了，霖儿出现在他眼前，恭敬地站在他旁边的餐桌前看李肆用试毒牌……他指着所有的菜品道："都给朕尝尝！"

李肆躬身道："喳！"

霖儿张大嘴巴，看皇上心里得意的样子。

百十多个菜品啊，霖儿的眼睛扫了一遍，皇上抬手："朕都饿了，小霖子，试菜吧。"

李肆立即拿了筷子和碗来拱手递给霖儿……

霖儿闻着鹿肉的卤香味，胃口大开。

"奴才遵旨！"

"先尝尝这个。"

"这叫宫廷什锦。"

"嗯，菜味新鲜，清爽脆嫩，真是大自然里的好风光都吃出来了。"

皇上惊看着她享受的样子，忍不住也好奇了。

"这个菜嘛……"

"脆裹红绸。"

"哇，维生素丰富的胡萝卜，经过加工，居然可以外脆内柔，真是惊喜的创意。吃下去，嘴里还回甜，感觉一等棒。"

"这是……梅菜扣肉吧？吃在嘴里油而不腻，入口化渣，好！"

"最香的就是这个了，卤香入鼻，勾起食欲，真是胃口大开，吃下去也是香浓融合，化入肝肠……"

他张了下嘴巴，霖儿不理会他，继续开心享受下去，虽然不知不觉中肚子已经饱起来，但她依然气势不减。直到尝到最后一道野猪肉。霖儿看着巨大的野猪腿，呆呆地道："真是……不吃就……饱了，呃……"她打了个嗝看回去，皇上反而不急了，"给她夹块大的。"

霖儿愤恨地看着眼前碗里的大肉发呆。

"吃吧。"他催。

"香味十足……我吃啊。"霖儿夹了一部分入口中，跟着咀嚼下去。

"嗯，大自然最神奇的动物，可怜的小野猪BB……"

"怎么了？"

"回皇上，奴才太感动了，这些菜，吃得眼泪都出来了……请皇上用膳吧。"

他哈哈笑起来："嗯，好。看你吃得这么香，现在朕也要吃了……"

霖儿忍不住又打了个饱嗝。李肆等人都看着她。

她捂住嘴巴："不行啊，受不了了……"

"来人，赐她一碗汤……"

霖儿快速跑到后边的隔间里坐下，仰起脑袋躺着，不一会儿听前屋皇上吩咐赏赐给当班大臣们过后，随着李肆喊着撤膳，皇上洗手漱口，跟着俩太监伺候他去卧房更衣午休。

没见霖儿，皇上问起来："小霖子呢？"

"回皇上，她说饱得走不动了，正在隔间呢。"

他笑了。

霂儿也为此忘记了刚才下棋的事情。

下午。

正在霂儿听李肆继续讲着宫里规矩的时候,皇上回宫了。小太监急忙跑出来道:"皇上要小霂子伺候更衣,移驾畅音阁。"

"小霂子,你可要记住了,一会儿什么都不要说,不要开口,只管低着脑袋听吩咐。除了应声,都不可乱来。那可是大场面,你一惊动谁,咱这儿就完了!"

霂儿配合地点头:"我记住了,你都说了不下十遍了。放心吧,就是为了我自己的脑袋,我也会好好装回真太监的!"

"行了,走吧,伺候皇上去!"

太监伺候了皇上擦脸漱口过后,霂儿已经跟着进来,从太监手里接过一件件贴身褂子给皇上穿上扣好,皇上挺享受地微笑,她吃力地踮起脚跟恨不得踩个凳子才好。

小太监都出去了,霂儿终于为他扣好了最后一颗扣子。

嘘了口气,霂儿张开眼睛看着他:"皇上,可以了!"

"嗯。"他点头,握住她的手指,"李肆都教好你了吧?"

"嗯。叫我不要说,不要张望,不要乱动。简直就是木乃伊。"

"什么叫木乃伊?"

"人俑啊!"

"你啊!"他拧了下她的鼻尖,"精灵古怪的!"

霂儿揉着鼻子:"皇上,你能不能以后不要拧我鼻子。"

他呵呵笑:"朕喜欢!"说着埋下脑袋还要拧,霂儿抓住他的手。李肆在外头低着脑袋禀告:"皇上,轿子已经备妥了。时辰差不多了,请您上轿吧。"

第十四章 难为怀中表

第十五章 月亮代表爱的心

两个人缠缠绵绵，虽甜蜜，却辛酸。霂儿知道此地不宜久留，为了能出宫离开这鸟笼般的紫禁城，想尽办法，终于，机会来了……

一

皇上松开捧着霂儿脸的手，意犹未尽地跟她鼻尖碰了碰："走吧，朕的宝贝！"

霂儿忍不住用拳头捶了下他的腰，他扭头看着霂儿，霂儿立即看着自己的手道："它不是故意的。"

他哼笑一声，有意抬手让霂儿来扶。霂儿吸了口气，看着前面的豪华轿夫阵容，不敢再多讲话，举起手臂扶他出宫门去。

十六人组成的豪华轿子缓慢地行走着，霂儿跟在轿子旁边，李肆在他前方。出了养心殿穿隆宗门沿着宽大豪华的梯子慢慢前进着，估计走了半个小时，霂儿脸颊鼻子都冻成了粉嘟嘟的，皇上每掀开帘子就看到她好奇张望的小脸蛋粉嫩的样子，他一度内心冲动很想让她入内，却无可奈何。

未时，在臣子妃嫔奴才的浩荡恭迎声中，乾隆圣驾畅音阁。

李肆在霂儿耳边低声道：扶皇上。霂儿低声哦着慌忙走前几步去托住皇上的手，皇上刻意握住她的手指，笑眯眯地抬腿上座。跟着那边太监传太后驾到，众人跪拜请安，李肆立即拉霂儿的袖子，霂儿才跟着跪下去……

众人喊太后吉祥过后，皇上亲自过去给她请安，完毕坐下来，奴才奉茶，最后经霂儿的手递到皇上跟前。皇上跟太后说着今日戏文，太后点了几出戏跟着皇上接过单子看了看曲目……

"既然川剧变脸为重头戏，儿臣就随了母后吧。母后，您点了就成。"

母子两个其乐融融地开始聊天，身后的皇后、贵妃等后宫佳丽坐在那儿也是高贵无比。霂儿低着脑袋，也不敢到处看，只见皇上的手指极其开心地击扣桌面……她的腰简直要僵硬了，脑袋里突然非常清晰地抗拒眼前的一切。

我要出去！这样太磨人了，比工厂里的工人还累……而且还没假日。

她想着，皇上不住跟太后交换意见，太后看起来挺高兴的。跟着上了不少果品、点心。

霂儿想念司马世恒了，跟他在一起才真的自由，一切都随意。唉……不知道他现在和依依的关系怎么样了。

太阳缓缓下落，戏曲也在霖儿的期盼中进入尾声，所有大臣嫔妃恭送太后回宫。然后又恭送皇帝回宫。皇后似乎极想跟皇上说话，却见皇上乐得直直就进了轿子，皇后身边的丫鬟过去悄声问李肆，李肆不敢多言语。

"皇上今天没摆牌子？那有没有意思去长春宫啊？"

"哎哟，皇上说这几日要批阅折子，加上边关也没有消息传回来，他是日夜难安啊。"

"那皇上都去了哪些殿了？去过贵妃那儿？"

"没有。"李肆摇头，"我得回去了。您回皇后娘娘，一有时间咱家一定提醒皇上。"

"嗯，记住了啊。娘娘近来闷得很。"

扶皇上回了宫，李肆就躬身禀告道："皇后问起了，说请皇上今日去那。皇上，您是不是？"

皇上看着一旁研墨不语的霖儿，道："嗯？她说什么了？"

"哎哟，主子，您可是有一段日子没摆牌子了。"

霖儿看了看他，他正好看着她："朕近来被小狐狸精迷惑了，倒是忘记了。"

"皇上，奴才细细算了算，您可不是近来，是有好长一段日子了。"

霖儿嘟着嘴巴："那皇上还是清醒了好，别再理会那只小狐狸精了。"听得李肆想笑。

皇上点头："是啊。这小狐狸牙尖嘴利的，还真是比谁都心高气傲。那你就告诉皇后，朕今晚去她宫里。"

"喳！"

李肆退出去了，霖儿立刻带上笑脸低声道："皇上这就对了。皇上，看天色也不早了。小霖子的假能不能……"

"大胆。你不过是个小小的御前太监，还想请假离宫。朕念在你初犯，就不予追究了。下次不要再编排了，小心你的屁股……"

霖儿惊讶地张嘴："你说话不算话！"

他掉头过去开始细细地阅览奏章，霖儿气得停止了研墨，转身往后殿寝室走，皇上抬头想喝令她，想了想就算了，没理会她的脾气。

气呼呼坐了会儿，霖儿总算明白了，眼前的君王是个顺毛脾气，你要顺着他，跟着他，捧着他，呵护着他，才能万事大吉。

叹了口气，霖儿悄悄穿过门帘子想要从侧门离开，谁知道两个御前侍卫硬邦邦地握着刀柄站在那儿。她想，谁才能带我离开这里？为什么一定要人带我走？

第十五章　月亮代表爱的心

她开始回想紫禁城的图表和位置……

养心殿……隆宗门……碰碰运气吧，天黑我就出去。想想怎么出去才行呢？对了，大门那儿没有令牌是不会放行的啊……

她在这边动着脑筋，皇上已经起身过来了，见她用手指在茶几上画来画去的，冥思苦想着……

"对了，养心殿出去直走……离午门好像有点儿远吧？午门……哎呀不行……"

皇上笑出了声："你想从午门走？是不是脑袋在脖子上待久了啊？"

"啊！"霖儿立即起身，皇上背着手，得意道："今晚朕去长春宫你也必须随行。你以为朕会放过你？"

"皇上……"霖儿着急了起来，走过去，"可是我还没学会那么多礼仪，一时间也很难适应。如果……"

"如果你出了岔子，那就是咎由自取！"

好狠！霖儿咬牙切齿："嗯，是啊，好，那我就算是咎由自取喽！"霖儿拍着桌子，十分认真道："好，一会儿见了皇后娘娘，本姑娘就摘掉帽子，露出真面目，然后引得皇上出丑，立即秘密处决了我。这样我就可以立即消失在你面前，不用你费心折磨我了！"

"你！你说什么……你敢……你再胡说！"他果然被气得不行了，"你敢威胁朕！"

"奴才怎么敢威胁皇上。要么这样吧，奴才一头撞死了，就不会惊动任何人了。不过求皇上开恩，把奴才的尸首送到……丝绸庄那儿，交给鲁掌柜的。"

"你出不去就想死？哼，亏你想得出来。"

"你说话不算话，我觉得很没意思！非常没意思！"

"你……"

"嗯。"霖儿仰起脑袋，"皇上，你现在有两个选择，第一，就是踢我出宫，第二就是杀了我。"

"是吗？好像回到当初的情形了。你这副视死如归的样子，是不是想告诉朕，你对朕的感情一丝一毫也不稀罕，从头到尾都是我强迫了你？"

霖儿安静了下来。

他迈步紧紧逼过来："是这样吗！啊？！"

霖儿的眼泪悄悄凝聚了，她扪心自问着自己。

皇上气得瞪眼睛："你倒是说话啊！有就有没有就没有！"

二

"不是！"霖儿大声回答，摸着心口，"皇上，我现在心里很不舒服。我承认，第一次见到你，就觉得很亲切、喜欢，后来，也不知道为什么就想和你在一起。虽然我提醒过自己，我不是这里的人，不属于这里。但还是控制不了。我第一次知道什么是爱情，就是这样反反复复的，让我心酸、不敢前进；害怕，但是又没有勇气退出……"

霖儿擦了擦眼泪，走到一边："可是谁知道你是皇上啊。你要是……只是个公子爷，或者平民百姓，我也不会这样犹豫不决的。明知道喜欢也不敢放手去爱。"

听到了她的真心话，他安静了。

"那你为什么不愿意留下来？跟朕在一起？你要知道，我为了你，也是做了许多荒唐的决定。"

"我不喜欢在这样的地方生活。我习惯了自由自在的日子，皇上，我不值得你为了我做任何事情。我能不能请求你放我离开紫禁城，忘记我，忘记这些天发生的所有事情。"

他抓着她的手："你说真的？就为了你的自由，要放弃朕？"

霖儿点头："每个人都知道您是九五至尊，每个人都了解，您是慈善孝顺的天子，您这么英明的人，迟早会发现为了一个情字是万万不值得违背祖训的。皇上，只是我知道，你觉得新鲜、刺激。但时间一久我就是你的一个包袱了。你想过没有，如果我怀孕了怎么办？如果我被人发现了怎么办？"

"这些……朕倒不曾细想！"

"反正，不会那么简单就可以应付过去的。我会生老病死，你也会再遇到喜欢的佳丽。我们就当曾经拥有过吧，天长地久也要靠缘分维系。"

"这么说，你根本不相信朕的心是真的了？你也跟后宫那些嫔妃一样心里担心她们喜欢的人喜新厌旧所以喜怒无常？可是，你知道此时此刻，朕在想什么吗？"

霖儿摇头。

"朕真的很需要你！"他抱着霖儿，语重心长，"朕说不出那么多的花言巧语来，但朕每次一听说你要走，就……难以自制地难过。朕的心很痛。霖儿，你知道吗？"

"我……我也舍不得你。可是，我不适应这里，我不想跟那些人一样做奴才。我做不来。"

"朕什么时候一定要你跟他们一样守规矩了。为了你，朕什么规矩都破了。你怎么能辜负朕的这些心意？"

"可是……皇上，你还是……让我冷静一下吧。"

"那好，朕今晚就留下你在这里冷静。"他松开她，亲亲她的额头，然后转身出去了。

第十五章 月亮代表爱的心

这一夜，霖儿彻夜难眠。她想起了爷爷柜子里珍藏的小衣服、靴子，还有玉佛、手镯。霖儿伸手摸出贴身带的玉佛坠子，晶莹剔透、雕工精细，霖儿知道这种上等的玉在现代要花上千块才能买到的。她想起了那天喜极而泣的那位大人。他老态龙钟，胡子已经花白了……

"不会吧……是真的吗，难道我真是他的女儿？那么说……"她忽然坐起来，"我要去找他，我要问清楚他的女儿当年怎么丢的……"

霖儿一个人在黑夜之中喃喃自语着："如果有如爷爷推测，我真是小时候穿越到现代，如果真的这样，那至少，我跟他在一起，也不会违背什么……啊，只要我不参与任何历史事件……"她捶了捶自己脑袋："你乱想什么呢……他是皇上啊，那么多美女在后宫，这段时间宠你，也不代表会爱你眷恋你一辈子。要是稍有……"她脑海里回响起了尤曼录的资料。

"最后被发现了，秘密处置……"秘密处置……霖儿的梦里开始出现满清十大酷刑。

天微微亮，霖儿一身冷汗地坐起来了。她喘息着，带着余悸掀开被子，抱着双腿坐在床上，眼泪跟着流下来，也没听到太监高呼皇上回宫的话。

"满清十大酷刑……"霖儿捂着脸，眼里攒满泪，"真的好可怕！"

皇上快步走过来："霖儿怎么了？"

"我梦见……被人捉去……受满清十大酷刑了……"霖儿扑到他怀里，梨花带雨地颤抖，"感觉好痛苦，像真的一样。那些刑具好可怕啊……皇上，吓死我了，吓死我了……"

"霖儿！"他抱着她，拍着她的脊背，"怎么朕离开一晚上你就这样了？"

"如果我被发现了，会被秘密处死的，对吧？你能不能告诉我，她们会怎么处置我？太后会用什么刑具处置我？"

"霖儿！"皇上皱着眉头，"大清早的，朕不许你胡思乱想！"

"真的，真的……"

"不是真的。有朕在，你什么都别怕……"他一边安慰她一边替她擦眼泪，"乖了。"

霖儿趴在他怀里，余悸未消。

"数月过，高宗依然贪恋此女，终日信誓旦旦，卿卿我我……"

小乐子看着自己悄悄写的帝王之事，十分满意，过后回头将藏起来的书稿看了一遍，支起下巴："我也学司马迁大人来个《史记》可就名垂千古了啊！哈哈。不过，史记也好……非正史也罢……那么，我就给你来个书名《高宗野史》如何？"

落下"高宗野史"几个大字以后，他非常满意地点头。

中午，皇上要她一起下棋。这次五子棋，霖儿虽然输了，却觉得皇上更贴心了。三局刚完，传膳了。皇上牵着霖儿的手指，两个人走出去用膳。

"下午朕带你去泡温泉，你说好吗？"他低声道。

霖儿大喜："好啊！圆明园好美！我要去。"

见伊人欢喜，皇上也喜上眉梢，立即吩咐李肆："今儿朕就不回宫了，去温泉住一夜。"

"喳！"

下午两点，两人起床，随后皇上召见了几个军机大臣交代了些事宜，又令首席领班军机处理奏折，跟着起轿出宫了。

一出了宫门，皇上便招手让霖儿进了马车，跟着两个人有说有笑地牵着手互相靠着。

这会儿霖儿似乎忘记了昨晚的噩梦和那些不愉快，皇上兴致勃勃地念着诗词，还拿玉箫吹了个曲子……霖儿眯着眼睛将头歪在他身畔，甜蜜地享受着。

美丽的温泉山庄里，霖儿自由地飞奔起来，趁着天气好，霖儿换了身女装陪皇上放起风筝来，两个人突然之间成了无忧无虑的孩童，快乐相随着，霖儿在草坪上跳起柔媚的舞蹈来，皇上吹着玉箫在她身边伴音。

霖儿想，好好地陪他吧，玩过之后便离开，再也不进宫了。她跟他肆意缠绵、放松、逗乐，她这会儿就是一朵盛开的花瓣清香扑鼻，回味无穷。他乐不思蜀地跟她缱绻着，在这美丽的温泉后山，美丽的温泉山庄里，一天，却犹如过了一年的浪漫假期。

三

"明日就要回宫了。"两个人坐在花园亭台里吃果品，霖儿喃喃自语。

"舍不得吧？朕也好想一直停在这里。"他将她揽入怀里，亲亲发梢，甜蜜地道，"你让朕体会到了真正的快乐。你知道现在我最感慨的是什么吗？"

"是什么啊？"

"妲己为何可以迷惑纣王，唐玄宗为何如此宠爱杨贵妃……"

"好经典啊，等等，你可不是那些皇帝，我也不是那些妖精哦。"

"当然，我们都记得以天下为首。这是朕的责任，从朕出生就注定了要身系朝野。"

"所以说，我不能做任何一个那样的女人。"

"呵呵！朕的小霖子，我当然知道你什么都不想要……你只要朕。是吧？"

霖儿笑起来："皇上……"不一会儿，听李肆禀报有西洋使臣来我朝拜见圣驾，现内务府总管大人正陪同在大殿外候见。

御花园。
"小乐子，给我站住！"
小乐子立即收起脚步，一看，忙请安："愉贵人吉祥！"
"免礼。"愉贵人微抬胳膊，"小乐子，皇上近来都在哪里呢？"
"回贵人，今日皇上移驾圆明园处理政务了。"
"又去了圆明园了？"
"是。"
"听说皇上近来龙体欠佳，可有此事？"愉贵人又问。
"回贵人，皇上……呃，近来是有一些疲倦，但龙体安好。"
这时候一行人马浩浩荡荡地走来，一个慵懒却富贵的声音响起："皇上龙体安好，为何数月也不临幸三宫六院？"说话的是皇宫里厉害的主子娴妃娘娘。小乐子连连跪下请安。
这么巧，嘉嫔也从那边走了来。
都朝娴妃行礼过后，小乐子大喊不妙，今儿不被大家受审，那是不可能的。
"趁着皇后过问起缘由来之前，还是先告知本宫一声吧！"
"回娴妃娘娘，小乐子没什么可招的呀！"
"你手里提的是什么？"
小乐子连忙道："此乃皇上要奴才回宫取的。"
"打开来看看！"一个响亮的声音威严地喝起来，众人一抬头，是气势如洪钟的惠贵妃。惠贵妃是出了名的泼辣性格，在藩邸做侧福晋的时候也是十分厉害的角色。
小乐子立刻就躬身道："皇上的圣品。奴才奉命立即送去圆明园，贵妃娘娘，求您高抬贵手，否则奴才小命难保啊！"
"好，那你今天有两条路要选，第一是把包袱打开，第二是告诉我们近来数月皇上夜晚都在哪里过夜的？临幸了谁？"
"奴才不是史官，并非时刻在圣上旁边啊。"
"你还狡辩！"
"是啊，这些……恐怕只有史官和……和李总管知道的。"
他也是不得已才出卖了李肆，不过李肆那机灵的脑袋，总有办法化解的吧。
"那你就没有一个晚上值夜的吗？"愉贵人紧紧逼问。
"是，奴才守夜之时，圣上都连夜处理政事，曾有去过长春宫，偶尔也是哪里都不去，独自回寝宫歇息……"
"小乐子真是长了年头了。来紫禁城两三年，比在藩邸的时候老练多了，不过嘛……"惠贵妃走到他身旁，突然伸出十指，用力这么一拧，小乐子的胳膊立即犹如被火烧一样的生疼，他几乎喘不过气来，也不敢大叫，憋得眼泪都快出来了，小乐子连忙跪下求饶。

娴妃朝丫鬟使了个眼色，丫鬟立即假装过去扶他，一把扯下他的包袱，刹那间，只听到瓷器破碎的声音，满地金银首饰，珠宝滚落下去，众人惊诧之时，惠贵妃怒喝："你这大胆的狗奴才，竟敢光天化日之下私自携带宫中物品，还想假借圣上之名……来呀，给我拿下！"

小乐子只觉得气血上升，快要熬不住了，便两眼一翻跌倒了下去。

霖儿正看见皇上将那西洋使臣礼物中的一只金色怀表玩捏在手心，也心动起来。

那使臣道："此乃金子打造的怀表，皇上有此伴随，便能精确得知时辰。"

皇上点点头："这礼物朕觉得挺新鲜。"

正在这时，一名内务府办差的在殿外给内务府总管说了小乐子的事。

内务府总管想不到出了这样的岔子，连忙就带人回宫找娴妃娘娘。纯妃、惠贵妃都在这里，小乐子被打得皮开肉绽，昏死了几次，不管怎么问，他就是不回答。

"娴妃娘娘息怒！奴才刚刚接到圣谕，才知道小乐子这笨奴才竟然连解释都不会，惹了娘娘。娘娘，今日皇上在圆明园接见了几位传教士，传教士带了些西洋玩意儿来，皇上也为各位娘娘们选了好些奇珍异品，为感谢他们从异域带来，就差了小乐子进宫拿几样圣上的珍品算是赏赐给蛮夷人……"

这么一解释，惠贵妃才恍然大悟，几位嫔妃同情地看了一眼门外奄奄一息的小乐子。

接着内务府总管得了她们的同意才令左右抬小乐子回去养伤。

跟着他亲自带了赏赐的物品回圆明园。

圆明园，听内务府总管说起小乐子的遭遇，霖儿心里一惊，可怜的小太监啊。

霖儿叹了口气，低声问旁边的奴才："高界，这样的事情常发生吗？"

高界叹了口气："奴才永远都是奴才，命如草芥，主子什么时候高兴什么时候拿去。小霖子，别看你今日这身份特殊，也要小心行事才好。"

霖儿点头："我知道，几乎人人都警告过我了。"霖儿心想，只好兵来将挡，水来土掩吧。

而后她便从宫里令李肆取了金疮药给了高界，让高界给小乐子上药，高界点头回宫去。小乐子想不到霖儿居然还想着自己，十分意外也感激连连。

第十五章　月亮代表爱的心

小乐子对霖儿的看法因为金疮药有了改观。

《高宗野史》：帝王之家，难免争风吃醋，乐极生悲，沉沉浮浮。近来乾隆帝开始移驾皇后嫔妃宫里，只可惜却是聊聊聚聚，并无鸳鸯戏水之实，众人心中皆有疑云，皇上却道近来身体倦怠，无心留宿，只是听歌舞或下棋或与子女玩乐便回寝宫。

次日。

凌晨浓浓的大雾包裹着苍穹大地，皇上令霖儿陪同坐入马车出了圆明园往紫禁城去。沿途霖儿默默地听着马车辘辘声响，心里却一阵阵紧张，但表面假装休息躺在皇上腿上。他轻轻地拍着霖儿的背，握着她的手，眯着眼无比惬意。

听到太监说要到神武门了，霖儿抬起脑袋坐起来，她明白此刻是要下马车的。街上的雾依然非常浓，霖儿小跑着来到太监队伍后方规矩地站着，只见李公公照规矩宣着压轿、起轿……

她故意放慢了脚步走在最后，前方的带刀侍卫严肃地立着，霖儿越加落后了一些，眼看前面就是神武门了。霖儿站定了。侍卫们跟着轿子齐步上前，李肆跟值班的盼咐了几句。霖儿蹲下，假装弄鞋子，跟着开始后退，跟几个陌生的小太监擦肩而过，在李肆、侍卫等根本没有注意的情况下，霖儿只身扑入了大雾之内……一个小太监转头见到她的背影，正要开口，却听见李肆在前头大喊着圣驾回宫。

霖儿一鼓作气穿过街道拼命往前跑着，跑着……

皇上闭目养神，等到李肆宣告停轿，他才睁开眼睛，李肆躬身上前与旁边的小太监一左一右扶皇上出轿门进大殿。皇上微微颔首，文武百官已经跪迎皇上……

四

李肆躬身站在金銮殿皇帝身边伺候着，他无意中四下寻找了一下面孔，却赫然发现没霖儿的身影，他想了一下，又看看门口的太监，也没有。他估计着，是不是霖儿在台阶下站着呢？外面的阳光缓缓洒入台阶，雪地开始融化，随着退朝的声音响起，文武百官跪呼万福。跟着皇帝起身要去给太后请安，一行人陪着他出了殿。走廊上他忽然停止了，转头四下寻找着什么，李肆也注意到了，跟着他往身后十几个小太监身上寻觅。他们俩的眼神不知道什么时间聚集在了一起。

李肆立即就不安起来。

"还有个人呢？"皇上厉声道，"李肆！"

"回……回皇上……这个……你们谁看见小霖子了没？小霖子呢？"

个个都低着头，摇头说没有。

"哎哟,小霖子在哪里啊?"

皇上跟着叫他们抬起脑袋来,一一览尽,没有!

"李肆!"皇上的声音里透着失落和疑惑。

"想必是小霖子跟着侍卫先回了宫,请皇上息怒。奴才立即去找!"

"回宫了?"他突然不紧张了,"嗯。朕昨天说什么来着,不能让她上殿。"

"是啊,还有几个奴才也不在里头。估计是他们带了小霖子回去了。"

"行了,走吧!"

"喳!"李肆拍了拍胸口,松了口气。

霖儿此时已经出了京城的城门。她坐在马车里头,车外驾车的是阿复。

"姑娘,您肯定……要去找禹德良大人?"

"嗯,我决定了。如果我的身世真的跟他有关,也算是认祖归宗了。你说是吗?"

"是啊。鲁掌柜也说呢,您总得有个自己的真实身份啊。前几天你不在,禹德良的一个学生都托人来庄上给你送东西,说是他的意思。"

"那你怎么说的?没说实话吧?"

"没说。我只说你不在这里,也不清楚你上哪儿了。"

"嗯,还好。"

"禹德良大人原籍是四川人,后来去了河北保定做了程家上门女婿。这次辞官归故里正好带人捎了口信,说是在保定待几个月,开年天暖之后回四川养老。"

"那……不知道程家还有什么人啊?"

"听家仆说,他岳丈岳母都健在。还有小舅子一家跟岳丈住一起,最小的儿子都十五岁了。怎么,你担心吗?别担心,有我陪着。有什么不对,咱们立即离开程家。"

"嗯!真是太感谢你了!"

"别说这话,对了,前两天收到公子的信了,他问起你来。我也只好说你安顿得好好的,只等着戴知豪回京再请怡亲王帮忙拿回东西。"

"谢谢你,你这么说很合适。我不想他知道我和……皇上的纠葛。"

"人人都说伴君如伴虎,这回你相信了吧?"

"相信了。他真是一不高兴就雷霆大怒的。"

"这回你可别再回去了,那个什么弘昌贝勒自然有人会收拾的。你不要挂心,老天都长着眼睛呢。"

"嗯。我先把自己的事情办好了。"

第十五章 月亮代表爱的心

蒙古准噶尔部。

一个浑身脏乱的男人从早晨的雾霭中奔跑着跌倒在蒙古包外,被驻守的士兵发现了,立即端着刀小心靠近。只见这个男人手里举着一幅疆域图正虚弱地道:"报告……报告头领……"

"他是不是我们派去清军的探子?"

"他手里有这个!"一个男人发现了他腰间的一条玉穗子,"这是我们内应的暗号!"

"扶他去见首领!"

"嗯!"

(戴知豪)张毅微眯着眼睛,嘴角露出一丝不易察觉的冷笑。他知道第一步成功了。

蒙古包里,投降了蒙古可汗的叛匪田森正在喝奶茶。他不太习惯这股味道,因此那女奴一下去,他就皱眉坐回炕上,不一会儿,一名手下进来了。

"大哥。"

"怎么样?"

"这个新任的阿穆尔撒纳是个反复的小人,他最喜欢受人吹捧了。现在安心待吧。自从您协助打退了第一批清兵,现在可是他座下最大功劳的将领了。"

"说得容易。咱们夺来的火枪和那些弹药根本维持不了多长时间。"

"那武器只有您使得,别人连扣扳机都不懂。别担心。要不,咱们再去边关……"

"唉!"他朝他脑袋猛地击下去,"你疯了?爷爷哪有那么多运气再弄两箱?!"

"小的只是……"

"哼。"他叉着腰,始终心气不足,慌乱得很,"不知为甚,爷爷的就是心神不宁,好像要出什么事儿似的!"

此时,阿穆尔首领正亲自面见受伤的张毅。

"怎么?他死了?"

"为了让小的及时来给您报信,他牺牲了自己。首领,您可要记得为他报仇啊!"

"哼!"他将剔肉的刀猛地插入眼前的木桌内,"放心,我不会忘记的。你起来吧,这次如果你报告的消息可靠,立下了功劳,本王会好好赏赐你的!"

这个时候,一个长相俏丽的蒙古女孩掀开门帐进来。

"哥哥!"

"哦,阿莲娜来了?"他笑着拉住她的手道,"你来得正好,看到眼前的人了吗?他可是九死一生啊。要不是我们忠心的布衣扎誓死掩护他逃跑,他就不会给我带来如此贵重的消息了。"

"是吗?"女孩子睁着聪明的眼睛打量着张毅,"你叫什么名字?"

"奴才……坦吉!"

"坦吉?你跟布衣扎是朋友?"

"是啊,奴才小时候跟随母亲被迫流浪盛京,后来入伍当了兵,却巧遇布衣扎。布衣扎也是我娘亲好姐妹的儿子,他劝解奴才不要做大清的走狗……"

她微微点头,聪慧地起身道:"哥哥真是厉害。那么他带了什么消息来?"

阿穆尔立即巧妙地转移话题道:"你就回去吧,前线打仗的事情有哥哥就对了。你下去吧,给坦吉弟兄弄点好酒好菜。"

阿莲娜点点头,伶俐地扫视了一眼坦吉离开了。

"首领的妹妹真是美丽又聪明。"

"哈哈,那是啊。不知道多少人想娶她呢。怎么?你有了意思?"他抚摸着小胡子,"只要你好好跟着我干,是非常有机会娶到她的。"

第十五章 月亮代表爱的心

第十六章　战地谋略

不久前线捷报，而好不容易逃出紫禁城的霖儿，却要再次，为了离开清朝，进宫选秀……

一

边关大清营地。

关延正在帐篷内看地形，手下飞快奔跑进来报告。

"将军！人已经混入了蒙古军营里。午夜收到了信号。"

关延点头，微笑道："太好了！咱们算是成功了第一步。"

阿桂跟着点头："这样的话，我们便胜算更大！"

"这么说我们这次要好好配合他演一场戏了？"关延思忖，"为了以防万一，恐怕还要布置后应的。阿桂，你负责带一队人马接应。"

"是！属下得令！"

霖儿第一次忐忑不安地站在程家人眼前，被程府的老少一一打量。

她的"父亲"禹德良高兴得合不拢嘴。

"像！真像！"程母点头，拉起霖儿的手，"这孩子真的很像她娘啊。看到她，仿佛看到我的女儿回来了。孩子，你受苦了！"

程老跟着点头："这下总算是有个送终的人在膝下了。德良啊，你有后了。"

禹德良微微泣声道："今世我也是规矩做官，平安辞官。老天总算还了我一个心愿了。唉！"

"孩子，这些年，你是跟着哪个好心人长大的啊？告诉祖母，祖母一定派人去致谢！"

霖儿哭笑不得，只好道："一个爷爷，一个哥哥。他们都是非常疼我的人。不过，前些时间，爷爷……被人害死了！我这次出来，就是要找凶手的！"

"呃！真是好人命苦啊。还好你没事啊。你知道吗？你母亲是我最疼的女儿了。"

两个人坐在一起，互相谈着，这边也其乐融融。不多一会儿，程家的儿子程达跟夫人、小妾带着几个儿女过来了。这一回，霖儿成了动物园的金丝雀，被人拉来拉去，看来看去的。

"这位是你舅舅，快叫舅舅。"

"舅舅。"

"这是你舅妈……这是你小舅妈……这是你的两位表妹……这是小表弟……这个宝宝刚满一岁，是你最小的表弟了……"

霖儿跟着老太太晕头转向的，最后都没记住他们的名字和人，就被拉着去后院赏花听戏了。

"今天啊，还特地请了盛京的戏班子，他们可是给皇帝表演过的。霖儿，你以后可就是我的乖孙女了。这里就是你真正的家了。以后有什么需要的，就告诉姥姥……"

霖儿坐在热闹的程家人之间，陌生而又感慨。但她这个时候最想念的，却是远在2007的亲人。

冉衡正在吃午餐，电话响了，电话那头尤曼问他在什么地方。

"生日快乐！"

尤曼将一个包装精美的礼物双手奉上，冉衡愣了愣，吃惊地看着尤曼："你怎么知道？"

"还记得去年吗？霖儿为了陪你过生日，连我们组织的露营会都没去了。当时所有人到齐了，就差她，挺扫兴的。"尤曼内心有些过意不去，"现在她不在你身边，我代替她祝福你吧。不过今晚不能陪你了，因为今晚是圣诞前夜，我要回家陪妈妈。"

"没关系。谢谢你！"他微笑着，感慨万分。想起霖儿，他的眼睛潮湿了，他喝了一口葡萄酒，"说起来，我真的好久没有这么感伤了。霖儿在的时候，她是我的伴，是我最重要的家人……"

"对不起，我不该提她。不过你不要太难过。对了，你还是快点找个女朋友吧，不然以后谁来照顾你啊。"

他微笑，摇头："现在没有心情。"

"你……还在调查吗？"

"线索断了以后，我真的不知道该从哪里查起。有时候真希望这一切不是真的，或者，是个很长的梦……"

他叹了口气："霖儿，我好想你！"

"哥哥……"霖儿的眼泪瞬间滚落眼眶，她抚摸着已经断电的MP4，一个人躲在屋里头伤心，"如果我真是这里的人，我还可以回去吗？哥哥，我好想你啊。你生日快到了吧，现在没有我，没有爷爷，你要怎么过？谁来陪你唱生日歌、吹

第十六章　战地谋略

蜡烛、吃蛋糕，你有没有女朋友在身边……"

霂儿抱着膝盖，感觉凉透了心似的。

就在此刻，皇宫传来了哀乐！

皇帝痛苦地看着刚刚咽气的太子，年仅9岁的永琏薨了。皇后抱着他哭得双眼红肿，惨白凄凉，一旁前来探视的阿哥们、后妃们都黯然神伤。

娴妃娘娘冷冷地看着太子终于离开这个世界，嘴角不经意间发出一种幸灾乐祸的微笑，跟着却移到皇后身边哀戚地呼喊着："姐姐……节哀顺变啊，姐姐……"

皇帝欲哭无泪，不忍心看过去，只是掉过头，哀痛辛酸。

蒙古准噶尔。

三支部队连夜赶往张毅所指的地点将清军营地包围住了。

凌晨。

叛匪副将特地带人前去侦探，发现清军内果然有不少粮草在其中。他回来禀告之后，叛匪首领阿穆尔撒纳非常高兴，着令凌晨分三路包围进攻，并派田森前去烧光对方粮草。

凌晨十分，田森带人潜到清军后营帐处，正要点火，却遇到了驻守粮草的朗显贵。双方见到之后都格外仇视。

"你想不到吧？我就在这里等你！"朗显贵吹了声口哨，跟着埋伏的人包围住了田森……

另一头，跟着阿穆尔带领队伍出发的张毅正小心地带路。

数日来，皇帝心情都很郁结，这天正闷闷地批阅奏折，心思却完全不在这其中。

下午他又召怡亲王陪他下棋。

"皇上，节哀！近来秀亭知道您心情郁结，但是，也要为身体着想，不如择日去西苑三海看冰嬉吧。或者看布库（摔跤）……对了，那调皮的小霂子呢，有没有学会下象棋？"

皇上无趣地将棋子落下去，一提到她，皇上心里更烦："别提她了！"

"怎么？她又犯上了？"

"你说朕什么地方对不住她了？她不仅不体谅，居然……"他说起来就火大，"居然在回宫途中跑了！"

"什么？"秀亭吃惊地看着他，"她……跑了？"

"李肆带人找了整个紫禁城，都没她的人影，最后一个小太监说看见她趁着大雾跑了。"

秀亭一时间也愣住了："看来……她还真是不愿意做这金丝雀……"

"她以前跟你说过什么？"

"唉，她那性子，怕是宁愿做麻雀也不做金丝鸟的。"

皇上摆下棋子，秀亭立即拦住他的手："皇上，别动、别动……"

皇上一愣，秀亭微笑道："等您这颗卒很久啦……"

皇上立即发现自己刚才一气之下走错了棋子。他无趣地摇头："这真是一子错，满盘皆落索……"

"托霖儿的福，秀亭生平第一次赢了皇上您了！"秀亭浅笑，皇上生气地看了他一眼。

"你倒是高兴啊。怎么，你也帮她说话！你最近念的什么书？可有什么悟道？"

秀亭立即抱拳回道："皇上，秀亭正念《道德经》呢。这经文十分耐人寻味，秀亭真是增益良多。"

"明年的殿试你可要准备好了，朕要亲考你们！"

"是，秀亭一定会全力以赴的！不给阿玛丢脸，也为了皇上一番栽培之心！"

"行了。朕知道，你跟别的王公贝勒贝子不同，你倒不是个天天玩鸟日日逗蝈蝈的人。"

"多谢皇上夸赞！"

二

正在紫禁城为庆贺新春佳节准备之际，叛匪阿穆尔同关延带领的军队发生了几天几夜的恶战。

当田森的手下手握弹药准备炸乱战中的士兵时，张毅及时阻拦了下来，那人火暴地甩开他的胳膊，他及时拉住他，大声喝道："你连自己人也要杀？"

"哼！奶奶的，顾得了那么多吗？"他咬牙切齿，这时候，朗显贵杀了过来，一刀给他们刺出，两人被分开，朗显贵接到张毅的眼神提示，跟那人拼杀道："知道你们大哥现在何处吗？告诉你，他已经被我军活捉了！"

那人果然中计了，其实这个时候的田森正身负重伤往回营路上逃跑。他虽然伤得很重，胳膊和大腿都几乎皮开肉绽，但他是从小在刀口下长大的，忍耐这些剧烈的疼痛似乎并不难。

张毅趁战乱骑马掉头往蒙古营包去，后面跟着阿桂等人。

阿穆尔杀红了眼，一刀一个狠狠地想要杀出一条血路。关延骑马包围在他身旁，大喝道："你这反复小人，圣上再三恩赐，你却恩将仇报！今日如果你还妄图垂死挣扎，就别怪本将军刀下无情了！"

阿穆尔冷笑道："你以为就凭你们也能杀我？有本事，就单打独斗！"

关延胡子一翘，举刀挥臂道："好！今日本将军就跟你单挑！"说毕命令周围的士兵退下，围成了一个大圈，关延屏息凝气地跟阿穆尔在马上对峙了一会儿，随着一声呐喊，马儿嘶叫着，两人在马背上对战了起来……

雪花飘飘，紫禁城里一片洁白，屋顶上、大殿外，处处都可见堆积得厚厚的一层瑞雪。宫里各个主子都待在暖和的屋子里围着暖炉闲谈或打牌。太后也由宫外的王子贝勒陪着听戏或观看宫里举办的雪上游乐活动。

皇上的脸仿佛跟霜冻了一样，整天皱着眉头，太后每次问起来，都只说战况一事令他烦心。这一天，他正恼火地看着军机处呈上的奏折，不知为何，突然挥手将几十部奏折都扔开了……

这个时候李肆躬身进来递牌子，皇上连看都不看他，只是冷冷地摆手说谁也不想见。

"皇上，户部尚书递牌子求见！"

"不见不见！"

"皇上，尚书大人是为开春选秀一事请旨的。说是八旗都统衙门已经上报了花名册，也由钦天鉴择定了几个吉日，只待圣上……"

"李肆，你脑袋是不是不想要了？没看朕烦着吗？"

李肆只好跪地求皇上息怒，跟着退出去，跟户部尚书低声说还是改日觐见吧。户部尚书正要问皇上忧心的事情，只见秀亭面带微笑拾级而上，李肆立即犹如拨开乌云见了晴天，立刻道："哎哟，王爷来了！"

户部尚书给王爷作揖过后，正叹气说皇上近来心神不宁，怡亲王道："我这回来就是要让皇上眉开眼笑的。"

李肆跑进去了，没一会儿，只听他高声道："宣怡亲王弘晓觐见！"

秀亭点头，在户部尚书诧异的表情里抬腿迈过高高的门槛……

正当张毅满以为可以带后面的阿桂将军直捣阿穆尔的主营之时，只听到四周忽然喊声满山，阿桂抬起脑袋四下一看，只见附近埋伏了几百名蒙古兵，个个都拈弓搭箭准备听令射出，张毅一看不好，立刻勒马回身跟阿桂厮打起来。

在远处，担忧观战的阿莲娜抬手阻止士兵射箭，张毅低声叮嘱阿桂利用他杀出重围回去搬救兵来，阿桂先说不可如此，但眼见他身边的人几乎要被杀光了，他低声狠狠叹出一口气，踩住马肋跳起来，直直落在张毅的马背上，张毅正要反击，只听到马儿乱了阵脚地乱踢一番，阿桂勇猛而迅捷地将刀口横在张毅脖子上……

"全部退后，不然我要了他的狗命！"

阿莲娜举着短刀气愤地瞪着他吼道:"你跑不了的!"

"哼,好啊,那你们就射箭吧,我跟他同归于尽。"他让剩下的几个士兵赶快上马,"怎么样?是不是觉得这条命不值钱?好!那我……"

"阿莲娜小姐,不用管我,这次是我小看了他们,是我的失误。你叫他们出手吧,我不怕死!"

阿莲娜矛盾起来。

"好小子!那你就给我们陪葬!"说着刀就要划破张毅喉咙,张毅闭上了眼睛:"记住给我报仇啊!"

阿莲娜突然娇喝慢着……张毅歇歇了一口气,好歹这名蒙古女孩还是个性情中人。他感激地看了看阿莲娜,对她的好感又增加了不少。

"皇上,您可不能耽搁难得的好日子啊。"秀亭一脸轻松地劝解道。皇上见他无忧无虑的模样,忍不住道:"朕没你这么闲心。"

"皇上,这三年一度的选秀,可是耽搁不得的。再说了,据说这满、蒙、汉的八旗子女里头可有不少贤惠优异的女子。皇上,特别是……那禹德良近期找回的女儿冉霖儿……"

皇上讶然一怔:"什么?"

秀亭低声道:"话说这位姑娘年方二十,正是花样年华啊。"

皇上振奋起来:"她……她竟然……回禹德良那儿去了?"他猛醒过来,点点头。即刻就召见了户部尚书应了他的旨意。

"这吉日分别是二月二十七,三月初一,三月初九……"

皇上点头,没耐心听他继续絮叨就打断道:"就二月二十七吧。"

待户部尚书领旨离开之后,他又叫了李肆听旨:"朕不管你用什么方法,一定要安排她进宫来。"

李肆有些难为地道:"皇上……奴才理解皇上一番苦心。可是……奴才有些话……"

"你有什么话?说吧。"他抬手吩咐。

"这选秀的都是内务府的分内事宜,奴才恐怕不能插手,这是其一;其二……"他怕天子盛怒,想说却支吾着说不出来,皇上没那个耐心猜谜语,厉声让他一口气说了。

"霖儿姑娘已经侍候过主子了,按选秀的规矩,已经不是……处子之身……恐怕连头一关都入选不了……"

皇上怔怔然张口,转眼明白了他的顾虑。他慢慢冷静下来。

"再者,霖儿按理应属汉人八旗之下,就是进宫,也最多能封个答应、贵人……这在其次,主要的还是选秀一路关口霖儿姑娘恐怕没这个耐心顺应过来

第十六章 战地谋略

的。皇上也知道霂儿姑娘的琴棋书画……"

"女子琴棋书画嘛，朕可以派人提前给她教个一知半解的，诗词歌赋嘛……则要看她的悟性了。要说宫里的规矩，倒也不少，这个野丫头就是做个小太监都嫌憋屈，整日给朕说着要走的话。你说，有什么办法才能让她乖得下来啊？"

李肆思索着，突然顾自一笑，皇上看着他，他压低声音道："凡事都有定数，女子成了母亲，那心就牵系在了儿女身上，俗话说，'可怜天下父母心'哪。"

皇上点头，又有些迷惑："她也跟了朕不少日子了，也没见她……"

"皇上……"

"罢了，朕就下旨让你带人协办这次选秀，你督促着点儿，别让野丫头露了马脚。"

"喳！"

他想着即将见到朝思暮想的人，心情也豁然明朗起来。

三

阿莲娜扶了张毅进帐篷，见他胳膊上、背上都是伤口，也不顾男女授受不亲的训导，就解开他的衣服给他细心地上药包扎，还亲自熬汤给他喝，让他着实在兵荒马乱的战地上体会到了难得的情义。

张毅回想自己在现代社会里受挫的两段感情，回想深爱的女人贪婪的要求和现代社会里虚伪的男女感情关系，再看看这古代女子的从一而终和情深义浓，这一刻，他似乎看到自己跟阿莲娜生活在大自然美景之中无忧无虑……然而他也知道自己的私欲，那些曾经许下的愿望没有一个是他舍得放弃的。毕竟他是个大男人，是个一直在摸爬滚打的现实男人……

就在这个时间，田森也逃命回来了。张毅暗喜。

闹腾腾地过着新年，霂儿独自穿着公子服跑到街上闲逛，程家大院却迎来了内务府总管下达的召秀女入宫的名单。其中两个就是程达的大女儿程玉棠还有禹德良的独生女儿禹铭。禹德良躬身领旨，跟着只听老太太擦了一把眼泪道："人才回来，这又要入宫了，唉！要是过了选秀日子回来多好，这宫廷不比外头啊。"

"是啊！霂儿一进去，出来要几年的光景了。再说这宫里头是个复杂深沉的地方。"禹德良叹息起来。

"也不一定啊！"程达小妾却一脸期盼地道，"咱们程家只要有一个姑娘受了皇上宠幸，那她们在里头就不愁吃穿了。咱们也都省心不少了，娘，您说对吧？"

老夫人点头："这也是啊。"

程达夫人拉着大女儿，希冀道："你可要给为娘争口气啊。要是能得到皇上宠爱，这也是为祖上积德了。"

懵懂少女刚嬉笑着跟妹妹打闹着,全然一副不谙世事的模样,人也不过14岁,又知道些什么。

此时阿复正陪程达练拳,两个人都是精通拳法的武将,聊到功夫上自然都有独到见解了。

见到霂儿回来,阿复拉住霂儿说起太监宣旨选秀一事,霂儿愣在半途:"什么……秀女?选秀?"

阿复点头:"是啊,刚才你不在,老夫人四下派人去叫你做准备来,还有老爷请了什么夫子要做你的师爷,教你琴棋书画呢。"

霂儿顿了一下:"那还有多少时间要进宫?"

"还有个把月吧。"

十天后。

午夜的蒙古包里,万籁俱寂,张毅睡梦中突然被人唤醒,跟着阿莲娜十万火急地附在他耳边说外头有动静。张毅坐起来,侧耳听去,没发现外头有什么怪声,正要开口问,阿莲娜将食指竖在嘴唇上:"听!"

张毅再次细听,外头有些窸窸窣窣的声音由远而近,或响或停,他看着阿莲娜手握短刀的模样,有些愧疚道:"不会吧?"

阿莲娜咬着嘴唇:"我跟他们拼了!"

她说对了,阿桂已经带了援兵四面包抄,并且将放哨的喽啰都放倒了。睡着了的个个一命呜呼,很快就只剩几十个人,突然蒙古包一个弟兄发现了死人,惊慌失措之下大喊有敌兵了,跟着睡着的都醒了,阿莲娜也赶紧冲到帐篷外头,田森提着刀跑过来,只听前来保护他们的几个手下惊恐地报告说被包围了。

"阿莲娜小姐,你马上跑吧,撤离为上!"这是田森唯一的话。

阿莲娜看到一些帐篷已经燃烧了起来,痛心疾首地抓着匕首狠狠地道:"我绝不独活!"

说着挥刀上阵砍杀起来。田森悔不当初地折身就往营地里准备收拾东西跑,朗显贵冷笑着出现在他身后:"怎么?就凭你这样子,还能穿越多少亩田地?"

"朗显贵!"

"哼!这回你跑不了了!"朗显贵气势汹汹,田森旧伤没好,一见他立刻就跪下了,"阿贵兄弟啊,你可是勇猛过人、豪气冲天的侠士啊,您别杀我,我愿意归降!"

张毅悄声掀开帐篷,眼见阿桂的手下勇猛非凡,很快就活捉了十几个士兵,阿莲娜也快支持不住了,张毅拔剑冲了出去,一阵乱砍。

"你们有种就冲我来，不要伤害姑娘家！"

"好！念在你们白天放了我，我也不为难你们。大家全都住手！"

阿莲娜同剩下的叛军士兵都被悉数带回了清兵营帐内。

张毅终于得以恢复了身份，可是性子刚烈的阿莲娜得知他原来竟然是清兵，受到了欺骗的她怎么都不愿意原谅张毅，甚至想要自刎了断。张毅苦口婆心，谆谆教导着她，得到的答复却是她悔恨的眼泪和仇恨的眼神！

"你这只大清走狗，我阿莲娜诅咒你不得好死！"

三天后。

西北大捷的捷报传入宫中，皇上立刻龙颜大悦，传了圣旨要重赏前线的将卒勇士们。

这一下，宫里又有了更多喜庆之意，随着日子一天天过去，有嫔妃诞下阿哥或公主了，一溜烟地天天放鞭炮。

太后乐得眉开眼笑，皇上更是亲自上戏台擂鼓助威。

霂儿可就忙坏了，每天鸡鸣起床，跟着个京城来的宁师爷，琴、棋、书、画轮番地恶补，夜里做梦都梦见自己捧着唐诗在那儿背诵，这师爷仿佛十分了解乾隆的喜好，还特别教她学习陶瓷的品级和鉴定。

没到一个月，霂儿就感觉自己很快要变成真正的大家闺秀了。

这一天，师爷来了个小考，第一题便是让她抚琴。

霂儿看起来专业地端坐着，双膝并拢，双臂微收，跟着她陶醉地将食指放下去……

没过一会儿，只听到师爷哎哟一声跑上来，直叫她住手！她根本就记不住琴谱，更拿捏不准轻重缓急，到了第二句，就开始胡乱变奏，自弹自醉起来。

师爷于是又考她画画。

这山水泼墨，都讲究技巧和悟性，霂儿对着远山远水，取了个暖阳高升的景致画起来。师爷看完她的画作，只是点头说"差强人意"四个字。

该看她的毛笔字了。

霂儿自认在所有女子技艺里头嘛，毛笔字该不会差到哪里去，所以她对此信心满满，结果提了一首瑞雪兆丰年的诗词，师爷看完了，好一会儿又嗟叹一句"差强人意"。

霂儿皱眉，师爷接下来要看她的刺绣功夫了。

这是霂儿最难拿捏的分寸活，霂儿对着洁白的锦缎发了一会儿呆，抬头问师父道："我不绣鸳鸯行吗？"师爷点头说随意随意。

霖儿这下高兴了，一抬眼就照着亭子边上的小朵野花绣起来……最后把师父气得一口气喷了满口的茶水，旁边的阿复和禹德良见此都忍不住大笑起来。

没一会儿，老夫人来了，见到师父这犯难的样子，她倒是轻松得很："罢了，师爷啊，您这门心思倒是好的。可这可人儿啊，她天生就没学过刺绣的活计，她这些年也吃了不少的苦头。这回皇上隆恩在上，也就听天由命吧。能进宫未必是好事，不能进宫却未必是坏事。"

四

"是啊，是啊！"众人惊人一致地点头，包括霖儿的爹在内。

霖儿高兴起来："太好了！老祖宗跟爹，还有舅舅、舅妈，你们太理解我了。我就是不想进宫的，这外头多自在啊！"

师爷摆摆脑袋，叹息着离开了。

大伙儿见师爷走了，都放松了下来。不久阿复收到了江南的信件。

霖儿见他独自一人闷闷地走开，便过去追问是不是世恒哥来的信。阿复躲躲闪闪地点头。

"他最近身体好吗？绸庄忙吗？你回信的时候记着跟他说，等天气暖和了，我就去江南玩。"

"嗯。"他若有所思地看着霖儿天真的样子，于是隐藏着心事道，"霖儿姑娘，我要走了。少爷吩咐我帮忙下去办事儿。"

"啊……哦。"霖儿理解地点头，"没出什么问题吧？"

阿复点头："没什么，您不用挂心。"他说着就吩咐人备马。程达见了过来劝他明日再走，天色也不早了。他摇头认真地道："办事要紧。程大人，以后阿复不能再保护霖儿姑娘了，咱们少爷说了，以后请您跟禹大人一定多费心，霖儿姑娘不熟悉咱这里的规矩。"

"你说到哪儿去了，我们可是一家人啊！"

"是啊。您看我……行了，小弟就此别过！"他抱拳拿起细软上马。霖儿追出来，认真地道："阿复，这些日子谢谢你一直照顾我。你见到世恒哥，跟他说谢谢。还有，我过些时候会去京城的，要是有什么事情，就跟鲁掌柜说！"

"嗯。各位保重！霖儿姑娘保重！阿复告辞！"

宫中。

皇上看着手里头霖儿的几个杰作，笑得嘴巴都合不拢，李肆跟着也笑起来："瞧她绣的小花朵，还挺像那么回事的。"

皇上咧嘴道："这个野丫头啊！朕就知道她会钻空子，你瞧她……"盯了半天，皇上突然拉下脸来，办事的人立刻就不敢多言了。

第十六章 战地谋略

"这不知不觉都一两个月没见她了。她倒是活得自在，也不想我吗？"

李肆转头朝那太监使眼色，那人立刻道："是啊，那姑娘倒是玩得开心，一见师爷走了，听说那一家子的人都支持她不进宫了，乐得跟个……"

皇上腾地怒了："你说什么？"

李肆这使眼色反而弄糟了，立刻转脸不管了。

"皇上……皇上……这，小的已经请了京城最有名的师爷了……"

皇上抓着锦缎，直直地盯着下面的人道："朕现在告诉你，要是半个月以后，朕没在储秀宫里发现霂儿，朕就踢飞了你这没用的脑袋。你那脑子连点小事都办不成，还来这儿干什么！"

李肆立刻躬身道："奴才该死！"

"哼！下去！"

不知不觉三月就要到了，天气日渐暖和起来。这天早上，霂儿跟往常一样睡得香香的，突然房门被丫鬟重重敲起来，霂儿翻了个身，不理她继续赖床。这时候听见丫鬟在外头喊道："姑娘，您该起来了！老爷在外头等你呢。他有事跟您说！快起来了……"

当霂儿还没用早餐的时候，禹德良就沉着一张脸叫走了丫鬟。

霂儿有些诧异，连忙问是不是出事了？禹德良将房门合上，语重心长地道："霂儿，你是不是有些事情没给爹说实话啊？"

霂儿吃着香饽饽，摇头否认。

禹德良叹了口气："昨天我去京城……见了那位李总管了。"

霂儿点头："他怎么了？"

"他说，你可是皇上点名第一个要的人啊。"

霂儿噎了下，急忙喝水顺气："他说什么啊……不是的。"

"你还骗爹！李总管再三叮嘱我，要是你不长进，没选进宫，皇上是要雷霆大怒的。"

霂儿当然知道他的意思了，心想这个皇上，居然用这一招了。

"可是，我从小就没有学那些东西，怎么能改呢？"

"不管怎么样，从今天开始，你好好跟先生学。你爹这把年纪了，也不知道能活多长时间，别的倒不害怕，只怕连累了程府上下的人。他们都不知道皇上早就看上你了。这件事啊，就这么定吧。"

"啊……"霂儿无语地盯着他，他背着手心事重重地离开了。

现在轮到霂儿发怔了。

霂儿算了算日子，据说还有不到半个月时间就要进宫了，如今京城里各衙门也都上了通告，路程远的已经择日出发了。看身边小表妹一本正经地走着淑女步伐，争先恐后地练习抚琴、琵琶，她的女红做得都是霖儿难以企及的优秀，她的诗词歌赋也是手到擒来，让霖儿觉得自己一无是处。

江南，司马世恒的三叔、表弟都被抓了起来，他也被衙门传去问话半天，苏谏给官衙打点了不少银两才得以将他带回宅子。

他坐在家里，整个人瘦了一圈。

"一切都来得太突然。三叔这回是怎么都难逃官司了。"

"三老爷上回做的丝绸不知道为何出了次品，三少爷又监督不力，少爷，现在连内务府的都过来了，咱们该如何是好？"

"三叔这顶乌纱已经不保，事到如今，我还要再想想办法，丢官事小，但是性命要紧，都说三叔收受了贿赂，掺假造次……"

"阿复就快赶回来了，据他说，京城那边的绸庄暂时影响还不大，不过，谁也保不准明天发生什么情况。"

"这几日各地丝绸庄情况如何？"

"门可罗雀。少爷，都是怕买到次等货，给传言吓住了。不过好在少爷去年新成立的银号运转良好。"

2007年。

尤曼认真地阅读着手里的资料，手机响了，她平静的脸孔由此而散发出异常的喜悦之光。

她早已经准备好这一切了。只是当这一切来临的时候，她还是有些难以抑制地激动不安。

此刻，冉衡刚回家，就收到了尤曼的短信。

"阿衡，我要走了。可能离开一段时间，可能很久很久。不管怎么样，我会想念你的。祝你每天都安好。保重！"

冉衡看到这莫名其妙的短信，立即就以他一贯的作风打电话过去，但是对方已经关机。冉衡不解地看着电话，这是怎么了。

这依然是冉博士的地下室。或许冉衡是做梦也想不到陌生的闯入者竟然此刻正盗用爷爷呕心沥血的研究制造新的研究成果。

尤曼有些忐忑不安地看着前面的几个人道："唐先生，你们为什么一定要回到这里来？"

皮衣人（唐代鼎）看了一眼旁边的两位科学家，"根据你给的数据和资料，两位科学家目前暂时找不到合适的磁场和位置试用研究成果，不过却意外地发现，这个地下室就是最好的坐标系统。"

"是啊,原来老博士把研究所建在这里是有原因的。具体为什么会这么合适,我们也不知道。不过,今天是非常好的一个时机,再过几分钟,闪电雷鸣将带来暴风雨,如果我们没有估算错,这就是开启时空阀门的时刻。"

第十七章　梦想成真

一直缠绕着霂儿的身世之谜被解开，霂儿竟然在这里寻得亲人。

一

"我不太明白。不过，你们到底有没有把握呢？"

"尤曼，不要担心，我会先送这只猫咪走的。"

尤曼看着那只被锁链困住的白色波斯猫，它肥胖的腿上绑了一块手表，这手表也是当初唐代鼎从冉博士手里抢的其中一块。

公元 1739 年初春。

农历二月二十三日是出发的好日子，霂儿虽然依旧没什么长进，但箭在弦上，禹德良也就只能再三叮嘱，然后让府上的家丁护送霂儿进京。这一路上，霂儿跟表妹都各怀心情地坐着。她的表妹似乎兴致勃勃，一路十分活跃，跋山涉水之余还与同车秀女唱起了古代歌谣。

霂儿越是看她们越是觉得于心不忍，这可跟电视里的那些演员秀女完全相反的模样。单纯就不说了，个个年纪都不大，皇上怎么忍心……要一个十二三岁的小女孩呢！这是什么规矩啊！她们完全都是未成年少女啊。

霂儿就这么陷在自己的思绪里，直到马车进了京城。

2007 年，老博士的地下研究所的风穴里，那只戴着手表的猫儿呜咽半声就消失在了众人眼前。

一位博士摘下眼镜，揉揉眼睛，低声道："这只波斯猫可能再也回不来了。"

"那我怎么办？"尤曼紧张地看着几位，"你们能确保它送我去我想去的地方吗？我又该怎么回来？"

"尤曼小姐，猫咪不是人，它怎么会调表？你是人，你当然可以……"唐代鼎抢先说了话，于是另外两个博士也跟着点头。

"这是最后一只了。尤小姐，你要不要趁这个时间去逛一逛真正的圆明园呢？"

唐代鼎几乎猜透了她的心思，她是想要去逛一逛那真正的圆明园的。她更想见到年轻的乾隆皇帝究竟是怎样的风流倜傥……

"现在你看着我调控的时间。我们还有最后3分钟的机会。这机会一过,不知道还需要等多久了。现在正是多维空间晃动的时刻,量子态隐形传输正需要这样的机遇。你决定吧!"

换了古装衣服的尤曼抚摸着那只手表,十指纤纤,只是这么一套,唐代鼎抓住她的胳膊。

"你记住,如果你想回来,要在这样的天气里将坐标调整到2007。我想根据未来的天气预测,一个月左右还有这样的机会。尤曼,祝你好运!"

两位博士互相看了看,然后安静地,藏着担忧的神情,透过眼镜注视着尤曼。尤曼闭上眼睛,慢慢地深呼吸了几次。

她告诉自己,一切不能回头,从现在开始,一直往前走!带着欣喜、激动的心情,尤曼抬起了食指……

京城到了,随从请各位佳丽下车入客栈休息,天阴沉沉的,乌云大朵大朵地飘拂着,冉霖儿最后一个走下车来。

突然,狂风大作,跟着雷鸣闪电交加,伴随着可怕的旋风来临,冉霖儿来不及找寻可抓牢的地方,人已经被刮得四晕八素,跌倒在一旁……只听到街上一片混乱,人们都惊呼着、叫着,想保护自己的物品,却都给刮走了,漫天迷离的色彩遮挡了太阳的光芒,风呼呼大作,一口气把大地的面纱都掀开来,冉霖儿头脑昏昏沉沉,全身都被什么东西裹住了一样抛向半空,她惊恐地闭上眼睛抱着头,很快完全失去了知觉,任凭天公处置……

尤曼一个大活人这么消失在几个男人眼前,几个男人也是几分钟了才相信这是真的。这时候猫咪的叫声回荡在耳边,一个矮个子男子抱着它走了出来。

"老大,好险!差点穿帮了!"他一边把包住猫咪嘴巴的布拆了,一边道。

两个博士都不约而同取下了眼镜。

"先生,刚才我们使用的那是唯一的一只可能穿梭时空的表。不过,我们并没有研究透彻,而且那表也根本无法调节,那位小姐,可能滞留在某个时空无法回头也无法前进,也可能真的穿越去了某个朝代却无法回来。……"

唐代鼎冷冷一笑:"我赌的就是这一把!你们想,首先就是让你们知道其中的结构、成分跟我们得到的资料结合起来是真实地可以让人穿梭的!那么你们余下来的时间该研究什么呢?那就是怎么制造一只可以来回穿梭时空的真正的时空表了!"

"是啊,老大说得是!我想冉博士的那只表也不过如此,那也不可能就真的可以帮助他孙女穿梭成功呀!"

唐代鼎得意地撇嘴："死老头子，你以为你死了，把那怀表给你孙女了，就万事大吉了？好戏，才刚开场呢！"

苏醒过来之后，尤曼吃力地从绿油油的草丛里爬起身来，仰望着蓝天，头还微微发昏，不过相比起目前的位置，她却更加好奇这是什么时代。怀表的指针停在了原处，她愣了一下，然后揭开表盖，想拨动一下，不过又担心胡乱调整会导致自己又穿越了。于是就把它收藏起来。

远处，马车前进的声响缓缓传来，这正是一个千载难逢的好机会，尤曼连忙往道路上跑……

远处的官道上，马车后跟了三辆骠车，骠车内坐的，不是别人，正是赶着进京参选的秀女们……

此时此刻，在另外一个时空里，洁白的如碧玉般透亮的弧形办公空内，穿着银灰色工作服的念然正看着这些信息。在她眼前，可以接收的信息有几百条，不过，能真正看到图像的不多。

右边的一个金边画面里，显示的以下一句话还原封不动地在那儿闪烁着："K309L信号源保持联结，机体一切正常！"她伸手抚摸着信息，轻声念道："霖儿，你一定不要出事。"

是的，套在霖儿左手间的那条黑色陨石手链正是连接数千年时空的唯一信息源头。霖儿有时候会感觉它在发热，比如刚才龙卷风的时候，她觉得左手手腕突然好热。

现在，一切又恢复了正常。

今天天气很晴朗，万里无云，阳光透过古色古香的窗格子洒进屋里，冉霖儿舒适地伸了个懒腰，张开眼睛。眼前站着一个她似曾见过的男子，她迷瞪了十几秒钟，对方面带微笑目不转睛地看着她。她咻溜一声坐了起来。

"哎呀！"她惊诧地看着这个男子，脱口叫道，"难道昨天刮了场龙卷风把我又卷到什么陌生的朝代啦?！"

半开的门吱呀一声被人推开了，一个扎着小辫子的小丫鬟走进来，见到男子就咋呼："哎哟，少爷，您怎么又趁我不注意跑进来了！您不能进姑娘房间哟！少爷……该吃早点了，老夫人还在厅堂等你请安呢！"说着就使劲儿拽男子，男子就是扭捏着不答应她。

"走啦！"

两个人拉扯时，冉霖儿已经迅速调整过心情，身上又没带穿梭怀表，还能自己有这功能？不过她也忍不住多看男子几眼，这模样好像是挺眼熟的呀！到底在

第十七章 梦想成真

哪儿见过呀？

二

男子笑眯眯的，在小丫鬟被他一把甩开，差些跌倒在地上的时候，霖儿赶紧跑过去扶住身子瘦弱的丫鬟。

"你是什么人啊？干吗这么无聊！"她朝男子生气地吼。

男子从牙缝里挤出了几个字来："娘子……嘻嘻，我的新娘子……"

小丫鬟涨红了脸，连忙朝霖儿笑笑："姑娘，不好意思。我们家小少爷吧，就是这样的。不过没事儿，他不伤人的，他就是有点儿……那个木讷，对了，你感觉怎么样了？"

霖儿回过神："啊？对了，小妹妹，你是谁？我怎么跑到这里来了？"

"噢，姑娘，我是这里的丫鬟，专门伺候少爷的。少爷最近几个月特别烦躁，在京城老是惹麻烦，自从上次他娶新少奶奶之后，就满处跑，老是说要找新少奶奶……这不，老爷担心他闯祸，就叫我们几个把他弄到这郊区院子来。"

"……"冉霖儿迷茫地看着她。

"哦，您昨天是被那阵风刮的吧？不晓得怎么会那么巧，少爷一个人又偷偷跑到外面去了，我们正满街找，就见到他背着你回来了。老夫人见你昏迷不醒，少爷又不肯放手，就让我们把你抬进这里了。你一觉，可就睡到了今儿天明了……怎么样？感觉没事儿吧？可有什么地方不舒服？"丫鬟一股脑儿地说完，这下她知道了。

然后，就在那个少爷走过来的瞬间，有些记忆一下子撞击过来，冉霖儿指着男子，张开嘴差点脱口而出……

这个，真可谓是……峰回路转！

我的老天爷！冉霖儿在心里高呼，我怎么回到左府来啦！这个，不就是跟自己拜堂的那个左府少爷左宇常吗！

此刻，尧依依正悲伤地坐在一辆马车里，由一位参领及副手驾车往京城赶。她伤心的不是别的，正是半月前司马世恒对她说的那些决绝的话语。

"依依姑娘，你对世恒的心意，世恒恐怕无福接纳。实话跟你说吧，世恒心中，已经有了意中人，依依姑娘这段时间的好意，世恒只能铭记于心……"

"世恒哥，你心中的意中人，不是早已经离开人世了吗？"依依颤抖着，眼泪几乎要沾染上了睫毛。

"不错……那是过去……不过不管怎样，我还是希望依依姑娘不要错投终身。何况，你娘亲的信也说了，按朝廷规矩，你必须要入宫选秀，希望你……"

"你不要说了！我不想再听！"依依捂住耳朵，负气地掉头离开。

依依握着拳头,她心里知道,司马世恒不是旧情难忘,而是依然牵挂着那个离开了数月的冉霂儿。因为当司马世恒收到冉霂儿的信件,总会再三阅览,笑容满面,几乎院子里烧饭的老人都知道他钟情冉姑娘。

"这皇上选秀的日子又到了。听说啊,冉姑娘也是其中之一,这段日子,咱们少爷为绸庄的事儿十分烦恼,加上这件,啊,要是冉姑娘回来就好了。"

"是啊,他们是多合适的一对,要是冉姑娘进了宫,那少爷不是又失去了心爱之人……"

"天意弄人。真希望冉姑娘不要被皇上看中呀!"

霂儿最后一次书信是数天前了,那时候她很烦恼每天要学琴棋书画,信中总是诉苦,还说要逃跑的话。无奈司马世恒手上的事还没处理妥当。此刻,刚刚把绸庄里的纠纷解开,就听阿复急件说霂儿姑娘几天前就失踪了。这会儿别说是他们,程府上下都提心吊胆地到处寻人。为了不牵连府里的人,年迈的禹德良已经递了折子求见圣上了。

此刻乾隆正同皇后、惠贵妃、娴妃、纯妃、嘉嫔及各位皇子贝勒、阿哥格格、王公大臣等一同观看浩浩荡荡的跑冰鞋游戏。

跑冰鞋游戏十分盛大,约有一千多人参加,八旗子弟插着象征身份的彩旗,各自拿出本领,穿着沉沉的,以铁为主打造的古代冰鞋在冰上做出各种动作。其实犹如花样滑冰般,如金鸡独立、凤凰展翅、果老骑驴、探海。有的单人出动,有的双人出动,看得王公大臣、皇子嫔妃,个个拍手叫好!

皇上拍手称好!又念道:"往来冰上走如风,犹如紫燕穿波,蜻蜓点水,嗯,殊可观也!"

正说话间,一名八旗子弟不知脚下为何突然打结,走不动了,后面的人正开心地做出一个腾龙跳跃,由于古代的冰鞋还没有做到收放自如,刹不住车,不能停止,一下子撞在前人身上,于是前面的被甩出老远,他自己也连接着翻了几个滚,后面的都有如多米诺骨牌效应,噼噼啪啪的声音接连响起,一队人几乎眼冒金星,个个跌得七仰八翻,姿态奇异,大家呆愣了一下,接着全场发出哄堂大笑……

禹德良独自已在殿外等了大半天,天光渐暗,小乐子见了也十分同情。他便亲自跑去找李肆。

"哎哟,你这女儿是怎么回事呀?怎么三天两头地不见人。不是再三交代了你们,一定要把人看好、教好!我这还特别安排了人去把关,你们……你说你们怎么就,连个人都守不住啊!"

"李公公,皇上回宫了吗?"

第十七章 梦想成真

"这会儿主子在兴头上,哪儿有工夫召见你啊!我看,只好求天保佑他们找到你女儿了!嗨!"李肆跺跺脚也扬长而去了。

时辰不早了,乾隆在一片欢愉声中要回宫。然而,此时皇后发话了。

"皇上,我那边已备好了清酒点心,今夜月明,皇上可否陪我赏月闲谈……"

此刻娴妃却在旁边发话道:"我看皇上今日也累了,是该歇息了。"

乾隆微微笑笑,正要摆手,此刻年约七岁的小公主跑了过来牵着乾隆的手道:"皇阿玛皇阿玛,敬儿要皇阿玛陪着玩儿……皇阿玛走吧!"

乾隆呵呵点头:"好好,朕好久没陪敬儿了。来呀,摆驾长春宫!"

李肆吆喝起来。

贵妃、娴妃等都恭送皇上皇后。

贵妃冷冷地笑了一眼,娴妃挑衅地盯着她幸灾乐祸的模样。

"如今二阿哥刚走不久,皇后还未从悲伤中走出来,皇上理应多陪陪皇后,姐姐可不要妒忌啊!"娴妃娘娘快人快语地讽刺了一番,贵妃惊讶地看着她:"娴妃如此体贴皇后,真有风范。不过,个中想法,到底如何,只有自己知道。"

"姐姐这是什么话?大家都是皇上的家人,过几天,秀女又要入宫,皇上又添新人伺候,你我,也该成熟了!"

"娴妃,不成熟的似乎是你吧,一向口蜜腹剑、口是心非的就是你了。别人看不清你,难道我还能不知道?"贵妃低声在她耳边嘀咕道,"皇后一向深居简出,不与我们争宠计较,你该庆幸。"

"姐姐这是什么意思?"

"我说的没别的,只是想认真告诉你一句话:本是同根生,相煎……何……太……急!"

说完,贵妃也挥手叫奴才起轿回宫。

娴妃把愤恨的心绪埋藏在内心,面不改色地看她离去。

三

这边的人到处找冉霖儿,那边策马奔驰。而唯独尤曼,已经稳当当坐入了马车内。

只因为,她这身聪明绝顶的本事。那马车里一位秀女受了风寒,正难以摆脱,为首的佐领大人担心感染她人,尤曼却在这个时候拦下了骡车。只见她问了几句之后,就从一个白色的圆瓶子里拿了两粒绿色的药丸,还以项上头颅担保会救好秀女。

到了黄昏,此女已经能开口说话、喝粥,额头的温度神奇地下降了。她天生丽质的面孔也慢慢地开始恢复。

此女名唤喏曼,年方十七,亭亭玉立,天生丽质,肌肤百里挑一,双手纤细柔润如白玉，身段窈窕，乌发柔顺，长长地垂在肩背之间。看得尤曼也有些羡慕，自己好歹也是天生丽质，可是比起这个女子来，却也多了几分修饰，几分做作一般，好歹现代人都喜欢化妆，喜欢修饰吧。这自然的美丽，却很不容易看到。虽然病恹恹的曼儿皮肤有些发黄，眼神疲倦，嘴唇发白，但要是稍微修饰一下，她可就是活脱脱的仙女下凡了……

喏曼再三谢了尤曼，之后便说起自己的身世。原来，此女乃马佳氏·喏曼，乃满洲第一将图海之内侄女，满洲正黄旗人，从遥远的长白山来到京城。沿途无法适应变换的气候，因此生了急病。眼看自己可能命不保已，却碰巧尤曼出现。

却不知道，在2010年念然的时空机器里，新的历史已经快速进行改变。因为马佳氏·喏曼是应该命绝于此地的。

念然吃惊地向时空署的长官汇报道："历史有一些小变动，但没有信号来源，根据分析，不是冉霂儿的坐标系，因此我认为又有人穿越了时空。"

长官冷静地看着数据报告："在没有被改变重要历史资料之前，先静观其变。想办法弄清楚来龙去脉。"

"长官，我需要去吗？"

"这个情况的出现，表示有别的人在心怀不轨想要破坏历史一些进程。"

念然点点头："但是目前我们没有头绪。"

"历史会一点一点地出现痕迹。静观其变！找出那个幕后人。"

霂儿在左宇常的"陪同"下吃了早点，接着跟丫鬟一起去正殿见到了一位年近八十的老太太。

老太太这次是很认真地端详、打量着霂儿。

"这位姑娘姓甚名谁，来自何方？"

"呃。"霂儿打了个结，正想快言快语地说，却停顿了。这时候左宇常就十分高兴地挽着老人家的胳膊说："新娘子，娘子……"

"嗯，常儿，奶奶知道你中意于她……你安静一些，让奶奶好好跟这位姑娘聊几句吧。"

常儿点点头，期待地看着霂儿。

"呃，我叫小然。"霂儿想了下道，"是个孤儿。我也不知道自己的亲生父母是何人，不过，我从小跟着爷爷长大，我爷爷是个很好很好的老人家，前些日子……他……他上山打猎，却……被几个山贼害了……"霂儿伤神地垂下脑袋，"爷爷走了，小然……也不知道何去何从。于是，便独自离开村庄，女扮男装行走江湖……"

这么编，应该不会有破绽吧。

老太太看她双眼模糊，眼泪汪汪，真有些心生怜悯，不过转眼一想，这姑娘原来是个粗野的农家，这怎么配自己的孙儿呢。可是，孙儿又是目不转睛地看着她，可很少见他这么喜欢一个姑娘的。她叹了口气，缓缓地道："既然你这小姑娘是如此这般，那你以后有什么打算？"

"打算？"冉霂儿呆了呆，摇摇头。

"奶奶，我要照顾新娘子，我要跟她住在一起。"

"啊？"霂儿张开嘴巴，脸颊立即发红了，"多谢老人家救命之恩，小女子打扰你们这么久了，也该走了。告辞！"说着就想离开呢，老人家却叫住了她。

"小然，你别害怕。我这孙儿是很直爽的性子，他人品不坏。既然你如今无亲无故，又无所去处，不如就留下来，我这里一日三餐，锦衣玉食样样齐，也比你在外风餐露宿好得多了。怎么样？"

"留下来……留下来嘛。"左宇常央求着。

"可是，小然跟你们无亲无故，怎么好意思打扰府上呢？"

"这个没关系。你若愿意，我也可以收留你做个姑娘，以后只要你能陪陪我这孙儿，就行了。你看如何呢？"

冉霂儿咋舌，但没表现出来："老人家您的意思是？"

"你别害怕。我并不是要你做我的孙媳妇，这点也要看日后的缘分。如今你也是初来乍到，我们这么大户人家，怎么可能会做出不羁之事呢？好了，小丫鬟，你这就带小然姑娘去休息吧。我们这园子说大不大，却也不小，让姑娘挑间住的，好好打扫，给姑娘量身衣服，伺候好姑娘。"

这好像就是不容多说了。霂儿想，缓兵之计她老人家也用得很巧妙啊。于是便跟着小丫鬟先走了。

尤曼治好了喏曼，喏曼便央求佐领大人好心让她随车进京。可在这深夜，却发生了意想不到的事件。

犹如往常一样，寻找了客栈让秀女们下榻之后，佐领及属下也终于可以放松放松。留下一个守夜的，其他两个就趁机溜出去赌博了。谁知深夜十分回来，却见到守门的随从被人打晕，房门大开，几个秀女全都晕倒在地，还有的不见了人影。等他们叫醒了四个女子。方知道真相……

"佐领大人……"秀女们哭哭啼啼，一副如死亡临近，个个都长跪不起。

"喏曼小姐被人抢走了，那位尤姑娘为了救她还被人打伤了……"说话间，他们才看到在墙角昏倒的尤曼。

佐领这下急坏了！少了个人要怎么给上头交代呢？何况这天就快亮了，马上就要入神武门了……皇上、太后可就要人了呀！

佐领正要离开，尤曼揉着有些晕厥的额头坐了起来。

"怎么回事……你们没事吧?"

几位姑娘都还在余悸之中没有缓过神来。个个都垂着脑袋顾自坐在旁边。

"喏曼呢?"尤曼快速下了床,却没见到她人。很快,她知道事情严重了。

佐领跟尤曼互相对视一眼,留下一个在这儿守门,叫了下属,两个人进了隔壁房间里商讨起来。

"头儿,要是大人知道了,我们都项上人头不保啊!"

"这么紧急,叫我们上哪儿找人去?"

"哎!到底是什么人这么胆大,皇上的女人也敢抢!"

"你追究这个责任有什么用?"

"是、是。"

"那位尤姑娘……"

"人还挺机灵的。"

"我看她,长得跟喏曼小姐也有几分相似啊!"

"别说,还真有点儿像……"随从反应了过来,"时辰到了,头儿,咱们赶紧地点名册准备进宫吧……"

尤曼想不到连老天爷都帮她,不只是顺利入了队伍,而且很快也将进宫见到皇帝的庐山真面目!她压制着激动的心情,认真地学着古代少女们的这些步伐、姿态、礼数……

四

到底喏曼去了哪儿呢?

这时刻,喏曼睁开眼睛,来人刚把堵在她嘴巴上的布条扯下,她就放声大喊救命,来人连忙地捂住她的嘴巴:"表妹,是我啊!"

喏曼借着晨曦的光认真地看着来人,这才看清了对方。

她双眼一热,泪水哗哗滚落下来,"表哥!"

"幸好我沿途追得及时,不然你进了神武门,这辈子,我们便老死都见不到对方了……表妹,你现在后悔,还来得及!"

"表哥,荣华富贵,我从来不想要,只想过普通人的日子。你知道的。"

"嗯,这便好!去年叔父上奏朝廷想要成全你我,无耐这皇帝却硬是不肯,才让你我出此下策,要这样才能在一起。表妹,委屈你了。"

"我没事,只是不要连累家人才好。"

"我会想办法把事情处理妥当的。你在这里待着,我去看看那伙人的情况。"

"嗯。"

神武门外,老百姓成堆地站在道路两边看着几辆从各个方向汇集而来的马车、骡车，随着户部大人的一声喝令，秀女们纷纷下了车，城门打开，户部司官两眼圆睁着挥挥马蹄袖，太监在前领路，秀女们作揖后，就此告别了单身生涯，从此将在这紫禁城里，度过余生……

挤在人堆里的男子又往客栈走回去，打听了几句，小二说是人找到了也都带走了。一切相安无事，他便往租的房屋回去了。

霂儿在这边呆呆地坐在亭子里赏花、喝茶，对面的左少爷就在那儿摆弄手里的蛐蛐，不时地说几句不着边际的话。

她想起了宝四爷，想起了第一次在轿子里跟他相遇，也想起了第一次见到他重病的神态。他桀骜不驯的样子，他威武的呵斥声，高大的宽厚的肩膀，柔软的霸道的唇……

这么一想，她立即打住了！你完了，你完了，你居然……你真是彻底玩完了，你爱上那个男人了……

她自言自语地说完，握起拳头，看着它，恨恨地道："冉霂儿，你是不是疯了？老天爷，你别闹了啊！"

她说着趴下脑袋，纠结地大叫起来，弄得左少爷一下子丢了蛐蛐，跑过来在她身后，左也不是，右也不对，舌头打结，说什么也说不出来，活端端像热锅上的蚂蚁。

最后她盯着左宇常，总结了一句话：我真的很烦！

禹德良此刻正不知如何是好，李肆一句"皇上驾到"把他从昏昏沉沉里拽了一把，他连忙张开眼睛，正要跪，李肆已经过来一把扶住了他摇摇欲坠的身子。

"皇上，请皇上饶命啊！"

皇上背着手，来回踱了几次，叹了口气："罢了，霂儿要存心躲着朕，朕也无可奈何。"他此刻倒出乎了李肆的意料，不急不慢，不愠不火。李肆一愣，也连忙应道："是、是，皇上说得是。天下美女如云，何处无芳草。既然……"

皇上白了他一眼："行了，你跪安吧。朕不追究你们任何责任，你回去，改明儿找到你家闺女了，记得告诉她，朕这金銮殿，也不是想来就来的。李肆，此后无论何时何地，冉霂儿此人此名将不再入册！也不准再进入皇宫半步！"

皇上说完，转身离开了，他心里是万分失望的、气恼的，甚至很想泄愤的。

李肆扶住还有些发颤的老人家，低声道："皇上此言，可是金口。不过……这对冉姑娘，却未必是件好事啊。"他叹了口气，"这将来的日子，你们就安心回乡务农吧，您老走好喽。"

言下之意，禹德良当然明白。不只是说从此他们家跟皇宫贵族无法沾边儿了,就是她的女儿,冉霂儿,被皇上退了,按民间习俗,名声受损,也不好找夫家了。

小丫鬟提着水果跑过来,嘴里还冒着大股的热气,没走近已经喜气洋洋地开口了:"小然姑娘,外面可热闹了。今儿秀女进宫,好多人围着看呢,听说这一届秀女们个个都天姿国色。可真好,进宫有机会享福了。"

"进宫有什么好啊?进去了就出不来。"

"当然好啊,可以穿最美的,吃最好的。天下最珍奇的都在里头才能见到。光是看看圆明园,都此生无悔了呀!"

"我也没觉得有什么了不起……"

"小然姑娘,你也没去过,那是不知道,听老太太说,她曾经有幸进宫……"

冉霂儿突然想起了一件非常重要的事情,她要找到怀表!

于是想到这里,她也就坐不住了。

可是,天已黑尽,要找丝绸庄鲁掌柜的,也要明天找机会进城才好。

今夜依然月明,繁星点缀,霂儿推开窗户,突然她愣住了。就在前方的院子里,无数的萤火虫快活地飞舞着,仿佛那儿出现了童话般的乐园,霂儿被这场景吸引着,慢慢地便不由自主地推开了门……

在院子里,犹如孩童般天真无邪的左宇常正耐心地将一个透明袋子里的萤火虫放出来,他一边哼着,一边拍手,看了看霂儿,笑得更开心了。他的记忆犹如复苏了。

童年的他,大约七岁,夏末时节,一个长得非常可爱的小妹妹来到家里做客,晚上不知为何哭闹十分,他抱着她,来到后院里,捉了许多亮晶晶的可以飞舞的萤火虫……

霂儿好像听到一首现代歌在唱:"虫儿飞,虫儿飞,你在思念谁……"

小妹妹咯咯笑起来,要他抱着抓萤火虫,还咿咿呀呀跟他讲话。那时候她才两岁。

"铭儿飞飞,铭儿快飞……"

左宇常不知何时牵起了霂儿的手在院子里快活地奔跑起来,霂儿呆呆地看着这些被他一直养起来的萤火虫,这一刻很不真实,她好像曾经有过这样的情形,她好像曾经这样飞快地在萤火虫之间转动……

铭儿……

"铭儿妹妹,来,哥哥带你飞飞……"

左宇常飞快地奔跑着,奔跑着,穿过院子,穿过花园小径,穿过荷塘,穿过后门,穿过那正在修葺的亭子,突然一根四方的枕木震动了一下,铭儿在前方抱着一束小花朵念什么,咔嚓响起来,左宇常听到木头从没搭建好的顶子上往下

第十七章 梦想成真

坠……此刻铭儿清脆的童音可爱地发出嘟嘟、花花的声音,左宇常飞快地奔跑过去,推开了铭儿,铭儿号啕大哭着跌入荷塘,顿时没了声音……而巨大的木头就毫不留情地砸了下来……

霂儿从睡梦里惊醒,这个梦,如此真实!她摸摸额头的冷汗,抬头看去,蜡烛安静地燃着,窗户关得很严实,这里没有别人。

霂儿没来由一阵恐慌,她的眼泪哗啦落了下来。

"爷爷,你能不能告诉我,这一切是怎么回事?我到底是谁?"

刚下了马,司马世恒就冲进了京城的宅院,正好遇到回来歇脚的阿复,一问,才知道人还没找到。

"那没找到,也没进宫,禹大人呢?"

"刚在路上遇到他了,他说,皇上已经开了金口,不追究责任,还把霂儿姑娘的名册从秀女里除了名,以后不准踏入宫门一步,看样子很生气……"

"霂儿姑娘,到底是出了意外还是怎么回事呢?"

第十八章　命运之轮

命运之轮不停地旋转着。现代女子尤曼做了秀女入宫,而霖儿却阴差阳错被一阵龙卷风刮到了当初差些拜堂的痴呆儿左少爷旁边。

一

翌日,霖儿一早找左宇常说话,说要他带自己进城,左宇常立即鸡啄米地点头,牵着她的手说,铭儿,我带你走。

说罢就像模像样地牵马,这时候被伺候他的随从发现了,就叫了老太太。

左宇常一直嘴里叫她铭儿,老太太感觉十分奇怪,因为她记得铭儿,可是自己亲侄女的小女儿,十八年前,来左府玩的时候,失足落水,吓得大病一场,之后回乡,次年便因被贼人拐带时跌落山崖,从此杳无音信。而左宇常也是那天被枕木所伤,从此浑浑噩噩,神仙难治。

想不到,他竟然,在十八年后念叨这个名字。

自己的孙子自己清楚,他从小过目不忘,聪慧异常,本是个天生的栋梁之才。

"常儿,你来。"老太太拉住他的手,已经二十四的常儿,思想依然停留在无知少年之间。她认真地低声道:"你可确定眼前的姑娘,是铭儿妹妹?"

常儿点头,呵呵笑。

"铭儿回来了,铭儿不哭了。她喜欢虫儿飞飞……"

"常儿。"老太太的双眼泛着泪光,孙儿或许有机会能好呢。"好,那你陪着铭儿去城里玩吧。不过你要听话,在天黑前带她回家,妹妹怕黑,知道吗?"

"常儿知道!"

戴府。

戴知豪立下了汗马功劳,高高兴兴地回府来。听闻皇上今日选秀,也想起了阿莲娜,就连戴绩的问话也没听进去。

"知豪!我问你话呢!你不但协助关将军击退了叛匪阿穆尔,还抓了扰乱尼布楚边界的匪领田森,皇上有没有传什么时候觐见?"

"哦……叔叔……知豪还没接到旨意。不过,听闻皇上今日选秀,恐怕还有些时间。再说昨日皇上已经赏赐了侄儿一座大园子及白银黄金……"

"哎,这些都不重要,重要的是你要在当今朝廷有所作为啊!"

"是,侄儿知道。"

戴绩呵呵笑起来:"既然你这么快就得了如此皇恩,看来,做叔叔的,也该为你做点事情才好!"

"叔叔说的什么话!"

"你也老大不小了,你婶婶说,该为你成家啦!"

戴知豪笑起来,也不忘记抱拳:"多谢叔叔婶婶的爱护!"

霖儿同左宇常走到大街上,左宇常身后一个不言语的看起来很凶的随从一分钟都不离开他们身旁,霖儿走哪里,看哪里,左宇常也走哪里看哪里,俨然就像妇唱夫随,霖儿沿着不太熟悉的街道,沿途往司马绸庄的位置去。

弘昌大清早从怡红院里出来,还没上马,便看见左宇常跟着霖儿在那边给要饭的老少送吃的。他见到霖儿,便有了兴趣,这女孩生得眉清目秀,娇小玲珑,一双清澈的眼神纯真聪慧,笑脸甜美动人,左府这位少爷很小就成了呆子,几乎京城人人都知道。

霖儿看见小男孩的手破了,流血的地方结痂很厚,似乎有些化脓,于是问侍从能否给他包扎伤口。

这时一个懒洋洋的声音传进他们耳朵:"好一位善良的姑娘,哎,不如让我来帮忙吧?"

霖儿抬眼看了看他,一时没想起来,不过看他神情,总觉得不是什么善人。

左宇常忙说:"我会包扎,木头,拿金疮药,我会包扎!"

那叫木头的侍从从怀里掏出金疮药,主动为小男孩消毒上药包扎……

霖儿使劲地想着眼前衣着华丽的公子爷:"公子要帮他的忙,不如施舍些银两吧?"

左宇常一听,立即就从腰上解下装银两的袋子递给霖儿:"我有,我有……铭儿,这些都给他吧!"

霖儿叹了口气,弘昌哈哈大笑起来:"左家这位,真是豪迈人士。不过,我银子没有,倒是可以请你们去我家里吃一顿,不知道姑娘赏脸否?"

霖儿还是没想起这个人来:"我是叫你救济这些穷人,不是要你请我,公子你弄错了吧?"

"哎,姑娘你是好心,不过,这天下乞丐如云,你能帮几个呢?姑娘,在下也是个缺少关爱的乞丐,姑娘何不安抚一下在下的心。"

他如此调戏之言一出,侍从也恼了:"弘昌贝勒,这位姑娘乃是我家的客人,还请自重!"

"什么？你家客人？不知道，是你家哪里来的客人呢？"

左宇常笑起来："她是我的新娘子。"

霂儿吃惊地看着他："左公子，你不要在外面乱说啊！"

"哈哈哈哈……看来，她不想做你的娘子哦！哎，左公子，不如，把你家娘子换给我吧？我送你十个八个娘子陪你玩捉萤火虫？"

此言一出，左宇常立即就生气起来："我不要！"

"哼，她也不是你的娘子，不喜欢你……"

霂儿终于知道他是谁了，这个就是不久前，她看见的强抢民女的弘昌贝勒。他正要继续纠缠，一辆华丽的马车辘辘赶来，车夫躬身道："贝勒爷，理亲王有请您过府上一趟。"

"姑娘，本贝勒爷，下次再请你吃喝玩乐。别忘记了哦！"

贝勒爷淫笑着跳上马车，冲她眨眨双眼，她愤怒地盯着他，低声骂道："死淫贼，看我哪天不好好收拾你！"

左宇常安静地听着，她生气的样子也挺让他害怕的。

"铭儿……"他弱弱地喊着她的名字，让她收起了刚才的愤怒，眼前的成年男子，却有着小孩子性情，不免有些可怜。

"行了。"她把钱袋还给他，"我要去司马丝绸庄，木头，你知道在哪条街吗？"

叫木头的侍从想了想，左宇常却抓住她的手："我知道，我带你去吧，铭儿妹妹，我给你选漂亮的衣服。"

没多久，司马世恒刚要走出丝绸庄，迎面就看见霂儿东张西望地往这里走来，司马世恒倒抽了口凉气。冉霂儿也看到了他，两个人结结实实地发了半天的呆。

"世恒哥！"

"霂儿！"

霂儿不知道为什么，刚一笑便觉得鼻子发酸，好像把司马世恒当成了哥哥冉衡，一见到他，也不管旁边有谁，就扑过去歪着脑袋哭了起来。

他紧紧地抱住她，拍拍她的背："霂儿，没事了没事了，你回家了，有我在。霂儿……回来就好了。现在风平浪静了，知道吗？"

霂儿点点头。

左宇常呆呆地看着他们，霂儿哭得好伤心，他的脑子一阵刺痛，有一些画面闪过来，他看见铭儿妹妹跌了一跤，坐在地上哭，他扶起她，给她擦眼泪，然后铭儿看到了黄昏的树丛里闪闪发光的虫子飞来飞去，呵呵笑了。

他站在原地发呆。司马世恒看着左宇常。

这时鲁掌柜走过来在他耳边道："少爷，那是左府的少爷左宇常！"

第十八章　命运之轮

霖儿抬起脸，司马世恒给她擦了眼泪，左宇常突然冲了过来，拉着霖儿的胳膊："铭儿，走吧，我们回家，我带你回家。"

二

霖儿摇摇头，泪眼红红地看着他："你自己回家吧，左少爷，我不是铭儿，我不是你说的新娘子，你认错人了。"说着又回头对木头道，"木头，回去以后请你替我告诉老夫人，谢谢她这两天收留我，现在我找到了我的哥哥，也回了家，劳烦你带左少爷回去。"

谁知道左宇常一股脑儿地往旁边一坐："铭儿不走，我也不走，我哪儿也不去！"

司马世恒见他耍小孩子脾气，便道："好吧，不如两位先进里屋休息一下！"

管家带两个人进去，霖儿也进屋，说起前天刮大风的事情。

司马世恒也说了禹德良去皇宫的事，末了还道："如今秀女都进了宫，事情也跟你没关系了，霖儿，你不必再为此烦恼了！"

霖儿还记得自己以前被逼学琴棋书画的时候给他信中发的牢骚，如今，听到这消息，却根本没有释怀的感觉，反而……很失落，很失落。难道他就这么轻易，放弃了我，不再想见我了吗？就因为我私自跑了出来，他就这样不再如从前说的那样爱我了吗？

想到这里，霖儿伤心了。她点点头，眼泪滚落出来，司马世恒不太明白地看着她。

"没事啦，我很高兴！"她笑着流泪说，"真的好高兴，不用再进宫了，不用被圈起来了。"她擦去眼泪，端起茶杯喝水。

在隔壁房间一直张望霖儿的左宇常一刻都没消停过。

"那左少爷，想不到不是外人说的恶人。"司马世恒道，"不过，想想你的身份……"他分析道，"禹德良大人如果真是你的生父，那么，左宇常是没有认错你的。霖儿，对吗？"

"世恒哥，你的意思是说，都是真的？"

"我听说他有个过目不忘的本事，一直也不相信。不如我去试试他。"

"世恒哥。"

"霖儿，你不想知道真正的身世吗？"

"可是，我十八年前的样子，跟现在怎么会一样呢？"

"总有些样貌，是年月无法改变的。一个人深刻地记着另一个人，总有一些原因。"

司马世恒去了客厅，霖儿远远地看着他同左宇常打招呼。

司马世恒随手拿起茶桌旁的一本诗集，翻到中间一页："左少爷，你会认字吗？"

左宇常点头："我会，我什么字都能认，爹请老夫子一直教我来着，我还会三十六计哦！"

"这本书读过吗？"

"这本……"他老实地摇头。

"来，这里一段，可以背下吗？"

左宇常点点头，抬头看了看里屋吃糕点的霂儿，自己也拿起旁边的绿豆糕吃了一块，看了一会儿，接着低着脑袋盯着地板看了，然后张嘴就念："吾今日不才，有词两段，请少子一同斟酌，一曰：清夏有幸遇华年，素节未知……"

司马世恒看了看那木头，依然是抄手站在一旁，言语不出，没有表情。他自己，倒是十分惊骇。

不多久，霂儿看到司马世恒进来，一脸的震惊。

"霂儿，他果然如传言说的，过目不忘！"

这时候左宇常跑了过来："铭儿妹妹，我饿了。我们回家用膳吧。奶奶说，今儿有你爱吃的古老肉……"

"呃，谢谢你……不如，这样吧，你先回去好吗？"

"铭儿妹妹，你叫我宇哥哥啊。"

"哦……宇哥哥，你先跟木头回去，我还要去见我爹。"

"那我也跟铭儿一起去见铭儿的爹！"

他很固执，大家都互相看着，不知道怎么办好。

"哦……"霂儿皱着眉头，他还是笑着站在旁边，"我以后，不会离开铭儿，铭儿就不会摔跤了。"

"世恒哥！"霂儿苦恼地看着他，他忍俊不禁。她嗔怪道，你还笑！

司马世恒想了想，在她耳边耳语了几句，于是霂儿才点头。

"那好吧，宇哥哥，你跟我去见见我爹。如果我真是铭儿，你也认得我爹的，是不是？"

左宇常连连点头说好。这样他们就上了司马世恒安排的马车……

人刚上了车，后面怡亲王的轿子就停下来了。怡亲王这几天没事做，想司马世恒该回京来了，就过来看看，进了门就跟管家打听。

"刚才出去的莫非是世恒？"

"王爷，您知道我们少爷出门都不乘轿子的啊！刚才那是冉姑娘呢。"

怡亲王一听，吓了一跳："什么！找到她了？"

"是啊，也是刚巧回来了。王爷，您请上座，我去请我家少爷出来。"

怡亲王的额头一大堆问号，连忙拉住管家："霂儿姑娘是要去哪里？她不进宫了？"

"王爷，您也知道这事啊？她自然是去程府了。哎，天意哪。没赶上选秀，倒也好，至少皇上他不追究，还撤去了冉姑娘的名单呢。"

皇宫里，户部司官同内务总管太监来，将初选的秀女名单呈送到皇帝手里，完全没心情看秀女的乾隆摆手道："明儿个，请皇太后阅吧，朕还有事要忙。退了。"

于是，盼星星盼月亮想要盼来皇上的众位女子，都落空了。

尤曼今天特地给自己化了一个"特别素妆"，这本身是让她紧张的第一次见面，她担心自己过得了皇上那关，过不了皇太后的关，自古这些女人其实根本就不喜欢长得漂亮的女子做儿媳，反而喜欢朴素却能生养的端庄内敛女子。所以通常皇后都不是皇帝最爱的女人。

皇太后等人在太监伺候下阅了一圈，看完了二十来个女子以后，皇太后在第一排的一个女子身前停住，道："抬起头来！"

女孩子乖乖地抬起脸，眼睛却依然只能俯视地面。

"你是哪家的？多大啦。"

"回皇太后，镶黄旗满洲、纳喇映佳，14岁。"

"嗯，小时候见过你几次，想不到现在女大十八变。"

随后几位小太监轮流拱手托起盛了八块牌子的御盘。皇太后抬起她戴了祖母绿宝石戒指的手，把那上面写有"映佳"的牌子拿了起来。

然后看了看其他的名字，随手撂了几个牌子。

……

皇太后等人就这么走了。

这是选秀的第三天。

阳光明媚，还没有完全熟悉古代皇宫生活的尤曼一早起来，想不到庭院里站着发怔的一名美丽少女。这少女扯着花瓣嘟着嘴巴，似乎在追忆什么。没一会儿，同车的一个叫庆喜的少女笑着跑出来，手里端着盛了糕点的盘子，见到她们就道："你们为什么一个个都不开心呀？莫非也不喜欢留在这里？"

尤曼微微转头，看着她："你为什么这么开心呢？"

"因为在哪里都好玩儿啊！反正我的牌子被太后撂翻啦，我也不会做皇帝的妃子了，所以我很开心呢。"

"有什么开心的？进来了却做不了主子，莫非你想一辈子做个丫鬟？"随后开门过来的女子撇嘴，"娘亲说了，要是我不能做主子，将来的日子会很惨的！"

"你们想的不要这么多，一切随遇而安吧。"又一个淡然的女子，她是属于那种耐看型的古典淑女。

三

"福菱,你跟映佳都被太后问话了,笑眯眯的。你们呀,晋升是早晚的。"庆喜笑眯眯地道,"对了,还有前面这位姐姐。"她看着尤曼,又看看那边一言不发的少女,热情地道:"你叫什么呢?我看你好像一点都不开心。"

少女淡淡地吐了两个字:"依依。"

"哦?依依?嗯,你被撂牌子了吗?"

依依冷冷地低声道:"那样挺好。"

"别担心,我也被撂牌子了。"庆喜说。

"你怎么知道是撂你的牌子了?尽乱猜。"

"我这么粗鲁,他们一定不会要的。再说了,后宫佳丽嫔妃,最重要的,可是'宽仁、孝慈、温恭、淑慎',我嘛,不温恭,也不淑慎,不闯祸已经很好了!"

尧依依想念的依然是她别了数日犹如三秋的司马世恒。

司马世恒送走了秀亭,想起了霖儿。

此刻霖儿正在程府里欢快地吃着餐后糕点。大家没有责怪她的意思,倒是也为她躲过一劫表示欣慰,尤其是老太太。至于左宇常,果然如司马世恒所言,竟然认出了禹德良,他还叫他伯伯,大家听霖儿说起他救了自己,都感叹缘分神奇,霖儿撅着嘴低声对禹德良说他认自己是新娘子云云。禹德良也明白其中的关系,于是道:"爹会帮你送他回去。"

左宇常还是很尊重长辈,禹德良给他说了几句,他很乖地点头,跟木头走了。走前还跑来跟霖儿说:"铭儿,改日你还来我家里玩吧,我会捉好多萤火虫陪你跳舞。"

霖儿没说话,他走了,她倒有些心酸。

如果一切的一切,都是真的,那么左宇常这个样子,多少也跟自己有些关系。她觉得有些愧疚。

"少爷!"鲁掌柜手里拿着没签阅的账本多时了,司马世恒还拿着毛笔发呆,鲁掌柜于是道:"少爷,是冉姑娘……"

"什么?霖儿怎么了?"

"少爷。"鲁掌柜慈爱地笑起来,"这霖儿姑娘,被除了名,也未必是好事。您这么关心她,不如去程府探望,老奴还有许多礼品,明日备好,您一并带去。"

"看霖儿?鲁掌柜……你……你意思是?"

"是啊,少爷,这时间也不早了呀。该提亲啦!早点儿定下,省得那左府的……"

司马世恒也忍不住勾起了嘴角，转念又道："却不知道她意下如何……"

秀亭是个心里有事都藏不住的人，一知道霂儿回府上的消息，就赶紧地又奔了金銮殿。果然，还在勤政的皇帝一见了他，表情仿佛拨开云雾见晴天一般。

"你倒来得不早。说吧，今天有什么事要说的？"
"皇上，您今儿个没有阅选，莫非真是军机处那什么事让您烦着了？"
"碍你什么事？有话就说。"
"那还是算了，还是秀亭陪您下盘棋吧。"
皇上看了看他，那神情，跟上次一样的有些自鸣得意。

下棋时，秀亭便间或鸣唱一句诗经……下到半晌，乾隆冷冷地盯着他："你倒是有什么就说。"

"皇上今天落子燥、心浮，好吧……秀亭就说了，给您再加一把火吧。我今天见到冉姑娘了……"
"这跟朕有什么关系？"
"是吗？哦，对，您已经将她除名了。不过，可有人一早就巴不得呢。估摸着，出不了十天半个月，她也该出阁了吧。"
"秀亭！"

乾隆顿住，之后把棋子往盘里一放："这棋下次落吧。"然后起身背着手走了。

太监端来绿头牌，乾隆抬手正要翻，想起了什么，又收了手，之后，对李肆道："去给朕把那西洋人的玩意儿拿来，朕想起这个新鲜的玩意儿，也给怡亲王过过眼吧。"

不多会儿，当皇上从一块御用丝帕里拿起还在滴滴答答走动的银色怀表时，秀亭的注意力即刻被完完全全占据了。

霂儿往绸庄去，是想跟司马世恒道别的，司马世恒却被秀亭请进了怡亲王府。

鲁掌柜跟丫鬟都留住她等。一个时辰后终于听到了司马世恒回来的脚步声。看到霂儿，司马世恒欲言又止。倒是霂儿微笑着上前去，感觉不对，于是询问。

"世恒哥遇到什么事了？不开心吗？"
"霂儿，我想问你，你的家传怀表，可是银色的、圆形的？"
"是的。"
"可是上面系了一条银色链子？"

"对啊。"

"还刻了几个奇怪的符号？"

霖儿狐疑地盯住他："世恒哥，你……"她随后喜上眉梢："你看到了？"

司马世恒摇摇头："不是我看到了，是秀亭见到了，刚才还问我有没有见过那西洋人的玩意儿。"

"啊！在秀亭那里呀？太好了，我要去……"霖儿激动得话也不听明白就要起身往外走。

"霖儿，不是在他那儿。"司马世恒顿了下，声调提高又降下来，"在当今皇上手里。"

霖儿脱口而出："不可能啊！"

"皇上还对秀亭说，这是一件不可多得的宝物，从西洋人手里恐怕也买不到的独一无二的。秀亭想借来研究下，皇上断然拒绝。听口气，除了他自己，是无人敢拿的。"

霖儿站起来又坐下去，胳膊支起脑袋："完了！怎么落入虎口啦！"

"霖儿……又胡说了。"司马世恒提示她，"你说话可要小心，你不知道自己已经开罪了当今皇上吗？"

"什么啊？我怎么会……哎……我本来就不想进宫当秀女啊！"霖儿再次站了起来，然后木然往外走，司马世恒立即走过去拉住她，柔声道："你要去哪里？"

"我要进宫！"

"霖儿……"他搞不懂，为什么一块物件比什么都重要，"霖儿。"

"我要拿回怀表。"

"你恐怕是进不去了。"司马世恒沉重地说，"皇上金口一出，是不可能改的。霖儿，你可不要太天真了啊。"

"是啊！那么，叫秀亭带我去可以吗？"

"霖儿。"他认真地拉她对着自己，"我想很认真地问你一句话，可否放弃寻回那只表跟我一起走？"

霖儿沉默了良久，他知道他的眼神表达着什么，他的温暖的手紧握传递着什么，他对自己充满爱意，一刻都不会消失，她觉得跟他走真的很温暖、很安全，会感觉有完全自由的新生活。但是，霖儿咬着嘴唇，轻轻地抽离了手，望着窗外阳光下的花草树木。

"有些人走了，有些事也已经无法挽回了。我也想过放弃，有时候觉得这样很辛苦。世恒哥……"她掉过头来，已经泪眼汪汪，楚楚可怜。

司马世恒却没有放弃："霖儿，走的已经走了，就不必回头；无法挽回就重新开始，珍惜眼前的一切。既然这么辛苦，就放开一些吧。霖儿，人生没有几件如意之事。只是看你想要怎样活着……"

第十八章 命运之轮

霂儿不知道该怎么表达矛盾的心情。

四

"对不起，世恒哥，我……我知道你是为了我好，我知道你对我好，我知道……"她想说无数感激的话来表达内心的愧疚。司马世恒却一把把她揽住，情深意重："霂儿，我只是想给你幸福，陪你走过以后的每一个春夏秋冬。"

霂儿哭得更伤心了，她摇头："对不起，世恒哥，一切都迟了……"

"那今天就先休息吧，明天一早再去见怡亲王，好吗？好好考虑一下，我不想你冲动行事。"

霂儿点点头："我知道了。"

此刻，两个戴着帽子的姐弟牵着马刚刚进了京城正找客栈落脚。

翌日。

左宇常像往常一样，天蒙蒙亮就起来，吃了几口东西就往门外窜，后面的丫鬟家丁无法阻止，只好远远地跟着。左宇常似乎有着超常的直觉，他刚上了街，就见戴着顶帽子的霂儿一身公子爷打扮往怡亲王府前进。

左宇常兴高采烈地跟着她。

霂儿来到王府门口，叩叩大门，没人应，她再叩叩，还是没有人应。接着第三声叩下去，霂儿听到大门后面有了声音，于是整理了一下帽子，跟着，展开笑容，门开了，几个家丁弓着身子低着头恭送着一顶华丽的轿子从门口出来。

见到她，却无人理会。

"哎！你好，还记得我吗？我……对了，请问轿子里面是不是怡亲王呀？是秀亭吗？我是霂儿……"霂儿激动地对着轿子喊，没注意到身后的李肆，李肆哎哟一声，霂儿也呆住了，神经一下反应过来，跟掀开轿子窗帘的皇上四目相视，两个人都傻了。

霂儿跟皇上就这样对视了差不多半分钟之久，直到轿子缓缓下去，霂儿的心跳从来没有如此狂烈过，可是，她也同时忘记了自己来这里的目的。后面出来的秀亭哎呀一下，手举在半空，不知如何是好。

"铭儿、铭儿……"左宇常不知道怎么的跑了过来，笑嘻嘻地冲上台阶跟霂儿打招呼。这时候，小莲跟小丫鬟也追了出来，一见是亲王府，立即就站在台阶外不敢动弹。

霂儿回过头，惊讶地看着左宇常："是你啊！"

皇上咬着腮帮子，后面的人居然不追上来，他有些生气，更加失落，最后在轿子就要离开霂儿视线范围之时，他低声喝着停轿。

"皇上！"李肆低声进了帘子，道，"奴才看清了，真是霖儿姑娘呢。"

"她怔在那儿干吗呢？"

"她……她怕是麻烦缠身了。"

只见那认出霖儿的小莲捂着嘴巴，尖叫起来："新少奶奶……"

霖儿一怔，小莲也不管别的冲了上来，打量着霖儿："你……你就是……你就是……曲家小姐吗？"

霖儿一愣，立即摇头："我不是，我不是。"

小丫鬟也点头："莲姐姐，她是燃儿呢，我家少爷救过她，少爷好像特别喜欢她，老把她认作娘子……"

"是娘子。"左宇常伸手牵着霖儿的衣角，恋恋地道，"铭儿娘子，跟我回家吧。"

怡亲王挑起眉头，清清嗓子走出大门槛："哎，你们是什么人？"

"奴婢见过王爷！奴婢是左府的丫鬟……这位是咱家少爷。"

"你们跑到这里来做什么？"

"哦，怡亲王，您还认得霖儿吗？"霖儿微笑着问。

怡亲王没说话，皇上在那儿，他敢认也不敢说。霖儿愣着，这时候李肆小跑了过来。

"怡亲王，咱宝四爷说，要您过会儿去他府上下棋。"

李肆说完就小跑着走了，之前还刻意地朝霖儿笑了笑。霖儿才想起自己来干什么的，立即追下去，但是轿子已经往前去了数十米远，霖儿在后头追着。

"等等，宝四爷，等等……"

无论她怎么喊，里头的人就是不应，轿子也不停，霖儿喘息着站在原地，李肆回头看了看她，摇摇头跟着轿子一同去了。

霖儿一回头，傻乎乎笑的常儿又出现了："铭儿。"

"再胡乱喊，我跟你翻脸喽。还有，我不是你娘子哦。别胡说了好不好？"

常儿立即拉下脸来，伤心的样子，可怜呆呆的。小莲跑上来，生气地看着她："我记得很清楚，你明明就是那天打晕我们的曲家小姐！"

"我说了，不是！不信去曲府问！"霖儿生气地跺脚，"我爹姓禹不姓曲！"霖儿说了便回头，王爷已经回了院子，但门还开着，家丁见到她，出来道："姑娘，王爷有请。"

见霖儿进去，左宇常抬脚也要跟进去，但门却轰然合上，他吃了闭门羹，用力拍打着大门，没有回应。

他一跺脚，生气地抱着膝盖往地下坐，还自言自语地说，我要等铭儿出来。

此刻就在怡亲王府外，一男一女戴着草帽悄悄在那儿等待着。

第十八章 命运之轮

男孩看了刚才的情形，低声道："姐姐，咱们这回有机会取她头颅了吗？"

"当然有，只要她出这道门，姐姐就能拿到她的脑袋。"

"咱们这么辛苦用了这么久才打探到她在京师，如今总算对师傅有交代了。"

"不知为何，师傅消失几个月了，我沿途留下暗号标记，她也不回应。"

此刻，任凭家丁丫鬟怎么拉也拉不动左宇常，丫鬟无奈，就叫家丁跑腿通知老爷去了。

进了怡亲王府客堂，怡亲王微微有些严肃却也有些担忧地开口道："霖儿，你今天怎么想起找我来了呢？"

"哦，我……是来找你的吗？哦，是的。"霖儿敲敲脑袋，"秀亭……我听世恒哥说，你是不是见过一只银色的怀表？"

"是啊。"

"那个，是在哪里见的呢？"她想确认一下。

"皇上那儿呢。"怡亲王知道这次皇帝的计划成功了，利用他来传话。

"啊，是吗？可是，你能给他借出来吗？"霖儿抱着一点点的希望问。

"不能！哎，不过皇上说了，找西洋传教士给我也弄一块去呢。你也喜欢吗？那我也给你留一块吧？"

"哦，不、不用了。"霖儿摇头，"我不要别的。"

"对了，霖儿姐姐，你在这里好生做客，我要奉命进宫了呢！"

"啊？"

"怎么了？"

"那个，秀亭……"

秀亭就等着她说，你能带我也进宫吗。然后，她就这么说了，说完以后，却没任何感到高兴的感觉，不知道为何。

门开了，左宇常跳起脚跟着轿子边嚷边跑，侍卫知道他是左府少爷，也不敢得罪，于是便任由他在外头声嘶力竭。

只见那傻癫癫的左宇常跟着前头那顶轿子一直跑一直喊，就在轿子经过僻静的巷道口时，一个戴着帽子的少年突然骑着马横冲直撞过来，惊得轿夫紧急停步，前后跟着的侍卫连忙举刀在左右保护。想那马儿受了惊，马背上的少年惊惧地呼喊："不得了了，大爷，马儿失心疯了，快帮帮我，救命……"

这声音一喊，侍卫都愣住了，反应快的立即就踩着墙壁一路飞奔过去，在马儿即将撞住轿子的时候，跳上了马背，少年翻身跌倒下来，马儿还在疯狂地乱跑，坐在轿子里的怡亲王和霖儿都掀开了门帘，这让暗中的少女明白，霖儿是坐在后面的。

第十九章 执子之手,与子偕老

爱着霖儿的司马世恒希望与她共此一生,但最终霖儿选择了再次入宫,谁料入宫前被人刺杀。

一

就在那失心疯的马儿狂奔乱撞之际,几个侍卫立马包围上去,一人抢缰绳,一人踢马腿,一人保护怡亲王,谁都没想到,一个戴面纱的黑衣人半路窜了出来,锋利的长剑飞速向冉霖儿刺去……

冉霖儿惊讶地瞪大眼睛,根本无从反应,只听到左宇常喊着她的名字,接着少女看到横空扑出来那呆子,来不及收剑……

怡亲王听到霖儿的尖叫声,蒙面少女只是呆了那么几秒钟便推开受伤的左宇常继续向霖儿刺杀过去……刀剑到处,门帘瞬间被刺得支离破碎,倒地的左宇常还张开带血的手奋力去拉少女的腿……飘动的面纱下,少女的双眼无情冷漠。

正在这惊险的时刻,侍卫立即冲了过来……

霖儿见到左宇常浑身是血,一时感觉无法呼吸,她连抽了几口凉气,胸口堵堵的,很快晕厥了过去……

紫禁城御花园。

一听说皇上召见各位被留牌子的秀女去御花园,十来个秀女都乐开了怀,内务总管亲自领人过来,还在这里对了一遍名字。

"各位秀女们可听明白了,按规矩一个个地走,一会儿皇上要在这里召见你们,是你们千百年修得的福气,这回你们谁要是讨了皇上的好,那今后吃香的喝辣的,就都不在话下啦。不过要是心眼儿太多,主子是未必喜欢的,咱新主子有他的脾性,你们都是聪明人,知道何为适可而止,随缘而为。好了,时辰不早了,今儿阳光灿烂,鲜花满园,起吧!"

乾隆满脸悠闲地踱着方步穿过亭子,远远的初春里栽种的鲜花争先开放,馨香无比,他忍不住闭上眼睛呼吸起来。深沉的呼吸里,他听到了一声声悠扬的琴声,很快,一个美妙的声音传入耳里。

"庭院深深满园春,此刻心动为君升,由来天上人间情,自古丹心为谁生……"

好奇地睁开眼睛,皇上寻觅着方向,李肆也跟在旁边到处寻找打量着,很快,在亭子的花卉旁,一位秀女抚着琴,一位秀女手中握着美丽的花儿放声歌唱,还跳起舞来。

抚琴的是喏曼(尤曼),唱词的是福菱。正为这一幕好美的画面惊叹着,一旁一个女生放肆的尖叫声传了过来,这正是庆喜扑打蝴蝶的声音,映佳则在一旁的石块上摊开了白纸写起了诗词,乾隆信步走过去,只见那些字体涓涓细流,美丽舒缓又自有各人性情在其中。

内务府总管小跑着过来,躬身给他请安。

跟着所有秀女都开始放下手中的东西,皇上却抬起手,摇头:"继续,不要停!"

"听到没有?继续……"

很快,又一首新颖的旋律响起来,乾隆听到了从未听过的唱词与优美的乐律:"像一阵细雨,洒落我心底,那感觉如此神秘……我不禁抬起头,看着你,而你,并不露痕迹……"尤曼优美地旋转起了身姿,手中的丝带、纱巾完美地挥舞着,然后慢慢地,将她美丽无瑕的脸抬起来,定定地看着乾隆,乾隆为此,入了迷。

正看得心神驰骋,广融快速奔跑着冲了过来,给李肆低语了一句话,乾隆点头抿嘴,尤曼与他的眼神开始交流着电波。此刻李肆到他耳畔软软地低语了两句,他立即转身看了眼广融,便疾步离开了御花园……

内务府总管和众位少女都愣在原地,尤曼失落地看着皇帝的背影消失在这里,一个悄悄跟着皇帝来的小太监见此情形,立即掉头跟着皇帝的方向跑。

载着霖儿的轿子此刻正停在钦安殿外,秀亭已经吩咐人叫御医,乾隆出现了,冲入殿内,殿外立即被所有侍卫和太监团团围住。

"皇上,秀亭真不知道竟然有人想要杀霖儿姑娘。还好有左宇常挡了一剑。"

隔壁已有御医正在给左宇常包扎,殿外的马儿被人牵走,那偷偷跟来的小太监看见一路都是鲜血,有人还在打扫。

两台轿子,其中一座轿子的门帘被砍成碎片在风中呻吟着。

重重的侍卫和太监在仔细注意四周,但凡太监宫女端着吃的喝的进来,也要经过李肆的仔细查核才得通过大门。

他不解地想,皇上这是为了谁冲进来的呢!这里头的人,到底是何人?想到这里,他好奇的心更加激动。

李肆轻声放下吃的喝的,叫小乐子到门口守着便进去了。皇帝守着霖儿,等着太医隔着帘子把脉。

不多一会儿,太医皱着的眉头一下展开了。他表情有些喜悦。

"皇上……"

太医看了看广融和李肆。

"说吧!"他点头。

"这位主子,受了惊吓,还好没伤着肚子里的小生命!"

一语惊动所有人,皇帝吃惊地抬起脑袋:"你……你说什么?"

"皇上,这位小主子,有身孕了,微臣诊断,已有两月之久。"

这时苏醒的霂儿掀开了帘子:"你们说什么?"

皇上看了看御医:"小李子,带御医下去打赏!"说毕还刻意朝他看了一眼,李肆当然明白,立即躬身请御医移步。

等他告退以后,霂儿就已经下床了:"那个……左字常呢,他怎么样了?"

皇上牵起她的手:"此时此刻,你不关心自己,却问别人?"

"皇上,是他帮我挡了一剑!皇上你没看到啊,那个人差一点……"霂儿说着,很后怕地想着那一幕,皇上立即把她揽入怀里。

"没事了,你已经没事了。"他拍拍她的背。

"他真的没事了吗?"

皇上掉头看向广融,广融即刻回禀道:"姑娘不用担心,左公子没事,御医给他缝了针,伤口也上了金疮药……"

"我去看看吧!"霂儿抬头望着皇帝。

"改日再去。"说毕又掉头道,"准备轿子,回景福宫!"

"喳!"广融会意地出去。

没一会儿,庞大的安全队伍聚集到门口,皇上的轿子缓缓落定门外,听李肆说压轿,只见皇上抱着一小太监从门口出来,那太监的脸紧紧贴着他的胸膛,手搂着他的脖子,他满意地露出爱的笑脸看着她,迅速在李肆的协助下进了轿子……

正当轿子以比平日快的速度往乾清宫去的途中,路经御花园时,听到前方有太监喊太后驾到几个字,轿子刹住了。

秀女们都站成一排恭迎太后。

皇上只好停轿下来,霂儿偷偷地坐在其中,不敢动弹。

太后对众位秀女说了平身,皇帝便过来给她请安。

"今儿个天气暖和,雪都融了,哀家想来这里走走,不料听说有秀女在此起歌载舞,哀家也来凑凑热闹。皇上,你看怎么样?"

皇上冷静地背着手,看着列位秀女道:"方才朕也听到了不少的好曲子,不如让她们再为皇额娘演奏一回。"

"嗯,好。"

皇上朝尤曼看去,尤曼等人立即明了,便开始弹奏刚才未完的现代乐曲《你

第十九章 执子之手,与子偕老

的眼神》。

熟悉的旋律穿过花草树木，伴随艳阳和风流淌进霖儿的耳里，霖儿吃惊地张开眼，悄悄掀开了窗帘……

二

"虽然不言不语，教人难忘记，那是你的眼神，明亮又美丽，啊，有情天地，我满心欢喜……"

这声音、这歌曲，明明就是现代人的，她看不到人却能感觉到熟悉的元素……

"天啊！她是尤曼吗？不可能的，尤曼怎么会穿越到这里来？可是，这声音，真的就是尤曼的呀！"霖儿极其想要看清楚人，但是无奈她不敢出门。

此刻的依依只是站在一旁，却跟怡亲王的眼神相视而笑，怡亲王从她眼里能感受到一抹不甘心的悲伤。皇帝注意到了怡亲王魂不守舍的目标，颌首微笑起来。

不多会儿，太监们端起各位佳人的牌子过来，由皇帝挑选最后一批秀女，入选的便会遵从历来规矩——梳洗干净，用毯子裹着轮流去指定的寝宫伺候皇帝。

皇上匆忙翻了几块牌子，还刻意将尧依依的牌子撂了。

太后微微点头，皇上又低声道："皇额娘，朕还要回宫办些公文。"

"好，你去吧。"要能为大清多添子孙，太后便是满心高兴的。

皇上起轿，霖儿一路和他的十指相扣着，两人相视笑而不语。

在轿子即将到达寝宫之时，小乐子跑过来低声禀报道："奴才给皇上请安。皇上，昨儿个召的兵部尚书戴绩等人在乾清门外等了许久了。"

霖儿一听戴绩两个字，立即想到了张毅。她内心的天平立即往2007年倾斜了，她想到了还没有被制裁的张毅，想到了还有许多事情要回去完成。

她想开口说话，皇上道："今儿个朕没空，叫他们明儿早朝就是了。"

"喳！"小乐子小跑了离开。

皇上握住霖儿的手："朕今天好好陪你。"

等两人进了门，穿过帘子入了寝宫内，霖儿突然掉过头就给乾隆跪下了。

皇上吃惊地抓住她的胳膊："你这是做什么？"

"霖儿求皇上一件事好吗？"

"什么事？你先起来！"他本想立即扶起她来的，谁知道她接下来说的话让他为之一怔。"求皇上把从戴知豪手中得到的怀表还给霖儿！"

这是霖儿曾经不断演练的，清楚、快速、坚定还有真诚的话语！霖儿脑袋低低的，此刻十分像门外那些奴才。

"求皇上了！那是霖儿的爷爷生前留下的最后信物，对霖儿来说无比珍贵，求皇上大发慈悲……"

"你！你给朕……闭嘴！要是再提那怀表，就给我滚出去！"皇上突然拍案大喝，吓得霖儿全身发颤。霖儿第一次感受到伴君如伴虎这句话的个中原理。

"如果皇上愿意，我立即拿着怀表滚出去。"霖儿继续恳求着，声音发颤，全身发抖，泪眼婆娑。

皇上震怒起来："冉霖儿！你是不是要怀表不要小命了？"

李肆身子一抖，立刻过来低声劝解道："姑奶奶啊，您就别要那劳什子啦，你是不想要命了吗？好不容易回来，也让皇上开心点，怎么、怎么就……？"

霖儿泪眼滂沱地望着皇上。

皇上看到她的眼神慢慢地从愤怒变为平静。他背着手踱步到一旁站着。

李肆看了看他们两个，然后挥手朝别的奴才打手势，几个人就关门退出去了。

几分钟以后，他们还凝固在原地，直到霖儿起身打算开门离开。

"进了这道门，你还想走？"冰冷而权威的声音从她脊背后传来，霖儿感觉这声音霸道里却饱含了失落。

"你说，你想走吗？"他的手把在她的肩膀上，沉沉的，充满了爱的磁场。

霖儿盯着门，脑子一片空白，紧张的呼吸声越来越近，霖儿忍不住呜咽一声，掉过头去，人就被他紧紧地裹住了。

霖儿任由他抱着也不动弹，只是轻轻抽泣。

听到里头安静的声音，李肆才叹息着放了心，然后吩咐左右去御膳房准备吃的。

"对不起，霖儿，刚才朕一时激动吼了你。可是你忘记了吗？太医刚才说了什么。"他贴心地抚摸着她的脊背，"你要做孩子的额娘了。霖儿，朕要好好地照顾你们母子，朕要看着他一点一点地长大成人。"

霖儿的眼泪更汹涌了，这纠结的事实让她根本不知道如何接受眼前的一切。

"霖儿，莫非你还没有接受眼前的一切？朕不管你来自何方，朕就是相信，你是朕小时候见到的那个铭儿，你是上天赐予朕的爱妻。霖儿，踏踏实实地留下。好吗？"

皇上从未对任何女子如此苦口婆心过，他的生命里，多少女子成群结队地在后面排着想要他的注视、他的关心，或者他的一个笑脸，然而多少人从未如此独享过他的疼爱和他的全心全意。

霖儿慢慢地把手伸上去抱着他，他微笑着，为霖儿擦去眼泪，低头哄小孩子似地道："我的小乖乖，这下是不是不再闹腾了？"

霖儿不好意思地把脸埋在他胸膛，不说话。好吧，我不走了。霖儿心想，反

第十九章 执子之手，与子偕老

正去哪儿也控制不了想见他。哎!

"霂儿,朕可想你了,你走得真狠心!"他埋头轻轻与她的脸婆娑着。

"皇上。"

"朕为你精心安排的,你就这样给毁了,以后如何是好?"

"皇上,霂儿的怀表真的在你这里吗?"

"当然。"

"我能看看吗?"

"你不信朕?"

"没有。"

"此时此刻你还提那怀表?"他抚摸着她说。

"哦,我只是随口问问。"

"呵呵。"他亲亲她的鼻尖,两个人对视着,良久,他又道:"霂儿,朕想到一句词,执子之手,与子偕老。"

霂儿嗯了一声,握紧他的双手:"死生契阔,与子成说。"

"执子之手,与子共著。执子之手,与子同眠。"

"执子之手,与子偕老。执子之手,夫复何求?"

他们互相凝视着真诚地念完,仿佛在约定一个誓言,内心的真爱溢于言表。

微微笑着,霂儿放松下来:"我不会再离开你了,皇上。"

"霂儿,朕相信你。"他满意地抿嘴。

"嗯。"

"霂儿,还记得你与朕刻下名字的树吗?"

霂儿点头:"是啊,我们什么时候去看看它长大了多少吧?"

"好。"

三

延禧宫。

下午跟着皇上,一路看着皇上的轿子回宫的太监此刻刚刚跑进去,内务府总管正与属下将娴妃领的数套穿的用的点给娴妃身边的太监。

一边的书吏照单子一样一样地对了,然后躬身给了总管。

"大人,都齐了。"

总管点头,才将单子给了娴妃身边的公公:"娴妃娘娘,内务府配给您宫里的用品都齐了,皇上口谕:元宵即到,到时宫里有请杂技班子上戏,娴妃娘娘可记得准时到场。"

娴妃点点头:"回吧。"

"奴才告退!"两个人便起身退下,一旁着急的太监早已按捺不住性子,一见他们出了门就道:"娴妃娘娘,可不得了了。今儿个,奴才看见皇上……"娴妃抬起手掌,制止他说下去,等把门合上,才过来凑到她耳边把看到的如实回答。

"什么!"娴妃柔嫩的手掌大力一拍,震惊而愠怒,"柴公公,你可不要看花了眼!"

"娘娘,奴才可用项上人头担保方才所言句句属实。圣上亲手抱了个小太监出宫门,进了轿子;见到皇太后,那小太监也在轿子里躲着,直到回了乾清宫。奴才不能跟进去瞧个究竟,但还在宫门外守候了些时辰,也没见陌生的太监出来。"

听完柴公公的这番讲述,激动的娴妃很快冷静了下来,用她一贯精明的头脑分析,过了好一会儿,她起身行走着,不经意地问道:"今儿个,皇上翻了谁的牌子?"

"刚进来的秀女映佳。"

"那皇后娘娘一定有空喽?"

"是。"

"好,这事你办得好。本宫会好好赏赐你。你继续去办,既然查到了个眉目,就要看全整张脸,回头让本宫知道是哪个该死的小蹄子装模作样迷惑皇上,本宫一定要她好看!"说着捏着桌上的果点扔开去,果点摔得一塌糊涂。

她愤怒地扔了东西,又平静地站起来,整理了一下头发,道:"许久没找皇后姐姐谈心了,柴公公,走吧,陪本宫去长春宫坐坐。"

"喳!"柴公公躬身抬起手来,娴妃颐指气使地挺胸抬头出了门。

天空逐渐被深邃的墨色染黑,又渐次为初生的太阳开了眼,在安静等待皇上降临的映佳清晨被太监送回去时,一滴泪珠挂上了腮边。

清晨的阳光真舒服,霂儿张开双臂在景福宫的后花园里舒服地呼吸着。皇上早朝去了。吃过早点,她也精神倍增,从书架里取了本诗经来,展开宣纸练字。

当怡亲王告知司马世恒皇上留了霂儿在宫中之时,已有心理准备的他还是仿佛被什么击中了身躯。他好半天才听到秀亭说的即将赐婚的消息,点点头,神情木讷,低沉落寞,郁郁寡欢。

"世恒哥,对不住了。"

"别说这些了。"他重重地吐出胸中的闷气,"我明白。"

正当秀女们围着映佳问东问西之时,内务府太监总管大人抬着圣旨降临了秀女阁。

第十九章 执子之手,与子偕老

领到圣旨的正是尧依依。

看着圣旨那端庄的小楷,气度雍容,圆润飘逸,布局奇正相参,跌宕有致,字迹笔画突兀,犹如浮雕一般,历经沧桑却风采不减,然而,她的心却半点华丽感都没有。

众位秀女一听见这个消息,大多为她感到高兴。尤其是庆喜,拍拍手道:"依依啊,听说怡亲王是个知书达理、博览群书的好王爷哦。如今还没有嫡福晋呢,你一去,指不定就是福晋喽。恭喜恭喜!"

尧依依满脸的呆滞,她想摇头否决,却只能端端地盯着圣旨咬着嘴唇,一掉头,眼泪就流了下来。

"我不要嫁给他……"她在心中呼喊,"世恒哥,你在哪儿,你好狠啊!为什么,为什么……"突然尧依依抓住了太监。

"公公,我要见圣上!"

"哎哟,你是疯了吗?圣上可是你想见就能见的?"

"求您了,我想见他!"

"这里的姑娘个个都想,有的都想了几十年也没见着。我说您好像是这里运气顶好的一个,明儿就要去怡亲王府了,小的们以后见了您,都要改口福晋了。这可是怡亲王对你的厚爱,别不知足啦!来,小六子,扶姑娘回房,给她先做嫁衣!"

"喳!"

说完出去了,到了门口还念叨:"真是不知足啊!"然后头也不回地离开了这里。

尧依依眼前一黑,倒了下去。

乾清宫。

"左卿,今日令郎可好?"皇上极其关心那曾经救霖儿母子的人,左盛函回禀道:"多谢皇上关心,犬儿伤口无大碍。不过,臣正在着手调查那刺客!"

"嗯,左卿回头多关照些他,朕已经派内务府的打点些滋补品过去。"

"谢圣上关心!"

霖儿练了几首诗,又想出去走走,可是从这里到皇上那边,是很多路的,她想了想,便对门口的小乐子招手。

小乐子听她这么一说,立马晃着脑袋拒绝。

"小霖子,我就是有十个脑袋也不敢带你去那边啊。这一路上耳目众多,不说别的,只要不小心被哪个主子瞧见,都要露尾巴的!"

"露什么尾巴,我又不是狐狸!我不管,我就要去见皇上!我要给皇上研墨!"

"哎哟，我的主子，要是您当初没被那妖风刮走，这会儿都是咱这里的娘娘了，指不定有了小阿哥，将来就荣升贵妃。可如今在皇上没想到怎么给您正名分的情况之前，您还是先耐心等一等吧！"

他说着就把大门一拉，紧紧合上了。霖儿气得直跺脚。

内务府总管奏报了江南织造府的事端。

"皇上，经奴才彻查，得知其中有人蓄意诬陷司马丝绸织造厂，这便是仿造司马丝绸的那名囚犯的供词，此犯目前已经收押。另外，数日前，司马丝绸的总馆主司马世恒已经将一批最新制造的丝绸等送抵京城，奴才等人也细细检查了。请皇上过目！"

皇上点点头："好，查清楚了便好。这件事朕也无暇过问了，不过，倒是朕还有个事要你去办！"说话间，他朝门口的广融点了个头，广融走过来，将一名女子画像递给察哈尔。

"这画中是朕一直在寻找的女子，记得朕九岁那年，与世祖爷爷一起见到她时，世祖爷爷曾说，等朕成年，便要迎娶她为福晋，谁料出了事故，走丢了。朕心生内疚，多年来也惦记着这件事。不过，前些日子，广融依照朕的旨意，寻到了她，但……"他不知道如何说下去，广融便拱手接下言语道，"总管大人，不久前的秀女之中，正好就有这名女子。"

"哦！"察哈尔一听，立即就道，"请皇上尽管吩咐！"

"但那时候她正遇上京师大风，受了伤，便没来得及进宫选秀，由此落下了她，皇上不知，便将她的名字剔除了秀女名册。"

察哈尔立即明白了皇上的意思。

"好吧，你知道该怎么办，朕就不费心了。广融你去打点吧。"

"喳！"广融跟察哈尔一同下去了。

四

尤曼无精打采地来到御花园，突然听到两个宫女在打理院子的时候嘀嘀咕咕说事儿，她好奇地走了过去，只听见一个姑娘叹息道："昨儿听说了一件怪事，听说宫里有个妖怪，装成太监迷惑皇上，还有，皇上都数月没有临幸过后宫主子们了。"

"怎么可能，这是哪里来的谣言？"

"真的！还有人亲眼见到皇上抱着那太监坐自个儿的龙椅呢！"宫女说得煞有介事，仿佛自己也见到了似的。

"不会吧！这还了得！娘娘可知道？"

"皇后娘娘一向深居简出，也不怎么过问皇上的事，就算知道，也不敢出

第十九章 执子之手，与子偕老

声啊!"

"皇后娘娘性格温和,向来是从不争风吃醋的!"

"可不是嘛。但是,这事儿要是被太后知道,可就糟了!"

"太后一定不会知道吧?"

"指不定呢!"

"哎,皇上真的数月没翻过牌子了吗?"

"那还有假,内务府都记着呢。我悄悄打听过的,虽然有些时日皇上也去看皇后娘娘,可是都没有同房。听小太监们说,皇上这几个月,都没有与后宫哪位主子……"

突然远远地听到脚步声,两个人就闭嘴不语,各自走开了。

尤曼愣在原地,想起自己脑子里记得的那段野史。

"太监……断袖之癖……"她念叨着,一旁的娴妃等人走来,她也不知道。

"这是哪家的人?"娴妃站定了,看着尤曼。

尤曼连忙施礼并自我介绍。

"哦,原来你便是太后说的那能歌善舞的喏曼,还是图海的后裔。"

"娴妃娘娘过誉了,喏曼不敢攀附祖上光耀。"

"有就要抓住,何必如此谦虚?"娴妃犀利的眸子紧紧地打量她的身材和脸蛋,然后抿抿嘴,"今儿这么有缘,陪本宫去华亭下盘围棋吧?"

"是!"

霂儿想起尤曼,想哥哥怎么样了,如果是尤曼穿越到了这里,那2007发生了什么呢。她真想去找找,然而没有方向。

就在此刻,小乐子在门外高呼圣驾回宫,她高兴地迎接出去。皇上开心地牵起她的手。

"霂儿,还记得朕曾说过有空去看看那棵刻下我们名字的树吗?"

霂儿一阵欢喜地点头:"记得啊。皇上,我们今天就去看吗?"

皇上点点头:"嗯,朕即刻就带你去。今日天气甚好,朕好好陪陪你们母子。"

霂儿点点头,高兴得拍手转圈,还特地亲了亲他。

入得亭子,娴妃姿态高高地坐下,尤曼不敢动弹,只得低着脑袋站在她身前听她开口。娴妃喝了几口宫女刚沏的果茶,凤目圆圆地、锐利地盯着她道:"早前本宫就听阿玛额娘都提过满洲第一勇士图海。对了,你既然是后裔,想必也是非常清楚的,你可记得圣祖爷大寿那年,图海曾带了什么礼入宫贺寿?"

尤曼的脑子仿佛卡了壳,这奇怪的问题让她完全没有准备,她自己是学历史的，历史的东西，基本上难不倒她，可如今问这么细枝末节的，她也是料不明白。于是她低着脑袋，半天才道："喏曼愚钝，不知道这个，请娴妃娘娘教诲！"

"教诲？"娴妃歪着嘴角笑了一下，放下碗，然后道，"你抬起头来！你总知道，你的阿妈额娘，叫什么吧？"

尤曼最害怕就是这个问题了，她惶恐地张着迷茫的眼睛看着娴妃。

娴妃就这样直直地注视着她，她的额头冒出冷汗，全身都有些战栗。

娴妃正要说话，有奴才在亭子外招呼："纯妃娘娘吉祥！"娴妃才道："这答案你下回告诉本宫吧，坐过来，本宫刚学会围棋不久，先练练，隔日跟皇上对弈，也不至于输得太多。"

宫外的树林子里，阳光如彩色光柱，斑斓地照耀着复苏的树木。皇上与霂儿手牵手，找到那已经长高长大长壮的树。他们这一刻都无比感慨，半响抚摸树干没有言语。

"霂儿，你看，你写的字歪歪斜斜。"

"是吗？那是因为我力气小啊！"霂儿靠在他怀里踮起脚尖欣赏着他们缠绕在一起的名字，心中好生幸福，她闭闭眼睛，甜蜜地笑道："此时此刻，我真的好想时光暂停，让我们永远在这样的感觉中度过啊。皇上，你心里觉得幸福吗？"

皇上拥紧了霂儿，无比畅快："幸福，朕好幸福！"他温柔地微笑着，这种没有任何烦恼没有任何压抑，而且内心如此坦荡舒展的开心，只有跟霂儿在一起才会有，他的心跳得比平日更快些，他感觉自己总是控制不了这异样却十分愉快的心跳。

"霂儿，这就是朕的爱情吗？"

"嗯，爱情。"霂儿温和地回应，伸手抚摸起他的脸，他闭上眼睛，霂儿觉得这个男人好完美，好迷人，好真实。

"皇上，我爱你。"

皇上睁开眼睛，内心的感动融化开去，然后情不自禁地吻住了她。良久，他抬起头，也发自肺腑地道："朕也好爱你，霂儿。"

霂儿笑起来，伸手调皮地刮下他高高的鼻梁，他笑开了，她吐吐舌头，然后哧溜一下从他怀里溜走，他落空了一个拍子，然后追了过去……

日出日落，灿烂的太阳遥遥地向西坠下，夕阳下美丽的山林、树草、鲜花无比惬意地享受着微风的抚摸，两匹马儿快活地追赶着在这偌大的空地里奔跑，不时，皇上抬起箭射向天空……

一个小太监忙乎着点火，两个小太监搭帐篷，小霂子和御厨在烧烤皇上打来的猎物，香喷喷的气息蔓延开来，几个太监都闻得口水直流，而且这氛围十分快活，他们还哼着小曲互相开玩笑。

第十九章 执子之手，与子偕老

霖儿跟皇上在河道里不分尊卑地捉鱼，李肆在旁边忙来忙去，喝来呼去的：这里这里，皇上，哎哟，在这里啦。皇上，不是啦，小霖子，你脚边哎……笨啊！

　　一声叹息，皇上抬起脑袋，李肆哎哟一下跌进了水里，因为要不是今儿个皇上心情大好，他刚才那句话就大逆不道了。在远处，几个保护皇上的大内侍卫小心地注视动静。

　　太阳缓缓落山了，霖儿靠在爱新觉罗·弘历的身旁，指着圆满的夕阳："夕阳西下，好美。皇上啊，我感觉这是一个梦。"

　　"是吗？"他抿嘴笑起来，"那么这个梦，可好？"

　　"好！"霖儿闭上眼睛，"非常美好。我都不愿意醒过来。"

　　"朕只不过陪了一天而已，你如此开心，朕也感觉很幸福。"

　　"皇上，今天我们要露营啊？"

　　"露营？"

　　"嗯。"霖儿凑过去跟他解释，他呵呵笑着，忍不住亲亲她的鼻尖，"朕的霖儿，三月三，朕再带你去围猎。你说好吗？"

　　"那明天早上我们早点起来，看了日出再回宫吧？好吗？"

　　"看日出？"

　　"看着太阳慢慢地从天边升起来，听说这样的景观好美的，好不好啊皇上？"

　　皇上点头："好啊。朕倒是从未认真观察过日出。"

　　"嘻嘻……"霖儿靠在他宽厚的肩膀上，挽着他的胳膊，小乐子在那边，快活地哼起了歌。炊烟袅袅，云雀轻快地欢叫着，天地间绿油油的树木草地随着风儿浮动，霖儿与弘历依靠在一起的影子柔和地投射在身后。如果能有照相机，霖儿心想，她想要永远留着这一幅简单而幸福的夕阳图。

第二十章 为爱痴狂

爱情是最神秘莫测的使者,它足以使得高高在上的皇帝柔情满怀,也足以将柔情似水的佳人变成自私残忍的秃鹫……

一

在两人相依偎看夕阳这时间,弘历诗兴大发,念道:"初夏倚夕阳,山圆情深唱;有子心相印,来生但厢量。"

"今日有爱郎,明日随爱郎,来来去去长相依,生生世世永不忘!"霖儿调皮地吐着舌头,"怎么样,我的诗也不错吧!"

"哈哈,瞧你打油都打到什么地方去了。"

"你不喜欢啊!"

"朕敢说个不吗?"

"是哦,你敢说不好,就证明你不想跟我永远相依相爱。"

"小傻瓜,这样也能让你胡思乱想吗?"

"是哦!"

"那朕后宫佳丽三千,你当如何是好?"

"所以,我常常会很难受。"霖儿捂着胸口,"每当你要翻牌子,每当你不回宫的时候,我都心口好疼。可是我又不能让你知道,否则你又会说我小心眼儿,没度量。所以,爱情是这么自私,这么狭隘,这么无奈……所以,我才会想要逃。皇上,如果来生你不是一国之君,如果那时候我们真能遇到,该有多好。"

"霖儿……"

"你知道吗?在我的家乡,男人一生只能娶一个女人做妻子,只能跟一个女人生活在一起,否则就是负心汉、薄情郎,就是触犯了法律。虽然我知道,并不是每一个男人都专情,但是,每个女子,却只想为一个男人而活……"

"朕真的很想去看看霖儿的家乡。霖儿,如果朕不是皇帝,朕一定会是那个专心疼你、独独爱你的唯一。"

不知为何,这句话说出来,霖儿沉默了,良久,她的一滴泪滑落下来,她笑起来,将脸贴近他的胸口,紧紧地把他抱住。

次日一早。

"对了，福菱，昨日，皇上来见你了吗？"映佳把憋了好久的话低声问了出来。

福菱顿了下，轻轻摇头。

"今日该喏曼姑娘了。"映佳看向喏曼。

皇上一早上朝，退朝，去军机处，听闻有密奏的折子，展开看了看，他的神色凝重了。

回到乾清宫里，皇上批阅了奏折不一会儿便有太监来报，说娴妃娘娘为皇上做的点心……皇上挥挥手。

而此刻的小霂子正从内务府跟高净端着一盘盘新鲜的果子、糕点，还有酸辣的菜肴一路往景福宫奔走。跟踪他们的公公一路小跑着，直到进了景福宫。

柴公公歪着脑袋思量着，此刻皇上明明在乾清宫批阅奏章，为何有这么多人在这边伺候，这里头是谁呢。他张望着。

柴公公一想，便要进去看。于是一溜烟离开了宫门。

"小乐子，你做个好事，带我出去吧，我想去御花园好不好？你不是说秀女都喜欢去御花园吗？我见到一位儿时的朋友也在这里，想去找找她。"

"哎哟，小霂子，你别闹了。皇上是再三交代，李总管也是再三叮嘱，我们这儿谁要是放你出了宫门，都得掉脑袋的。您可怜可怜小的，小的还不想见阎王爷呢！"说着哭丧着脸，看起来比霂儿还可怜。

霂儿泄气地坐下来，一口气吃了几个葡萄，把皮吐得满地都是。

"真无聊，哪里都不让我走，我们母子真可怜啊……我的……"霂儿连忙捂住嘴巴。

宫外，司马世恒展开阿复带回来的书信，看完以后精神大作。

"这么说，苏谏查到戴绩的亲侄儿在途中染上重病前，在酒楼遗失了证明他身份的书信和帖子。"

"是，少爷，苏谏有信心很快证明那虚伪的戴知豪就是霂儿姑娘说的坏蛋。"

"那就好。霂儿如今在皇宫，不知情况如何，但我能帮的也只有这些了。"

阿复叹了口气："少爷不必失落，霂儿姑娘也许是身不由己，当初无意中错认了怡亲王，但……"

司马世恒挥挥手："不提这些了。"

左府。

左宇常的房门外包围了好些高手保护着，左宇常醒过来时，看着陌生而熟悉的房屋发了一阵子呆。他想起了霂儿，便不顾伤口还隐隐作痛就下了床，刚进屋的丫鬟见了立即放下药跑过去扶着他。

"少爷可不得再动了，快躺下吧。太医说了，要十天半个月的才可以动呢。"

"我要找铭儿。"他说。

"少爷，您就别任性了。老爷说了，这个人跟咱们不是一家的，不能找！"

"她跟我拜过堂了。"

"可是她是被人抓来冒充的呀，老爷都查清楚了，铭儿姑娘当初是被人弄晕了，装的曲小姐。曲小姐早就被人掳走啦！"

"我就要铭儿做新娘子。"

"哟，少爷您要新娘子做什么啊？"

"陪我玩，整天都陪着我玩。"他单纯地期待道。

"那改天等你好了，咱们去找铭儿姑娘名正言顺地提亲好吗？"一把慈爱的声音响起，老太太来了，高兴得左宇常立即就坐起来，哎哟痛叫了一声便又笑嘻嘻地喊奶奶。

霖儿在皇上心情大好的情况下，喂了他几粒葡萄。然后又主动起身为他按摩肩膀。

"皇上今天累吗？"

"嗯，还好。"他笑眯眯地闭上眼睛享受。

"皇上，听说宫里有冰鞋运动？"霖儿很向往地描述道，"在我们那儿才有冰上舞蹈啊、游戏啊、表演啊，想不到这里也有啊，我真想去看啊。"

"那冰鞋十分危险，朕不让你去。"

"我又不参加，怎么有危险呢？"

"霖儿如今不是一个人，随时要惦记着肚子里的阿哥。"

"这宝宝跟我一样很喜欢运动，这样才能更加活泼可爱健康又聪明，是不是啊，BB？"说着就自顾自地摸着肚子问答起来，"是哦，妈咪爹地我要出去玩！"

皇上愣了半天，接着小乐子扑哧忍不住笑起来，他也哈哈大笑起来。

"你刚才喊他什么，说的什么？"

霖儿不说话："你整天让我们母子对着木头桌子、窗子、椅子、门、床，以后宝宝生出来就只看到这些，烦死了。"

"霖儿！"他严厉地瞪着她，"不许在朕面前提到那个不吉利的字！"

"哼。"她不理他，转身就往后花园里走。

就在这时，大门外听到一声紧急的呼喊，娴妃娘娘吉祥！

霖儿掉过头，皇上立马就起身，小乐子慌张地转过脸，李肆连忙朝他挤眼睛。

第二十章　为爱痴狂

娴妃人已经大步地迈进来，身后跟着几个奴才宫女端了许多好吃的和衣裳等物品。见到皇上立马行礼，众位太监也都给她行礼。

"娴妃突然来景福宫怎么不通报一下？何况朕的行宫向来是禁止后妃入内的。"皇上把娴妃堵在房门外的厅堂内，娴妃就挥挥手。

二

"皇上万福，请皇上恕罪！今日臣妾突然来这里，只是因为太想念皇上，也想念……五年前离开臣妾的阿哥。"说到这里，她泪光点点浮上眼眶，让皇帝心生怜悯，见到他这副疼惜之情，她便将头埋在他胸口，眼睛却打量着低头站立的太监们。霖儿悄悄地踮起脚，斜着脑袋从门缝里往外看着，搂搂抱抱的，她哼了一声想不到哼出了口。皇上立马就松开了她。

她也就用手绢轻轻拭去泪珠，微笑道："皇上，这些都是我亲自做的，有点心有汤，还有，我为皇上亲手做了两套衣裳。皇上，来，进屋我为您更衣，看看长短大小如何。"

皇上不经意间看了看里屋，立即道："不必了，朕已经收到你的心意。娴妃，你就不要再为逝去的孩儿伤心。"他说毕又看向李肆，李肆连忙躬身道："皇上，军机处有要紧的公文等您批阅……"

他点点头："这就去吧，朕看看事情处理得如何了。"

娴妃明白他是想赶走自己，于是点头道："皇上公务繁忙，臣妾无法分忧解难，只得为皇上祈福，皇上，今夜臣妾可否与皇上共饮一杯？"

"你先去吧，朕改日去看你！"

霖儿吐了个舌头，无意间看到娴妃那双恨眼透视过来，立马捂住脸，娴妃那双狠毒的眼神好可怕，但是当她再看回来，却看到她楚楚可怜地低头垂泪而后告退。

霖儿想，是自己眼花了吗？

等她走了，皇上也走了。霖儿拍着胸脯松了口气，这时候门外有些吵闹声把小乐子带了过来。

原来是一名秀女，说要见小霖子，小乐子当然不肯。霖儿听到有人喊自己，便不管高净的拦阻，一股脑儿冲出了大门，只见尤曼正站在前面。

两个人吃惊地盯着对方。

"真的是你！"

"是啊！你是尤曼吗？"

"你是冉霖儿吗？"

"是啊！"两人牵起手来，看得小乐子咋舌。

"你怎么穿着太监服啊！"尤曼假装吃惊地问。

霖儿呵呵笑:"我也是无可奈何。我跟你说,我的怀表现在在皇上这里。所以想回 2007 也回不了了!"

"什么怀表?"

"爷爷发明的穿越时空的机器啊!"霖儿低声在她耳边耳语,"张毅这个坏蛋也穿越了,我一定要拿回怀表,捉他回 2007 年。"接着也看着尤曼,尤曼知道自己出卖了爷爷的研究资料,任何人知道这件事也不会原谅她,于是心一横就道:"我也不知道怎么来的。总之很神奇。"

"我有好多话想跟你说呢!"

"嗯,我也是!"

"那现在怎么办?"

"一会儿皇上指不定就回来了,我要是在这里,他一定会非常生气的!"

"你是说,你一直在皇上身边偷偷地……"尤曼指着她,她的脸红了,"我也没办法。何况,我已经有了他的孩子。"

"啊!"尤曼吃惊地睁大眼,这时候广融赶回宫,见到这情况,立即跑过来,不容霖儿说话,就跟一个侍卫抬着她进了宫里。

"放我下来……广融!"

尤曼转身便走,被小乐子拦住。

"你想干什么?"

"小乐子不会为难姑娘,不过说几句话。刚才不管你是认识小霖子还是不认识,小乐子替皇上当差,奉了旨守人,希望您不要张扬给任何人听。否则这脑袋,是随时要掉的!"

尤曼点点头:"你放心吧,这个我知道的。"

"那好吧。高净,你送这位主子回宫吧。"

高净看到她的神色,明白了。尤曼打了个寒战,不是要送我上西天吧,这可不行!

正在高净低声给尤曼说不要把刚才知道的一切告诉宫里任何人时,尤曼还茫然地看着他。

他着急地道:"姑娘你明白了吗?要是告诉了别人,你我都是要杀头的!"说完还做了个砍脖子的姿势,尤曼支支吾吾地点头,正在此时,娴妃娘娘的声音慵懒地传过来:"这位公公,为何要威胁佳人子呢?"

高净咋舌,娴妃洞悉事实的眼睛狠狠地盯着他:"刚才说,宫里有什么秘密,什么人,是不能传出去的呢?"

高净舌头仿佛打了个结,忙低声请安,不敢多言。

"怎么?不愿意跟本宫说?那就是不把本宫放在眼里了?"

第二十章 为爱痴狂

245

"娴妃娘娘息怒，这是皇上，皇上的命令！"

"好吧，那本宫先请你去我那儿坐坐，等皇上来解释了，再放你回来。"说罢头一点，立即有侍卫冲上来架住了高净，尤曼见她用凶狠的眼神看过来，立即垂下脑袋。

"也请这位佳人子一起吧。本宫的好奇心太重了，非要弄个水落石出不可！"

说完便拂袖上轿。

不久，一名内务府的郎中朝善带了数名太监端着用品衣物等往这里来。

朝善躬身对门口的侍卫道："奴才是奉旨给景福宫送用品来的。"

侍卫审视了他的牌子，点头让他进去了。

霖儿看到几个太监一溜烟地把手里的物品都放下，接着小乐子点数，最后朝善招手让他们出去等着。小乐子不解地看着他。

"奴才还有一事，是奉了内务府总管大人的命跟皇上禀报的。小乐子，不知道皇上几时回宫，但奴才将此事转话给你听。"

"好，大人请说！"

霖儿突然想起什么，推开门就跑出来。

小乐子哎哟一声，朝善抬起脸，愣了一会儿，立即掉头对小乐子道："总管大人说了，前几日有人密告说皇上身边有迷惑的小太监……"说毕看了下霖儿，"此刻还没传到太后跟前，但是皇上从去年年底到今年年初都没有临幸任何主子……总管大人的意思是，让小的给皇上报个醒……"

小乐子点头大悟，回头又看了一眼霖儿，道："好吧，我知道了。你下去吧。"

他意味深长地看了看霖儿，然后退出了宫门。

小乐子手叉腰："小霖子刚才真把我给吓得……"他揩了一把额头，那表情真好笑，霖儿哈哈大笑了起来。

"对了，小乐子，我好想吃鸡腿。"

"是，奴才立即吩咐御膳房弄吃的。"他转身吩咐门口一个小太监去了。

她捏着下巴思考着，怎么能去找尤曼。于是又对小乐子道："对了，小乐子，我想问你几个问题。"

"是。小霖子尽管问。"

"你知道，那些刚来的秀女，都住什么宫吗？"

"皇上钦点的，都住储秀宫。"

"哦，那储秀宫是在哪里呢？"

"在体和殿后边。"

"那……不是，我是要你告诉我，对了，告诉我，御花园离它近吗？"

"嗯，还算近吧，出了养心斋便是御花园了。"

"那从我们这里，去御花园，要走多久的样子？"

他看了她一眼，她笑道："我就是想问问，你看将来皇上给我正了名，我也要知道怎么来怎么去啊是不是。"

"会有奴才和宫女伺候您的！"

"你回答！"霂儿凶巴巴地瞪着他，"问你就回答！"

"喳，大约两炷香时间。"他故意说得多一些。

三

"什么叫两炷香啊，两炷香是多少分钟啊！天啊，这单位换算得我晕乎乎的。"她拍拍脑袋，然后回头，"这附近是不是有个花园？"

"是宁寿宫花园。"

"嗯，好，你现在带我去！"

"奴才不敢！"

"我问你，你为什么在我面前要自称奴才？"

"因为，您是主子的人。"

"然后呢？"

"您也是宫里的主子。"

"嗯，噢，对了，那你大还是我大？"

"自然是您大！"

"嗯，哦，那既然是我大，是不是我说的话就是命令？"

"是。"

"好，现在本宫命令你立即带我去那什么花园！"

小乐子立即跪下叩头："小霂子饶命，皇上说了，要是您出了这里半步，就要了奴才的脑袋。奴才只有一个脑袋，长不出第二个来！"

霂儿气得一手往他脑袋上砍下去，他就在那儿一动不动地跪着，霂儿的手及时停在他脖子上方，愤恨地念叨："算你狠！"然后掉头进了屋子。

小乐子歇歇了一口气，旁边的奴才捂嘴偷乐，他把鼻子上的汗抹了，瞪他道："你笑个什么劲？要是她出了门，你脑袋也长不出来！"

对方笑得更猛了。

"你再笑！"

"哈哈……我是笑小霂子主子，可好玩了。她人那么好，怎么可能要咱们脑袋！"说着又哈哈笑起来。

时至傍晚了，皇上才回宫来，没见到霂儿，他问起人呢，于是小乐子把下午的对话给皇上说了，李肆和广融都捂着嘴巴憋着笑，皇上哈哈大笑了起来。小乐子又想起内务府的人来,正要说,只见皇上已经抬腿去了后院。

霖儿一个人在不怎么大的后院子里,撒得到处都是纸,她把每张纸都写了句子,折成千纸鹤,然后让它们飞满了每个角落。

"霖儿这是在干什么呢?"

霖儿没理他,继续把手里的纸折起来扔出去。

"这些鸟儿,真美。"皇上捡起来,"这叫什么?"

她还是不理会他。然后他冷冷地道:"你胆子越来越大了,见到朕不行礼就算了,还不理我!"

霖儿还是不理他。

他快要生气了,李肆立即摇头,手做着摸肚子的动作。

"霖儿,朕知道你想出去玩。"他想了想,挥手叫李肆,接着便见李肆快步跑了出去。

皇上慢慢地坐下来,几个奴才都忙着搬东西。果盘都摆在茶几上,跟着不久,月亮缓缓拨开了乌云,极其明亮的后院里,响起了流淌的古琴声和清脆的叮当声。

霖儿转过头。

"来,朕与你跳舞吧,霖儿不是说,跳舞就会让不好的心情好起来吗?"说着他托起她的手,微笑着抱着她。

霖儿抬起脸,音乐从厅外传进来,几个宫里的乐师在那边奏乐,霖儿才把手交给他,看着他,两人缓缓地移步。

霖儿将脑袋埋在他胸口。

"霖儿打算今儿晚上做小哑巴吗?"

"嗯。"

"朕的小霖子好难伺候。"

霖儿低头偷笑了一下。

"朕向来是被人伺候的,想不到沦落到此,可圈可点啊!"

霖儿又忍不住笑了。

"今儿个朕听说了个好玩的去处。"他说。

霖儿立即抬起脑袋:"什么地方?"

"你不生气了?"

霖儿不好意思地嗯了一声,他呵呵道:"可是朕生气了。刚才你竟然敢不理我!"

"对不起啦。皇上,女人就是这样的啊,很容易生气的,可是也很容易哄的嘛。你不哄我,就是不疼我,不疼我就是不爱我,那我待在这里就没意思了。"

"哈哈,这是哪里来的道理?"

"那你意思是没道理喽？"

"好吧，有道理。"他低下头，托起霖儿的脸，朝她的红唇吻来，正在他们缠绵悱恻、唇舌交流、忘记一切之时，门被人推开了，几个侍卫小跑着提着灯笼迅速包围了他们，皇上和霖儿意犹未尽地抬起脑袋，只见气愤难耐的太后、皇后带着一干人等，近在咫尺，看得瞠目结舌。

"你们！你们！"太后战栗着胳膊，指着皇上和他怀里的小太监，他们刚才那缠绵的瞬间，一一入了众人眼里，看得太后一阵晕眩，太后身边的小太监立即扶着她，焦急地喊太后息怒太后息怒。

可太后还是一股血压上升，几乎昏倒过去，一名秀女连忙扶住她，她打起精神，低声冷冷地道："来呀！把这勾引皇上的妖孽给我拿下！"

皇上连忙挡在霖儿跟前，于是一帮侍卫不敢上前，霖儿眼尖，认出了太后身边的是尤曼。可是此刻，她也不知所措。

"怎么？你还要维护他吗？来呀，给哀家拿下！你们是不是都不听哀家的了？"

话说至此，侍卫们再也不管，冲上去把霖儿绑了，皇上也被侍卫拉开站着，霖儿吃惊地站在原地。

皇后慢慢地走过去，打量着他，然后一把掀开他的帽子，秀发垂落肩膀，一干人都惊呆了。太后走过来，尖尖的十指抬手抚摸向霖儿的脸，霖儿这才感觉到一股恐惧，她的手指一挥，朝她的脸扇过来，霖儿只觉得脸颊侧面火辣辣的痛，抬手一抹，被划破了。

"皇额娘，您听儿臣说！皇额娘！"

"把这小蹄子带下去，娴妃。"

"儿臣在。"娴妃连忙应声。

"皇后太仁慈，这个小蹄子，哀家交给你看管。"说毕冷冷地瞪了皇帝一眼，皇帝冲上去拉住要走的太后，想不到太后挥手又给了他一个大巴掌。

"你还记得自己是什么身份吗？你还记得自己登基以来为了什么？你眼里还有我这个皇额娘吗？你眼里还有大清的家业、大清的祖训族规吗！"

撂下这些话，她走了。

霖儿也被带走了，她想开口跟尤曼说话，尤曼却讨好地扶着太后。

"皇上……"霖儿哀声叫了一句，娴妃立即叫公公捂住她的嘴塞进了轿子。

尤曼回到储秀宫，心还在忐忑着，白天见到很久没见的霖儿，以为是一场幻觉，然而晚上见到霖儿与大清皇帝相拥相吻，更加让她难以置信。可是这一切，已经覆水难收。

想起那天在亭子里陪娴妃之时，起初以为娴妃是个亲切的女人，谁知道娴妃

第二十章　为爱痴狂

无意间问到喏曼的家世，她支吾难以应付，娴妃却不咸不淡地来一句："喏曼，你知道吗，这皇家重地，进得来是极其不容易，然而进来以后也只有两个结果，第一个是受皇上垂爱，一生富贵，第二个是不得好死。我最近查得一些事情，不过我这人嘴很严，一般不会张扬出去。喏曼，你究竟来自何处？为何要冒充被人抢走的秀女？"

尤曼吃惊地抬起头，娴妃锋利的眼神犹如一把匕首就在她喉管外。她张嘴，狡辩的词语实在匮乏，她也知道纸包不住火，但绝对不能承认自己不是喏曼，否则就出师未捷身先死。

四

"求娴妃娘娘饶命，奴婢其实是喏曼的表妹尤曼，也只是太仰慕皇上，如果娴妃娘娘愿意，喏曼还有重要信息告知娘娘……"

尤曼看着月色，心里十分愧疚，然而张毅那副嘴脸却让她明白此刻穿越了要保命，要靠自己去创造命运是多么艰难。

我这么做就是坏人了。她心想，可是，这样下去怎么办呢？娴妃绝对不是善人，在历史上，她后来还是掌管了凤印做了后宫之主，虽然下场不太好，毕竟也风光过。

不，我不能放弃，只要坚持下去，只要能见到皇上，那天他的样子，不是证明了他也被吸引了吗？

如此俊逸潇洒的君王，只有小说电视上才有，见到真人，她更加倾慕。

她想，娴妃也是因为太爱这个男人，才会如此狠吧。

霖儿被扔进了一间地下牢房，她也不知道这是什么地方，只知道娴妃的手下很粗鲁地推她进了这里。

她呆呆地在黑暗中抱着胳膊，四周黑暗得很，潮湿的味道古怪地散发着难以名状的恐惧，她的脚下什么东西跑动，她惊吓得尖叫一声跌倒下去。

被囚禁的恐惧和未知的感觉包围了她，不一会儿她已经泪眼汪汪了。

这是一场噩梦吗？

刚才一切都是幻觉吧！

她靠在墙边，蒙着眼睛哭泣着。不一会儿，眼前的烛火燃亮了，娴妃娘娘带着柴公公下来。身后一个奴才手里不知道捧着什么东西。

霖儿抬起惊慌的脸，娴妃命人打开牢门，笑里藏刀地走了过来。

"别害怕。告诉本宫，你是谁，来自哪里，什么时候认识的皇上，什么时候进的宫？跟皇上多久了？"

霖儿疑惑地看着她看似善意的眼神，无法辨别的表情，身后的太监的眼神却出卖了她的虚伪，她摇摇头："我不知道……我不会告诉你的。"

娴妃吃惊地挑了下眉头。然后柴公公将椅子搬过来，她优哉地坐进去，又有茶水递过来，她端起来，优雅地喝了一口。

"没关系，本宫今夜有的是时间在这里等你回答。"她依然很有耐心，"不过，本宫等的时间越久，你的时间也就越少，你自己好好想想吧。"见到霂儿依然拒绝说话，她缓缓地劝解起来："你知道吗，本宫见过的奴才很多，见过勾引皇上的奴才就更多，不过就没见到哪个有福气的能逃出升天。你一定以为，皇上如今这么宠爱你，必定为你求情，来接你出去，一定想尽方法来带你走。对吗？哈哈……你们都很天真，很幼稚！皇上乃一国之君，伺候他的奴婢一抓也是一大把，何况后宫有佳丽三千，皇上指不定一转身就遇到另外一个心仪的人了。本宫倒不是说皇上没有情义，相反，他也是爱莫能助。国有国法，家有家规，但凡是后宫的事，都是太后说了算，皇上每日上朝、勤政，哪有这个空闲时间来管你一个小奴才呢？"

霂儿听完，也算是明白了她的意思。不过，事到如今，她还能说什么呢。

她安静地坐着，很快就闭上眼睛，仿佛在享受此时此刻。柴公公也不多言，只是很贴心地起身为她捏拿肩膀。

皇后伤心地坐在长春宫里，耳边传来皇上驾到的声音，她起身缓缓地一如既往地给他行礼。皇上挥手叫奴才们下去了。

皇后抬起双眼，那柔软的眼神，每次都是如此淡淡地注视他。

"皇上深夜还不休息，来臣妾这里，不知道是为何？"

"你怎么会不知道？"他走过来，焦急地坐下，"朕刚才身边的小霂子，被你们带到了哪里？"

"我不知道。您刚才也听太后说了，这件事她交给娴妃处理了。"

"你是朕的中宫皇后，朕便来找你。"

"皇上……"她再次抬脸，泪已垂，"皇上可是也跟太后想的一样，认为我软弱无能，所以找我好说话？"

皇上一听，立即摇头："不是，你是朕的好皇后，你平日素衣素食，为朕积德行善，朕都知道。所以朕也明白你的心善良……"

"可是，皇上有没有想过，此时此刻，我的心，该有多痛？"

皇上愣在这里。

她悲伤地擦干眼泪，垂下头道："皇上，我虽是您的皇后，然而却也做不了主，皇上若要求情，还是找太后吧。皇上，时辰不早了，也该休息了。"

皇上明白她向来如此，于是起身离开。

太后的行宫外，侍卫见到皇上行礼，却告知他太后不愿见他。

第二十章 为爱痴狂

不久皇上又往娴妃的延禧宫去。娴妃好久才出来见他，见到他走来走去，焦急心痛，她心中更加痛，她握着拳头，躬身行礼。

"娴妃，立即让朕见见她！"

"皇上，您要见谁？"

"刚才被你们带走的霂儿。朕的霂儿！"

她哆嗦了一下，为此愤恨、忌妒的感觉加重了。

"她人在何处？"他提起她的胳膊问，娴妃却泪眼婆娑了，"皇上！"说毕她跪了下去。

"你说话啊！"

"皇上息怒啊。臣妾也是奉太后懿旨，不敢做什么。皇上，求皇上不要为难臣妾。皇上是知道的，臣妾一向做事有自己的风格主张，太后见皇后娘娘处境尴尬，便让臣妾……可是臣妾也不知如何是好，一切，还等太后定夺！"

皇上扶起她来，放慢了声音："好，朕知道娴妃心地善良。既然如此，你让朕见见霂儿，她刚才一定吓坏了，朕要看到她完好无事才离开。明日朕再去求皇额娘。"

"可是……皇上请放心，臣妾不会为难她的。"

"你就不能让朕看她一眼吗？"

"这……"为难之际，她又低头垂泪。

"就让朕看一下，好吗？"他难得如此低声下气地求情，娴妃于是点点头，转身看向柴公公。

不多一会儿，霂儿出现在房间内。

皇上一看到她，就冲上去抱着她。

"霂儿，你没事吧？"

娴妃调开头，离开了房间。

"霂儿，你别害怕，朕一定会把事情告诉太后，你过去也救过朕，还为朕分忧解难，太后是明理之人。不日朕就会光明正大地与你在一起，长相厮守。"

娴妃听了，咬牙切齿。

"皇上……"霂儿害怕地紧紧抓住他，不敢松开，想说什么也不知道从何说起。

"霂儿，你还能坚持吗？"

"我可以。"霂儿使劲儿点头，皇上看到她脸上的伤痕，忍不住也心伤。

"霂儿，朕让你受委屈了。"

皇上闭上眼，霂儿连忙摇头："皇上，我相信你，我等你。"她的泪垂落下来，沾湿了他的衣襟，"可是求你不要让我等太久，我很害怕，很害怕这里！"

"好，朕立即再去皇额娘那里！"说着他亲亲她的额头，最后抱了她一会儿，便离开了。

皇上一走，柴公公就跟一干人冲进来带她去了地下牢房。

第二十章　为爱痴狂

第二十一章　爱的囚徒

皇帝近来与某太监亲密却不临幸后宫嫔妃。这让皇太后愠怒异常，而聪慧跋扈的娴妃终于找到了罪恶源头……

一

霖儿看着娴妃发抖的嘴唇和仇恨般的眼神，不由得震惊而恐惧。这眼神真可怕，这眼神就这样随着她的消失而消失。

她抬手扔了屋里的花瓶摆设，柴公公立即上来安抚。

"刚才皇上说她还救过他！"她咬着牙齿，"柴公公，本宫令你尽快想个法子，要这小蹄子见不得天光！"

"是！要不，奴才这就赐她毒酒一杯！"

"不可！赐毒酒对这个可恶的小蹄子来说太轻松了，本宫不要她死得如此痛快！"她思考着，不一会儿，站了起来，厉声拍案道，"本宫要让所有人引以为戒，以后谁再敢勾引皇上，她就是下场！"

没多久，娴妃召见了尤曼。

尤曼行礼后，娴妃赐座而笑道："你果然是聪慧过人，帮本宫抓到了这个迷恋皇上的小狐狸精。不过，本宫想来想去，还是有些担心。毕竟她也侍奉过主子，皇后又是个心太软的人。你说，怎么做才能让本宫吃得舒畅睡得香呢？"

尤曼心想，这里头的话外音，不就是说，想要彻底铲除了霖儿吗。她没想到这个娴妃这么狠毒，不由得有些犹豫不决。

"你是个有头脑的秀女，不日本宫只要提携，你便能跟本宫姐妹相称。如今都走了第一步了，你该知道，有些事是无法回头的吧？"

"娴妃娘娘，喏曼也不知道该怎么做。如今她人已经被关了，皇太后也很生气，其实这就等于将她打入了冷宫不是吗？"

"你错了！"她冷冷地盯着她，"如果是皇太后，最多逐她出宫。而皇上却未必这样。近来我听说，皇上已经命内务府想办法要给这个女人正名分！"

"什么意思？"

"柴公公打听到了，内务府正在想给这个小狐狸正名分，赐封号！"

"那也不会高过您的封号吧？"

"哈哈！虽然她目前没有身孕，但一旦入住紫禁城，皇上定会宠爱有加。倘若有了龙种，他日必定母凭子贵。不要说不高过我的封号，贵妃都有可能！"

这一说，提醒了喏曼，因为她记得她说过，已经有宝宝了。她寒心地看着她，如果说出去，真可能一尸两命。自己已经无形中伤害了霂儿，她还是选择缄默。

"你是不是还有什么瞒着我？"细心的娴妃看出些端倪，犀利地问道。

"没有。"尤曼矛盾起来。

正在此时，柴公公进来了。

"回娘娘，奴才刚刚想到一个方法，可让她永不翻身！"

"说！"

"奴才参考历史，曾有过'克主冲冠、天地不容'之说。娘娘，何不找高僧算算那小霂子的生辰八字到底与皇上的是否相克呢？一旦克君，不说是皇上，就是太后，也是万万不留她的。"

……

尤曼冷冷地抽了一口气，娴妃打发她走了，然而一路上，她却有些悔恨起自己来。霂儿是个无辜的人，难道真跟那什么野史说的，要被焚烧吗……刚才没听完他们说什么，但是想起来也寒战连连……

太后宫殿外，皇上还在等着见她老人家的面。

"皇上，您还是回去歇着吧，太后已经睡了。她还在气头上，您也知道的，不如明儿个等奴才问了，再差人给您回话？"

皇上身边的李肆也觉得这个有理，于是低声劝皇上回宫歇息。

皇上点头："小乐子，你留在这里，有任何消息即刻通知朕！"

"喳。"

"恭送皇上！"

霂儿依旧被关入了刚才那间地牢里，迷迷糊糊，她犯困了，于是便昏睡了过去，正睡得香，有人将她提了起来，耳边听到一个严厉的声音命令道："给我上刑！"霂儿睁开眼睛，只见那木头做的夹板套了过来，她的双臂都被两边的人死死地抓着，她惊恐地看着那夹指头的刑具，接着刺骨的痛让她猝不及防，尖叫起来……

她拼命地呼吸着，仿佛要被窒息而亡，手指的痛苦蔓延到头部，霂儿大声地张嘴要叫，那娴妃发狠地将一团布塞进她嘴里，她感到蚀骨的刺痛，手指一定没了，咔嚓几声脆响，她看到手指已经……

"不要啊！救命！救命啊，世恒哥！"霂儿尖叫着坐起来，全身大汗淋漓，那

第二十一章 爱的囚徒

蚀骨的痛还残留在感官里,她连忙低头看了一眼十指,还在、还在……然而……她害怕极了……

娴妃根本没休息,听柴公公回来禀报事情又办好了一件,十分满意。然后又道:"那其余的事情,你要赶在明儿个早朝太后起来之前办好!"

"喳,奴才已经安排人去请高僧了。"

"嗯。来呀,起驾长春宫。"

长春宫,皇后无心睡眠,想起皇上当阿哥的过往,难以遏制内心的失落感,不免有些哀伤缓缓侵袭着身心。正看着出嫁的衣裳,门外奴才来报告说娴妃来了。她掉转过头,娴妃过来行礼:给姐姐请安,姐姐万福。深夜打扰了。

她疲倦一笑:"都来了,还说什么打扰。小寿子,给娴妃娘娘看座。"

于是小寿子搬来了柔软而宽阔的富贵椅。谁料一坐下,娴妃却伤心地抽泣起来。

"妹妹怎么了?"

娴妃顾自拿香巾拭泪,声音沙哑伤感:"姐姐要给妹妹做主。姐姐,你要是不出头,以后我们这宫里,就没规矩了呀!"

"这是怎么回事?"

娴妃捂着脸颊,皇后才注意到她的脸颊上有红红的指印。皇后惊骇地凑过去看着,小寿子哎哟低声叫了起来:"谁这么大胆,敢打娴妃娘娘?"

"姐姐!"她干脆就抱着皇后的身子哭了起来。

皇后心里一颤,连忙扶她坐好,安慰道:"有什么就说,你我姐妹多少年了,一路伺候着皇上到如今,我都是知道的。你说吧!"

"姐姐,我说了,你可不要激动!"

"好,你先说。"

她叹了一口气,还是说不出口,于是身后的柴公公就抢了话:"求皇后娘娘恕奴才多言之罪,这话娴妃娘娘不好出口,奴才好说!"

"你说吧。"

"喳!回娘娘,这巴掌,娴妃是被那假太监打的!"

"什么?为何如此?"她实在想不到,看上去那么娇美温柔又单纯模样的女子竟然如此骄横无礼。

"娴妃娘娘受了皇太后之名关押她,她一路谩骂不停,还手舞足蹈,出言不逊,这些娘娘都忍了。谁料临到宫里之时,她想逃跑,娴妃娘娘便过去好言相劝,她一时之间激动难耐,便……便对娴妃娘娘下了毒手……"说着他也伤心起来,"都怪奴才一时没有注意,想不到……"

娴妃娘娘也更难过了:"原想是皇上爱惜的人儿,妹妹怎么敢对她怎样,想不到她竟然如此作为。姐姐知道吗,她还说,她就是要迷惑皇上,还要皇上废了……姐姐您,还说要皇上从今往后只疼她一人……"

"这,这女子怎能……"她被这些话生生地震惊着,半晌不能云云。

"皇后姐姐,您一向受我们尊敬,为了树立一国之母的形象,您吃斋念佛,素衣素行,省吃俭用,如此母仪天下。可是,您太善良,妹妹知道,您一定会念在那妖女曾经侍奉皇上就手下留情。可是你知道吗姐姐,她根本就不知道何为廉耻,不知道何为规矩,她根本就不为皇上想过,她不配侍奉皇上……"

"不……她怎么可以是这样的人!她到底是什么来头?你查到了吗?"

"兴许总有人会知道的。妹妹怎么敢再对她多问一句,她泼辣狠毒,妹妹还不想再受更大的伤害。你知道吗,昨晚皇上去我那儿探望她了。她……表现得柔弱、多情、单纯、受伤,仿佛是皇太后和我们所有人都害了她。她对皇上软言细语、哭哭啼啼,总之,就如同多面的狐狸,可怕而可恶。姐姐,对她这样的妖女,我们还需要客气吗?"

"皇后娘娘,请以大清江山为重,如今皇上被那妖女迷惑了一时,但未免让皇上后悔,您可要当断则断呀!"

皇后犹豫地走来走去,不知道如何是好。

二

没有被提审,没有人来管她,霖儿只觉得很饿很饿,守着她的侍卫也出去了,坚固的牢门犹如一个钢铸的笼子把她牢牢关着,她捂着咕咕直叫的胃,口很渴,她张嘴喊了几声,却无人答应。

"BB乖,别怕,妈咪会照顾你的。BB要坚强,要陪妈咪一起渡过这个难关哦。如果你乖,以后妈咪一定会好好地疼你。你要相信,爹地一定会来救我们的。是不是?他只是还需要时间,还需要时间去跟她们谈谈……去澄清一个很大的误会……"虽然她不停地自我安慰,不停地这么说,但是还是忍不住有恐惧的眼泪流了出来。她抚摸着肚子,为了转移注意力,她想到一个办法。

"BB,妈咪给你唱虫儿飞好不好?"她轻轻给自己拍掌,然后唱道,"黑黑的天空低垂,亮亮的繁星相随,虫儿飞,虫儿飞,你在思念谁。天上的星星流泪,地上的玫瑰枯萎,冷风吹冷风吹,只要有你陪……"

她深深地呼吸了一口气,微微笑起来,而泪水却悄无声息地滴落衣襟……

当一声皇上驾到的声音降临慈宁宫时,慈宁宫已经来了皇后、娴妃,还有一位是皇上祭天时会请来的先皇御赐"天尊道人"。

见到这么多人等着自己的到来,皇上忐忑地给皇太后请安,接着一干人给他

第二十一章 爱的囚徒

行礼。他叫了起，便走到太后身边去服她，老人家不肯让他服，在皇后及娴妃的扶持下坐下，冷漠地扫了他一眼便道："哀家年事已高，受不得这些个刺激了，皇上既然来了，也好好听听天尊道人的话，看看这件事究竟如何处置才最合适。"

太后从太监手里接过佛珠子，独自闭眼摸溜起来。

天尊道人给皇上行过礼，缓缓地问道："皇上，您身边的高净高公公已经将那位女子的一切告知了太后娘娘，太后娘娘为了一国体面，特地令本道来这里。"

"有什么事，你就说吧！"

"此女子数年前与皇上有过一劫，那年皇上年幼，于是便一直对此记忆犹新。数年的消失，时乃皇上之好运。此女消失时间，皇上便由阿哥升为皇太子，接着一路胜利登上九五之尊宝座。然而，近来皇上是否接连出现不祥之事？"

皇上皱着眉头："你这是什么意思？"

"请皇上息怒，慢慢听贫道说来。"他扬了下拂尘，闭上眼睛道："皇上乃辛卯年出生，圣兔是也，最怕的就是与之相冲的辛酉鸡者。不料经过贫道根据此女生辰八字细算，此女子果然是辛酉年生。卯酉大冲大忌，时乃大凶之兆！再有，此女时辰寅刻，皇上乃卯时，又是寅卯相冲，凶中之凶……"

皇上听得一头雾水，却咋舌震惊。

"皇上，依照贫道所言，此女乃祸国殃民之妖姬，皇上断不可留也！"

一句话皇上就清醒了过来。

"大胆！"他拍了一掌桌子，娴妃推推皇后，皇后便起身来，默默地在他身前跪下，接着娴妃等人也跪了下去。

"皇后……"

"皇上息怒，身子要紧。皇上，请听我几句……"她温和地细细道，"与皇上相伴多年，从未奢望皇上有多少时辰在旁侧，因为臣妾知道皇上不是普通人，皇上乃大清龙裔，大清万千子民都要仰仗皇上才能平安一生。皇上，您也是勤政爱民的好天子，正因为如此，臣妾等都希望皇上歇息之时能舒展身心，不论多少后妃嫔贵，臣妾都真心珍惜其为姐妹，只要她能让皇上开心，让皇上喜欢，臣妾绝不阻拦……只是这一次，臣妾要阻拦皇上对这位女子的迷恋！"

皇后句句肺腑之言，句句真切实在令皇上的心冷静而沉默。他恍然发现自己从见到冉霖儿开始便已有了改变，这变化慢慢地浸染身心，使得他忘记了大清历来的规矩……

难道，霖儿真的如他们所说，是带给自己灾难、迷惑自己身心的妖孽吗？

不久娴妃也求他放下对那女子的执著。

皇上喃喃地问道："你们想怎样，才能平息这一切？"

"要为后宫做个榜样交代，加上天尊道人所说，此女只会给圣上带来厄运，臣妾求皇上，听由天尊道人的卜卦处置！"

皇上闭上了眼睛，好一会儿都不知如何是好，皇太后缓缓地张开了眼睛。

"年底，太子永琏突薨，那时候皇上是否已然与这妖女在一起了？"

皇上没有否认，皇太后冷冷地哼道："哀家一直以为，弘历乃是一个理性、顾全大局的好帝王，为此自你亲政以来所举，哀家无不支持。然而这一次，你竟然要为了一个小女子，不顾大清江山吗？！"皇太后严厉的词句已经表明了态度。皇上只得低沉地令天尊道人卜卦。

天尊道人于是就拿出了龟壳，向四方拜起，跟着接连扔了三次……

每一次他都念念有词。

到最后，他默默地收起龟壳，给皇上拜首道："晴天霹雳，涅槃火浴；生死衰亡，燃殆孽妄！天之乾子，方道合全。"

"什么意思？"他茫然地问。

"回圣上，此乃天之旨意，还求皇上圣裁。"

"说！"

他已经做好了十全的准备要听他说怎样惩罚自己心爱的女人。那天尊道人只是短短地、镇定地说了那么两句，皇上只觉得耳边顿时嗡嗡直响，他的身子不寻常地晃了几晃，跟着便有些昏天黑地的感觉。

娴妃微微地扬起一抹得胜的微笑，看了看皇后那张正义而仁慈的脸，再看太后那睿智的眼神，心中暗暗得意。

"此句意思是说：那祸国红颜，必须选定祭天吉时，高绑于天柱上，架火烧成灰烬方可将皇上的厄运彻底去除！此行便可使国泰民安，江山永固！"

皇上突然很想哭，他从来没有过想哭的感觉，但一想到霂儿将被绑在天柱上活活烧死，便像痛扯了他的心肝一样让他痛不欲生。

他给皇太后行礼，表示此事不再插手以后，便离开了慈宁宫。在他坐入轿子里时，想起了第一次见到霂儿那天真无邪的笑脸时的心动感觉，这感觉让他更加痛苦，他闭上眼睛，一句话也不想多说。

小乐子听完李肆说的话，一掉头就往门口冲，不多一会儿，他就拿起袖子揩泪了。

"小霂子，呜呜，那么单纯的一个人，呜呜，怎么成了妖姬了？呜呜，她要是妖姬，为啥也不变化了逃跑……呜呜，这不就是找事说嘛……"

"小乐子你找死是不是，主子这会儿就差个陪葬的了！"李肆揪着他的耳朵，他立马闭住嘴巴不再开口。

"那该死的高净，竟然什么都说了！"

李肆正嘀咕着，听皇上说了句来人，连忙跑进去。

皇上看着天花板，好半天道："打点一下，给她送些她爱吃的去吧。"

第二十一章　爱的囚徒

"喳!"

他见到李肆跑了出去,便有一滴泪终于落了下来。他咬着嘴唇,将拳头狠狠地握着放在唇边克制着这股伤痛。

三

霖儿已经没力气唱歌了,这时候有脚步声传来,她赶紧站起来,立即有侍卫下来开门。

她高兴地道:"我可以出去了吗?是不是没事了?"

没人应她,她依然开心地打起精神来:"谢谢你!"

侍卫掉头看了她一眼,表情怪怪的。他扶她上台阶,然后进了一间偏厅。偏厅外重重地守卫着数名带刀侍卫。

霖儿不解地看着,突然听到外面一个熟悉的声音响起,接着她惊喜地看到李肆、小乐子,还有广融等带着一行人端了无数菜品、漂亮衣裳、首饰、胭脂水粉,还有她喜欢的珠子、手镯来到了这里。

李肆和小乐子都有如哑巴,只管将所有物品放在她面前的茶几上、桌子上。霖儿一看到菜就拿起筷子道:"是给我吃的吗?"小乐子呜呜点头。她也没注意到几个人都是来送别的哀伤眼神,拿起筷子就开始猛吃,那吃相还同第一次在皇宫见到御赐的菜品一般香甜贪婪又可爱。小乐子低着脑袋就往外冲了。跟着广融默默地给她做了个揖,也走了。最后是李肆,咬了咬腮帮子道:"您慢慢吃,别噎着,这里好吃的多着呢,都是圣上亲自给您点的。还有这些衣裳,一会儿有奴婢给您换上……"

"嗯嗯,皇上真好,知道我都饿坏了,李肆,我真的好饿,我能吃下一头牛呢!"

"嗯嗯……委屈您了。"

"没事,我相信皇上,他说了会来接我回去的。对了,别把这些事告诉我在宫外的朋友,还有我爹,他回乡去那么久了,不知道现在把家里布置得如何了。他老人家退休了,我也不能孝顺他,哎,虽然我也不肯定是不是他的女儿,不过,他真的让我感觉很亲切呢。总觉得有了爹真好啊,有爹啊……"她说着,李肆连忙递来汤给她喝着。

她舒服地缓过气来,又道:"我什么时候能离开这里呀?我一个人很害怕,待在那地下室里,又黑,又冷,我的BB……"她压低声音,拍拍肚子道:"都害怕了,昨天还做噩梦了,不过没事的,我又挺过来了。"她呵呵笑着,嘴角吃得满是菜汁……李肆忍不住有些悲伤,连忙道:"霖儿姑娘,您慢用,奴才……奴才……对了,奴才还有事问您一下,您可有什么想要奴才帮您打点的?"

"什么打点?"

"奴才是问您可有什么心愿未了的，奴才等人帮您完成？"

霂儿扬起脑袋咬着筷子头思考着，慢慢地，她微笑的脸僵住了。她掉过头来，看着李肆，声音控制不住颤抖："你，你刚才问我什么？"

"奴才是问……姑娘，还有什么心愿未完成的。"

他不敢看她的眼睛。

霂儿手里的碗和筷子一瞬间跌落了下去，她的人也一下软了下来。

"什么叫心愿未了？"她带着泪笑道，"麻烦你解释清楚，我古文不太好。难道你的意思是，我要死了，然后问我，还有什么心愿要完成的。不是这个意思吧？啊？"

李肆揩了下眼角，点点头："奴才是给霂儿姑娘……送行的。"

霂儿深深地呼吸着……接着她愣呆了。

李肆都要哭了起来，这时候娴妃带着一干人大步走了进来。

"李公公送完了这些物品，该回去伺候皇上了。皇太后还说了，皇上近来身体也累了，请他移驾圆明园休养身心，等到这宫里干净了，再回来！"

李肆最后看了一眼霂儿，他叹了口气，道声奴才告退，便转身要走。

霂儿突然叫住了他。

"等等！"她扶着椅子站起来，喘息着："麻烦你，告诉皇上，把我的东西还给我！"她一字一句地说完，才坐回了椅子。

李肆退了出去。

见到娴妃，霂儿依然没动弹。

"禹铭儿？还是冉霂儿？本宫不管你是哪里来的妖女，总之，你是该消失的。怎么样？你知道皇上要怎么处置你吗？"她走过来，凑近了看着她。

"洗耳恭听。"霂儿漠然地看着地板。

"你临到死了还嘴硬。"说毕她就捏起她的下巴来，打量着她的脸，狠狠地给了她一巴掌，霂儿感觉嘴角被划破了，耳朵嗡嗡直响，她抬起眼睛看着她。

"是啊，都要死了，你还要怎么样呢？"

"哼！"她冷冷地盯着她，"皇上说了，因为你的八字与他相冲相克，你一出现他就在江南遇刺，你一入宫，就克死了二阿哥；现在你还要入住皇宫，迷惑皇上，让他无暇政事，整日陪着你玩乐放纵。所以，天尊道人问天卜卦，将你这只妖姬，用火把活活地烧死！就在紫禁城，就在那高高的祭天柱上，把你这蛊惑帝王的妖孽结束！哈哈哈……"

霂儿呆呆地看着她那得意的样子，心想这个女人是谁啊，历史上的她，最后该是什么下场啊？她看起来，真的就不像个好人啊。她真是很让人感觉讨厌啊！

她自嘲了一句：该来的，总会来的吧。

她想起了那句历史。

第二十一章 爱的囚徒

"焚于紫禁西……"

尤曼看着天空，也想起了野史的那段言辞，她看着灰暗的天空，怕是要下雨了。她没说话，默默地想着，这一切，依然让她感觉不太真实。

入夜，小乐子注视着写了许久的稿子，提起笔，深吸了口气，然后落笔疾书："高宗四年，初春，霖未晋封却遭算计，后妃等以国之将亡为由，听信道者胡言，意将其焚灭祭天，嗟嗟，天若有情，无辜者幸！祈！"

他看着这些手稿，那些过往，都是霖儿跟皇上在一起时的点滴。他嗟叹着，点燃烛火，正要焚烧，门开了，小乐子吓得跌到地上。原来是风吹开了门，他将散落的纸收起来，想了想，还是没有烧。

宫外，司马世恒正躺下睡觉，就有人着急地敲门来了。司马世恒翻身起来开门，门口是苏谏，他手里还捏着一封信。

司马世恒挑燃烛火。只见那信中只有简单的两句话：冉霖儿身份暴露已被太后关押，即将焚身，速救！

看了这句话，他头一回跳了起来："这可怎么得了！"这么狂躁了一下，他才让自己冷静下来，踱步来来去去，凌乱如麻，无法镇定。

不一会儿他便冲出房门骑上马直冲怡亲王府。

此刻怡亲王刚送走来喝喜酒的亲友贵胄，时辰不早了，他有些微醉，今日世恒哥也没参加婚庆，当他来到新房里，见到端坐的新娘子时，内心却是万分的幸福甜蜜。

他拿起喜秤，慢慢地就要掀开新娘的头巾，门外跑进来几个奴才。

"王爷，不得了了，司马世恒少爷来了，说有十二万分的急事要见您！"

他话头刚完，只听到吱呀一声，司马世恒已经推开了他的房门，怡亲王惊讶地回过头，新娘猛地将喜帕掀开，露出了意外的微笑。

四

"王爷，求你，快帮我救一个人吧！"

怡亲王意外地听他竟然称呼自己的封号，他不解地皱眉："世恒哥这是怎么回事？今日我大喜之日，你只来了个贺礼，到如今夜深，客人都散尽了你却闯进来……"

"你跟我出来。"司马世恒拉着怡亲王出了门口，便将收到的字条给他看。

他连续读了两遍，嗯嗯点头，突然大叫："什么！太后要处死霖儿，还要……烧……"他捂着嘴巴："这不是真的吧？世恒兄……"

司马世恒点头："我也想知道，这是不是真的。我倒希望这是假的！"他长长地缓和自己的呼吸："不管怎样，送这封信的人，必定是十分了解情况，而且是无能为力才如此。我分析了一下，这个人必定很了解霖儿。如果我没猜错，他或许是皇上身边的人。"

"天啊！"他来回奔走着，"可是皇上都帮不了，我又能做什么？"

"我现在想请你进宫证实这件事，尽快告诉我。"司马世恒急切而激动。

"好、好，你，容我想想，想想……"

尧依依愤怒地扔掉喜帕，又是她，又是冉霖儿。世恒哥心里只有她！她……她……

皇上端坐着凝视着手里银色的怀表，这是霖儿跟他相见的那根红线，是它让霖儿来到他身边的，霖儿也是为了寻回它，才进宫来的。霖儿起初就说了，因为有它，她才能来这里，也才能离开这里。

他虽然并不懂这一切神奇在何处，但是，如今霖儿只有两条路可走，第一条便是被活活焚烧成灰烬。第二条，就是它，只有它，能让霖儿有机会逃离这里。他闭上眼睛将怀表放在胸口……

这时候，李肆躬身进来。

"皇上，皇太后请您陪她去圆明园赏月。"

"定了什么时候？"

"即刻。"

"朕问的是霖儿！"

他立即颤抖着回答："奴才打听到的是明日申时。"

皇上起身，将怀表举起来，轻声吩咐道："朕是没机会送她了，物归原主吧。你转告她，若还有缘，记得与朕梦中相聚。"

李肆接过怀表，低声应喏，然而一出宫门便被拦住。他不得已又回到皇帝身边，将怀表还给主子。

皇上一路由大内侍卫班子护送着，离开了神武门，他知道，一回来，便再难见伊人之面。他闭上眼睛，控制着哀伤。

太后、皇后的凤辇前前后后陪着他，他却依然觉得无比孤独难过。

子夜时分，冥冥中睡着，他听到有小孩子哭泣的声音，接着他听到霖儿的声音。

"宝宝，不要哭了。"

那小孩子十分乖巧可爱，他忍不住跑过去要抱他，他连忙抓住霖儿的衣襟。

"这是你爹啊，宝宝，快叫爹。"

"我不要，他都要叫人烧死娘亲，我不要这样的坏蛋爹爹。娘，我们走吧。"

第二十一章　爱的囚徒

他不要我们了，我们也不要他了。"

霂儿的眼睛流出鲜血来，她点点头："我们走吧，再也不要他了。我们走。"

皇上从梦中醒来，直直地坐着，他大步打开房门，侍卫立即躬身行礼，他抬腿要出去，侍卫连忙拦在跟前。

"朕要回宫！"

"皇上息怒，奴才等奉了太后懿旨要在此保护圣上。圣上还是回去歇息吧！"

"大胆，你们敢拦朕？"

"奴才誓死守护皇上！"两个人依然是打死都不让步。

他背着手很着急："朕有要事必须回宫，否则耽搁了，你们十个脑袋也抵不上！"

"皇上，过了明日申时，奴才等必定护送您回宫！"

"不行，朕现在就要回去！"

说着就跟几个人动手，他们几个功夫自然在皇上之上，但是要让着他，却也必须拦着他，于是皇上就是纠缠于他们之间，无法脱身。这时候一声太后驾到，皇上停止了动作。

"看来哀家估计得没错，你还是孽根未去，想要回宫。"

"皇额娘，求您开恩。朕想了一夜，皇额娘，您不能杀霂儿。"

"什么叫我杀她？"

"皇额娘，霂儿已经怀了朕的孩子！"

太后一怔，接着她依然冷冷地摇头："事已至此，谁也挽回不了。纵然是有了孩子，也必定是个祸害！"

"皇额娘……霂儿她性格直爽单纯，怎会是祸害？那些八字生辰，不过只是碰巧而已。何况，她还多次救朕，她……"

"你这么说，就是哀家老糊涂了，哀家心狠了，是吗？"

"儿臣不敢！"

"你是不是想让哀家百年之后无法对大清列祖列宗交代？你是不是想学那些昏庸君王为了个女子便弃江山于不顾？你是不是想做忤逆子？如果你只要她，不要天下，不要哀家，你就走，你立即就离开这道门，哀家从此自当没有你这个逆子！哀家也会立即自缢向列祖列宗叩头请罪！"

一听到这些，皇上立即就浑身软了下来。他跪在她面前，抱着她，喃喃地道："儿臣该死。"然后便默默地回了房间。

皇太后松了一口气，掉头离开了。

次日一早。

霂儿再没什么胃口进食，她只是梳洗了头发、脸，然后抚摸着肚子继续回到地牢里。

不多久，怡亲王进宫，太监回禀他说皇上陪同皇太后及皇后去了圆明园赏月。

他又打听宫中是否有什么事发生，太监却摇头矢口否认。想了半天，他还是掉头往圆明园去。

重兵把守，任何人不得入园子，这是圣旨。怡亲王觉得事情蹊跷，莫非真如那字条所说，霂儿要被处死了……想到这里，他才觉得事情很严重，于是道："本王是来给皇太后请安的。还要感谢皇上赐婚！求你们通报一声！"

那侍卫于是往宫里去了，不多久他过来请他进去。

没见到皇上，却见到皇后陪着太后在园子里喝茶吃点心聊天。

他躬身请安，太后让他坐到身边来。他抑制着好奇，道："今儿个皇祖母怎么如此雅兴，都来了圆明园了？"

"圆月美满，哀家也好些日子没来这里赏月了。弘晓，哀家听说你刚大婚，却没去给你贺喜。"

"哪里，皇祖母这么想着弘晓，弘晓高兴都来不及呢。对了，皇上呢？弘晓还要好生感谢他！"

"皇上近来为了朝廷奏折心事烦闷，你暂且搁着吧，隔日再谢。"

"不行，弘晓一定要见见他，对了，皇上为什么事心烦都没干系，弘晓最擅长下棋，只要皇上烦闷，弘晓便陪他下棋纾解，不日便心情大好了。"

"哦，有这等事？"皇太后看着皇后，皇后点点头，"儿臣也听说过了，皇上还说弘晓的棋艺都被他锻炼出来了。"

"好吧，你进去瞧瞧。可不得打听其他事情，不然哀家可不乐意。"

"是，弘晓先告退了！"弘晓大步往皇上寝宫走去。

司马世恒已经等不及了，他见到天已经大亮，太阳也缓缓升起，想了想，立即找来苏谏商讨对策。

"苏谏，事不宜迟，你把昨夜我要的紫禁城全图拿出来！"

第二十一章 爱的囚徒

第二十二章　泪别紫禁

为了大清盛世，为了黎明百姓，为了苍生，要烧死迷惑帝王的女子。而司马世恒能救到紫禁城里心爱的人吗……

一

在一间客栈里，那刺杀霖儿的姐弟终于迎来了他们的师傅。
"师傅，我们一直等机会进宫。"
祝不闻冷冷地透过面纱道："你们不必再费劲取那人头了。"
"师傅要放过她吗？她见过你啊！"
"普天之下，只有他们俩见过我的容貌，若是他们真要追杀我，早就下了旨。这几个月，我参加英雄会，结识江湖豪杰，一切都是孽缘。那天我一眼就知道那名女子是他的心上人，他们深深相恋，他，竟然愿意以命相抵，实非易事。既然如此，只要他们不招惹我，我便息事宁人，自当毫无此事。"
"师傅心胸如此宽阔，徒儿佩服！"
"走吧，别待在这里了。师傅还有太多事要你们做！"她又抬头望了一眼天空："今日天气有些怪，阴晴不定，雾非雾，风非风，那艳阳亦有些血色弥漫，看那天边乌云大朵凝结，想必是雷鸣呼号，惊天破日。"
"师傅说得是，那我们赶紧离开这里！"

娴妃与天尊道人商议完毕，便通告后宫嫔妃，于申时聚集紫禁城西苑，届时观看祭天去孽，引以为戒。

霖儿的头有点儿昏，她肚子咕咕叫起来，宝宝好像跟她说我饿了，好饿。她看了看旁边的侍卫。
"我饿了，在我临死前，也让我吃个饱吧。"她想，就算死，也要开心地死。
这要求不算过分，娴妃挥挥手让他们尽量满足她。
后宫的嫔妃奔走相告着，谁都不知道究竟发生了什么大事。

此刻才辰时，离申时还有三四个时辰，但是她们都很紧张。

不多久弘晓匆忙告退了，回府换了身衣服，尧依依无意中看到了那只怀表，便问这是什么。弘晓便大致告诉了她，霂儿要被处死的事情，还有这怀表可能救霂儿一命。

尧依依冷冷地听着，弘晓要离开前，她道："我熬了人参鸡汤，近来你这么多事情忙，先喝一碗吧？"

弘晓微笑地点头。

她趁机拿着怀表到屋里，闷声闷气地看了一会儿，一咬牙，取下了一根银针，往怀表后壳撬去……

很快弘晓带着怀表奔往丝绸庄。

而进丝绸庄前被正出门要进宫的弘昌弘皎看到了。

延禧宫。

霂儿因心情不定，食欲也不定，呕吐得厉害。

在娴妃进来之前，她停止了呕吐。她悄悄地安慰着怀里的宝宝："别担心，BB，妈妈一定会保护你的。有妈妈在，你就在。所以你一定要坚强，因为你是妈妈最后的动力。"她仿佛能感觉到一股平静从心底升起来。

霂儿闭上眼睛睡了过去……迷迷糊糊之中，感觉有人在抬她，将她的胳膊反绑起来，她被人带离了延禧宫，接着感觉风萧萧然冷冷地迎面吹拂而来，然而她就是无法张开双眼，很疲倦，很疲倦……

太阳微弱地闪烁着光芒，乌云已经齐集了天空，霂儿听到一些声音从四面八方传来，接着她努力睁开了眼，全身已经被紧紧地捆绑在了高大而结实的广场天柱上。

司马世恒紧紧握着拳头往木头桩子上狠狠砸着，怡亲王安慰地拉着他，他闭上眼睛："事到如今……"

"世恒兄，你不能去劫人！"

"为什么不能？"

"世恒兄，即便你找来的人都是一等一的高手，你能保证一定会救下霂儿吗？霂儿如今已经被绑在祭天柱子上，台下是紫禁城的侍卫高手和数十名皇城护卫，皇太后下的懿旨，没人敢忤逆。即便是皇上再想救霂儿，也是无能为力。"

"什么叫无能为力？他乃一国之君，竟然连一个女人也保护不了吗！我真的很后悔没有阻止霂儿进宫！"

第二十二章　泪别紫禁

"事到如今，我立即再去求皇太后。"说毕他便折身要走。司马世恒拉住他："秀亭，如果皇太后仍然不肯放人，你立即派人来通知我！"

秀亭在延禧宫外，柴公公却说奉了太后懿旨，谁也不得再见冉霖儿最后一面。秀亭想起手里的怀表，无奈又折回了圆明园。

此刻他想再见皇帝，已有人说太后懿旨，皇上此刻在处理奏报，任何人不得打扰。见到李肆，他连忙朝他招手。

皇上一眼也看不进去军机处传来的奏折，他背着手在大殿里走来走去，心急如焚，李肆匆忙进殿内。

"皇上，午时快过了。"

"不行，李肆，给朕想办法，朕要去见霖儿最后一面！"

"皇上，大内侍卫在外头，奴才现在要去任何地方都有人跟着。刚才，奴才还见到怡亲王了。不过可惜，他也不能来见您。"

"什么！"他吃惊地看着他，"秀亭为何而来？"

"奴才该死，奴才愚笨！王爷说见不着霖儿姑娘，这怀表……"

"什么！"皇上见到怀表还在眼前，唯一的希望都破灭了。

"皇上不要着急，一定能想到办法的！"

"你说这些有什么用！"他摸了下额头，眉头蹙得紧紧的，脸色十分难看。

皇上慢慢地坐回龙椅，提起笔："给朕传广融！"

"皇上，广融被皇太后叫去办事了！"

"难道，朕真的要成全她了？"

"皇上，不可，奴才还有一个法子可以将怀表传给霖儿姑娘。"

……

未时。

紫禁城西宫广场下，陆陆续续已经有皇宫后院的宫女、嫔妃、太监到场，个个都看着台上被黑色丝绸罩着脑袋的女子，她身下已经有无数的柴火、木炭等堆积如山。几个太监将木桶里的燃油通通往木柴上倒去，现在，只需要一点火星，这火堆即将燃起，而被绑在火堆上的霖儿，将成为火中凤凰……

人们纷纷议论着。

霖儿还在低声地说着话："BB是不是渴了，我也渴了。不知道他们什么时候来齐了，什么时候点火呢。我真的好渴。为什么你爹还不把怀表送过来呀。哎，爷爷，您在天有灵吗，您是否看得见霖儿此时此刻很难过……"

左府，左宇常听到一个小丫鬟在低声说话。

"今儿宫里出大事了，有个引诱皇上的女子要被烧死了呀。"

"是什么人啊，这么大胆？"

"听说，就是宫外的人，我还听说，那姑娘，好像就是咱们少爷天天念着的铭儿呢。"

"啊！你怎么知道的？"

"我刚听怡亲王府上有个奴才说的，说怡亲王刚大婚，连福晋都不管，就一直往宫里跑又去了圆明园，怡亲王还要去求情呢！"

左宇常哧溜一声拉开房门，扯住说话的丫鬟："你刚才说的是铭儿吗？"

"少爷！我什么都没说啊！"

"铭儿在哪里，我要去找她！"说毕就往外冲，被几个奴才拦了回来，他情急之下就扯了一把剑，指着面前的奴才护卫道："让开，谁再拦我，我就杀了他！"奴才们远远地后退着，直到他们被逼到大门口，一声怒吼，左盛函大步走了出来。

"爹，放我出去！放我走！"

"把剑放下！"

"不！"他坚持着。

"常儿，放下剑呀，有什么事告诉奶奶。"

"奶奶，快带常儿进宫救铭儿啊！您不是说了答应常儿要娶铭儿妹妹的吗？"

"什么铭儿，她不是铭儿。"

"她是！"

"常儿，你别闹了！"

突然左宇常就将剑口对准了自己的脖子："爹，奶奶，要是你们不答应，常儿就自刎了！"

这一刻，所有人都仿佛错认了人，左宇常什么时候说话如此有条理了，什么时候这眼神变得如此理智清醒了！

左宇常上了马，奶奶坐入了马车，一路往圆明园奔跑着。

二

未时过半，娴妃已经戴上了象征后妃身份的冠冕，插上朱钗，施妆完毕后，她掉过头问道："给她立的十大罪状，记得带上！"

"喳！"

圆明园。皇后正躬身给太后跪安，要回宫参加行刑仪式，一公公快步跑了过来。

第二十二章　泪别紫禁

269

"皇太后，左府的老夫人来给您请安。"

皇太后意味深长地看了看皇后，皇后躬身离开了。

左宇常一见到皇太后，就躬身跪了下去，双眼一红，泪水就跑了出来，真正犹如一个小孩子。

"常儿，这是怎么了，今儿个谁欺负你了，一来就如此伤心？"

左老太太叹息着："我跟常儿来，是要给一个人求情的！"

刚说着，怡亲王也来了。

"皇太后吉祥！"说毕也跪了下去。

"秀亭这是干什么？"

"求皇太后饶恕冉霖儿！"

"皇太后，听说您要让铭儿祭天啊，常儿求求您，求您放过铭儿吧，常儿给您磕头，常儿给您捶腿，求求您了……"

"你们都怎么回事？"

"皇太后，秀亭很早就认识冉霖儿了，那是去年俄国使臣来大清时的事情，冉霖儿她在其中起了很大的作用。之后冉霖儿在江南巧遇皇上，皇上被人行刺，那伙人其实便是反清复明的余孽，霖儿舍身相救，一直照顾皇上康复。……"

"够了，哀家不想听下去！"她挥手打断了秀亭的话。

"皇太后是好人，是最好的人。常儿给您磕头，常儿的娘子不能走，皇太后，常儿很喜欢铭儿妹妹，常儿想要跟铭儿妹妹天天在一起……"他一边念叨一边傻乎乎地磕头，左老太太连忙拉他，他额头已经破血淤青，还在哭着求情。

"铭儿不可以再走了，求奶奶，求皇奶奶……"眼泪滂沱而下，他的伤心也不由得让旁人为此心软，皇太后制止不了便令左右扶起左宇常。

"你们都给哀家停止！"她生气地看着他们，"你们不知道孰轻孰重，只知道一味地鲁莽求情。"

"为何一定要如此残忍地处罚冉霖儿？"秀亭忍不住伤心地反问起来。

"她生不逢时，也怪不得别人。哀家也是按照规矩办事，何况此乃先皇立下的规矩。皇上此刻为了她，不顾政事，国将不国，哀家不能为了一时心软，就不顾大清几百年基业！来呀，将他们都带下去，哀家有些乏了。"

于是侍卫便带了秀亭离开，当要抓住左宇常时，他挣扎开他们的手，揩去眼泪，正想跑，转身被皇后堵住。

"左宇常。你想见霖儿最后一面吗？"

"想！"

"皇后！"皇太后警告道。

"皇太后息怒。儿臣即将回宫，此事已成定局，儿臣只是想好好送那姑娘一程，毕竟也曾伺候过主子，何况，刚才皇上告知儿臣，那名女子已经有了身孕……"

"常儿想见铭儿妹妹!"他拉住皇后的胳膊说。

"常儿,本宫会代替你告诉她,希望来生,你们再续前缘吧!"

左宇常呆呆地看着皇后,皇后拍拍他的胳膊,转头吩咐太监。

左宇常猛然往外撞,却被侍卫一把抓住,他奋力挣扎,一拳头往侍卫身上砸去,侍卫偏身躲开,他便扑上去跟他对打起来,另一名侍卫连忙上前捉他,他使出了从小到大学的功夫,跟他们对峙许久,直到最后皇帝出来大喝拿下!大内侍卫便扑了上去,不客气地将他打晕……

"皇额娘,儿臣已经想清楚了,过去是儿臣糊涂。儿臣想……"

"想见她最后一面是不是?"

皇上点头。

"哀家说了,过了申时,哀家会同你一起回宫的!"

皇上闭上眼睛,无望地回了殿内。

霂儿听到台下一片安静,有钟声响起,太监挥动拂尘:"皇后娘娘驾到!"

秀女们都立即躬身请安。

皇后一行人冷冷地穿过场地走过来,观察她的尤曼仔细地注视着,只见她径直走向了冉霂儿,抬眼看着她,低声吩咐道:"来人,先放她下来。本宫还有话问她!"

"娘娘,时辰就要到了,娴妃娘娘要来主持行刑了!"

"怎么,这后宫难道不是本宫做主吗?"皇后厉声问着。这时候太监喊着娴妃娘娘驾到,娴妃远远地给皇后请安,还微笑道:"姐姐有话,自然可以随时问!来呀,还不放人下来?!"

于是侍卫们便将绳子慢慢地松开,有人跳上柴火把霂儿放下来。

皇后轻轻地从怀里拿出怀表,被尤曼看得一清二楚,她紧张地注视着,立即就往前走过来,到了娴妃娘娘身边低声说着什么。

"冉霂儿,有人托本宫给你带样东西,他说这也算物归原主,你该去哪儿去哪儿吧。"皇后将怀表放到她被捆住的手心里。娴妃走了过来,纳闷地看着她们。

"冉霂儿,你还有什么话要说?"

"请皇后娘娘替我谢谢皇太后和娴妃娘娘。如果不是她们,霂儿便不会早点脱身,或许死亡对霂儿来说,才是最好的归宿。皇后娘娘,霂儿还有一句话要说。"

她轻轻地将脸靠在皇后耳边,道:"请您转告皇上,忘了霂儿吧!"

说话间，眼泪已经滑落脸庞，然后，她默默地握着怀表，侍卫就要将她带上柱子，突然娴妃一把从她手里扯了怀表。

"皇后娘娘，这是什么？"

"此乃她的一位旧友托哀家带来的葬品。据说这西洋表原本便是她的。如今物归原主，也算是送别。"

"哼，皇后娘娘真是仁心仁德。这劳什子……"正说着，她的手刻意一滑，怀表顺着指缝跌落下地。

霖儿立即感觉到天旋地转。

怀表咔嚓一声，表盖脱落了，由于之前尧依依做过手脚，怀表整个指针都飞了出来，接着，时间停止了行走。

她冷冷地笑着，捡起来，递给了冉霖儿。

"姐姐，不是妹妹太冷漠。实在只是想看看这是什么。"

"好了，现在你满意了？"

此时天尊道人打着禅指慢慢上前躬身道："皇后娘娘、娴妃娘娘，时辰已到，请娘娘上座！"

皇上焦心地坐在椅子里，李肆端来一杯茶水："皇上，您今儿个滴水未进呀！"

皇上摆摆手，支着额头绝望地坐着。

不一会儿，他又抬起头，紧张地问："此刻什么时辰了？"

"申时已到……"

紫禁城内，太监正展开圣旨念道："今，奉天行旨，缉拿蛊惑天子之罪姬禹氏，下有其十大罪证：私自入宫，诱惑天子，参与政事，欺世盗名，扰乱朝纲，大不敬，妄言，谗语，肆意行事，克冲龙气。圣上英明，列祖列宗于上，为正罡风、驱浊气，今申时焚烧灰烬，以儆效尤！皇太后、皇后懿旨！着娴妃娘娘行刑！"

柴公公看了看娴妃，大声喝道："申时已到，行刑！"

台下的后宫嫔妃、王孙贝勒都紧张地盯着台上。

三

司马世恒正穿着皇宫护卫的衣服奔跑在长长的宫道里，他不停地在心里呼喊着"霖儿，要等我，霖儿要等我！"

皇上最后一刻站起来，一口气喝光了桌上的茶水，大步下了台阶道："李肆，给朕备马！传朕口谕，不得杀霖儿！"

李肆愣了愣，皇上还在恼怒地看着他这木讷的表情，突然觉得一阵浊气冲上脑门儿，他摇摇摆摆地走了几步，伏在门框上。

李肆跪在地上："圣上，此事乃皇太后要奴才做的，那杯子里头，只有蒙汗药……"说着，皇上已经虚弱地往地上跌，李肆和侍卫冲过来扶住他，他死死地抓住李肆的脖子掐他，他便任由他掐，慢慢地他的劲越来越弱了，他念叨着，伤心地道："霖儿……霖儿……朕的霖儿……去救她……"

不一会儿，皇上的手垂了下去，眼泪也流了下来，李肆忍不住双眼模糊，哭了出来……

侍卫举起火把，交给了娴妃，娴妃冷冷地看着霖儿。

此时此刻，在遥远的另一个空间里，一个远程收录设备也正在播放这一幕。

两双眼睛互相对视着，一个怪异的声音穿进空间里：

"只要冉霖儿跟她的怀表在1739年消失，中国2007年，冉博士就不会坚持研究量子形态传输规律等空间数据；而中国2200年以后，时空穿梭机就可能无限期延迟造成。"

"二道长果然是智慧的领头人。您刻意制造错误的时空事件，引得时空控制署那帮人以为是有人想改变中国某个科学家的祖上基因链。却怎么都想不到，我们要改变的，根本不是那俄国使臣的命运，其实就是斩断时空控制署的基因链！"

"哈哈哈……因为我知道，历史事件不能被后来人改变，能真正改变历史的，是历史上的人。这个冉霖儿是我发现的一个最完美的历史虫洞，她三岁不小心被时空自然虫洞带到了现代，被人收养，而这一切组合得太巧妙，收养她的竟然是个怪才科学家，所以，只要让她回到1738年参与历史事件，历史就会变成真实的一切！"

"哈哈哈哈……二道长说得是！"

他们得意地笑了起来。

念然缓缓地出现在他们身后，她拿起手里的武器对准了二道长："等你们发出异域信号很久了，为了这一刻，我们几乎牺牲了一切！"

二道长慌乱地站起来，此时的镜头里，大火刚刚熊熊燃烧起来，见到这些，他得意地哈哈大笑："你来迟了，历史已经改变了！哈哈，历史马上就改变了……"而念然依旧是那副镇定自若的表情……

司马世恒痛苦地跌倒在地上，皇后掉头捂住了脸，她想起皇上哀求的话语："她肚子里有朕的孩儿，皇后，就像你也曾经为人母亲一样，那只是个无辜的生命……"

第二十二章　泪别紫禁

她突然张大了嘴，喝道："给我灭火！来人，快灭火！"但是没有人敢走过去，火势太猛了，迅速串联成了一个巨大的火球包围了木柱子。

此时跌倒的司马世恒重新站了过来，而娴妃则同柴公公用力拉住皇后往外走，尤曼惊恐地捂着脸跑开了。

所有的人都为此捂住了眼睛，女孩子们都抱成一团。正在此时，雷声轰轰，闪电咔嚓划破天际，乌云包围了艳阳，天空一片黑暗，仿佛白天的帷幕被人提前关上，一瞬间，凌乱的声音四面八方传来，一阵阵狂风肆意地冲进广场，席卷着每一个生命……人们都因此而四下奔跑出去，要躲避这阵狂风雷鸣。

霂儿闭上眼睛，脚跟很热，她一丝一毫也无法动弹；手臂很热，她却只能低声唤着皇上、皇上……救命，救命啊，你在哪儿，皇上，救救我们的孩子……

一些鲜血沿着她的腿缓缓地流下来滴入火堆，她记忆里满满的是皇上的笑脸，皇上的点点滴滴……大风吹开了罩在她头顶的面纱，她闭上了眼睛，眼泪不停翻滚出来。

"对不起，宝宝……对不起，宝宝……"

不远处，穿着护卫衣服的司马世恒奋力地拿起一条凳子将一些带火的木头弄开，他大声喊着霂儿、霂儿，坚持住……

霂儿的脑海越来越迷糊，她手里的表没有发出任何光芒。只有左手手腕那只黑色的陨石链子，在黑暗里悄悄地闪烁着，反馈着这个生命的危险信号……

皇后悲哀地往身后看着，可是黑暗中，她谁也看不到……

司马世恒也只能感觉熊熊烈火就在咫尺，他嘶哑着嗓子在黑暗里撞着，不多久，天亮了……

侍卫们重新走了过来，司马世恒抬起脸，眼泪还在眼角涌动，可他却发现，绑在天柱上的人不见了……

侍卫慌乱地四处看着。

没有绳索断的痕迹，木柱已经被大火熏黑了，绳子断了。司马世恒的心突然不痛了，因为，他没有看到霂儿的尸体……

"在这儿！"有人大声喊着，他立即冲了过去，只见一团黑糊糊的被烧焦了的躯体跌落在旁边，没有人看得出这是谁的尸骨，因为他完全就变了形，烧穿了身心……

仅仅那么一分钟，念然绑住了这个企图砍断时空链的罪恶之徒，按了下手中仪器，他们立即转移时空，进入了国际时空署部门大厅。

张毅在皇城外等着尤曼的消息，不多时，他见到李肆慌张地抬圣上回宫。便也往府上回，谁知道，人刚到门口，却被大清官兵团团包围，戴绩冷冷地出现在他眼前，一抬手抖落了一封信。

不一会儿，一个年轻的后生在他身后出现。

"你究竟是什么人？竟敢利用捡来的信物冒充吾世侄。来呀，给我捉了！"

"叔叔，叔叔……"

"你还叫叔叔！"那年轻后生愤怒地瞪着他，"我才是真正的戴知豪。你这个卑鄙无耻的小人，捡到我的信物，竟然大胆妄为，不知死活。"

"叔叔，我才是戴知豪啊，他是假的！"

戴绩冷冷地哼着："我的侄儿从小有个刀疤，是当年他调皮时落下的，如果这个秘密不是他提起来，我都几乎忘记。来呀，打入天牢，等圣上裁定！"

"喳！"

张毅只觉得胳膊一阵刺痛，鲜血就流了出来，他龇牙咧嘴地忍着，被狠狠地捆绑住带上了囚车。

尤曼站在延禧宫，不久娴妃娘娘回宫来，看了看她，然后走过来。

"娘娘……"

"哼，柴公公，叫他们进来，绑了这个冒名顶替的小蹄子！"

尤曼来不及后退，已经被她一把推倒在地上，她冷冷地看着她："你还想迷惑皇上？本宫早就说过了，入了宫，只有两个下场。你根本不是本人，还敢跟本宫周旋，哈哈，你以为自己有多聪明？本宫不会留下任何口实，也不会留下你这个后患让本宫心有不安！"

柴公公绑了她，又给她堵上了嘴巴："娴妃娘娘，如何处置她？"

"哼，既然她也是来历不明，我们也不必客气，扔出宫外去，让她做孤魂野鬼吧！"

尤曼用力摇头，哀求地发出呜呜的声音，娴妃冷酷地掉过身进了里屋。

尤曼心里狠狠地诅咒道："娴妃娘娘，你活该被皇上嫌弃！"

第二十二章　泪别紫禁

尾声　轮回情，梦别离

　　真相，就在一念之间，谁在导演这场戏，谁为谁悲伤，谁将离别。历史的轨道依然在轮回，该怎样，就怎样，历史，无人能改。一切会消失，爱，却会承继下来，一代一代，永不磨灭。

　　念然默默地穿越了时空，来到大牢里。张毅以为是冉霖儿，吃惊地看着她。
　　"张毅，临死前可有什么想说的？"
　　"没什么可说的，我不甘心！"
　　"还因为没有得到荣华富贵而不甘心？"
　　他没说话。
　　"你知道吗，你跟尤曼一样贪婪，你们本来没有这份劣根性，不过诱惑太大，没有几个人能控制住。"
　　"你不是也一样？"
　　"呵呵，你认错了人，我不是她。其实，冉霖儿是历史上的一个真正人物，她原本的名字叫禹铭，被时空阀门与地球黑洞交错意外地推到了2007年。所以，只有关于她的一切是顺应自然的。但是你们不能参与这些历史。即使加入了，也不过黄粱一梦，该发生的，依然会发生下去，现在我来带你回2007年接受法律的制裁！"

　　尤曼哭泣着，没有人应她，眼前是太监端来的一碗水，水里有剧毒，她摇头拒绝喝下去。突然，时空静止了，水刚到唇边，念然出现了。
　　"尤曼，我要说你是让我们失望的一个个体，现在我来带你回到2007年。不过我得告诉你，别再执迷于不可能的畅想里。去做一些有利于自己和别人的事吧！由于你违背当事人意愿出卖专业科研资料给第三方，你已经犯了法，因此你将受到法律公正的制裁！"

　　是夜。
　　小乐子哭泣着将手里的稿子往火力放："小霖子，奴才来祭奠您了，这是奴才为您写的野史哦。奴才知道，您走得很冤枉，您是个好人……"

门开了，小乐子抬起袖子擦了一把泪，皇上走了进来，从他身边捡起那些野史，大风吹过，一张没烧完的纸片飞上了门楣，是唯一一段保留到后世的记录。

高宗四年春，帝后察高宗数月不召幸，便着人至帝寝细查，偶见一太监与帝相拥甚欢，且疑皇帝有断袖之癖，于暗中查寻，不日便察觉真相。原来此子乃一女儿身，曾在宫外多次救主，且口舌伶俐，多情清纯，高宗侧恋其甚于后妃，却不料终难保全性命，呜呼哀哉！于某日焚于紫禁西宫……

"皇上饶命！奴才没有出卖皇上半句，奴才记录的只有奴才自己知道！皇上恕罪！"小乐子叩头不停，皇上却慢慢地叹了一口气，也将这些纸张放入火盆。

"就当是为朕和小霖子写的吧。"

"皇上……"小乐子擦去眼泪。皇上背起手来，转头离开了这里，回到宫里，想起曾与霖儿牵手的誓言，他终于难以自制，泪如雨下。

"执子之手，与子偕老。"

霖儿钻入他的怀里，握紧他的双手，望着他的眼睛："死生契阔，与子成说。"

"执子之手，与子共著。执子之手，与子同眠。"

"执子之手，与子偕老。执子之手，夫复何求？"

霖儿在车里撒娇，初次见到霖儿时她羞赧的微笑和调皮的舌头。

霖儿扮成小太监时的娇小可爱，她与他对弈，跟他学下围棋、象棋……

霖儿轻快地跳着舞来，笑意盎然地望着他，情深意浓地唱歌、跳舞……

霖儿不顾自己的安危冲上阁楼大声呼喊他的名字……

霖儿在树林里刻下自己的名字……

霖儿在树林里与他生死与共……

霖儿骑在马背上快活地笑着，霖儿与他相依偎着看夕阳西下，太阳初升……

霖儿研墨时嘟着小嘴，霖儿受伤时安慰的笑……

霖儿……

他悲伤地哭泣出来，仰头倒在龙榻旁，久久哀痛着……

左宇常端正地坐在屋子里，眼前放着一张刚刚收墨的画，画里，霖儿坐在亭子里发呆，那栩栩如生的模样，人见人爱。

他笑起来："铭儿，我知道你回来了。是你让我这十几年来虽然糊里糊涂，却过得平安自由。现在也是你让我清醒过来，重新开始。我知道你不曾记得我们的过去，但是你会是我最美的回忆。"说罢他收起画卷，悄悄回到卧房，简单收拾了细软，留下一封书信，骑马离去。

尾声　轮回情，梦别离

司马世恒安静地坐在马车里，马车辘辘而行，他看着手里霖儿留下的那个玉佛，是刚刚从那具尸体旁边捡到的。他没有任何心思再言语。

怡亲王回到府上，尧依依快速跑过来追问他世恒哥怎么样了。他冷冷地回头看着她。

"世恒哥说，不日便要将绸庄转让，远离尘世，独居而活。"

尧依依闭上嘴巴，掉头便想走。

怡亲王低头道："我总算明白了，为何你见到我从来不笑。原来，你心里从来没装过我。你心里都是他，对吗？"

尧依依没说话。

"此刻我想告诉你，如果你坚持要离开这里，就不能再回来。我也当没有你这个福晋！"

尧依依咬了咬嘴唇，最后还是一句话都没说，抬腿离他而去。

他悲伤地笑了起来……

田森被斩首，弘晓安排官员将此人头颅及赔偿枪支弹药的金条送至俄国，中俄此次冲突平息。

公元1739年夏末，两江总督觉哈图因侵贪革职查办，其后没收了全部家产，于深秋问斩，其罪当诛。

同年十一月正式任命怡亲王弘晓管理理藩院事务。

与此同时，乾隆以"心怀异志"等罪革除理亲王王爵；弘晓之兄弘昌、弘晈也因附逆于理亲王弘晳受重处，弘昌革去贝勒，弘晈停俸。

中秋。司马世恒正在某镇游历，抬眼竟然看到是那曾经傻呆呆的左宇常，而此刻的他看上去机灵聪慧、成熟潇洒；两人相视而笑，左宇常请他回家，却见到熟悉的霖儿正挺着肚子在那儿跟一名乡村女子学刺绣。见到他，霖儿喜极而泣，两人紧紧相拥。不多时，一位打扮朴素的老人提着吃的归来，一看，竟是禹德良。司马世恒便打算从此不再流浪，以此为家。

十年后。

公元1749年。

深秋的枫叶片片金黄，皇上抚摸着那棵已经茁壮健硕的大树，它依然还活着。霖儿与他刻下的名字还赫然屹立其中。

他骑马在一行人的陪同下缓缓地往江南方向行去，恍惚间似乎听到一个声音从官道附近传来。

一个调皮的小孩子呼喊着：娘亲我来了。跟着一个熟悉亲切的声音飞快地响起："小顽皮，给我慢点儿，那可是刚买的千里马！听到没，宝宝你慢点儿，我追不上了……哎哟，你要老娘的命啊！宝宝你给我站住……"

"娘亲，孩儿先走了，孩儿去找爹了……"男孩的声音里透着无忧无虑的欢快。

"哎哟，真气死老娘啦！好吧，既然如此，一会儿做香香蛋糕给你妹妹吃，你就走吧，越远越好……"

"啊，不要啦。娘亲，我要下马；娘亲，我也要吃蛋糕。"男孩子乖乖地勒住缰绳。

乾隆飞快地赶着马儿冲上去，只见那宽阔的草地上，一个身穿怪异服装的成熟女人正手叉腰冲到一匹黑色的千里马旁边把年约十岁的小男孩抱下来，小孩子呵呵调皮地笑着抚摸母亲的脸，母亲一面温柔地给他擦去汗水，一面嘟着嘴巴念叨着。乾隆翻身下了马，那身材、那背影多么熟悉，那可爱的小孩子模样多么亲切……

他冲上去呼唤道："霖儿……"

霖儿左手的黑色陨石发出轻轻的光芒，她掉过头来，笑着看他："皇上，这是我们的儿子。不过，你不能认他哦。因为，我们现在都过得很开心。皇上，我不参与你的历史，但是，我永远都保留着我们的爱！"

皇上从午睡的梦中醒来，马车里依然只有他一人，他飞快地掀开帘子往外看去，这平原便是他刚才梦中的草地，他喝令停车。独自一人，摇着扇子轻轻地迈开步伐，静静地伫立草地之间。他想起一首诗来：

> 飒飒东风细雨来，芙蓉塘外有轻雷。
> 金蟾啮锁烧香入，玉虎牵丝汲井回。
> 贾氏窥帘韩掾少，宓妃留枕魏王才。
> 春心莫共花争发，一寸相思一寸灰。

2008年，奥运会在中国盛大开幕。

冉衡在北京奥运村做志愿者。记得霖儿曾经说过，奥运会如果有一年在中国举办，他们三个要一起来做志愿者。他望着遥远的天际，不知道霖儿此刻在哪里，过得如何。但他总感觉，她还没有离开这个世界。

不一会儿，一群女学生带着志愿者的帽子从他面前走过，他看到一张与霖儿相似的脸带着灿烂的微笑走过，他专注地寻觅着那张脸，那女孩缓缓地看向他，

尾声　轮回情，梦别离

与他点头微笑。他收回了眼神,不多一会儿,女孩轻快地独自向他走来。

"上周我就看到你了,你这几天一直在这里帮忙……"

仿佛霂儿给了他一份新的期望,他便要抓住这希望,幸福地生活下去……

(全书完)